LUIS VANDIEMEN

Die Jungfrauen von Landshut

FLUCHT INS VERDERBEN Sie sollten die Hochzeit ihres Herrn ehren, doch wie die törichten Jungfrauen in der Bibel flüchten fünf Nonnen aus dem Kloster Seligenthal bei Landshut und stürzen in die Verdammnis. Bald nach ihrem Verschwinden wird die erste Nonne tot aufgefunden – und schwanger noch dazu! Der bischöfliche Richter Johannes Heller wird mit der Untersuchung des Vorfalls beauftragt und stößt auf ein Geflecht von dunklen Geheimnissen und politischen Intrigen. Während Heller mit Vertuschung und Verschwiegenheit auf allen Ebenen um die Wahrheit ringt, werden weitere Nonnen ermordet. Die Spuren der Verbrechen führen ihn von der Kirchensynode in Freising bis zum bunten Treiben der Landshuter Hochzeit und immer wieder zu dem Nonnenkloster zurück, wo alle Fäden zusammenzulaufen scheinen. Kann er die letzten Nonnen noch rechtzeitig finden und das Geheimnis ihrer Flucht aufdecken, bevor die Beweise mit ihrem Blut verwischt werden?

© privat

Luis Vandiemen wurde 1967 in einer Kleinstadt im Nordwesten Kanadas geboren. Die Schule besuchte er in Kanada und Australien; anschließend arbeitete und reiste er mehrere Jahre, bevor er mit seinem Geschichtsstudium in München begann und dort sesshaft wurde. Nach seiner Promotion in mittelalterlicher Geschichte und Latein arbeitet er als Historiker und Übersetzer. Neben wissenschaftlichen Publikationen zu Themen aus der spätmittelalterlichen Kirchen- und Geistesgeschichte schreibt er auch historische Romane. Wenn er nicht gerade liest oder schreibt, ist er gerne in den Bergen oder auf Reisen unterwegs.

LUIS VANDIEMEN

Die Jungfrauen von Landshut

Historischer Roman

Bei Fragen zur Produktsicherheit gemäß der Verordnung über die allgemeine Produktsicherheit (GPSR) wenden Sie sich bitte an den Verlag.

Immer informiert

Spannung pur – mit unserem Newsletter informieren wir Sie regelmäßig über Wissenswertes aus unserer Bücherwelt.

Gefällt mir!

Facebook: @Gmeiner.Verlag
Instagram: @gmeinerverlag

Besuchen Sie uns im Internet:
www.gmeiner-verlag.de

© 2023 – Gmeiner-Verlag GmbH
Im Ehnried 5, 88605 Meßkirch
Telefon 0 75 75 / 20 95 - 0
info@gmeiner-verlag.de
Alle Rechte vorbehalten
3. Auflage 2026

Lektorat: Claudia Senghaas, Kirchardt
Satz: Mirjam Hecht
Umschlaggestaltung: U.O.R.G. Lutz Eberle, Stuttgart
unter Verwendung eines Bildes von: © Sundraw Photography / shutterstock.com und https://commons.wikimedia.org/wiki/File:Sammlung_malerischer_Burgen_-_3te_Lieferung_-_Die_Trausnitz_zu_Landshut.jpg
Druck: Custom Printing Warschau
Printed in Poland
ISBN 978-3-8392-0347-7

Prolog: Herr, was hast du angerichtet?

DER HIMMEL HATTE vor der Welt die Augen verschlossen und ihr den Rücken zugedreht. Am finsteren Firmament zwinkerte kein Stern, kein silberner Strahl des Mondes durchdrang die tief hängende Wolkendecke. In der Dezembernacht leuchtete nur das feurige Menschenwerk, rot, verschlingend, zerstörend. Es brannte im Kloster.

Die Flammen tanzten bereits auf dem Dach, schwarzer Rauch quoll aus den Fenstern. Im lodernden Licht des Feuers liefen Menschen chaotisch und verängstigt hin und her. Manche trugen Wassereimer und Werkzeug, um den Brand zu bekämpfen. Einige versuchten eilig, Wertsachen zu retten. Andere wiederum suchten nur Schutz und Sicherheit vor der Gefahr. Niemand bemerkte, wie vier vermummte Gestalten aus einer Tür schlichen und sich mit leisen Schritten in die Dunkelheit entfernten. Sie liefen um eine Ecke und durch einen dunklen Gang. Unter ihren grauen Wintermänteln blitzten die Falten weißer Habite hervor. Es waren Nonnen. Fast hatten sie die Tür nach außen erreicht, doch plötzlich hielten sie an und erstarrten. Jemand stand vor ihnen.

»Schwester Agatha, was machst denn du hier?«, rief die erste der Flüchtenden.

»Und was macht ihr?«, antwortete Schwester Agatha. Die anderen erschraken vor ihrer heiseren Stimme. Sie hatten sie nie sprechen gehört.

»Du siehst doch, was wir machen, Agatha. Geh uns aus dem Weg und sag niemandem, dass du uns hier gesehen hast«, herrschte die erste sie an.

»Nein. Ihr müsst mich mitnehmen!«, antwortete Schwester Agatha noch leise, aber eindringlich.

»Was? Dich? Nein! Was willst du da draußen?«, flüsterten die anderen entsetzt.

»Nehmt mich mit, oder ich schreie.« Agathas Stimme bebte gefährlich.

»Psst, nicht so laut«, flüsterte die erste Nonne. »Wir können dich nicht mitnehmen, Agatha. Ich gehe zu meiner Hochzeit und komme nie wieder. Geh du zu den anderen zurück und bete für uns.«

Schwester Agatha trat näher. »Ich werde schreien!« Ihre fremd klingende Stimme erhob sich schrill. Ein wenig lauter noch, und das ganze Kloster würde sie hören.

»*Deus misericors*!« Die Nonnen quietschten vor Angst. »Schrei nicht so! Wir nehmen dich mit, Schwester Agatha. Du wirst es bereuen. Aber schrei bloß nicht. Wir nehmen dich mit, wenn es sein muss. Ach, warum willst du das tun? Nun komm schon mit!«

Sie öffneten eine schwere Tür und liefen zusammen, nun zu fünft, in die freie Luft hinaus. Der Ruf einer Eule tönte in ihrer Nähe, und einige Nonnen erschraken wieder.

»Da sind sie, unsere Retter«, flüsterte aber die erste und führte die anderen in die Richtung des Rufs.

An der Außenmauer stand ein Mann mit einer Strickleiter, die von der Mauerkrone herunterhing. Im rötlichen Leuchten des Feuers erblickten sie seinen dunklen Umriss gegen die Mauer wie eine aus der Hölle entstiegene Gestalt. Auf der anderen Seite der Mauer hörten sie das Wiehern verängstigter Pferde.

»Kommt schnell!«, zischte der Mann, als er sie wahrnahm. Er streckte seine Hände aus, fing sie eine nach der anderen an der Hüfte auf und hob sie unsanft auf die hängende Leiter. Er hatte einen zotteligen grauroten Vollbart und roch nach Leder und Hunden. Schwester Agatha kannte ihn von irgendwo her. Sie zögerte und zog sich misstrauisch zurück. Zu spät!

»Augenblick!«, grunzte der Mann und hielt sie fest. »Es sollten nur vier sein. Wer bist du denn?«

Schwester Agatha wand sich vergeblich in seinem eisernen Griff. Sie versuchte ängstlich, das Gesicht des Mannes zu erforschen. Wer war er? Was hatte er vor? War er gut oder böse? In der Dunkelheit wirkte sein grimmiges Gesicht missgestaltet, seltsam gespalten; in seinen Augen flackerte das Flammenlicht.

»Ich kenne dich doch«, sagte der Mann und ließ sie plötzlich los. »Was machst du hier? Du darfst nicht dabei sein. Lauf weg! Lauf um dein Leben weg!«

Von der anderen Seite der Mauer kamen dringliche Aufforderungen, sich zu beeilen.

»Nimm mich mit, bitte!«, flehte Schwester Agatha den Mann an. Sie warf sich auf die Knie. »Ich erkenne dich jetzt auch. Ja, ich weiß, wer du bist. Aber du bist nicht böse, wie die anderen; du warst immer gut zu mir. Du hast Gefühle für mich, das weiß ich. Hilf mir jetzt. Oder töte mich hier auf der Stelle!«

Der Mann schien mit sich zu ringen, sein Gesicht verzog sich schmerzlich. »Herr, was hast du angerichtet?«, rief er verzweifelt in den sternenlosen Himmel und stöhnte mächtig. Dann hob er sie vom Boden auf und setzte sie beinahe zärtlich auf die Strickleiter. »Nun sind wir alle verloren«, murmelte er dunkel.

Auf der anderen Seite warteten zwei Männer, die sie auffingen, auf einem Brett über den Bachlauf trugen und zu den anderen Nonnen in einen wartenden Wagen setzten.

Die Flüchtigen zogen eine grobe Decke über sich gegen die empfindliche Kälte. Dann knallte eine Peitsche, und der Wagen ruckelte los.

Schwester Agatha warf einen letzten Blick zurück: Hinter ihnen loderte der Brand in den Klostermauern. Auf dem anderen Flussufer zwinkerten die Lichter der nahe gelegenen Stadt. Hoch oben auf dem dunklen Bergrücken lauerte das gepanzerte Visier der Burg. Dort, in einem fernen Fenster, ging gerade ein Licht an und blickte wie ein wachsames Auge in die Finsternis hinaus. Eilig zog Agatha die Decke über sich. Sie verschwanden in die sternenlose Dezembernacht.

Capitulum I.
(19. – 21. Dezember 1474)

1. Ehesachen

Dies Lune – Montag, der 19. Dezember im Jahr des
Herrn 1474.

Es war ein gewöhnlicher Gerichtstag am Freisinger Offi-
zialat. Der Warteraum war voll mit Menschen: Männer und
Frauen, Geistliche und Laien, alt und jung, reich und arm.
Alle wollten vor dem Herrn Chorrichter auftreten. Manche
waren durch die Nacht gereist und dösten nun vor Erschöp-
fung in dem warmen Raum ein; andere erschienen ausgeruht
und redeten munter miteinander über anstehende Geschäfte.
Einige waren fein bekleidet und traten würdevoll auf, andere
trugen Lumpen und rochen noch nach dem Kuhstall. Diejenigen, die zum ersten Mal hier waren, gewahrten die streng
geregelten Formalitäten des bischöflichen Gerichts überrascht und ein wenig verängstigt, während manch anderer, der das Verfahren zur Genüge kannte, sich ärgerlich
oder despektierlich lächelnd über dessen Umständlichkei-
ten äußerte.

Der Registrator, ein junger Mann mit einem kleinen
schwarzen Barett auf dem Kopf, hatte bereits ihre Namen
und Angelegenheiten fein säuberlich in das große aufge-
schlagene Buch unter dem Tagesdatum eingetragen. Nun
blickte er gelangweilt, hinter seinem Tisch sitzend, auf die
Wartenden hinab. Der alte Pedell, der den Eingang durch den
geschnitzten Lettner zum Gerichtssaal bewachte, stand an
seinen Stab gelehnt und schien, eingeschlafen zu sein. Doch
auf einen Ruf hin rappelte er sich plötzlich auf, bewegte sich

schleppend zu dem Registrator und erkundigte sich nach den nächsten Prozessparteien. Dann richtete er seinen wässrigen Blick auf die Gerichtsbesucher, stampfte offiziös mit seinem Stab auf den Boden und nuschelte die Namen aus seinem zahnlosen Mund.

Die Wartenden sahen ihn erwartungsvoll, aber verständnislos an; einige standen schon auf in der Hoffnung, dass sie gemeint waren.

»Jodocus Simoni aus Landshut und Magdalena Liendl von ebenda werden aufgerufen«, erklärte der Registrator, um Missverständnissen vorzubeugen.

»Und was ist mit mir?«, rief einer der Aufgesprungenen, ein gewichtiger Mann mit roten Backen. »Ludwig Schmältzl, Wirt aus Landshut. Ich war vor diesen zwei hier. Ich bin den ganzen Weg aus Landshut gekommen und habe meine Geschäfte liegen lassen, um meine Rechte vor Eurem Gericht einzuklagen. Wisst Ihr, was mich das kostet? Es geht ums Geld.«

Der Registrator erhob seine Augenbrauen kritisch. »Seid Ihr dann überhaupt richtig bei uns, Herr?«

»Meine Sache ist folgende«, erklärte der Wirt eifrig, in der Hoffnung, endlich Gehör zu bekommen. »Herr Wilhelm Zachreis aus Marklkofen schuldet mir Geld.« Er nahm dabei seinen Hut vom Kopf und knetete ihn nervös in den Händen. »Ich habe die Schuldbriefe bei mir – die Beweise, wenn es beliebt. Meine Klage ist absolut gerecht: Ich will nur mein Geld zurück. Herzog Ludwig hat eine Sondersteuer für die Hochzeit seines Sohnes erhoben, und ich brauche jeden Pfennig, der mir zusteht.«

»Und was hat das mit uns zu tun?«, fragte der Registrator ungerührt. »Das hier ist ein geistliches Gericht, mein Herr. Oder ist dieser Herr Zachreis ein Geistlicher?«

»Er ist ein Toter, feiner Herr«, rief der Wirt verzweifelt.
»Er ist gestorben ohne Testament. Man hat mich an seinen
Nachlassverwalter verwiesen, den Herrn Pfarrer Ludwig
Arb von Sankt Martin.«

»Aha«, sagte der Registrator und tippte sich an die Nase.
»Der Verwalter ist also ein Geistlicher. Dann seid Ihr tatsächlich bei uns richtig, Herr Wirt. Aber nehmt ruhig wieder Euren Platz ein. Erst kommen die *causae matrimonia-
les*, die Ehesachen, dann kommt Ihr dran.«

»Aber warum kommen die Ehesachen zuerst? Wer sagt,
dass sie wichtiger als die Geldsachen sind?«, beschwerte sich
der Wirt ärgerlich. Einige andere Gerichtsbesucher schüt-
telten verständnislos den Kopf.

»Es ist die Gewohnheit«, erklärte der Registrator ruhig.
»*Consuetudo optima legum interpres*: Die Gewohnheit legt
die Gesetze am besten aus.«

»Und wer bestimmt, was die Gewohnheit ist, wenn ich
fragen darf?«, wollte der Wirt wissen.

»Wer denn sonst, Herr? Wir.«

Der dicke Wirt setzte sich mit einem Schnaufen und
murrte etwas von Recht und Gerechtigkeit.

Inzwischen waren die ausgerufenen Prozessparteien aufgestanden und gingen nun zusammen mit ihren Begleitern
hinter dem Pedell würdevoll durch die Tür in den Gerichtssaal. Voraus ging ein elegant gekleideter junger Mann, offenbar ein Bürgerssohn, mit einer langen spitzen Nase und
Haaren, die in goldenen Ringeln über seine Schultern fielen.
Seine Prozessgegnerin war ebenfalls sehr jung und fein, aber
eher zurückhaltend gekleidet; ihre braunen Haare trug sie
wie eine Jungfrau in Zöpfen, die um ihren Kopf zu einem
Kranz gebunden waren. Trotz ihres erwachsenen Auftre-
tens wirkten beide fast noch wie Kinder, die unerwartet mit

den Folgen ihres Tuns konfrontiert wurden. Sie blickten ein wenig ängstlich um sich, als sie den Gerichtssaal betraten. Ihnen eilten gleich zwei schwarz gekleidete Herren entgegen, die sich dienstfertig und zugleich etwas spöttisch vor ihnen verbeugten. Sie bewegten sich im Akkord und behielten einander dabei stets in den Augen, damit sich keiner den Vortritt erschlich. »Prokurator Pack zu Euren Diensten«, und »Prokurator Maulberger zu Euren Diensten«, verkündeten sie pflichteifrig, jeweils an die andere Streitpartei gerichtet, und führten ihre Mandanten schnell auseinander zu gegenüberstehenden Bänken, wo sie eilig mit ihnen das Prozedere besprachen. Vor ihnen saß ein Mann mittleren Alters an einem Pult vor einem aufgeschlagenen Buch. Seine kleinen dunklen Augen flackerten rastlos und wachsam hin und her, als ob er alles aufnehmen und aufschreiben wollte. Im ersten Augenblick mochte manch ein unerfahrener Gerichtsbesucher glauben, dass dieser aufmerksam blickende Herr der Richter sei, doch war er nur der Gerichtsnotar, Pangratz Haselberger. Es war seine Aufgabe, alles von rechtlichem Belang geflissentlich in dem vor ihm offen liegenden Gerichtsbuch, dem *Liber actorum*, aufzuzeichnen. Noch aber ruhte die Feder in seiner Hand.

Nun öffnete sich eine Seitentür, und ein Mann in Domherrntracht betrat den Raum, der mit eilig vorwärtsstrebenden Schritten auf den leeren Richterstuhl zusteuerte. Dieser war der Herr Chorrichter Johannes Heller, Doktor in kanonischem und römischem Recht, der von einem kurzen Rezess zurückkehrte. Gegen die Kälte trug er die prächtige Almutia aus Hermelinpelz, die ihm als Domherr zustand, wie einen Mantel zugeknüpft. Er wirkte, so gesehen, ein wenig alt und gebrechlich, von Sorgen geplagt und gebeugt, doch sein Blick war noch scharf und sein Gang quicklebendig, als wäre er jünger, als er aussah. Der Richter hielt einen Augenblick vor dem Richterstuhl inne und schien zu überlegen, ob er die Verantwortung des Amtes wirklich wieder auf sich nehmen wollte; dann setzte er sich doch mit einem leisen Seufzer. Neben ihm nahm ein eitel aussehender junger Domherr, der sich sichtbar um ein würdevolles Auftreten bemühte, seinen Platz ein: der Gerichtsbeisitzer Marcus Hörnle, der dem Richter beratend zur Seite stand und dabei praktische Erfahrung im Gerichtsgeschäft sammelte. Auf seinen Lippen spielte ein amüsiertes, selbstverliebtes Lächeln, als er auf das junge Paar vor ihm herunterblickte.

Es würde um den Bund fürs Leben gehen, um ewige Liebesversprechen und kurzlebige Liebesakte und alles, was davor, dazwischen und danach kam: Das erkannte Marcus Hörnle sofort. Doch ehe er auf frivole Gedanken kam, setzte er eine gewichtige Miene auf und besann sich auf die zentrale Bedeutung von Ehesachen für die soziale Ordnung, die der Herr Richter in seinen alljährlichen Ansprachen nicht müde wurde zu betonen. Weniger ging es dabei um Liebe – zu Hörnles fortwährender Enttäuschung – als vielmehr um Geld, Erbschaften, Nachkommen, Moral und Sitte, Macht oder das Seelenheil gar. Nie war das präsenter als in dieser Zeit, da der Landshuter Herzog, Ludwig der Reiche, seine Kinder vermählte. Dieses Jahr hatte er bereits seine Tochter Margaretha mit dem Pfalzgrafen vom Rhein verheiratet. Nun hieß es aus vertraulichen, aber mitteilsamen Quellen, dass auch Herzog Georg, sein einziger Sohn und Erbe, demnächst heiraten würde. Gesandte von Landshut verhandelten gerade mit dem polnischen König Kasimir, wie es hieß. Alle blickten freudevoll, aber auch ein wenig ängstlich der Hochzeit entgegen: Würde eine Ehevereinbarung mit dem polnischen Königshaus halten, nachdem ja schon andere

Heiratspläne für Herzog Georg geplatzt waren? Was war mit dem kirchlichen Ehehindernis, von dem in gewissen Kreisen gesprochen wurde? Wie hoch würde die Mitgift ausfallen? Und würde die auserwählte Gattin, Prinzessin Hedwig von Polen, so die Ehe tatsächlich zustande kam, eine gute und würdige Herrscherin werden und ihrem Gemahl die sehnlichst erwünschten männlichen Erben schenken? Vor allem aber fragte man sich, wie großartig die Feier ausfallen würde: Viele Bürger erinnerten sich gerne an Herzog Ludwigs eigene Hochzeitsfeier vor über 20 Jahren, bei der alle Welt eingeladen worden war und Landshut acht Tage lang in ein wahres Schlaraffenland verwandelt wurde. Nicht weniger waren nun die Erwartungen an die Hochzeit von Ludwigs Sohn Georg, den die Landstände vor Kurzem ebenfalls als Herzog und Nachfolger anerkannt hatten. Was würde es zu essen geben? Würde Turnier geritten werden? Wer würde alles kommen, und was würden sie tragen? Und nicht zuletzt: Was würde das alles kosten? Soeben hatte Herzog Ludwig den Landständen eine Sondersteuer auferlegt und sogar auch von den Kirchen und Klöstern eine Abgabe verlangt, wogegen die Bischöfe von Freising, Regensburg und Passau sich beschwert hatten. Überall im Herzogtum Bayern-Landshut ächzten und stöhnten Bürger, Bauern und Kleriker gleichermaßen unter dieser Last. Gleichzeitig aber freute man sich auf die kommende Feier und fieberte dem ersehnten Hochzeitstag entgegen. Ehesachen waren eben so viel mehr als nur Liebe. Aber in alledem, fand Marcus Hörnle, sollte es doch auch um Liebe gehen.

»Worum geht es?« Johannes Heller richtete seine Augen auf das junge Paar vor ihm.

»Eine *causa matrimonialis*: Der Kläger, ein gewisser Jodocus Simoni, klagt um die Ehe gegen eine gewisse Magdalena, Tochter des ehrenwerten Bürgers Caspar Liendl, beide aus Landshut«, sagte der Notar, während er ihre Namen fein säuberlich in sein Buch niederschrieb.

»Haben sie schon den Eid abgelegt?«

Die Prokuratoren Pack und Maulberger begleiteten ihre Mandanten zum Pult des Notars, wo die Parteien wie vorgesehen das Evangelium berührten und mit erhobenen Fingern schworen, die Wahrheit zu sagen und Verleumdungen zu vermeiden.

»*Iuratis partibus*«, notierte Pangratz Haselberger zufrieden.

Der Richter winkte den Kläger zu sich hin. »Gut. Nun sag, junger Mann: Was führt dich zu uns?«, fragte er.

Der Kläger wurde bleich vor Aufregung. Er machte einen großen Schritt vor und stolperte beinahe in seinem Eifer.

»Herr Richter«, begann er, »ich heiße Jodok Simoni, Sohn der verstorbenen Margaretha Simoni seligen Gedächtnisses, seinerzeit würdige Witwe und Bürgerin der Stadt Landshut. Nach ihrem Tod vor fünf Jahren wurden ich und meine Schwester in das Haus des Bürgers Caspar Liendl aufgenommen, wo ich für ihn als Sekretär arbeitete. Dort lernte ich seine Tochter, die angeklagte Magdalena Liendl, kennen. Wir verliebten uns im Laufe der Zeit, Dominus, und sprachen oft vom Heiraten, wenn ich volljährig und mein Erbe antreten würde. Ich wollte alles in Ehre und Würde machen und versprach ihr in die Hand, dass ich ihr Mann sein wollte, worauf sie mir ebenfalls die Ehe versprach.

Als ich dieses Jahr volljährig wurde, verließ ich den Dienst von Herrn Liendl. Ich erfuhr aber, dass der Tutor, Herr Liendl hier, mein Erbe und das meiner Schwester bereits verschwendet hatte. Am Tag der Geburt des Johannes des Täufers gingen Magdalena und ich zum Haus des ehrwürdigen Landshuter Bürgers Johannes Sollnhaimer, und dort in seiner und anderer ehrenhaften Personen Anwesenheit schlossen wir feierlich die Ehe. Einige Tage danach kam Magdalena zu mir und teilte mir mit, dass ihr Vater sie nun mit dem Sohn eines reichen Bäckers verheiraten wolle. Ich erinnerte sie an unser Versprechen und bat sie, das Angebot abzuschlagen. Sie antwortete: ›Jobs, ich bin deine eheliche Frau und du bist mein ehelicher Mann. Ich bleibe bei dir, und wenn du betteln gehen musst, dann will ich dir gerne folgen.‹«

Marcus Hörnle blickte auf, erstaunt. Hatte sie das wirklich gesagt? Pangratz Haselberger notierte die Aussage eifrig mit.

»Herr Richter, das ist die Wahrheit, so hilf mir Gott. Aber nun bestreitet Magdalena öffentlich, dass wir geheiratet haben, und ihr Vater, Herr Liendl, hat mich sogar ins Gefängnis werfen lassen, weil ich die Wahrheit kundtue. Er will sie mit dem Bäcker Johannes Achtsemmel verheiraten. Aber sie ist doch meine Ehefrau!«

Der Richter nickte und rief die Beklagte vor sich. »Was hast du dazu zu sagen, mein Kind?«

Magdalena Liendl blickte kurz zum Kläger hinüber und dann zu der Bank, wo ihr Vater saß. »Das ist eine große Lüge, Dominus. Der Kläger will nur mein Geld, das ist alles. Es stimmt allerdings schon, dass wir uns im Haus von meinem Vater kennenlernten, wo Jobs – ich meine Jodok, das heißt: der Kläger – arbeitete. Aber ich habe ihm gewiss niemals die Ehe versprochen, wie er behauptet. Das bildet er sich ein.« Sie warf ihren Kopf launisch in den Nacken.

»Und was ist denn im Haus dieses Herrn Sollnhaimers geschehen?«, fragte Heller kritisch.

»Nichts«, quiekte die Beklagte plötzlich verunsichert.

Prokurator Maulberger flüsterte ihr etwas ins Ohr. »Ich meine: Freilich, ich ging mit Jobs dorthin, das gebe ich zu«, ergänzte sie eilig. »Aber ich habe ihm nicht die Ehe versprochen – nicht dort und nirgendwo. Das würde ich nie ohne die Zustimmung meines Vaters machen. Und ich habe ihm natürlich nicht gesagt, dass ich mit ihm betteln gehen würde.« Sie lachte nervös. »Ich bitte Euch, Ehrwürden: Welche Frau würde so was sagen? Ich würde lieber sterben! Das einzig Wahre an seiner Erzählung ist, dass ich den Sohn des Bäckers heiraten soll.«

»Lena, denk an dein Seelenheil: Du hast doch geschworen, die Wahrheit zu sagen«, rief der Kläger verzweifelt.

»Denk *du* an dein Seelenheil, du mittelloser Lügner«, rief Magdalenas Vater von der Bank. »Hast meine Großzügigkeit und Vertrauen missbraucht und willst mich jetzt meiner Tochter berauben, du Schurke! Dahinter steckt der Sollnhaimer, ich weiß es.«

Von der gegenüberliegenden Bank erhob sich nun auch der Begleiter des Klägers, ebenfalls ein reicher Bürger in Pelzmantel, und brüllte zurück: »Moment mal! Was sind das für haltlose Anschuldigungen. Und wer hat denn hier wessen Vertrauen missbraucht, Caspar?« Er wandte sich an den Richter. »Die Wahrheit ist, Herr Richter, dass dieser Herr die Vormundschaft von Jodok Simoni und seiner Schwester missbraucht und ihr Erbe veruntreut hat.«

»Das ist nicht wahr«, brüllte Vater Liendl. »Herr Chorrichter, glaubt ihnen nicht. Ich habe alles getan, um den Waisen zu helfen und ihnen einen guten Start ins Leben zu geben. Ich habe einen Lehrer für sie ins Haus kommen lassen, um ihnen eine Bildung zu geben; ich habe sie standesgemäß bekleidet und in die höheren Kreise unserer Stadt eingeführt. Hat mich ein Vermögen gekostet. Doch welche

Dankbarkeit erfahre ich dafür: Der Nesträuber verbündet sich mit meinen Feinden und versucht, mir meine einzige Tochter zu stehlen.«

»Alles getan? Ausgebeutet habt Ihr uns«, rief der Kläger aufgebracht. »Unser Erbe habt Ihr verschwendet, die Ehre meiner Schwester verkauft und sie in ein Kloster gesteckt. Mich habt Ihr zum Sklaven gemacht. Kein Tutor wart Ihr uns, sondern ein Wolf, der über verwaiste Lämmer herfällt.«

Sie waren alle auf die Füße gesprungen und schienen nun bereit, einander an den Kragen gehen zu wollen.

»Ruhe! Ruhe!«, brüllte Johannes Heller, bevor die Situation außer Kontrolle geriet.

Die Prokuratoren Pack und Maulberger traten eilig vor, um ihre rechtlichen Argumente einzubringen. Johannes Maulberger, der die Beklagte vertrat, hatte die Nase vorne:

»Dominus, die Klage ist gegenstandslos: Es gab kein Eheversprechen. Der Kläger ist zudem ein mittelloser Diener, der in Hinsicht auf Rang und Vermögen weit niedriger gestellt ist als meine Mandantin. Er steht somit im Verdacht, aus heimtückischer Gier zu handeln. Seine Aussagen sind deswegen unglaubwürdig. Im Namen der Beklagten bitten wir Eure Ehren daher, die Klage als eine Belästigung abzuweisen und dem Beklagten unter Exkommunikationsandrohung und Geldstrafe zu verbieten, seine verleumderischen Behauptungen weiterhin zu verbreiten.«

Prokurator Pack schob nun schnaubend seinen Rivalen zur Seite. »Dominus, es steht nirgendwo im Kirchenrecht geschrieben, dass Unterschiede in Rang und Vermögen als Ehehindernisse zu gelten haben. Was aber die Glaubwürdigkeit des Klägers betrifft: Er selbst ist von guter Familie und von untadligem Lebenswandel. Zudem kann er Zeugen nennen, um seine Behauptungen zu belegen. Wir weisen diesen grundlosen Einwand daher zurück und bitten Euch um eine faire Anhörung der Klage und der Zeugenbeweise.«

Der Richter lehnte sich zu seinem Beisitzer hinüber. »Was meinst du, Marcus?«

»Dominus, der entscheidende Punkt in der Klage scheinen die Handlungen im Haus Sollnheimer zu sein«, gab der junge Rechtsgelehrte seine Einschätzung ab. »Wie der Kläger behauptet, hätten die Parteien die Ehe vor Zeugen geschlossen. Genau das jedoch bestreitet die Beklagte. Um die Wahrheit herauszufinden, müssen wir einfach die Zeugen selbst befragen.«

Heller nickte. »Hoffen wir, dass es so einfach ist.« Es klang, als hätte er Bedenken. Dann wandte er sich dem Kläger zu: »Kläger, kannst du Zeugen für deine Behauptungen nennen?«

»Ja, Ehrwürden, das kann ich«, antwortete Jodok Simoni eifrig.

»Dann geben wir dir Gelegenheit dazu und setzen einen Termin für die Zeugenbefragung innerhalb von zehn Tagen an. Die Beklagte wird geladen, an dem Tag vor Gericht zu erscheinen. Bis der Fall geklärt ist, verbieten wir ihr, die Ehe mit einem anderen Mann zu schließen oder irgendwelche andere präjudizierende Schritte vorzunehmen. Notiere das, Haselberger.«

Der Notar hatte die Anweisung bereits erahnt und trug sie nun mit flinken Zügen in das Gerichtsbuch ein.

Die Prozessparteien und ihre Begleiter standen frostig auf und gingen wortlos aneinander vorbei aus dem Gerichtssaal. Marcus Hörnle blickte ihnen vergnügt nach. Sein Gefühl sagte ihm, dass die Liebe hier vielleicht doch im Spiel war.

Prokurator Pack schielte zu seinem Gegenpart siegreich hinüber und kreidete sich mental einen weiteren Teilsieg in der ewigen Strichliste an. Prokurator Maulberger jedoch schüttelte den Kopf und murrte: »Das habt Ihr noch lange nicht gewonnen, Pack, noch lange nicht!«

Dann wandten sich die Prokuratoren wieder den nächsten Parteien zu, die vom Pedell durch den Lettner geführt wurden.

Doch es war kein streitendes Ehe- oder Liebespaar, das auf sie zukam, und auch kein rotbäckiger Wirt mit einer Geldklage. Stattdessen trat ein hoher Domherr unangekündigt durch die Tür, der an dem Registrator, dem Pedell und den wartenden Gerichtsbesuchern wortlos vorbeigegangen war. Die Prokuratoren zuckten zusammen, als sie die hagere Gestalt mit der ehrerbietenden Stirn und den buschigen Augenbrauen erkannten. Es war der bischöfliche Vikar Heinrich Baruther höchstpersönlich. Baruther war der Stellvertreter und Richter des Fürstbischofs in temporalibus – in weltlichen Angelegenheiten – und einer der mächtigsten Herren auf dem Domberg. Sein Auftreten war, wie gewöhnlich, streng und etwas hochmütig.

»Ehrwürden!« Die Prokuratoren Pack und Maulberger knicksten höfisch im Gleichtakt.

Der Vikar ignorierte sie. »Dominus Heller!«, rief er. »Ihr werdet gebeten, vor dem Herrn Fürstbischof zu erscheinen. Sofort. Es ist eilig.«

Johannes Heller schaute überrascht und irritiert auf. Er mochte es nicht, in der Ausübung seines Richteramts gestört zu werden. Er schien etwas sagen zu wollen, doch dann erhob er sich langsam vom Stuhl, vertraute dem Lizenziatus Marcus Hörnle die Weiterführung des Gerichtsgeschäftes an und ging seinem Kollegen entgegen.

Pangratz Haselberger notierte den Abgang und den Richterwechsel gewissenhaft in seinem *Liber actorum.*

Als Heller und Baruther durch den Warteraum gingen, stand der Wirt aus Landshut auf. »Herr Chorrichter, wartet! Wo geht Ihr hin? Hört meine Klage doch mindestens einmal an«, rief er verzweifelt. Johannes Heller machte eine entschuldigende Geste und ging raschen Schrittes vorbei. Der Wirt warf seine Mütze auf den Boden.

»Worauf warte ich hier?«, schimpfte er wütend. »Jetzt läuft der Richter weg, ohne mich einmal gehört zu haben. Ich gehe denn auch.«

Der Registrator blickte ruhig auf. »Dann werdet Ihr wegen Nichterscheinens angezeigt und müsst auch noch eine Strafe zahlen, Herr Wirt. Seid nicht so ungeduldig: Der Herr Richter wird sicherlich irgendwann zurückkommen und Euer Geschäft behandeln. Er ist für seine Sorgfalt und Rechtschaffenheit bekannt.«

Der Wirt stöhnte und setzte sich wieder auf die Wartebank.

2. Der Frevel

»ICH HOFFE, DASS es hierfür einen guten Grund gibt«, murrte Heller, als sie aus dem Gerichtshaus marschierten. »Und seit wann leistet Ihr den Botendienst für seine Gnaden? Hatte der Bischof keinen anderen Diener zur Hand?«

Heinrich Baruther betrachtete ihn mit gesenkten Augenbrauen. »Eben deshalb hat der Bischof uns geschickt, weil er wusste, dass Ihr sonst nicht gleich mitkommen würdet. Ihr nehmt Euch manchmal zu wichtig, Dominus Heller, wie es uns dünkt.«

»Ich nehme mein Amt als Richter sehr ernst«, korrigierte ihn Heller scharf. »Das scheint unser Herr Bischof nicht zu tun.«

Sie überquerten langsam den Domplatz, der leicht ansteigend unter den hohen Mauern des mächtigen Doms vom Gericht zur bischöflichen Residenz führte. Ein kalter Nebel hing in der Luft; die Pflastersteine waren mit Glatteis überzogen. Über ihren Köpfen im Nordturm schlug eine Glocke zum Gebet. Johannes Heller schaute hoch und dachte unwillkürlich an den Tod des Domkustos vor fast genau zwei Jahren und die Ereignisse, die zum Sturz des alten Fürstbischofs Johannes Tuhlbeck geführt hatten.

Nun saß in Tuhlbecks Arbeitszimmer hinter demselben großen Tisch aus grauem Marmor, der wie eine Grabplatte aussah, sein Nachfolger, Sixtus von Tannberg. Wie den Tisch hatte Sixtus die gesamte Einrichtung des Raums von seinem Vorgänger übernommen. Doch damit hörte die Kontinuität auf. Die Domherren hatten das Gefühl, den neuen

Bischof gar nicht zu kennen, obwohl er jahrelang in Freising als bischöflicher Kanzler und Domherr tätig gewesen war: Immer war er ein stiller Ratgeber gewesen, dem alten Bischof treu ergeben, eine graue Eminenz im Hintergrund, der vieles lenkte, aber nie persönlich auffiel. Nun aber trug er selbst die Bischofsmitra und fand sich gezwungen, in den Vordergrund zu treten, eigene Entscheidungen zu treffen und dafür die Verantwortung zu tragen. Man hatte den Eindruck, dass die Macht und das Ansehen des Amts ihn gänzlich überwältigten, ihm sogar unerwünscht wären. Sein jung gebliebenes Antlitz hatte plötzlich Sorgenfalten bekommen, und seine Augen wirkten dunkel und versunken. Und er war fromm geworden. Im Unterschied zu seinem Vorgänger hielt Bischof Sixtus die Messe regelmäßig persönlich und verbrachte viel Zeit im Gebet; die vorwiegend theologischen Bücher auf seinem Tisch benutzte er sicherlich nicht als Kopfkissen.

Neben Bischof Sixtus – an seiner alten Stelle als bischöflicher Intimus – stand ein Dominikanermönch im weißen Habit mit schwarzer Kapuze: Dieser war der bischöfliche Kaplan Pater Schwarz. Er war ein kraftvoll, bullig wirkender Mann mittleren Alters mit einem breiten Laternenkinn und einem stierenden Blick, als könnte er eine steinerne Mauer durchbohren: ein Theologe, aber ein Mann der Tat. Er kam aus dem Dominikanerkloster in Landshut, einem der wenigen Dominikanerkonvente im Herzogtum Bayern, und es wurden ihm enge Verbindungen zu Herzog Ludwig nachgesagt. In den letzten Jahren hatte der Pater im Landshuter Herzogtum mehrere Klöster reformiert und dabei einen Ruf als sittenstrenger und kompromissloser Reformer erworben. Man sagte ihm nach, er habe dort wie Herkules den Stall des Augias ausgemistet und wolle das jetzt auch auf Bistumsebene unternehmen. Daher nannten ihn manche des Bischofs Herkules. Hinter vorgehaltener Hand wurde er aber auch als des Bischofs Hund bezeichnet – in Anspielung auf seine Zugehörigkeit zum Dominikanerorden, deren Mitglieder als *domini canes* – die Hunde des Herrn – galten.

Im Arbeitszimmer des Fürstbischofs war eine dritte Person, ein stattlicher Mann um die 50 mit einem breiten, beinahe platt wirkenden Gesicht und dichten welligen, bereits gräulichen Haaren, die unter seinem samtenen Barett hervorquollen. Er trug einen auffallenden Mantel aus prachtvoll gewirktem Stoff, der einen Pelzkragen anstatt einer Kapuze hatte und ungewöhnlich kurz war – er reichte dem Träger nur bis zu den kraftvollen Waden hinunter. Es war der gelehrte Rat Martin Mair, ein enger Berater des Landshuter Herzogs, Ludwig des Reichen. Johannes Heller kannte ihn und staunte ein wenig, ihn hier zu sehen. Es musste etwas Wichtiges sein, wenn Mair persönlich nach Freising gekommen war.

Heller kniete vor dem Bischof und küsste die lässig hingehaltene Hand. »Dominus episcopus, Ihr wolltet mich sprechen?«

»Unser Herr Richter ist von seinem Gericht abkömmlich?«, sagte Bischof Sixtus milde tadelnd. »Wir wundern uns immer, mit welcher Hingabe Ihr diesem negotium, diesem weltlichen Geschäft, nachgeht.«

»Es ist meine Aufgabe, Herr«, antwortete Heller noch kniend. »Gerechtigkeit erfordert einen Richter.«

»Geht es wirklich um Gerechtigkeit?«, fragte Bischof Sixtus kühl. »Das Einklagen leichtfertiger Eheversprechen, ewige Prozesse um Besitz und Geld, widerstreitende Lügen der Kläger und der Beklagten, Paragrafenschlachten zwischen Winkeladvokaten? Findet Ihr das eine würdige Tätigkeit für einen hohen Domherrn? Zu Recht hat der Apostel Paul gesagt: *Contemptibiliores qui sunt in ecclesia, illos constitute ad iudicandum* – Überlasse das Richten denen, die in der Kirche verächtlich sind.«

»Und dennoch nennt man Gott selbst den gerechten Richter – *iudex iustus et fortis*«, sagte Heller, als er aufstand.

Der Bischof machte eine genervte Geste. »Wenn sich die Menschen in unserem Bistum gottgefällig verhalten würden, so bräuchten wir keinen Richter und kein Gericht mehr. Unsere Sorge muss es sein, diesen Zustand herbeizuführen, denn darin allein besteht die höchste Gerechtigkeit. Eine Reform im Herzen ist es, was wir brauchen.« Er blickte zu Pater Schwarz hinüber, der sich respektvoll im Hintergrund zurückhielt.

»Deshalb haben wir eine Synode ausgerufen, um die Zustände in unserer Kirche zu bessern«, setzte Fürstbischof Sixtus eifrig fort. »Und wir sind der Meinung, dass die Reform vom Kopf her ansetzen soll, das heißt: zuerst mit uns selbst und mit Euch Domherren. Es darf nicht mit zweierlei Maßstäben gemessen werden. Wir müssen mit gutem Beispiel vorangehen. Aber genug davon für den Augenblick. Dominus Heller, wir haben gerade eine würdigere Aufgabe für Euch. Im Namen des erlauchten Herzogs Ludwig bittet der ehrwürdige Doktor Mair um Eure Unterstützung in einem sehr delikaten Fall.«

Johannes Heller drehte sich überrascht um.

Doktor Martin Maier verbeugte sich höflich. »Dominus Heller, es handelt sich um eine höchst schwierige Angelegenheit, die im Interesse sowohl der Kirche als auch unseres erlauchten Herrn, des Herzogs von Landshut, liegt.« Seine Worte waren verbindlich und wohlerwogen mit einem Hauch humanistischer Bildung, aber er hatte dennoch etwas

Raues und sogar Ruppiges an sich, wie ein Mann der Macht, nicht der Worte.

»Vor vier Tagen ist es geschehen, dass fünf geweihte Jungfrauen aus unserem gottgefälligen Kloster Seligenthal vor den Pforten von Landshut verschwunden sind. Es scheint, dass sie geraubt wurden.« Martin Mair hielt kurz inne. »Das Kloster liegt dem erlauchten Herzog Ludwig sehr am Herzen. Es wurde errichtet anlässlich der Ermordung Ludwigs des Kelheimers, um Gottes Schutz für das Haus Wittelsbach zu erlangen. Dort liegen die Gebeine von 40 illustren Vorfahren und Verwandten unseres erlauchten Herzogs Ludwig. Eines Tages, der jedoch fern sein möge, werden wohl auch seine Knochen dort ruhen. Töchter des Hochadels und seines eigenen Geschlechts sowie aus den führenden Adels- und Bürgergeschlechtern unseres Herzogtums widmen sich dort dem Heil seines Hauses durch ihr tägliches Gebet und ihre gottgefällige Jungfräulichkeit. Das heilige Kloster Seligenthal ist ein gelebtes Zeichen der Kontinuität und Legitimität der Reichen Herzöge von Landshut und des ewigen Bündnisses von Land und Volk mit dem Geschlecht Wittelsbach. Es untersteht deshalb seinem besonderen Schutz. Seine Erlaucht erduldet nicht, dass das Ansehen des Klosters durch diese Schandtat Schaden erleidet.«

Johannes Heller blickte kurz zu Heinrich Baruther hinüber, der reglos dem gelehrten Rat Mair zuhörte.

»Das ist gewiss ein frevelhaftes Verbrechen«, sagte er zustimmend. »Aber wie soll ich dabei helfen können? Das Kloster Seligenthal befindet sich nicht einmal im Bistum Freising, sondern im Bistum Regensburg. Wir haben somit keine Befugnis, die Angelegenheit zu untersuchen. Und sofern die Tat eine kriminelle Handlung ist, obliegt ihre Aufklärung in erster Linie den weltlichen Autoritäten.«

»Kloster Seligenthal unterliegt der Gerichtsbarkeit des Herzogs von Bayern-Landshut«, korrigierte ihn Mair kühl. »Seine Erlaucht ist Schutzherr und Patron des Klosters. Mehrere Urkunden seiner Vorfahren halten das ausdrücklich fest. Diese gottlose Tat ist zudem als eine Art Verbrechen auf dem Kirchweg einzuschätzen und fällt auch deswegen in die Gerichtsbarkeit des Herzogs, wie es in der neuen Landesordnung festgeschrieben ist. Der Bischof von Regensburg hat also nichts damit zu tun. Schließlich hat uns die Äbtissin über den Vorfall informiert und um Hilfe gebeten. Es ist daher in mehrfacher Hinsicht die Pflicht und Aufgabe des Herzogs, den Fall untersuchen zu lassen. Wir haben natürlich mit großem Nachdruck ermittelt, aber bislang ohne Ergebnis. Es gab keine Zeugen, und von den Nonnen fehlt jede Spur. Zum Teil werden unsere Ermittlungen jedoch auch behindert, weil unsere Männer keine Untersuchungen im Kloster vornehmen durften.« Seine wohltemperierte Stimme wurde frostiger. »Das Kloster unterliegt zwar unserer Gerichtsbarkeit, doch die Äbtissin will keinem weltlichen Richter erlauben, ihre Konventmitglieder und andere Klosterinsassen zu befragen. Sie selbst hat ihre eigenen Untersuchungen durchgeführt und ist zu dem Schluss gekommen, dass die Nonnen von Verbrechern geraubt wurden.«

»Ihr glaubt das nicht?«, fragte Heller vorsichtig.

»Wir wollen nicht glauben, sondern wissen«, fauchte der gelehrte Rat, dem die höfische Politur kurzfristig abhandenkam. »Die Fakten sind folgende: Erstens gab es einen Brand in einem Flügel des Klosters. Zweitens sind die Nonnen verschwunden, während man die Flammen bekämpfte. Drittens wurden Pferde- und Wagenspuren vor den Mauern gefunden. Es scheint also sicher, dass jemand den Brand als Ablenkung gelegt hat, um die Nonnen aus dem Kloster zu entführen. Aber …«

»Aber Ihr vermutet, dass sie vielleicht nicht gegen ihren Willen entführt wurden?«

Martin Mair nickte. »Es gab keinen Aufschrei – mindestens hat niemand etwas gesehen oder gehört. Auch wenn es dunkel war und alle Leute durch das Feuer abgelenkt waren, finden wir es merkwürdig, dass jemand zielstrebig in das Kloster eindringen, einen Brand stiften und dann die Nonnen gegen ihren Willen entführen konnte, ohne dass jemand etwas bemerkte. Und welchen Sinn hat es, ausgerechnet diese Nonnen zu entführen? Nein, es liegt sicherlich mehr dahinter, als uns die Äbtissin weismachen will.« Er schüttelte den Kopf. »Wir machen uns seit Jahren Sorgen um das Kloster Seligenthal. Das Kloster ist hoch verschuldet, die Wirtschaft liegt brach, und die Zahl der Nonnen geht ständig zurück: Wir haben sogar Zisterzienserinnen aus Königsbruck in Schwaben dahin versetzen lassen, um die Zahlen aufzustocken. Und jetzt ist dieser Skandal geschehen. Etwas ist faul im Kloster Seligenthal. Bereits vor zehn Jahren hat Fürstbischof Tuhlbeck eine Visitation für uns durchgeführt und die damalige Äbtissin abgesetzt. Die nächste erkrankte bald und trat zurück. Jetzt könnte es sein, dass wir wieder die Äbtissin absetzen und eine Reform durchführen müssen – aber diesmal eine richtige Reform, wie wir es zuletzt in Raitenhaslach und woanders gemacht haben. Dafür brauchen wir einen konkreten Grund.« Er breitete seine Hände aus. »Seine Erlaucht erwünscht sich einen geistlichen Richter für diese Aufgabe, der diskret und kompetent den Fall zu untersuchen weiß – jemanden, der vertrauenswürdig ist. Wir haben gehört, dass Ihr in jüngster Vergangenheit einen sehr schwierigen und delikaten Fall hier am Domberg aufklären konntet. Seine Ehrwürden, der Bischof selbst, hat uns Eure Dienste sehr empfohlen. Deshalb bitten wir Euch, im Auftrag des Herzogs als kirchlicher Richter im Kloster Seligenthal zu ermitteln. Wir wollen wissen, was wirklich geschehen ist: ob die Nonnen in Wirklichkeit aus dem Kloster geflohen sind und warum. Ob sie Helfer im Kloster hatten. Wie die Entführung organisiert wurde. Ihr braucht Euch nur um das Kloster und dessen Mitglieder zu kümmern. Für die Untersuchung außerhalb des Klosters hat seine Erlaucht den Landschreiber Karl Kärgl beauftragt. Er ist ein unbestechlicher, diskreter Mann mit viel Erfahrung, aber leider ein wenig einfältig – äh, einfallslos, wenn Ihr versteht, was wir meinen. Er geht natürlich sorgfältig vor und sucht, wo man bei solchen Fällen immer sucht. Es ist normalerweise sehr einfach: Entflohene Nonnen laufen gewöhnlich direkt zu ihren Familien zurück, wenn sie können. Anderenfalls heiraten sie oder sie werden zu Prostituierten. Der Landschreiber hat also als Erstes die Familien befragt und die Hurenhäuser durchsucht, aber nichts gefunden. Wir glauben daher, dass sich die Sache anders verhält, als er annimmt.«

Pater Schwarz trat etwas vor. »Habt keine Sorge, Ehrwürden, die Kirche steht dem Herzog in dieser wichtigen Angelegenheit zu Diensten. Die Nonnen können sich vor unseren Augen nirgendwo verstecken. Sie dürfen von niemandem aufgenommen werden, weil sie durch ihre Flucht eo ipso exkommuniziert und von der Christengemeinschaft ausgeschlossen sind. Sie können nicht heiraten, ohne dass wir davon wissen. Wie sollen sie demnach außerhalb des Klosters leben? Wie ein Sprichwort heißt: *Sicut piscis sine aqua vita caret, ita sine monasterio monachus* – Ein Mönch aus dem Kloster ist wie ein Fisch aus dem Wasser. Er muss sofort zurück ins Wasser oder sterben.«

»Wir unterstützen den Herzog mit allen Kräften in seinen frommen Bemühungen um Disziplin in den Kirchen und Klöstern in unserem Bistum«, bezeugte der Bischof gebetsartig.

»Das Bistum Freising ist die wichtigste Stütze der Herrschaft des erlauchten Herzogs und sein Garant für Gottes Gnade«, intonierte darauf Doktor Mair wie im Wechselgesang. »Der Freisinger Domberg ist von jeher ein Leuchtturm der Weisheit und Frömmigkeit gewesen, den wir in Landshut besonders schätzen.«

Johannes Heller fand diese plötzliche Harmonie und das Angebot, die Kirche in den Dienst des Herzogs zu stellen, befremdlich. »Das sind erfreuliche Neuheiten«, warf er scharf dazwischen. »Mein Eindruck war, dass der Landshuter Herzog die Kirche und das Kirchenrecht als unnötiges Hindernis für seine Heiratspläne betrachtete, während er gleichzeitig unseren Gemeinden und Klöstern eine ungerechte Abgabe aufgezwungen hat, um die Hochzeiten seiner Kinder zu finanzieren.«

»Dominus Heller!«, rief Bischof Sixtus entsetzt.

»Es ist die Wahrheit, Ehrwürden«, setzte Heller unerschrocken nach. »Mit welchem Recht verlangt der Herzog diese Abgabe von unseren Kirchen und Klöstern, um seine Prunkinszenierung zu bezahlen? Und warum muss auch sein Volk, das hungert und leidet, eine Sondersteuer leisten, die normalerweise nur bei Notlagen erhoben wird, nur damit Herzog Ludwig die Hochzeit seines Sohns feiern kann? Er, der sich der Reiche nennt, sollte das doch mit seinem eigenen Geld bezahlen können.«

Dem Bischof klappte die Kinnlade herunter.

Martin Mair aber lachte nur. »Wir haben solche Worte von Euch erwartet, Dominus Heller. Euer Ruf eilt Euch voraus.

Aber hört mal zu: Über Jahrhunderte hat die Kirche unter dem Schutz und der frommen Wohltätigkeit der Herzöge Reichtum und Besitz angehäuft. Nun gehören ganze Landstriche der toten Hand der Kirche und zollen dem Herrscher weder Abgaben noch Treue. Wir verlangen von der Kirche nur eine Geste der Dankbarkeit und Verbundenheit mit dem Haus des Herzogs in dieser wichtigen Angelegenheit. Doch anstatt von Dankbarkeit werden unverhohlene Drohungen ausgesprochen, die Ehepläne unseres Herzogs Georg zu vereiteln oder den Herzog gar vor dem Papst anzuklagen, wenn wir Euch das Geld von der Sondersteuer nicht zurückgeben.«

Der Redner hielt kurz inne, als er merkte, dass sein Ton zu heftig wurde. »Doch jetzt genug der gegenseitigen Vorwürfe! Zu lange haben sich Kirche und Staat gestritten – zu ihrem beidseitigen Nachteil. Nun ist es Zeit, dass wir diese Differenzen beiseitelegen und erkennen, worin unsere gemeinsamen Aufgaben und Interessen liegen. Ein christlicher Herrscher muss der größte Förderer der Kirche sein, und umgekehrt soll die Kirche als größte Stütze der christlichen Herrschaft dienen: So will es die göttliche Ordnung. Über diese Angelegenheiten wird vielleicht bald ausführlicher zu sprechen sein. Für den Augenblick möchten wir Eure Unterstützung in der Untersuchung des Klosters als ein Zeichen des guten Willens betrachten.«

Johannes Heller hörte ihm misstrauisch zu. »Gut, aber ich bezweifele, dass ich für diese Aufgabe der Richtige bin«, antwortete er abwägend. »Wäre nicht der bischöfliche Vikar der zuständige Richter für solche Fälle? Er ist zudem sicherlich besser qualifiziert und erfahrener in solchen Angelegenheiten.«

»Hört auf! Solche Demut steht Euch nicht gut«, schnappte

Heinrich Baruther gekränkt. »Es handelt sich um eine rein geistige Angelegenheit, weshalb Ihr als Richter *in spiritualibus* in der Pflicht seid. Anderenfalls wären wir selbstverständlich zuständig.«

Bischof Sixtus von Tannberg erhob seine Stimme mahnend. »Ihr wollt Euch dieser frommen Aufgabe hoffentlich nicht entziehen, Heller?«

»Gewiss nicht, Ehrwürden«, antwortete Heller.

»Sehr gut. Wir wussten, dass wir uns auf Euch verlassen können. Eine Vollmacht des Herzogs ist bereits für Euch ausgestellt. Wir geben Euch Pater Schwarz als Begleiter mit, um Euch mit der Untersuchung zu unterstützen. Er ist in Klosterangelegenheiten sehr erfahren und genießt unser volles Vertrauen.«

Der Dominikanerkaplan trat schweigend vor und verneigte sich leicht. »Zu Euren Diensten, Dominus Chorrichter.«

Heller fühlte sich überrumpelt. »Einen Augenblick«, protestierte er. »Bei dieser Tätigkeit brauche ich einen rechtserfahrenen Gehilfen, um die Befragungen zu protokollieren und zu beratschlagen. Bei aller Hochachtung für Pater Schwarz, mit einem Theologen kann ich dabei nichts anfangen.«

Der Pater wehrte sich mit einem gereizten Lächeln. »Gewiss besitzt ein Theologe in Rechtsfragen keine Kompetenz, aber in der Erkenntnis der Wahrheit können wir Euch dienen, denn die Theologie ist die Wissenschaft der vollkommenen Wahrheit.«

Heller sträubte sich höflich: »Ihr habt recht, Pater, die Theologie ist ohne Zweifel die höchste Wissenschaft. Aber sie beschäftigt sich mit vollkommenem Wissen, nicht mit dem Wissen des menschlichen Intellekts.«

Er wandte sich an den Bischof. »Ehrwürden, der Heilige Thomas von Aquin unterscheidet zwei Formen von Wahrheit, *duplex modus veritatis*: Die eine ist die Wahrheit, welche die Vernunft durch Fragen und Suchen erreichen kann; die andere aber ist Wahrheit, die das Vermögen der Vernunft übersteigt. Letztere ist Gegenstand der Theologie, Erstere ist es aber, die hier gefragt ist.«

»Dominus Heller, Ihr wollt nicht etwa behaupten, dass man nichts glauben soll, was man nicht sieht? Das wäre eine häretische These«, sagte der Pater bedrohlich.

»Ganz im Gegenteil«, beteuerte Heller besänftigend. »Ich sage vielmehr, dass das, was der Verstand nicht begreifen kann, zur höheren Wahrheit gehört. Aber bei dieser Untersuchung geht es um logische Schlüsse, die auf der Basis der fünf Sinne gewonnen werden. *Nulla est probatio maior quam evidentia rei*, heißt es bei uns Juristen: Kein Beweis ist größer als der Augenschein.«

Pater Schwarz erhob die Stimme zornig: »Ihr Juristen! Vor Übermut seid Ihr taub und blind. Eure Beweise sind von den fünf Sinnen abhängig, die aber fehlerhaft und falsch sind. Der Schein verhält sich zur Wirklichkeit wie der Schatten zu dem Ding selbst. *Oculus non vidit, Deus, absque te* – Ohne Gottes Hilfe sieht das Auge nichts.«

»Das mag sein«, gab Johannes Heller schroff zurück. »Ich beabsichtige aber nicht, eine Untersuchung zu führen, um bereits feststehende Ergebnisse zu ermitteln. Und auch nicht, um etwa die Rechtfertigung für eine geplante Reform des Klosters zu liefern«, fügte er hinzu, an Martin Mair gerichtet. »Tut mir leid, Ihr werdet dafür einen anderen Richter finden müssen.«

»Genug!«, rief Bischof Sixtus, den die Geduld langsam verließ. »Dominus Heller, Ihr werdet die Untersuchung leiten. Sucht nach der Wahrheit auf Eure Art und Weise, wie Ihr wollt, aber Ihr nehmt Pater Schwarz mit: Das ist unser Befehl. Ihr dürft jedoch auch einen Notar oder Rechtsgelehrten mitnehmen, wenn das unbedingt nötig ist.«

»Dann will ich meinen Beisitzer, den Licenciatus Marcus Hörnle, mitnehmen«, sagte Heller.

»Marcus Hörnle?« Heinrich Baruther runzelte die Stirn. »Ist er moralisch dafür geeignet? Wir hören immer wieder Gerüchte über seinen Lebenswandel. Letztes Jahr war er doch in einen Skandal um eine Dienstmagd und ein Kind verwickelt. Ihr geht immerhin in ein Nonnenkloster.«

»Wer von uns ist frei von Verfehlungen?«, antwortete Johannes Heller gelassen. »Ich selbst bin es jedenfalls nicht. Aber wie der Herr Bischof gesagt hat: Die Verächtlichen sollen zu Richtern gemacht werden.«

3. Der Bienenstaat

AM NÄCHSTEN TAG brachen Heller, Hörnle und Pater Schwarz in der Morgendämmerung nach Landshut auf. Begleitet von zwei bewaffneten Reitern fuhren sie in einem von schwarzen Pferden gezogenen geschlossenen Wagen. Es war bitterkalt. Eine Schicht eisigen Nebels lag wie ein

Leichentuch über der Isarauenlandschaft; alle Büsche und Zweige trugen einen weißen Pelz aus frostigem Raureif, der glänzte und glitzerte, wenn ein Sonnenstrahl darauf fiel. Die drei Geistlichen saßen verhüllt in ihren dicken Pelzmänteln und schwiegen. Marcus Hörnle, der noch verschlafen wirkte, nickte bald in seiner Ecke ein. Pater Schwarz schien in sich selbst versunken. Nur Johannes Heller regte sich, schaute ab und zu aus dem kleinen Fenster, um ihre Position festzustellen, und las dann weiter in einem Buch, das er auf die Reise mitgenommen hatte. Schließlich brach Pater Schwarz das Schweigen und fragte Heller, was er denn lese.

»Die *Regula Sancti Benedicti*«, antwortete der Richter. »Die Zisterzienser leben nach der Benediktsregel, ergänzt durch die zusätzlichen Consuetudines oder Bräuche, die von ihrem Ordenskongress beschlossen werden. Ich halte es für sinnvoll, die Regeln zu kennen, nach denen wir das Verhalten der Menschen zu beurteilen haben.«

Der Mönch schnaubte ein wenig verächtlich. »Das ist leicht zusammengefasst: *Nunc lege, nunc ora, nunc cum fervore labora* – lese, bete und arbeite fleißig. Alles sehr löblich, wenn sie sich nur daran halten würden.«

»Und sieht es bei den Dominikanern mit ihrem Armutsprinzip besser aus?«, entgegnete Heller.

»Besser jedenfalls als bei Euch verweltlichten Domherren.«

Marcus Hörnle erhob ein Augenlid und blinzelte müde. »Als Richter in Ehesachen seid Ihr sowieso bestens für eine Untersuchung im Nonnenkloster vorbereitet, Dominus«, sagte er scherzhaft. »Ich meine, die Nonnen sollen doch Jungfrauen und Bräute Christi sein. Gebrochene Eheversprechen und Entjungferungsklagen sind unser tägliches Geschäft. Und jeder weiß, wie es in Nonnenklöstern zugeht.«

»Wer behauptet zu wissen, wie es bei den Nonnen zugeht?«, schnappte Heller ärgerlich. »Du liest wohl zu viel Boccaccio und derartige Lustgeschichten. Ich glaube nicht, dass irgendeiner von diesen Autoren jemals in einem Frauenkloster war oder eine Ahnung hat, wie Nonnen wirklich leben. Überhaupt wird sehr viel Unfug über Nonnenklöster geschrieben, der auf nichts als lüsterner Fantasie beruht. Schlag dir solche Vorstellungen aus dem Kopf, bevor wir das Kloster betreten! Und wenn du dir ein Bild vom Leben der Nonnen machen willst, so scheint mir ein Vergleich mit dem Bienenstaat zutreffender. Es heißt ja, dass die Bienen Jungfrauen sind und fleißig für das Gemeinwohl arbeiten. Es gibt einen Traktat von einem Gelehrten namens Thomas von Cantimpré mit dem Titel *Bonum universale de apibus* – Das Gemeinwohl am Beispiel der Bienen. Wie er schreibt, leben die Bienen sehr nah an der Benediktsregel und sollten als Vorbild für die menschliche Gemeinschaft dienen.«

Pater Schwarz nickte. »Das ist zutreffend – aber nur für den Staat, nicht unbedingt für ein Nonnenkloster. Übrigens lobt auch der Kirchenvater Ambrosius die Bienen als Urbild des wohlgeordneten Staates. Aber, genauso wie bei den Menschen im Staat, so bedürfen auch die Bienen der Herrschaft eines Bienenkönigs, des Weisels, nicht eines Weibes. Das ist wohl der große Fehler von Nonnenabteien: Ohne männliche Leitung ist es nur zu erwarten, dass Ordnung und Zucht rasch verloren gehen.«

»Bei den Bienen hat der Weisel aber keinen Stachel, wie es heißt«, gab Marcus Hörnle zu bedenken mit einem zweideutigen Lächeln.

»Was wollt Ihr damit andeuten?«, grollte der Pater. »Uns scheinen Eure Gedanken unpassend für einen Domherrn,

Dominus Hörnle. Die Stachellosigkeit symbolisiert die gewaltlose Herrschaft Christi.«

»Als Symbol, ja. Aber in der Natur?«

»Symbole verweisen auf das wahre Wesen der Natur«, belehrte ihn der Theologe.

»Manche Leute sagen, dass Symbole nur sinndeutende Abstraktionen sind«, parierte Hörnle. »Sie sind *conceptus mentis*, Geburten unserer Gedanken, wie die Begriffe selbst, die nur in unseren Gedanken existieren.«

»Manche Leute sagen, dass solche Gedanken häretisch sind«, schnappte Pater Schwarz. »Euer Gerede ist ungläubig und frech, junger Mann. Es wird dich eines Tages in Schwierigkeiten bringen.«

Hörnle hob gleichgültig die Schultern und schloss wieder die Augen. Johannes Heller kehrte zu seiner Lektüre zurück.

Sie reisten weiter in Schweigen durch die eisige Landschaft. Über sanfte Hügel erreichten sie die kleine ummauerte Stadt Moosburg mit den Türmen von Sankt Kastulus und Sankt Johannes. Bald überquerten sie die eisgrüne Isar und fuhren östlich des Flusses weiter. Auf dieser Seite der Isar erhob sich ein langer bewaldeter Hügelrücken, an dessen Fuß die Straße zunächst bis Eching führte, um dann auf höherem Grund hinter Tiefenbach nach Achdorf vor die Tore Landshuts zu gelangen. Der Nebel im Tal lichtete sich etwas, und sie erblickten die klotzige Burg *Landshuata* – die Wächterin des Landes –, die auf einem hohen Vorsprung über den Türmen und Dächern der Stadt Landshut thronte. Von den Befestigungsanlagen der Burg stürzte eine hohe, betürmte Wehrmauer herunter. Beeindruckt fuhren sie durch das wehrhafte Münchner Tor in die kleine, aber prachtvolle Stadt Landshut, Juwel der Herrschaft der Reichen Herzöge. Über ihnen ragten das Baugerüst und die gewaltigen Ziegelsteinstreben der unfertigen Martinskirche in den Himmel wie beim Turmbau zu Babel. Prächtige mehrstöckige Fachwerkhäuser säumten die breite Hauptstraße, die Altstadt, wie sie genannt wurde, mit Geschäften und Gaststuben zu der Straße hin, wo wohlhabende Bürger und Adlige in warmen Mänteln flanierten. Die Reisenden durchquerten das Stadtzentrum bis zum massigen Heiliggeistspital und verließen die Stadt wieder durch ein mächtiges Tor, das auf die Isarbrücke öffnete. Vor der Stadtmauer weitete und teilte sich die Isar um eine lang gezogene besiedelte Flussinsel, das Mitterwöhr. Zu dieser führte eine erste Brücke und dann gleich eine zweite, die sie auf die andere Isarseite brachte. Im Herzen der von mehreren kleinen Flüssen durchströmten Auenlandschaft lagen die gedrängten Gebäude des Klosters Seligenthal, wohin die Straße sie führte. Mit mehreren vorgelagerten Häusern und den umgebenden Wirtschaftsgebäuden und Mühlen wirkte das Kloster zuerst wie ein kleines Dorf. Die Kirche hatte keinen Turm, denn die Zisterzienser lehnten Kirchentürme wie auch alle weltliche Prachtentfaltung streng ab. Doch als die Reisenden vor dem Tor standen, erwiesen sich die Bauten bei aller scheinbaren Demut als durchaus stolz und erhaben, wie es sich für die Grablege der mächtigen Herzöge ziemte. Den Kern des Gebäudekomplexes bildete die Klosterkirche Mariä Himmelfahrt mit dem Kreuzgang und den dazu gehörenden Gebäuden, an deren Nordseite sich ein zweiter, kleinerer Innenhof mit weiteren Bauten anschloss, wie die Zellen in einer Bienenwabe. Der Innenbereich des Klosters wurde von einer hohen Außenmauer und dem kleinen Bach Pfrettrach umgeben, dessen Lauf wie ein Wassergraben die Anlage umzingelte. Hinter den Klostergebäuden lag ein Obst- und Nutzgarten, der ebenfalls ummauert war. Drum herum waren offene schneebedeckte Wiesen.

An der Pforte wachte ein großer bärtiger Pförtner. Seine angeketteten Hunde bellten wütend, als der Wagen vor dem Tor anhielt. Ohne besondere Ehrfurcht nahm der Zerberus zur Kenntnis, welche Personen um Einlass baten.

»Willkommen zu Kloster Seligenthal, ehrwürdige Herren. Die Domna Äbtissin erwartet Euch«, sagte der Pförtner schließlich. Seine raue Stimme erhob sich leicht, als er von seiner Herrin sprach.

»Die *Domina* Äbtissin, meinst du«, korrigierte ihn Marcus Hörnle.

»Wie bitte, der Herr?«

»Es heißt Dominus und Domina, nicht Domnus und Domna«, wies ihn Hörnle pedantisch zurecht. »Demnächst wirst du uns das Haus und sie das Dach nennen. Das wird der gute Pater hier nicht mögen.«

Der Pförtner blinzelte verständnislos. »Jawohl Domnus: die Domna Äbtissin.«

Er rief seinen Knecht zu sich und befahl ihm, die Pferde in die Ställe zu führen und die Diener der Herrschaften aufzunehmen. Indessen bat er die Gäste, in einem ungeheizten kahlen Raum neben der Pforte, der sogenannten Portenstube, Platz zu nehmen, während er sie anmeldete.

Mit einer angedeuteten Verbeugung entfernte sich der Pförtner und verriegelte die Tür hinter sich. Es dauerte ziemlich lang, bis er schließlich zurückkehrte. Die Äbtissin sei im Gebet gewesen, erklärte er wortkarg. Sie wolle ihre Gäste jedoch jetzt in der Gaststube gerne empfangen. Die Freisinger betraten den großen Hof vor der Klosterkirche und wurden zu dem Gastgebäude geführt. Von der Gaststube im zweiten Stock blickten sie auf den Hof hinunter, wo bärtige Männer und schlicht gekleidete Frauen emsig mit Werkzeug oder Lebensmitteln hin und her liefen. Diese waren die Konversen oder Laienbrüder und -schwestern, die die körperlich harten oder knechtischen Klosterarbeiten verrichteten. Sie waren keine Mönche, aber hatten die drei mönchischen Gelübde abgelegt zur Einhaltung von Gehorsam, Beständigkeit des Wohnsitzes und klösterlichem Lebenswandel – *oboedientia, stabilitas loci* und *conversatio morum*. Irgendwo wurde Holz gehackt, woanders wurde gehämmert und gesägt; in einer Schmiede wurde Eisen geschlagen, am Bach wurde die Wäsche gewaschen. Überall brummte und summte es mit arbeitsamer Geschäftigkeit.

Die Besucher mussten sich auch in der Gästestube lange gedulden, doch mindestens war der Raum geheizt. Pater Schwarz fing gleich an, über die Weiberherrschaft zu murren. Auch Johannes Heller wurde allmählich ungeduldig und stampfte mit dem Fuß ärgerlich auf. Gerade in dem Moment öffnete sich die Tür, als ob jemand darauf gewartet hätte, dass ihre Geduld endlich erschöpft war.

Die Äbtissin trat ein. Sie war eine große, schlanke Frau mittleren Alters, gekleidet in ein blendend weißes Gewand mit einem weißen Wimpel und einem schwarzen Schleier um ihr langes, streng geschnittenes Gesicht. Wenn sie sprach oder lächelte – was sie selten tat –, zeigten sich ihre langen gelblichen Vorderzähne. Der Blick ihrer blauen Augen blieb immer – fast immer – unnahbar und kühl. Hinter ihr kam eine zweite Nonne in den Raum, eine kleinere, delikat geformte junge Frau mit dunklen Augen, die jedoch nicht weniger streng und ernsthaft unter ihren zusammengewachsenen Augenbrauen blitzten. Ihr Mund war verschlossen zugespitzt, wie die Knospe einer Rose. Sie musterte die Gäste still und eingehend, während die Äbtissin vortrat.

4. Äbtissin Barbara

»SEID WILLKOMMEN, EHRWÜRDIGE Herren aus Freising«, sagte die Äbtissin gravitätisch mit einer überraschend tiefen Stimme. »Ich bin Äbtissin Barbara, durch Gottes Gnade kanonisch gewähltes und päpstlich approbiertes Oberhaupt des gottgefälligen Konvents Seligenthal. Das hier ist Schwester Magdalena, meine Scriba – die Schreiberin. Sie wird nicht mit Euch sprechen, sondern unser Gespräch aufzeichnen. Wir verstehen, dass Ihr zu uns in richterlichen Angelegenheiten gekommen seid, und meinen, dass es in solchen Rechtsgeschäften gebräuchlich ist, Protokoll zu führen.«

Ihre Augen suchten in Hellers Gesicht auf und ab, als ob sie darin etwas lesen wollte. Johannes Heller begann, ihr seine Ehrerbietung zu erweisen, doch sie hielt eine Hand auf.

»Wartet! Normalerweise dürfen wir uns mit männlichen Besuchern höchstens durch ein vergittertes Fenster unterhalten, aber Ihr seid hochstehende, ehrwürdige Kirchenmänner, die im Auftrag des Bischofs und des Herzogs zu uns gekommen sind. Deshalb empfangen wir Euch als willkommene Gäste. Es ist unsere Gewohnheit, mit unseren Gästen gemeinsam zu beten, bevor wir sie mit dem *osculum pacis*, dem Friedenskuss, begrüßen, damit wir keiner Täuschung durch den Teufel unterliegen. Denn der Teufel ist überall draußen in Eurer Männerwelt, und Ihr seid Männer, auch wenn Ihr ehrwürdige Kirchenmänner seid. Wir müssen vorsichtig sein, wen wir in unsere Welt hereinlassen. Wir haben uns daher überlegt, aus dem 15. Psalm zu beten, mit dem unsere Regel auch beginnt.« Sie blickte die

Besucher fest an. »Das scheint uns ein passendes Gebet für Euren hohen Besuch.«

Dann fing sie mit leiser, tiefer Stimme an, den Psalmentext nach dem Graduale zu intonieren: »*Domine, quis habitat in tabernaculo tuo* – Herr, wer wird wohnen in deinem Zelt und wer wird ruhen auf deinem heiligen Berg? Derjenige, der unbefleckt eintritt und Gerechtigkeit bewirkt, der die Wahrheit von seinem Herzen ausspricht und keine Täuschung mit seiner Zunge begeht, der seinem nächsten nichts Böses antut und keine Verschmähung verbreitet.«

Sie alle murmelten ihr den Text nach. Amen.

»Dieses Kloster ist nur ein bescheidenes Zelt des Herrn, in dem die Bräute Christi leben. Willkommen aber sollen alle sein, die Wahrheit und Gerechtigkeit dienen«, sagte die Äbtissin abschließend und trat auf Johannes Heller zu.

»*Pax vobiscum*«, sprach sie und küsste ihn hart auf die Wange.

»Frieden sei auch mit Euch«, murmelte Heller erstaunt und rieb sich die Wange.

Die Äbtissin grüßte ebenso Marcus Hörnle und Pater Schwarz, der sichtbar vor ihrem Kuss zurückwich. »Ich tausche keinen Bruderkuss mit einer Frau«, murmelte er. »*Absit nefas.*«

Dann trat auch die stille Begleiterin auf die Gäste zu und begrüßte sie ebenfalls mit einem Kuss, der jedoch nicht hart, sondern leicht und flüchtig war, wie der Hauch ihres Atems.

Die Äbtissin erkundigte sich rasch bei ihren Gästen nach ihrer Reise und rief die Gastmeisterin, Schwester Gertrud, herein. Diese war eine alte grau gekleidete Laienschwester mit rosiger Komplexion wie ein reifer Apfel. Sie erschien nur kurz, um den Besuchern Wasser und Brot auf den Tisch zu stellen, und verabschiedete sich alsdann wortlos.

Währenddessen erklärte Äbtissin Barbara, dass es im Kloster noch nicht die Zeit zum Essen sei, doch seien ihre Gäste nach ihrer Reise gewiss hungrig und müde, weshalb sie sich an der Gastfreundschaft des Klosters laben sollten. Sie stand zurück und schaute kühl zu, während ihre junge Begleiterin ihnen demutsvoll Wasser über die Hände goss und ihnen sogar die Füße mit ihren warmen, weichen Händen wusch. Zusammen beteten sie und sangen den Psalm: »*Suscepimus, Deus, misericordiam tuam*: Herr, wir haben deine Barmherzigkeit inmitten deines Tempels aufgenommen.«

Nachdem sie sich an der kargen Mahlzeit gestärkt hatten, setzte sich die Äbtissin ihnen gegenüber an einen schweren Tisch, an dem die Scriba auch ihren Platz mit Papier und Feder einnahm. Marcus Hörnle packte ebenfalls seinen Schreibstoff aus einer Tasche und setzte sich der Scriba gegenüber. Ihre Blicke trafen sich einen Augenblick lang. Ihre dunkelbraunen Augen blickten wachsam und fluchtbereit wie ein Reh am Rand einer Waldlichtung.

»Geehrter Herr Chorrichter«, fing die Äbtissin an, »wir sind von Eurem Besuch geehrt, zumal wir verstehen, dass Ihr im Auftrag unseres Schutzherrn und Benefaktors, des Herzogs, zu uns gekommen seid, um den Vorfall vor fünf Tagen für uns aufzuklären. Wir nehmen Eure Hilfe gerne an, aber verweisen darauf, dass wir gewöhnlich selbst die Gerichtsbarkeit über unsere Schutzbefohlenen ausüben und, rein rechtlich gesehen, nur der Aufsicht unseres Vaterabtes in Raitenhaslach unterworfen sind.«

Johannes Heller nickte. »Wir danken Eurer Gnaden für Euer Entgegenkommen. Wir selbst sind als Chorrichter des Fürstbischofs von Freising auf keine Weise für diese Angelegenheit zuständig, aber wir vertreten hier die Befugnisse des Herzogs von Bayern-Landshut, der uns ausdrücklich die Aufklärung des Falls in Auftrag gegeben hat.« Er hielt kurz inne und fügte dann hinzu: »Ich betrachte es als meine Aufgabe als Richter, die Wahrheit herauszufinden und gerechte Urteile darüber zu fällen. Wie ich es verstehe, ist dies ganz im Sinne von Eurem Wunsch an uns als Gäste. Lasst uns an dieser Aufgabe gemeinsam zusammenarbeiten.«

Die Äbtissin schaute ihn jedoch weiterhin scharf und misstrauisch an. »Wir haben bereits die Ereignisse vollständig ermittelt und eingehend geschildert. Aber wenn Ihr es nochmals hören wollt: In der Nacht am 15. Dezember hat jemand Feuer gelegt in der Sakristei. Es geschah nach dem letzten Gebet: Alle Schwestern waren im Bett und schliefen, wie vorgeschrieben. Zum Glück aber hat die Aufseherin den Brand bemerkt und Alarm geschlagen. Aus Angst, dass sich das Feuer ausbreiten könnte, haben wir den Schwestern und Novizinnen befohlen, ihre Zellen zu verlassen und sich im Kreuzgang vor der Sakristei zu versammeln. Während die Konversen und Leute aus den nahe gelegenen Häusern den Brand bekämpften, beteten wir gemeinsam für die Rettung des Klosters, was durch Gottes Gnade geschah. Als wir in die Dormitorien zurückkehrten, stellten wir aber fest, dass fünf Nonnen fehlten. Es gab kein Fehlverhalten in diesem Handeln.«

»Darüber werden wir entscheiden, nicht Ihr«, sagte Pater Schwarz dunkel.

»Ihr scheint Eure Entscheidung bereits getroffen zu haben«, gab die Äbtissin kühl zurück.

»Wir gehen nicht davon aus, dass ein Fehlverhalten Eurerseits vorliegt«, sicherte ihr Heller eilig zu. »Vielmehr ist das Geschehene wohl das Ergebnis eines oder mehrerer Verbrechen. Zum einen gibt es die Brandstiftung, zum anderen die

Entführung der Nonnen. Auch wenn diese Taten möglicherweise miteinander zusammenhängen, würde ich sie gern einzeln betrachten. Lasst uns mit der Brandstiftung anfangen.«

Während sie sprachen, fasste Marcus Hörnle das Gespräch geübt in wenigen Stichworten zusammen. Er blickte auf und sah zu, wie die Scriba flink mitschrieb. Als er sie beobachtete, schaute sie überrascht auf, und ihre Wangen erröteten leicht.

Äbtissin Barbara antwortete Heller indessen irritiert. »Was soll diese Befragung? Misstraut Ihr uns? Oder glaubt Ihr, Euer männlicher Verstand würde die Wahrheit besser erfassen als unser schwacher weiblicher Intellekt?«

Pater Schwarz lächelte höhnisch. »*Durum est vobis contra stimulum calcitrare*: Es fällt Euch schwer, gegen den Stachel zu löcken«, belehrte er sie. »Nehmt es lieber mit Demut hin, Schwester Äbtissin, wie es sich einem Weib ziemt: Gott hat dem Mann die *ratio superior*, den höheren Verstand, gegeben, der Frau aber die *ratio inferior*, wie Augustinus sagt.«

»Ach ja, Euer Augustinus«, schnaubte die Äbtissin zurück. »Sein Wort steht für Euch wohl über dem Gottes, der Mann und Frau als sein Ebenbild geschaffen hat und vor dessen letztem Gericht kein Unterschied unter den Menschen bestehen soll.«

»Vor dem letzten Gericht wohl, aber auf Erden ist Christus das Haupt eines jeden Mannes und der Mann das Haupt einer jeden Frau: Erster Brief des Apostels Paulus an die Korinther«, zitierte Pater Schwarz genüsslich.

»Wir sind Bräute Christi und bedürfen keines Mannes Führung«, entgegnete Äbtissin Barbara. »Ganz sicher nicht Eure.«

»Wir sind vom Herzog geschickt worden, um die Angelegenheit zu überprüfen und unser eigenes Urteil zu bilden«, unterbrach Heller den Streit eilig. »Ihr habt verlangt, dass ein geistlicher Richter den Fall untersucht, und deshalb sind wir hier. Sagt uns zuerst, was Ihr über das Feuer herausgefunden habt.«

Die Äbtissin beherrschte ihren Zorn mit Mühe. »Das Feuer wurde in der Sakristei gelegt. Jemand muss die Bücher dort in Brand gesetzt haben, denn sie sind alle verbrannt. Zuerst haben wir gedacht, dass die Ursache eine brennende Kerze oder eine Lampe gewesen sein könnte, doch es wurde uns später klar, dass das Feuer uns ablenken sollte, während unsere Schwestern geraubt wurden.«

»Ihr glaubt also, dass die Täter den Brand gelegt haben, um dann die Nonnen zu entführen?«

»Das ist sicher.«

»Und nun die Entführung: Wie Ihr sagtet, verließen die Nonnen ihre Dormitorien, um sich im Kreuzgang zu versammeln. Als sie zurückkehrten, stellte sich heraus, dass die fünf Nonnen verschwunden waren. Im Kreuzgang waren alle versammelt, und jemand hätte etwas sehen müssen, wenn sie von dort entführt wurden. Daher sind sie wohl auf dem Weg von den Dormitorien zum Kreuzgang oder zurück verschwunden.«

»Das ist anzunehmen«, gab die Äbtissin kalt zu.

»Das bedeutet, dass die Täter in das Kloster eingedrungen sein mussten, um das Feuer zu entzünden und die Nonnen zu entführen. Welche Möglichkeiten gibt es, unbeachtet in das Kloster herein oder hinaus zu schleichen?«

»Keine. Das Kloster ist von einer Mauer und von dem Fluss geschützt. Alle Türen, die nach außen führen, sind nachts natürlich versperrt. Auch innerhalb des Klosters wird der Klausurbereich immer abgeriegelt, wie vorgeschrieben.«

»Natürlich«, stimmte Heller überein. »Und dennoch sind die Nonnen verschwunden. Wenn es aber unmöglich ist, dass jemand von außen eingedrungen ist, könnte es nicht sein, dass die Nonnen selbst das Feuer angezündet haben, um ihre Flucht zu ermöglichen?« Er stellte die Frage in einem beiläufigen Ton, aber die Äbtissin schrak empört auf.

»Nein! Das ist undenkbar. Wir wissen, dass Ihr das glauben wollt, aber es waren Verbrecher von draußen, böse Männer. Wir haben ihre Wagen- und Fußspuren vor der Mauer gefunden.«

»Es waren also auf alle Fälle Personen von außen beteiligt«, stellte Heller beruhigend fest. »Haben die Nonnen Kontakt zu ihrer Familie oder Freunden außerhalb des Klosters?«

»Nein, das ist verboten«, antwortete die Äbtissin. »Wir schwören der Welt ab, wenn wir in das Kloster eintreten. Die Gemeinschaft des Konvents ist uns Familie und Freund genug.«

»Und ist es schon mal in der Vergangenheit passiert, dass Nonnen aus diesem Kloster geflohen oder entführt wurden?«, wollte Heller wissen.

»Nein, unter unserer Leitung ist das niemals geschehen.«

»Und unter anderen Äbtissinnen?«

»Das können wir nicht sagen.«

Pater Schwarz unterbrach das Gespräch mit einem ungeduldigen Schnauben. »Wir haben gehört, dass es in letzter Zeit Fälle von Disziplinlosigkeit und Missständen gegeben hat. Einige von den vermissten Novizinnen mussten bestraft werden, andere wollten das Kloster verlassen.«

»Was?«, rief Johannes Heller überrumpelt. »Woher wisst Ihr das?«

»Es gibt bessere Wege zur Erkenntnis als solche fruchtlosen juristischen Befragungen«, sagte der Dominikanermönch höhnisch. »Das hier ist reine Zeitverschwendung.

Die Äbtissin will uns nichts sagen, was ihre eigene Schuld offenbaren könnte. Dabei ist es klar, dass die Nonnen freiwillig geflohen sind.« Er wandte sich an Äbtissin Barbara, deren Gesicht weiß wie ihr Habit geworden war. »Die Frage lautet nur: wie und warum? Welche Missstände wollt Ihr verheimlichen?«

»Ich leite diese Untersuchung«, schnitt ihm Heller das Wort ab. »Habt Ihr Beweise für diese Behauptungen, Dominus Schwarz?«

Pater Schwarz blickte ausdruckslos zurück. »Wir haben es von glaubwürdigen Quellen. Was sagt die ehrwürdige Oberin dieses Zelts Gottes dazu, die jede Täuschung durch die Zunge verbietet – oder gilt das nur für Eure Gäste?«

»Ist es wahr, was er sagt?«, fragte Heller die Äbtissin.

Äbtissin Barbara nahm sich zusammen und stand abrupt auf. »Eure Unterstellungen wollen wir nicht länger hinnehmen. Wir haben nicht gelogen; wir lügen nie. Aber wenn Ihr glaubwürdigere Quellen habt, ist unsere Aussage wohl überflüssig! Wir wissen ohnehin schon, wer Eure Informanten sind: die Nonnen aus Königsbruck, die letztes Jahr kamen, um uns auszuspionieren. Ihr dürft sie befragen, wenn Ihr wollt; im Übrigen könnt Ihr alle gleich nach Freising zurückkehren.«

Sie wandte sich stolz ab und ging zur Tür. Die Scriba sprang von ihrem Stuhl auf, mit einem vorwurfsvollen Blick an Marcus Hörnle gerichtet, und eilte ihr nach.

»Wartet«, rief Johannes Heller, als sie das Zimmer verließen. Er lief ihnen hinterher und schlug die Tür mit einem Knall hinter sich zu.

Die Äbtissin und ihre Scriba waren im Gang stehen geblieben.

»Seht Ihr nicht, was hier vorgeht, Herr Richter?«, rief Äbtissin Barbara aufgebracht. »Oder ist Euer Gerede von

Gerechtigkeit nur eine leere Worthülse? Unsere Feinde haben uns bei dem Herzog und dem Bischof verleumdet und versuchen, uns aus unserem Amt zu vertreiben: Dieser Vorfall ist ihnen nur ein willkommener Anlass. Eure Untersuchung ist ein Schauspiel, um eine Anklage gegen uns vorzubereiten. Wir werden in diesem bösen Spiel nicht mitspielen.«

»Ich sehe es. Ich sehe das Spiel allzu gut«, antwortete Heller. »Jemand will Euch zu Fall bringen. Ich weiß nicht, was der Grund ist und ob es mit diesem Ereignis etwas zu tun hat. Der Herzog aber scheint der Angelegenheit viel Bedeutung beizumessen, denn er hat seinen vertrautesten Rat nach Freising geschickt, um mich damit zu beauftragen. Das ist zu viel Aufwand, um eine einfache Klosterflucht aufzuklären. Im Moment kann ich nicht erkennen, worum es eigentlich geht, aber ich verspreche Euch, dass ich nur hier bin, um diesen Vorfall zu untersuchen, nichts anderes. Durch Euer Schweigen wollt Ihr Euch schützen, aber glaubt mir: Ihr spielt Euren Gegnern in die Hände, wenn Ihr uns bei der Aufklärung nicht helft. Ich bin überzeugt, dass die Wahrheit Euch am Ende recht geben wird. Dazu müssen wir aber einige Nonnen und Laienbrüdern befragen. Ich würde mich auch gerne im Kloster umsehen.«

Äbtissin Barbara prüfte sein Gesicht eingehend, und ihr strenger Blick schien ein wenig zu weichen. »Ihr seid zu gutgläubig, Dominus Heller. Aber wir vertrauen Euch und werden uns Euch nicht in den Weg stellen. Das Ergebnis steht ohnehin bereits fest bei denen, die darüber zu entscheiden haben. Sprecht, mit wem Ihr wollt. Allerdings dürft Ihr die Klausur nicht betreten. Das ist verboten, natürlich.«

5. Unkraut im Garten des Herrn

DIE SCRIBA SPRACH noch kurz mit der Äbtissin, dann folgte sie Heller zurück in den Gästeraum, wo sie ihren Platz am Tisch schweigend einnahm.

Johannes Heller erklärte ihr, er wolle zuerst mit einigen Nonnen und Konversen über das Klosterleben sprechen. »Wer könnte uns Auskunft geben?«, fragte er.

Die Scriba, Schwester Magdalena Buntschuh, verharrte in Schweigen mit gesenkten Augen. Als Heller seine Frage wiederholte, antwortete sie schließlich: »Herr, die Mutter Äbtissin hat mich angewiesen, nicht zu sprechen.«

»Aber sie hat mir erlaubt, mit allen zu sprechen. Und ich will zuerst mit dir sprechen. Ich habe dich etwas gefragt«, sagte Heller streng.

»Vielleicht weiß sie nichts«, wollte Marcus Hörnle ihr helfen. Doch die Scriba warf ihm einen zornigen Blick zu.

»Nein, Ihr seid es, die nichts wissen«, rief sie. »Ich dürfte mit Euch Männern weder sprechen noch hier in diesem Raum sitzen, das ist unsere Regel. Alle, die kommen, werden mich mit Euch sehen und über mich lästern.«

»Kind«, sagte Heller geduldig, »wir sind Männer der Kirche und Vertreter des Bischofs von Freising. Wir stehen außer Verdacht und werden deine standhafte Tugendhaftigkeit vor Gott und der Welt bezeugen. Aber auch Gehorsam ist eine Tugend.«

Die Scriba beäugte die Besucher mit strengem Misstrauen, insbesondere Marcus Hörnle, der nach ihrer Schelte ganz rot im Gesicht geworden war. »Meine Aufgabe ist es aufzuschreiben, was gesagt wird. Aber wenn Ihr es befehlt, werde ich Eure Fragen beantworten.«

»Wir sollten ohnehin besser einen Mann fragen«, sagte Pater Schwarz abschätzig. »Habt ihr keinen Vogt oder Aufseher?«

Die Scriba lachte kurz auf: »Entschuldigt, Dominus, aber Ihr wisst offenbar nichts über uns.« Dann fing sie an, die Klosterordnung zu erläutern. Es gebe keinen Vogt, erklärte sie; das Kloster unterstehe dem Schutz des Herzogs persönlich. Die Mutter Äbtissin leite das Kloster alleine und habe die Gerichtsbarkeit über alle Mitglieder des Klosters inne. Diese seien zum einen die Nonnen des Konvents und zum anderen die Laienbrüder und -schwestern, die der Äbtissin persönlich die Treue geschworen hätten.

»Jetzt besteht unser Konvent aus nur 20 Mitgliedern, wenn ich die fünf Verschwundenen nicht mitzähle: 15 *moniales velatae*, die den Schleier tragen, und fünf Novizinnen. Wir leben nach der Regel streng getrennt im Klausurbereich. Nur die Mutter Äbtissin hat Kontakt mit der Außenwelt. Wir haben dazu zehn Laienbrüder, die die tägliche Arbeit in den Höfen und auf den Feldern verrichten, und sechs Laienschwestern für das Waschen und Kochen. Das Kloster hat eine eigene Bäckerei, Brauerei, Schmiede, Tiere, Getreidespeicher, Obstbäume und Wiesen. Dazu kommen andere Höfe und Besitzungen, die geschenkt oder erworben wurden; sie leisten uns Abgaben. Für die Wirtschaft außerhalb der Klostermauern ist der Hofmeister zuständig, der auch Mitglied des herzoglichen Rates ist und unser Kloster nach außen vertritt. Für die Gottesdienste in der Kirche haben wir einen Priester. Ein Kaplan pflegt die Gedächtniskapelle der erlauchten Herzöge. Siebenmal im Jahr kommt ein Beichtvater zu uns vom Kloster Raitenhaslach. Das ist alles.«

Johannes Heller dankte ihr für diese Auskunft und sagte, er wolle sich zuerst ein Bild von der Klosteranlage machen. Er grummelte allerdings ein wenig, dass er den Klausurbereich des Klosters nicht betreten durfte. »Wie soll ich die Situation beurteilen, wenn ich nichts sehen darf?«

Die Scriba riet ihm dazu, den Baumeister Johannes zu befragen, der die Klostergebäude instandhalte und die Anlage besser kenne als sonst jemand.

Des Baumeisters Erscheinung machte Heller anfangs wenig Hoffnung. Er war ein sehr alter Mann, der an einem Stock ging und ständig blinzelte, als ob die Sonne in seine Augen schien. Er trug, wie alle männlichen Konversen, einen Bart – seiner war bereits sehr dünn und ganz weiß. Trotz seiner Sehschwäche und seines verwirrten Aussehens erwies sich der Baumeister jedoch als ein überraschend guter Beobachter. Als Johannes Heller ihn über die Sakristei und die Dormitorien auszufragen begann, griff er in seine Tasche und zog eine Handvoll Sägemehl hervor, das er mit einem schlauen Lächeln über den Tisch streute.

»Was soll das?«, knurrte Pater Schwarz, dem etwas Sägemehl auf der Kutte gelandet war.

Der Baumeister nickte nur und glättete den Staub wie eine Art Schreibtafel, auf die er ein Viereck zeichnete. »Seht Herren: Das ist die Kirche mit dem Altar im Osten zur aufgehenden Sonne. Der Kreuzgang schließt sich auf der Mitternachtsseite an, wie man sagt, im Norden also.« Er zeichnete mit seinem knorrigen Finger ein Rechteck in den Staub. »Hier beginnt der Klausurbereich; im östlichen Flügel sind das Sommerrefektorium und die Küche unten, und im oberen Stock der Kapitelsaal, die Bibliothek und die Sakristei. Im westlichen Flügel sind die Dormitorien und die Wohnung der Domina Äbtissin.«

Er hielt kurz inne. »Früher schliefen die Nonnen in einem gemeinsamen Schlafraum, aber vor sieben Jahren wurden einzelne Zellen gebaut. Nicht jeder findet das gut.«

Pater Schwarz grunzte: »Das ist gegen die Regel.«

Der Baumeister nickte. »Ja, aber es wurde vom Herzog erlaubt. Zur Mitternacht hin liegt das Winterrefectorium und das *Calefactorium*, die warme Stube. Alle Klöster des Zisterzienserordens haben mehr oder weniger denselben Grundplan.«

Dann zwinkerte er mit den Augen. »Aber im Nordosten haben wir hier in Seligenthal eine zweite Kirche, die Kapelle der heiligen Afra. Das war wohl die erste Klosterkirche, bevor die Hauptkirche gebaut wurde; jetzt benutzt man sie für Andachten. Daran ist ein zweiter Innenhof gebaut mit dem *Infirmarium* – der Krankenstube – dem Getreidespeicher und den Wohnräumen der Laienschwestern.« Er skizzierte die Lage der Gebäude in groben Zügen in das Sägemehl. Es sah am Ende wie eine Bienenwabe aus.

»Hier laufen die Mauer und der Fluss, die Pfettrach«, fügte der Baumeister schließlich hinzu und zog eine lange Linie um die Gebäude.

Johannes Heller inspizierte den Plan interessiert. »Vielen Dank, das kann ich mir jetzt gut vorstellen. Wo wurden die Wagenspuren gefunden?«, fragte er.

»Hier, Dominus.« Der Baumeister zeigte auf eine Stelle in seinem Plan. »Am nördlichen Ende ist der Konventgarten. Es sind hier Wachtürme an der Mauer, die aber normalerweise nicht bemannt werden. Genau hier haben wir die Spuren gefunden.« Er überlegte kurz. »Es gibt eine Tür zum Garten neben der Afrakapelle«, fügte er dann bedeutsam hinzu.

»Und könnte man von diesem Garten ungesehen zur Sakristei kommen, um das Feuer anzuzünden?«

»Ich glaube nicht, Herr«, sagte der Baumeister mit Kopfschütteln. »Dazu muss man durch das halbe Kloster laufen.« Er zeigte den Weg mit seinem Zeigefinger wie durch ein Labyrinth. »Jemand würde etwas sehen.«

»Auch in den Nachtstunden, wenn die Nonnen schlafen?«, fragte Heller.

»Ja, ja, auch in den Nachtstunden. Jemand ist immer wach und passt auf.« Der Baumeister Johannes lächelte und zwinkerte mit den Augen. »Die heiligen Jungfrauen belieben, nachts miteinander zu reden oder zu lesen, habe ich gehört. Aber wenn sie erwischt werden, hui, dann gibt es Wasser und Brot.«

»Und wer hält die Nachtwache?«, fragte Heller.

»Die Küsterin, Schwester Margaretha Gumperger«, antwortete die Scriba widerstrebend.

Schwester Margaretha war eine kleine gebückte Nonne mit krakeligen Fingern, die nervös hin- und herliefen wie Spinnenbeine. Als sie in den Raum eintrat, warf sie einen strengen, missbilligenden Blick auf die Scriba. Die Scriba blickte nieder und errötete heftig. Bevor Heller ihr die erste Frage stellen konnte, brach Schwester Margaretha mit bebender Stimme aus: »Wer hat mich vor Euch verleumdet, Herr? Ich habe nichts getan, ich schwöre es; in all den Jahren habe ich mir nie etwas zuschulden kommen lassen. Nur … nur … ich glaube, es war letzte Woche, da bin ich beim Gebet eingeschlafen, Dominus. Ach, dafür gab es einen Tag nur Wasser und Brot. Das war hart, zu hart.«

»Wir glauben es dir gerne«, sagte Heller beruhigend. »Und wir sind nicht hier, um über dich zu richten. Wir wollen nur etwas klären.«

Er fragte sie zuerst sehr allgemein, welche Aufgaben ihr Amt als Küsterin beinhalteten. Schwester Margaretha lehnte sich vor und antwortete stolz, sie sei nicht nur die Küsterin, sondern früher auch selbst Äbtissin gewesen. »So was wäre unter mir nie passiert«, murmelte sie.

»Und warum bist du zurückgetreten?«, wollte Heller wissen.

Die alte Nonne blickte traurig auf. »Die Verantwortung überstieg meine Kräfte«, sagte sie mit einem leisen Stöhnen. Dann überfiel sie ein plötzlicher Zornanfall. »So heißt es jedenfalls. Aber die Wahrheit ist, dass ich zum Rücktritt gezwungen wurde. Unser Kloster ist verschuldet, und der Herzog verlangt immer mehr Abgaben; wenn wir nicht zahlen können, wird uns immer Misswirtschaft vorgeworfen. Deswegen musste ich zurücktreten. Schon meine Vorgängerin, Mutter Magdalena von Frauenberg, musste auch vorzeitig gehen. Dann kam die arme Mutter Elizabeth Einzinger: Sie wurde einfach verrückt. Die jetzige Äbtissin Barbara ist meine eigene Nichte. Die Stolze glaubt, alles besser machen zu können, aber Respekt vor ihren Älteren und Besseren hat sie nicht. Der Herr möge die Stolzen demütigen!« Sie schüttelte den Kopf. »Immerhin halte ich noch die Schlüssel in der Hand.«

Johannes Heller und Pater Schwarz hörten sich diese Ausführung aufmerksam an, während Marcus Hörnle sie fleißig notierte. Als Hörnle aufblickte, bemerkte er den zornigen Blick der Scriba: Sie hatte nichts mitgeschrieben.

»Und als Custos sperrst du alle Türen im Kloster zu und überwachst die nächtliche Sperre?«

»Ja, Dominus«, antwortete sie. »Und wenn jemand behauptet, dass ich schlafe, dann lügt sie.« Sie sah die Scriba giftig an.

»Als die Nonnen verschwanden, hast du also das Feuer entdeckt?«

»Nein«, gab die Küsterin zögerlich zu und starrte auf den Tisch. »Das war ich nicht.«

»Ich war es«, sagte die Scriba überraschend.

»Was?«, rief Pater Schwarz zornig. »Was hattest du nachts in der Sakristei zu suchen?«

»Ich habe ein Buch in die Bibliothek zurückgebracht, Dominus«, antwortete die Scriba demütig. »Ich habe die nächtliche Ruhe gebrochen. Ich habe es bereits gebeichtet und Buße getan.«

»Ohne Herzensreue werden deine Sünden nicht vergeben, Mädchen«, schnappte Pater Schwarz.

»Aber wenn ich nicht da gewesen wäre, wären wir alle vielleicht gestorben und die Kirche niedergebrannt«, antwortete die Scriba forsch. »Muss ich das auch bereuen?«

»Deine Frechheit und Uneinsichtigkeit wirst du bereuen«, brummte der Pater. »Und von alledem hast du nichts gemerkt, Schwester Küsterin?«

Die alte Küsterin verdeckte ihr Gesicht mit den Händen. »Ich muss einen Augenblick eingenickt sein, Herr.«

»Das sind Zustände!«, brüllte der Pater zornig. »Die Wächterin schläft, während Nonnen durch die Gänge laufen und jemand die Sakristei anzündet. Wir werden euch Weibern Disziplin beibringen müssen.«

»Genug«, schnappte Johannes Heller überdrüssig. »Dazu sind wir nicht hier. Schwester Margaretha, eine Frage noch: Schließt du nachts die Tür hinter der Afrakapelle ab, die in den Gebetsgarten führt?«

»Sie wird nicht mit einem Schloss gesichert, sondern nur von innen verriegelt, damit man notfalls bei Feuer hinauskann«, murmelte die Alte zerknirscht.

»Und Feuer gab es«, sagte Heller nachdenklich. Er ließ die Küsterin gehen.

Als Nächste wurde die Celleraria, Schwester Adelheid Truchsess, in den Gästeraum gerufen. Sie war eine breite, herrisch wirkende Nonne um die 40. Johannes Heller bemerkte, dass ihr Habit aus warmem, feinem Stoff gemacht war. Um ihren Hals trug sie einen Seidenschal, und unter dem Saum ihres Habits erschienen spitze weiße Schühchen. Schwester Adelheid erklärte schroff, dass sie für die Innenwirtschaft des Klosters verantwortlich sei und daher viel zu tun habe. Sie wisse schließlich auch nicht, was sie zur Aufklärung des Falls beitragen könne, denn sie habe nichts mit den Verschwundenen zu tun gehabt.

»Gewiss nicht«, sagte der Richter. »Aber du weißt wohl Bescheid über alles, was im Kloster geschieht.«

»Das schon«, sagte die Celleraria stolz.

»Wir haben erfahren, dass nur noch 15 Nonnen und fünf Novizinnen im Konvent sind«, sagte Heller. »Ist das nicht sehr wenig für ein Kloster von dieser Größe und Bedeutung?«

»Ja, wir sind zu wenige. Es ist vorgeschrieben, dass insgesamt nicht mehr als 60 Nonnen, zehn Laienschwestern und 23 Laienbrüder im Kloster leben dürfen, aber jetzt haben wir nur noch ein Drittel so viel! Man hat uns sogar Nonnen aus einem schwäbischen Kloster geschickt, angeblich, um das Kloster zu retten. Manche aber meinen, dass sie uns ausspionieren.«

»Wir haben gehört, dass manche Nonnen das Kloster verlassen wollen«, bohrte Heller weiter. »Waren die Nonnen, die verschwunden sind, unter ihnen?«

»Oh, das kann ich nicht sagen, Dominus.« Schwester

Adelheid blickte plötzlich unschuldig. »Fragt lieber die Äbtissin selbst.«

»Aber warum wollen sie gehen?«, fragte Pater Schwarz dazwischen. »Vielleicht kannst du uns das sagen.«

»Herr, wir führen hier unser gottgefälliges Leben nach unseren Regeln und Gewohnheiten, wie unser Herr, der Herzog, es wünscht. Aber durch schlechte Führung haben wir nicht genügend Geld, um angemessen zu leben. Unser Lebensstil ist so verfallen, dass nur noch niedrige Bürgerstöchter zu uns kommen, und das auch nur, weil sich ihre Eltern keine angemessene Mitgift für sie leisten können.« Sie warf der Scriba einen bösen Blick. »Unsere Regeln verbieten es uns nämlich, die Mitgift zu verlangen, sondern wir dürfen nur eine freiwillige Leistung entgegennehmen. Und dann versucht die Äbtissin, die Regeln strenger auszulegen, als es unsere Gewohnheit ist. Sie verbietet uns vieles, woran wir gewöhnt sind.«

»Wie seidene Halstücher?«, fragte Heller scharf.

»Manche von uns sind wohlgeborene Adlige«, sagte die Celleraria mit einem stolzen Lächeln.

»Du glaubst also, dass die Nonnen wegen der Äbtissin weggelaufen sind?«, fragte Heller nach.

Die Celleraria blickte scharf zur Scriba hinüber, die bereit war, ihre Aussagen zu notieren. »Das habe ich nicht gesagt, Dominus«, sagte sie mit gekünstelter Miene. »Ich weiß nicht, ob sie weggelaufen sind. Ich sprach nicht im Konkreten, sondern nur allgemein.«

»Kannst du uns zumindest etwas Konkretes über die verschwundenen Nonnen sagen?«, fragte Heller ärgerlich. »Wie sie heißen, wo sie herkommen?«

»Das kann ich«, gab Schwester Margaretha fest zurück. »Vier sind Novizinnen, die die Profess noch nicht abgelegt hatten: Clara Sittenpeck aus Augsburg, Magdalena Freudenweiß aus Regensburg, Agnes Mulner aus Wasserburg und Christina Zachreis aus Landshut.«

»Und die fünfte?«

»Schwester Agatha«, sagte die Celleraria zurückhaltend. »Ich weiß nicht, wie ihr Familienname lautet oder wo sie herkommt. Aber wir müssen ja heutzutage über jeden Eintritt froh sein.«

»Wie kommt es, dass du nichts über sie weißt?«, fragte Heller neugierig.

»Sie kam zu uns im Januar dieses Jahr und war sehr krank. Sie ging gleich ins Krankenbett und blieb dort bis nach Pfingsten. Anscheinend hat ihr die Krankheit die Stimme geraubt, oder sie hat ein Schweigegelübde abgelegt – jedenfalls hat sie seitdem kein Wort mehr gesprochen. Ich weiß nicht einmal, ob sie die Profess geleistet hat. Sie ist aber schrecklich fromm, zu fromm, meine ich. Sie fastet und büßt wie eine Heilige: Manche nennen sie sogar die heilige Agatha, aber ich glaube, dass sie etwas verbergen will. Die anderen sind leichtfertige Mädchen. Aber Agatha …«

Nachdem die Celleraria weggegangen war, legte die Scriba ihre Feder nieder. »Glaubt nicht, was sie sagt, Dominus Richter«, sagte sie plötzlich. »Ich meine, glaubt nicht, dass die Nonnen wegen der Mutter Äbtissin weggelaufen seien.«

Heller schaut überrascht auf. Pater Schwarz schüttelte missbilligend den Kopf. Marcus Hörnle aber blickte gebannt in ihre dunklen Augen.

Die Scriba errötete, sprach aber weiter: »Vergebt mir, Ehrwürden, wenn ich dazwischenrede; ich will nur die Wahrheit sagen. Schwester Adelheid hasst die Mutter Äbtissin. Sie selbst hatte darauf gehofft, das Amt zu bekommen, aber sie wurde enttäuscht. Nun beschwert sie sich ständig über die Äbtissin und arbeitet gegen sie, wo sie kann.«

»Verpflichtet eure Regel euch nicht dazu, eure Vorgesetzten zu ehren und ihnen zu gehorchen, Gör?«, brummte Pater Schwarz. »Du solltest lieber schweigen, als die Schwester Celleraria anzuschwärzen.«

Die Scriba senkte den Kopf.

»Dann hätte Schwester Adelheid auch nicht gegen die Äbtissin reden dürfen, aber gerade das wolltet Ihr hören«, sagte Marcus Hörnle unerwartet.

Pater Schwarz wand sich wie gebissen. »Auch Ihr seid nicht hier, um das Maul aufzureißen, Lizenziatus«, knurrte er. »Und wenn ihr mir auch ungehorsam seid, werde ich die Strafen für eure Sünden versiebenfachen, sagte der Herr.«

»Wir führen hier die Untersuchung«, erinnerte ihn Johannes Heller kühl.

Als Nächste kamen die fünf Novizinnen, die mit den vier verschwundenen Mädchen das Noviziat gemacht hatten: Sie waren ängstliche, schüchterne Mädchen und deutlich jünger als das vorgeschriebene Regelalter von 18. Unter den Augen des Richters und des strengen Paters schrumpften sie förmlich zusammen. Gleichzeitig warfen sie Marcus Hörnle verstohlene Blicke zu und beäugten die Scriba misstrauisch. Mit ihren rechten Händen tauschten sie heimlich Zeichen aus, doch das entging Pater Schwarz nicht.

»Auch wenn ihr nichts sagt, sind eure Hände geschwätzig, Schwestern«, rief er tadelnd. »Sie kommunizieren mit den Handzeichen der Zisterzienser«, fügte er erklärend hinzu. »Gerade haben sie vereinbart, uns nichts zu sagen.«

»Dann werden wir sie einzeln befragen«, beschloss Johannes Heller. »Vielleicht sind sie so mitteilsamer.«

Er ließ sie einzeln auftreten und stellte ihnen jeweils dieselben Fragen: ob sie die vermissten Novizinnen gut gekannt hätten. Ob sie von Fluchtplänen gehört hatten. Ob sie oder die anderen Kontakte zu Personen außerhalb des Klosters hätten. Ob sie freiwillig ins Kloster eingetreten waren. Und ob sie oder andere manchmal wünschten, das Kloster zu verlassen. Bis auf eine antworteten sie unwillig und knapp mit »Nein, Dominus« beziehungsweise »Ja, Dominus.«

Ja, Dominus, sie hätten die Verschwundenen gut gekannt. Nein, Dominus, sie hätten nichts von einer geplanten Klosterflucht gehört. Nein, Dominus, sie hätten keinen Kontakt zu Personen außerhalb des Klosters gehabt.

»Nicht einmal mit der eigenen Familie?«, hakte der Richter nach.

»Nein, Dominus.«

Ja, Dominus, sie seien freiwillig ins Kloster eingetreten. Und nein, Dominus, sie hätten keinen Wunsch, das Kloster zu verlassen.

Lediglich eine Novizin namens Katharina war bereit, ihnen mehr zu sagen. Sie war ein dünnes, kränkliches Mädchen mit schorfigen roten Flecken im Gesicht. Auf die Frage, ob sie freiwillig eingetreten sei, antwortete sie: »Nein, Dominus. Ich wollte nicht ins Kloster gehen; ich wollte heiraten und Kinder haben. Aber meine Eltern können die Mitgift nicht aufbringen, um mich standesgemäß zu verheiraten. Deswegen haben sie mich ins Kloster gegeben.« Ihre Augen schwammen in Tränen.

»Niemand darf dich gegen deinen Willen zwingen, den Schleier zu nehmen«, sagte Heller tröstend. »Willst du denn das Kloster verlassen?«

»Nein, Dominus, nicht mehr. Der Teufel hat mir den Wunsch eingegeben wegzulaufen und in mein eigenes Verderben zu rennen. Aber ich habe gebüßt und bereut, Dominus. O wie habe ich bereut!« Die Tränen strömten über ihre Wangen, aber sie versuchte zu lächeln. »Jetzt ist es vorbei. Ich werde die Profess ablegen und Nonne werden. Das wird meine Hochzeit sein.«

»Sei froh, dass der Herr in seiner Barmherzigkeit dich wieder auf den richtigen Pfad gebracht hat«, intonierte Pater Schwarz. Er segnete sie und sprach ein Gebet, damit sie weiterhin dem Leichtsinn und den Versuchungen des Teufels widerstehe. »*Vigilate itaque, quia nescitis diem neque horam –* Seid also wachsam, denn ihr wisst weder den Tag noch die Stunde«, sagte er den Novizinnen mahnend zum Abschluss.

Gleich danach klopfte es an der Tür, und ein Mönch im weißen Habit mit dem schwarzen Skapulier des Zisterzienserordens trat ein, der sich als der Beichtvater, Pater Haberfeld, vorstellte. Er war ein großer, aber kränklich wirkender Mann mit einem teigigen, leidenden Gesicht. Seine Augen waren klein und beinahe ganz schwarz. Pater Schwarz schien er bereits zu kennen, denn sie nickten einander formlos zu. Die Scriba aber schien zu erstarren, als sie ihn erblickte. Pater Haberfeld lächelte mitleidig und erklärte mit einer sanften Stimme, er sei Ordenspriester aus der Vaterabtei Raitenhaslach bei Burghausen. Siebenmal im Jahr vor den heiligen Festtagen reise er nach Seligenthal, um den Nonnen und Konversen die Beichte abzunehmen und sie von ihren Sünden zu reinigen, damit sie mit reinem Gewissen an den Gottesdiensten teilnehmen könnten. In diesem Auftrag sei er vor drei Tagen nach Seligenthal gekommen und habe von diesem Skandal erfahren. Er wolle gerne zu der Aufklärung beitragen, wenn er irgendwie könne, doch leider unterliege er dem Beichtgeheimnis, sagte er mit einer apologetischen Geste.

»Danke, das wissen wir: Canon 21 des vierten Laterankonzils«, sagte Johannes Heller kühl. »Weder durch Wort noch durch Zeichen oder irgendeine andere Weise dürft Ihr die Sünder verraten. Wir wollen aber keine Beichtgeheimnisse hören, sondern Eure Einschätzung als Außenstehender, der das Kloster oft besucht und die Nonnen gut kennt. Nach allem, was wir gehört haben, scheint es uns unwahrscheinlich, dass die vermissten Nonnen gegen ihren Willen aus dem Kloster entführt wurden, obwohl wir das nicht ganz ausschließen können. Wenn dem so ist, möchten wir wissen, warum. Vielleicht könnt Ihr uns dabei helfen. Wir nehmen ohnehin nicht an, dass die Nonnen Euch ihre Pläne gebeichtet haben.«

»Auch subjektive Eindrücke, die auf gebeichteten Geheimnissen beruhen, dürfen nicht mitgeteilt werden«, mahnte Pater Schwarz scharf.

Der Beichtvater nickte, überlegte und begann zu sprechen. »Unsere subjektiven Eindrücke wollt Ihr hören?« In seinen schwermütigen Gesichtsausdruck mischten sich Selbstmitleid und Ekel. »Ihr seid Richter, Ihr hört Klagen über Recht und Unrecht und versucht, die Wahrheit zu ermitteln. Wir aber sind Beichtvater. Wir hören nur von Unrecht, Laster, Sünden, vom Bösesten und Schlechtesten im Menschen, und alles davon ist frei eingestanden und wahr. Oh ja, auch hier im Kloster ist das Böse, Dominus – gerade im Kloster. Es gibt keinen Sündenpfuhl, der tiefer ist als dort, wo man nach Heiligkeit strebt.« Seine Hand wanderte blind zu seinem Bauch und er stöhnte leicht auf.

»Ist Euch unwohl, Pater?«, fragte Heller besorgt.

Der Beichtvater blickte überrascht auf, als ob er ertappt wäre. Dann lächelte er schmerzlich. »Krank? Nein Dominus, das ist das Heilmittel, mein Bußgürtel. Süß sind die

Schmerzen, die die Sünde abtöten. *Castigo corpus meum et in servitutem redigo*: Ich züchtige meinen Körper und lege ihn in Ketten. Büßen, bis die Sinne vor Schmerzen vergehen und die Lust verhasst wird. Das ist der einzige Weg. Was bringt das ganze Beten, Lesen und Arbeiten? Um so mehr gedeihen die Laster wie stinkendes Unkraut in einem gedüngten Garten. Ja, hier sind sie, die sieben Kardinallaster, aus denen alle Sünden hervorgehen. *Invidia*, der Neid, ist überall: Jede beneidet die anderen um ihre Ämter, Status oder sogar um den frommen Ruf. Hier ist auch *Ira*, der Zorn: Versteckt als Nächstenliebe frönt jede dem Zorn und dem Hass, als wären sie Tugenden. Und in jedem Herzen ist *Avaritia*, der Geiz, gerade weil sie nichts besitzen dürfen. Was soll ich von *Acedia*, der Faulheit sagen: Keine tut, was sie nicht tun muss, und das nur ungern. Reden wir lieber nicht von der unziemlichen Lust auf Wein und Essen, *Gula*, die hier als Entschädigung für den Verzicht auf andere Freuden gilt, oder von der Hingabe zur Wollust, *Luxuria*, in der sie in ihren nächtlichen Fantasien schwelgen. Und über allem herrscht *Superbia*, der Hochmut, die Königin aller Laster. Wen wundert es denn, dass hier Ränke, Heimtücke und Zwietracht gedeihen? Und was bringen die Klosterregeln, wenn die Nonnen Ungehorsam in ihren Herzen tragen. Ungehorsam ist die Ursünde Evas, und die Schwestern sind ihre Töchter. Dagegen helfen nur Strafe und Buße. Und welche Buße könnte härter sein, als weiterhin hier im Kloster zu bleiben und sich täglich in den eigenen Lastern zu suhlen in der Bestrebung nach Heiligkeit? Also, um auf Eure Frage zurückzukommen: Nein, es würde mich nicht überraschen, wenn diese leichtfertigen Mädchen nicht den Glauben und die Leidensbereitschaft hatten, um hier zu leben, und deswegen entlaufen sind. Einige hatten zuvor den Wunsch geäußert, die Profess nicht abzulegen und das Kloster zu verlassen. Die Äbtissin hat mich gebeten, ihnen ins Gewissen zu reden, damit sie hierblieben. Das Beichtgeheimnis verbietet es mir aber, darüber mehr zu sagen. Doch sprechen wir die Wahrheit aus, wie sie ist: Das waren keine wahren Bräute Christi, keine klugen Jungfrauen, sondern sie waren die törichten Jungfrauen, die leichtsinnig die Hochzeit des Herrn verpassten. Denen werden die Tore des Himmels verschlossen sein, wie es in der Bibel steht.«

Johannes Heller atmete nach dieser beklemmenden Aussage tief durch. »Auch Schwester Agatha?«, fragte er schließlich. »War sie auch so eine leichtfertige Jungfrau? Wir haben gehört, dass sie sehr fromm gewesen sei.«

Der Beichtvater zögerte, seine Hand wanderte wieder zu seinem Bußgürtel. »Der fromme Schein verhüllt oft die schwärzesten Sünden. Mit ihrer Krankheit hat sie versucht, ihre Geheimnisse vor uns zu verbergen, aber auch die Kranken müssen beichten und büßen, ja auch die Stimmlosen. Eine Heilige war sie nicht. Doch mehr dürfen wir nicht sagen.«

Seine dunklen Augen fixierten die Scriba, die blass wie ihr Habit wurde. Von der Aussage hatte sie nichts mitgeschrieben.

Heller dankte ihm für seine Mitteilung, und der Mönch verließ den Raum mit schleppendem Gang. Pater Schwarz lachte lautlos auf über Hellers bestürzte Miene. Dann läutete die Klosterglocke freudlos zur Vesper. Die Scriba stand wortlos auf und eilte zum Abendgebet weg.

6. *Negotia saecularia*

DRAUSSEN WAR ES bereits dunkel geworden. An der Pforte
leuchteten die Lampen über dem verschlossenen Tor unter
den wachsamen Augen des Pförtners und seiner Hunde.
Hinter den hohen Mauern in der kalten Afrakapelle ver-
neigten sich die Nonnen vor flackernden Kerzen zum Gebet.
Schließlich erschien Äbtissin Barbara und bat ihre Gäste
mit kalter Stimme, sie und ihre Schwestern nun in Ruhe
zu lassen. Es sei spät, und der Tag im Kloster gehe bald zu
Ende. Nach dem Abendessen würden die Nonnen sich zum
Komplet versammeln und sich dann zur Nachtruhe begeben.
Wenn der Herr Richter weitere Befragungen durchführen
wolle, möge er dies am nächsten Tag tun.

»Es wäre unsere Pflicht, mit Euch verehrten Gästen zu
Tisch zu sitzen, doch leider fühlen wir uns unwohl und
wollen uns daher mit Eurer Erlaubnis zurückziehen«, sagte
sie ohne Bedauern. »Außerdem hat der ehrwürdige Hofmeister Euch zum Abendessen eingeladen. Gewiss wird es
Euch ohnehin besser gefallen, dort zu speisen als hier. Wir
essen nämlich nur Fisch und Gemüse, wie es unsere Regel
vorschreibt. Und Ihr werdet sicher dort auch das zu hören
bekommen, was Ihr wünscht, denn der Hofmeister verleumdet uns, wo er kann. Also wünschen wir Euch einen guten
Appetit«, sagte sie sarkastisch zum Abschied.

Der Hofmeister von Seligenthal, Pangratz Hoholtinger,
wohnte in einem großen Haus am Hof gegenüber der Kirche. Er empfing sie in der üppig eingerichteten guten Stube
im ersten Stock. Er war ein großer, stattlicher Mann Mitte

50 mit der Erscheinung eines adligen Lebemannes. Dennoch erwies er sich als gebildet und konnte sogar etwas Latein. Er grüßte seine Gäste mit ironischer Höflichkeit.

»Ich hörte, dass Ihr mit mir reden wollt, Ehrwürden«, sagte er und lächelte gemütlich. »Über diesen Vorfall, nehme ich an. Und ich dachte, wir könnten das über einem Hasenbraten und einem Glas Kremser machen. Was meint Ihr? Lieber, als bei Wasser und Brot, nicht wahr?«

Die Gäste nickten und bedankten sich eifrig, denn sie hatten wirklich seit ihrer Ankunft nur Wasser und Brot bekommen. Und der bereits gedeckte Tisch sah sehr einladend aus.

»Wunderbar!« Der Hofmeister klatschte in seine Hände, und zwei alte Diener eilten aus der Küche mit den ersten Tellern herbei.

»Ich habe meinen Hofschreiber, Hans Seibolt, mit eingeladen, wenn Ihr erlaubt«, sagte der Hofmeister und wies auf einen langen, dürren Mann mit schütteren Haaren. Seibolt verbeugte sich höflich. »Er hat als Klosterschreiber jahrelang gedient, der Gute, bis ihn die Äbtissin vor die Tür gesetzt hat. Sie hat ihn beschuldigt, Geld zu unterschlagen und die Rechnungen zu verfälschen. Dabei ist er absolut ehrlich und penibel. Deswegen arbeitet er nun für mich. Außerdem kennt er sich mit den finanziellen Angelegenheiten des Klosters bestens aus. Also, wenn Ihr Fragen dazu habt, ist er Euer Mann. Ich dagegen bin nur für die Außengeschäfte des Klosters zuständig, die *negotia secularia*. Die schmutzigen weltlichen Geschäfte meidet Ihr Geistlichen, aber irgendjemand muss sie für Euch erledigen.«

Sie setzten sich zu Tisch und fielen über das Essen mit großem Hunger her. Der Hofmeister lobte insbesondere den goldenen, mineralisch schmeckenden Weißwein aus den Weinbergen des Klosters Reitenhaslach bei Krems. Der

69

Beichtvater, Pater Haberfeld, bringe jedes Mal einen Vorrat für ihn mit, wenn er nach Seligenthal komme, erklärte er unter Schmatzen. Sogar dem strengen Pater Schwarz schien der Wein sehr zuzusagen, was Johannes Heller und Marcus Hörnle ein wenig überraschte, war er doch sonst dem weltlichen Genuss gänzlich abgeneigt.

Heller versuchte, das Gespräch auf das Verschwinden der Nonnen zu bringen. Der Hofmeister, der anscheinend lieber über Wein und Essen sprechen wollte, hob gleichgültig die Schulter: Er könne nicht viel dazu sagen. Er sei gar nicht da gewesen, als es passiert sei. Überhaupt sei er nicht sehr oft in Seligenthal. Er komme nur hierher, wenn er das Kloster in wichtigen Angelegenheiten vertreten oder für die Äbtissin Geschäfte abwickeln müsse. »Ich habe ja andere Aufgaben für den Herzog, meine Herren«, sagte er gewichtig. »Ich war jahrelang Kastner in Dingolfing und sitze immer noch im herzoglichen Rat. Und dann bin ich auch Burgvogt der herzoglichen Burg Wolfstein bei Landshut.«

Er lächelte und wurde plötzlich gesprächiger. »Das war einmal eine prächtige Burg, Herrschaften. Dort wurde sogar der letzte Staufer, Konradin, geboren. Ein anderes Mal soll Markgraf Otto von Brandenburg, ein Sohn Kaiser Ludwigs des Bayern, dort gehaust haben – mit einer Müllerstochter, wie es heißt. Leider ist die Burg heutzutage ein wenig desolat, und kein Edelmann lebt da mehr. Nur ich bin ab und zu dort, um nach dem Rechten zu schauen. Aber wenn der Herzog eine wilde Jagdpartie oder ein romantisches Abenteuer sucht, kommt er zu mir auf Burg Wolfstein«, sagte er mit einem Augenzwinkern und blickte dabei Marcus Hörnle an. »Dann gibt es ordentlich was zu tun, meine Herren, dann geht es zu mit Wein und Weib!«

Pater Schwarz hustete missbilligend. Der Hofmeister besann sich und kehrte zu Seligenthal zurück. Im Grunde habe er nicht viel Mühe mit den Nonnen, erklärte er. Aber die jetzige Äbtissin bereite ihm immer wieder Ärger, denn sie zahle ihre Abgaben grundsätzlich zu spät und streite sich stets mit Nachbarn über Kleinigkeiten. »Jetzt aber kommt die Hochzeit von Herzog Georg dazu«, rief er mit plötzlicher Verzweiflung.

»Nicht, dass ich etwas dagegen hätte«, beeilte er sich zu betonen. »Gott segne den Tag! Das wird auch ein Fest sein, dergleichen man lange nicht gesehen hat: Das ganze Reich soll eingeladen werden, es wird Speise und Trank für alle geben. Darauf freue ich mich ganz besonders. Nur wer soll das alles zahlen? Seine Erlaucht hat eine Sondersteuer erlassen, die uns alle ganz schön an den Rand des Ruins bringt, das kann ich Euch sagen. Und da teilt uns Äbtissin Barbara mit, dass sie nicht zahlen kann. Ihr könnt Euch vorstellen, wie das im Rat aufgenommen wurde.«

Er rempelte den Hofschreiber Seibolt mit seinem Ellenbogen unsanft an. »Aber sag du mal etwas dazu, Seibolt! Weshalb habe ich dich denn eingeladen? Du kennst dich mit den Finanzen des Klosters aus.«

»Das Problem ist, dass Seligenthal hoch verschuldet ist und schon die ganz normalen Abgaben kaum zahlen kann«, erklärte der Hofschreiber Hans Seibolt ein wenig gequält. »Schon vor 20 Jahren hatten die Nonnen hier rund 900 Pfund Schulden beim Herzog, die noch nicht bezahlt sind. Jetzt sind die Sonderabgaben dazugekommen. Diese ist schon wohlgemerkt die dritte Abgabe in 15 Jahren: 1459 war es die Kriegssteuer, 1464 die Landsteuer und jetzt die Hochzeitssteuer. Seligenthal muss immer die Summe von 700 Rheinischen Gulden entrichten, aber letztes Mal 1464 hat die

Abtei nur 390 Gulden zahlen können und musste dazu Länder verpfänden, die nun kein Einkommen für das Kloster einbringen. Wen wundert es also, dass weniger Geld da ist. Nun aber behauptet Äbtissin Barbara, auch noch bestohlen worden zu sein. Es gibt bestimmte Ungereimtheiten in den Rechnungsbüchern.«

»Sie hat sogar unseren ehrenwerten Schreiber beschuldigt, das Geld gestohlen zu haben«, rief der Hofmeister mit gut gelauntem Entsetzen. »Der arme Hans!«

»Was waren das für Ungereimtheiten?«, fragte Heller nach.

»Es gab eine Differenz zwischen den Einnahmen von den Gütern und der Summe des Geldes, die in der Klosterkasse verbucht ist«, antwortete Seibolt zögerlich. »Das liegt aber nicht an mir. Ich habe alles zweimal überprüft und kann keinen Fehler erkennen. Ich kann es nicht erklären.«

»Die Äbtissin will nur von ihrer eigenen Misswirtschaft ablenken«, schnaubte der Hofmeister, der augenblicklich seine Verspieltheit fallen ließ. »Es würde mich nicht überraschen, wenn sie selbst das Geld entwendet hätte. Ehrlich!«

»Misswirtschaft, Veräußerung von Klosterbesitz, hohe Verschuldung«, zählte Pater Schwarz genüsslich auf. »Das sind schwere Vergehen. Sie haben schon Bessere das Amt gekostet.«

»Wir sind nicht hier, um eine Anklage gegen die Äbtissin vorzubereiten«, erinnerte ihn Johannes Heller ärgerlich.

»Und ich dachte, Ihr wolltet die Schuldigen zur Verantwortung ziehen«, sagte der Hofmeister mit gespielter Verwunderung.

»Unsere Untersuchung führt uns bisher zu dem Schluss, dass die Nonnen vermutlich freiwillig aus dem Kloster geflohen sind«, bemühte sich Heller, wieder auf das Thema zurückzukommen. »Dennoch hatten sie dabei Hilfe von außen. Das bedeutet, dass sie trotz Klausur irgendwie mit der Außenwelt Kontakt hatten. Wir verstehen, dass nur wenige weltliche Personen mit dem Kloster zu tun haben.«

Pangratz Hoholtinger ließ sein Messer fallen und brüllte in Gutshofbesitzermanier: »Zu denen gehöre auch ich! Wollt Ihr sagen, dass ich die Nonnen entführt habe? Donnerwetter, Mann! Ich bin ein Vertrauter des Herzogs, ein alter Freund und Gefährte, darf ich sagen. Übrigens habe ich so gut wie nichts mit den Nonnen zu tun, nur mit der Äbtissin und der Kellerin, Schwester Adelheid.«

Johannes Heller hielt seine Hände auf. »Das wollte ich nicht andeuten. Ich habe nur gehofft, dass Ihr uns einen Überblick über die Geschäfte des Klosters geben könnt, durch welche ein solcher Kontakt zustande kommen könnte.«

»Hmm«, brummte der Hofmeister etwas besänftigt. »Wie Ihr sagtet, kommen nur wenige Laien mit den Nonnen in Kontakt. Aber es gibt ja die Laienbrüder. Ihnen würde ich auf die Finger schauen, Dominus, denn die Konversen leben ja nicht so abgeschnitten von der Welt: Sie arbeiten auf den Feldern und Höfen, aber manche sind auch hier im Kloster. Sie sind zwar von den Nonnen durch die Klausur abgetrennt, doch vielleicht schafft es einer hineinzuschleichen oder mit den Nonnen zu reden. Die würde ich zuerst befragen, mein Lieber«, sagte der Hofmeister wieder gut gelaunt.

»Ich bin übrigens der Meinung, dass es irgendeine Liebesgeschichte ist«, fügte er hinzu und zwinkerte Marcus Hörnle konspirativ zu. »Das sind junge Frauen, die gerade in dem richtigen Alter für solche Sachen sind, wisst Ihr. Machen wir uns nichts vor: Das ist bei den Weibern ja nicht anders als bei uns Männern, und bei Euch Geistlichen nicht anders als bei uns Laien. In einem bestimmten Alter drehen die Sinne durch, und der Verstand ist ganz entthront. Wer von uns hat nicht selbst den Frühling der Gefühle erlebt, Dominus Heller? In unseren jüngeren Jahren, versteht sich. Jetzt versiegt bei uns der Saft, und es regt sich nichts mehr. Aber ich wette, dass der junge Herr hier etwas davon versteht.« Er grinste Hörnle nochmals an, der verlegen wurde. »*Veris dulcis in tempore* – Süß ist der Frühling und süß die Liebe, wenn man jung ist. Viel Latein kann ich nicht, aber so viel schon. Übrigens waren es Geistliche, die solche Lieder geschrieben haben. Und überdies wollten nicht alle der heiligen Jungfrauen wirklich Christi Braut und ewige Jungfern werden, sondern einen Mann heiraten und Kinder bekommen. Nur, sie wurden von ihren Eltern ins Kloster gesteckt, bevor das passieren konnte. Sie tun mir manchmal wirklich leid.«

7. Visionen

IHR GESPRÄCH WURDE plötzlich vom lauten Heulen der Hunde an der Pforte unterbrochen. Sie schauten aus dem Fenster, aber nichts war zu sehen. Bald danach klopfte jemand laut an der Tür und warf sie auf, ohne auf eine Einladung zu warten. Es war eine Laienschwester.

»Ehrwürden, kommt schnell! Wir brauchen einen Priester«, rief sie eindringlich.

Johannes Heller, Marcus Hörnle und Pater Schwarz zogen sich die Mäntel an und folgten ihr eilig aus dem Hofmeisterhaus. Sie liefen über den Hof zum Hauptportal der Klosterkirche und mit hallenden Schritten durch die dunkle Kirche, die nur von den flackernden Opferkerzen an den Altären beleuchtet war. An der Tür zum Kreuzgang stand die Küsterin, Schwester Margaretha Gumperger, mit den Schlüsseln in der Hand. Johannes Heller zögerte einen Augenblick an der Schwelle, denn sie betraten den geheimen Klausurbereich der Nonnen. Doch die Küsterin winkte ihn ungeduldig hinein. »Worauf wartet Ihr? Es eilt!« Die Celleraria führte sie durch den Kreuzgang bis zur Afrakapelle, wo Äbtissin Barbara sichtlich aufgewühlt auf sie wartete.

Der kleine gewölbte Raum war von einer breiten eckigen Säule dominiert, welche eine geschnitzte hölzerne Empore trug. Auf einem Hochgrab wachten die Figuren der Stifterin Ludmilla und Herzog Ludwigs über ihr Gedächtnis. Die Kapelle war kalt und still wie eine Grabkammer. Auf dem kalten Steinboden mitten im Raum lag eine Nonne in einer Pfütze von Erbrochenem. Sie war wie im Todeskrampf erstarrt.

Johannes Heller ging raschen Schrittes an der Äbtissin vorbei auf die liegende Nonne zu und kniete an ihrer Seite nieder. Hinter ihm folgte Pater Schwarz, während Marcus Hörnle verunsichert an der Tür stehen blieb. Heller fasste die kalte, verkrampfte Hand der Nonne und betrachtete sie eingehend. Es war die Novizin Katherina mit der schorfigen Haut, die bei der Befragung geweint hatte. Ihr Gesicht war verzerrt im Krampf, die Zähne gefletscht wie ein tollwütiger Hund und mit rosa-blutigem Schaum bedeckt; gerinnendes Blut sickerte in dünnen Rinnsälen aus der Nase und zwischen den Zähnen hervor, die Augen starrten ins Leere.

»Ist sie tot?«, flüsterte Äbtissin Barbara, die hinter ihm stand und sich über seine Schulter lehnte. Heller spürte den warmen Hauch ihres Atems in seinem Nacken. Er legte eine Hand auf die schmächtige Brust der Nonne und spürte, wie sie sich leicht bewegte; das Herz schlug schwach. Zwischen ihre Zähne zischte etwas Luft. »Nein, sie lebt noch.«

»*Opus diaboli*: Der Teufel ist am Werk hier im Kloster!«, rief Pater Schwarz. »Ich wusste es. Aus dem Weg!« Er schob Johannes Heller zur Seite und trat an die liegende Nonne heran mit vorgehaltenem Kreuz. »*Auctoritate domini nostri Jesu Christi exerceo te …*«, fing er mit der Exorzismusformel an.

»Nein, nein! Stoppt den Unsinn! Es ist die Fallsucht oder ein Krampfanfall«, unterbrach ihn Johannes Heller ärgerlich. »So was habe ich schon mal gesehen. Wir müssen nichts machen, sie wird von allein wieder wach. Aber sie erstickt womöglich.«

Er öffnet ihr das Gewand um den Hals, damit sie besser atmen konnte, und stellte fest, dass die Haut unter ihrem Halsband mit eitrigem Ausschlag übersät war. Unter ihrem Habit trug sie ein grobes härenes Hemd.

»Was ist dies denn?«, fragte er entsetzt. »Sie trägt ein Cilicium.«

»Sie büßt«, sagte die Äbtissin. »Sie hat darum gebeten.«

Johannes Heller erinnerte sich an die Worte der blassen Novizin und an den Beichtvater mit seinem Bußgürtel.

»Lasst das Hemd sofort entfernen!«, schnappte er. »Es würde mich nicht wundern, wenn das die Ursache ihres Anfalls gewesen ist. Und bringt sie in die Wärme, sonst stirbt sie hier auf dem kalten Boden.«

»Gelobt sei Gott, dass sie lebt«, rief die Äbtissin. »Schnell, Schwestern, bringt sie in die Krankenstube!« Zwei Laienschwestern erschienen alsbald und trugen die Novizin hinaus, gefolgt von Pater Schwarz, der noch laut betete und den Teufel vertrieb.

»Was genau ist passiert?«, fragte indessen Heller Äbtissin Barbara, die noch erschüttert wirkte.

»Wir versammelten uns, wie immer, zum Gebet in der Kapelle«, sagte die Äbtissin. »Plötzlich erhob sich Schwester Katherina vor der Säule und fing an, laut und wirr zu reden. Sie sagte immer wieder etwas von einer Hochzeit; ihre Worte waren unsinnig und frevelhaft. Als wir ihr befahlen, damit aufzuhören und ihren Platz einzunehmen, begann sie, schrecklich zu schreien und um sich zu schlagen. Sie fiel auf den Boden und wand sich wie vom Teufel besessen, immer noch entsetzlich schreiend. Dann hörte sie plötzlich auf. Wir dachten, dass sie tot war.«

Johannes Heller nickte. »Das ist typisch für die Fallsucht, glaube ich. Ist es das erste Mal, dass so was passiert?«

»Unseres Wissens, ja«, antwortete Äbtissin Barbara vorsichtig. »Aber es gibt hier eine Sage über diese Kapelle: Als die selige Stifterin, Herzogin Ludmilla, das Kloster einrichtete, soll sie nach Rom gereist sein, um heilige Reliquien zu holen, die sie in dieser Säule einmauern ließ.« Sie deutete auf die große sechseckige Säule, die die Empore trug. »Es heißt, wenn jemand verzaubert ist oder schwere Leiden trägt und vor dieser Säule steht, dass ihm geholfen wird. Haben aber böse Menschen das Leiden verursacht, so wird der Leidende von einem Anfall erfasst; sein Gesicht wird sich verdrehen; er wird um sich schlagen und schreien, und die Ursache, das Gift, wird verraten. Wir persönlich hielten das immer für eines von diesen Ammenmärchen – Ihr wisst schon. Aber sehet nun, das Wunder ist vor unseren ungläubigen Augen geschehen. Gott hat uns dieses Zeichen gegeben, um das Kloster von dem Bösen zu befreien, das unter uns weilt.« Sie bekreuzigte sich eilig.

»Vielleicht«, murrte Heller zögerlich. »Doch mir scheint es, dass es sich eher um die Fallsucht handeln könnte. Was sprach denn Schwester Katherina, als sich der Anfall ereignete? Was war das mit der Hochzeit? Sprach sie von sich? Ich habe sie heute befragt und sie sagte auch dabei etwas von einer Hochzeit.«

»Sie meinte gewiss die Nonnenkrönung nach der Profess«, sagte Äbtissin Barbara rasch. »Wir bezeichnen die Novizinnen zwar schon als Bräute Christi, bevor sie die Profess ablegen, aber sie werden es erst wirklich, nachdem sie den Schleier, die Krone und den Ring empfangen haben. Diese Zeremonie nennen wir die geistige Hochzeit. Schwester Katherina wird sie bald feiern.«

»Aber Ihr sagtet, dass sie vor dem Anfall unsinnig und frevelhaft von einer Hochzeit redete. Kann sie damit wirklich Eure heilige Zeremonie gemeint haben? Was genau hat sie denn gesagt?«, forschte Heller nach.

Die Äbtissin blickte unruhig um sich. »Sie sprach von der Sünde zum Tod«, sagte sie zögerlich. »Es war etwas Schreckliches, aber ich kann mich nicht mehr genau an ihre Worte erinnern. Eine blutige Hochzeit oder Ähnliches: Alle würden sterben.« Sie hielt inne, und ihre Augen weiteten sich. »Es war bestimmt Eure Befragung heute, die sie beunruhigt und ihr diese schreckliche Vision eingegeben hat. Das hat ihr Anfall zu bedeuten. Die Säule hat es offenbart: Ihr Männer bringt das Gift der Verdächtigung in unser gottgefälliges Kloster. Wir müssen Euch verbieten, unsere Schwestern weiter zu behelligen, Dominus Heller.« Sie blickte ihn flehend an. »Ihr müsst uns in Ruhe lassen. Geht morgen und kommt nie wieder. Bitte.«

Während sie sprachen, stand Marcus Hörnle eine Weile unbeachtet und nutzlos herum. Schließlich verzog er sich aus der Kapelle und ging leisen Fußes durch den leeren Kreuzgang. Es erfüllte ihn mit Neugier, hier im abgeschotteten Klausurbereich der Nonnen zu sein, wo sie ihr geheimnisvolles Leben hinter Gittern und Mauern verbrachten. Wie mochten die heiligen Jungfern hier leben, abgetrennt von der Welt? Er mochte nicht mehr an Zustände wie in Boccaccios Erzählung glauben. Der Tag der Nonnen war streng geregelt mit Beten und Arbeiten, der Lebenswandel karg und ohne Genuss, die Regierung der Äbtissin streng. Mit Opfer und Buße sollten sie die Lust des Fleisches und die Sinnesfreuden abtöten, um die Seele auf die Vereinigung mit Gott vorzubereiten. Doch wie sah es in ihren Herzen aus? Litten sie, wie der Hofmeister gesagt hatte, an Sehnsucht und ungestillter Lust? Bereuten sie manchmal die Entsagung von Liebe und Familie? Oder waren die Nonnen wie fleißige Bienen, die ihr Leben ungefragt dem höheren Zweck widmeten?

Hörnle schaute hinaus in den Kreuzgang. Es war eine klirrend kalte Nacht; im dunklen Firmament leuchteten die fernen Sterne und die jungfräuliche Mondsichel. Ein Hauch von Weihrauch und Rosenwasser hing in der Luft. Er lauschte der Ruhe im Kloster, unterbrochen von huschenden Füßen in den Gängen und flüsternden Stimmen im Gebet. Allmählich glaubte er, eine Stimme von irgendwo oben zu hören, die leise rhythmisch rezitierte, wie im Gesang. Als er seine Augen schloss und genauer horchte, meinte er, gereimte Worte zu verstehen, die sanft durch die Dunkelheit zu ihm getragen wurden.

»Ich stürbe gerne von Minne, möchte es mir geschehen,
denn jenen, den ich minne, den habe ich gesehen,
mit meinen lichten Augen in meiner Seele stehen.«

Er glaubte, den warmen Hauch zu spüren, der ihm die Worte zutrug, und stellte sich Lippen wie Rosenknospen vor, die sich leicht öffneten, um die Worte zu formen. Aber war das ein Gebet oder eine Liebeslyrik? Und waren die Worte an ihn, Marcus Hörnle, gerichtet oder an Gott? Und hörte er das überhaupt, oder war das alles nur eine Sinnestäuschung?

»Seit die Braut ihren Lieben geherbergt hat, bedarf sie nicht mehr weit zu gehen,
Die Minne mag nicht wohl vergehen,
Wo Jungfrauen nach Jünglingen spähen.«

»Licenciatus Hörnle!« Er wurde aus seinen Träumen gerissen.

»Marcus Hörnle«, rief Johannes Heller wieder. »Wir gehen jetzt besser. Hier ist nichts mehr für uns zu tun.«

8. Schwester, was hast du getan?

IN DER NACHT fiel der erste Schnee des Winters. Wie zersplittertes Glas fielen Eiskristalle aus dem Himmel und legten sich auf den gefrorenen Boden. Johannes Heller schlief unruhig. Ihm war es, als ob er gar nicht geschlafen hätte, doch rüttelte ihn plötzlich die Klosterglocke aus seinem Dämmerschlaf wach: Es läutete zu den Vigilien, dem Nachtgebet. Im Kloster wurden die warmen Bettdecken abgeworfen, die Habite angezogen und die Schleier angelegt. In weichen Filzpantoffeln huschten die Nonnen durch die Gänge zur Kapelle und warfen sich dort im flackernden Kerzenschein auf den kalten Steinboden. Ihr Gebet stieg auf und hallte in dem gewölbten Raum. Johannes Heller stand indes am Fenster und blickte auf den fallenden Schnee im Klosterhof. Schließlich kehrte er wieder in sein Bett zurück und schlief unruhig ein, bis die Glocke wieder zu den *Laudes matutinae* läutete.

Kurz danach wurden die Gäste von Rufen, dem Klappern von Pferdehufen und einem dumpfen Glockenschlag aus dem Bett geholt. Im verschneiten Hof liefen Männer mit Laternen und Fackeln durch die Dämmerung. Irgendwo schrie eine Frau und weinte. Bald war das ganze Kloster auf den Beinen, schon lange bevor die Sonne aufgegangen war. Johannes Heller läutete nach dem Diener, um herauszufinden, was passiert war, doch er erhielt keine Antwort. Die Gäste durften aber auch nicht selbst hinausgehen, nicht einmal, um in der Kirche zu beten, sondern sie wurden angewiesen, in ihren Zimmern zu bleiben, bis die Äbtissin zu ihnen kam. Sie standen ungeduldig am Fenster und blickten hinaus, wie Männer mit den Wappen der Herzöge eilig kamen und gingen.

Erst Stunden später erschien Äbtissin Barbara bei ihren Gästen. Sie wirkte erschöpft und erschüttert. Ohne Umschweife verkündete sie den Grund: In der Nacht habe man die Leiche einer der vermissten Nonnen gefunden. Ein Knecht habe sie zufällig entdeckt, als er auf einem Feldweg von einem Besuch nach Hause zurückkehrte. Die Leiche sei in einem kleinen Teich unweit von Seligenthal gefunden worden. Sie sei teilweise unter Wasser gelegen, weshalb man sie nicht vorher gefunden habe.

»Es ist Schwester Magdalena Freudenweiß!«, rief Äbtissin Barbara, blass vor Schrecken, und bekreuzigte sich mehrmals. »Man hat sie tot zu uns zurückgebracht.«

»Könnt Ihr sagen, wie sie starb?«, fragte Johannes Heller. »War es ein Unfall?«

»Nein, Dominus«, antwortete die Äbtissin. »Sie wurde ermordet; sie wurde erstochen. Blut, rotes Blut ist auf ihrem weißen Kleid. Es ist genauso, wie Schwester Katherina gesagt hat: eine blutige Hochzeit. Alle werden sterben! Das war eine Vision. *Dominus misericors*!«

»Vielleicht wusste Schwester Katherina etwas über die Fluchtpläne ihrer Freundinnen«, sagte Heller nachdenklich. »Wir sollten sie befragen, wenn sie wieder ansprechbar ist.«

»Was für Fluchtpläne? Jetzt redet auch Ihr von Flucht! Aber Ihr habt keine Beweise. Daher sagen wir, dass unsere Schwestern geraubt wurden«, rief die Äbtissin ärgerlich, aber in ihrer Stimme klang eine unbestimmte Angst.

»Schwester Äbtissin, wir beide wissen, dass das nicht sein kann«, antwortete Heller leise. »Lasst mich die Leiche von Schwester Magdalena sehen«, forderte er entschlossen. »Wir müssen versuchen herauszufinden, wann sie starb. Lag sie dort tagelang ungesehen, oder wurde sie heute Nacht ermordet?«

»Nein, das ist unmöglich«, sagte die Äbtissin.

»Doch, wir verlangen es.«

»Nein, Dominus, verlangt das bitte nicht. Es ist schrecklich!« Die Stimme der Äbtissin bebte.

»Wir verlangen es und wir werden die Leiche sehen«,

blaffte der Richter sie an. »Es ist unerlässlich. Wir haben ein Mandat des Herzogs, diesen Fall aufzuklären.«

»Herr, wir dürfen sie Euch so nicht zeigen. Es ist monströs.«

»Was denn?« Johannes Heller stutzte über ihre hartnäckige Weigerung. »Was ist denn so monströs?«

»Sie war schwanger!«, rief die Äbtissin plötzlich. »In ihrem Leib ist ein ungeborenes Kind, oh Gott.«

Die Leiche war in einer Seitenkapelle der Klosterkirche aufgebahrt. Die tote Novizin lag auf einem weißen Laken auf einem hölzernen Tisch vor dem Altar, auf dem Opferkerzen brannten. Johannes Heller und die Äbtissin traten an die Leiche heran, während sich Marcus Hörnle umdrehte und rasch die Kirche verließ. Pater Schwarz verzog sich mit verhülltem Gesicht in eine Ecke und betete.

Die Tote war noch mit ihrem Nonnenhabit bekleidet; ein weißes Tuch bedeckte ihr Gesicht. Wie eine Braut vor der Hochzeit fuhr es Johannes Heller durch den Kopf, als er sie erblickte. Doch ihr weißer Habit war zerrissen und besudelt; ein hässlicher dunkler Blutfleck zeichnete sich über ihrem Bauch ab. Heller hob das Tuch und betrachtete das Gesicht der Toten eingehend. Die Haut war bläulich weiß und blutleer. Er fasste sie an der Hand und stellte fest, dass sie festgefroren war. Dann tastete er ihren leblosen Körper vorsichtig ab, scheu und ehrfürchtig vor der Toten. Wo sie unter Wasser gelegen war, war die Leiche nicht gefroren, sondern weich. Die Hüftgelenke und Knie waren locker und leicht beweglich. Die tödliche Wunde war ein Messerstich unter der linken Brust, der wohl das Herz verfehlt hatte. Die Novizin war anscheinend verblutet. Unter dem blutigen Gewand wölbte sich ihr Bauch deutlich.

Heller dachte an die Totenblähung: Solche Leichen mit aufgedunsenen Bäuchen hatte er manchmal gesehen, wenn sie nicht rechtzeitig beerdigt wurden. Dieser Vorgang schien bereits angefangen zu haben, war aber durch die Kälte vermutlich verlangsamt worden. Oder war das die Schwangerschaft? Mit dem Körper von schwangeren Frauen kannte er sich nicht aus.

»War sie wirklich schwanger?«, fragte er unsicher.

»Leider Gottes ja. Unsere Infirmaria, Schwester Elisabeth, hat sie untersucht und es mir bestätigt«, sagte die Äbtissin mit bebender Stimme. »Sie war wohl im fünften oder sechsten Monat.«

Von unzähligen Gerichtsprozessen um Vaterschaft und Erziehungskosten war Heller zumindest ein wenig mit der Zeitrechnung und den Phasen der Schwangerschaft vertraut. Er wusste, dass sich der Bauch gewöhnlich ab dem vierten Monat zu zeigen begann. Auch unter dem züchtigen Nonnenhabit hätte die Tote den Umstand nicht viel länger verheimlichen können.

»Wie, oh, wie konnte das passieren?«, seufzte Äbtissin Barbara unter Tränen.

»Dass sie schwanger wurde? Oder dass sie getötet wurde?«, fragte Heller nachdenklich.

»Beides. Schwester Magdalena war ein sehr frommes Mädchen«, antwortete die Äbtissin abwesend. »Das sagen wir keineswegs nur, weil sie jetzt tot ist. Sie schien uns so ehrlich und aufrecht. Bei unseren Versammlungen hat sie immer ihre Sünden gewissenhaft berichtet, und es waren nur lächerliche Kleinigkeiten. Wir haben sie nur auf Wasser und Brot gesetzt, damit sie sich selbst verzeihen konnte.«

Johannes Heller zeigte auf eine lange aufgerissene Hautwunde unter dem Brustkorb, die wie ein Band um ihren

Körper lief. »Sie hat einen Büßergürtel getragen«, stellte er fest. »Wasser und Brot waren anscheinend nicht genug.«

»Wie konnte sie diese schreckliche Sünde begehen und uns nichts darüber sagen?«, seufzte Äbtissin Barbara. »Und warum wollte sie von uns fliehen, als es sichtbar wurde?« Sie wandte sich an die Tote, als ob sie diese Fragen beantworten könnte. »Oh Schwester Magdalena, was hast du getan?«

Pater Schwarz erhob seine Stimme: »Ihr fragt? Es ist genau, wie Ambrosius schreibt: *Virgo nobilis, dicata Christo, sapiens, erudita, ruit in foveam turpitudinis, concepit dolorem, et peperit iniquitatem, se perdidit et ecclesiam maculavit.* Sie war eine edle Jungfrau, dem Herrn geweiht, wissend und gebildet, doch sie stürzte in den Graben der Obszönität, empfing den Schmerz und gebar Ungerechtigkeit, verlor sich selbst und besudelte das Ansehen der Kirche. Was ist da mehr zu sagen.«

»Das hilft uns nicht weiter«, antwortete Heller ungeduldig. »Was mich jetzt interessiert, ist: Wann und warum wurde sie ermordet?« Er stand auf und überlegte kurz.

»Die Leiche ist gefroren an der Hand und am Arm, die nicht unter Wasser lagen. Das bedeutet, dass sie länger als nur ein paar Stunden tot ist. Wo sie aber unter Wasser gelegen hat, ist der Körper weich und beweglich. Sie hat also keine Leichenstarre mehr. Meines Wissens setzt diese einige Stunden nach dem Tod ein und dauert etwa zwei Tage. Die Verwesung hat auch bereits begonnen in ihrem Bauch. Sie wurde also definitiv nicht heute Nacht getötet, sondern vor einigen Tagen. Aber wenn sie vor sechs Tagen aus dem Kloster weglief, warum hielt sie sich noch hier in der Nähe auf? Wo könnte sie sich verstecken, wenn überall schon gesucht wurde? Und warum trägt sie nur dieses leichte Gewand bei der Kälte? Sie muss daher gleich nach ihrer Entführung getötet worden sein. Das würde wiederum bedeuten, dass der Entführer wahrscheinlich auch ihr Mörder ist.«

»Aber warum würde man sie erst entführen, um sie dann zu töten?«, fragte Äbtissin Barbara leise.

»Um ihre Schwangerschaft zu verheimlichen«, antwortete eine Stimme hinter ihnen. Johannes Heller und die Äbtissin wandten sich überrascht um.

Hinter ihnen stand der Hofmeister, Pangratz Hoholtinger, der über seine gelungene Überraschung lächelte. Neben ihm war ein zweiter Mann mit großen abstehenden Ohren und einer Glatze, die aussah, als ob er die Tonsur trug, doch sein prachtvoller Pelzmantel und seine Amtskette verrieten, dass er ein hochstehender Vertreter der weltlichen Ordnung war. Seine kleine Augen blickten neugierig und nervös wie eine Maus. In seinen Händen trug er ein Schreibheft.

Der Neuankömmling verneigte sich verlegen und stellte sich vor: ehrwürdiger Karl Kärgl, herzoglicher Hofrat und Landschreiber zu Landshut.

»Seine Erlaucht, Herzog Ludwig, ist sehr besorgt über die Angelegenheiten in Seligenthal«, sagte Kärgl zur Erklärung seiner Anwesenheit. Seine Stimme bebte ein wenig vor Kälte. »Erst werden Nonnen aus dem Kloster entführt, und nun wird eine tot aufgefunden! Seine Erlaucht hat uns beauftragt, das Verbrechen aufzuklären. Wir verstehen, dass Ihr das Verschwinden der Nonnen bereits untersucht, Dominus Heller. Wir würden gerne erfahren, zu welchen Ergebnissen Ihr gekommen seid, und ob der Mord etwas damit zu tun hat.« Er zitterte am ganzen Körper. »Aber lasst uns die Tote in Ruhe liegen. Gehen wir doch wohin, wo es wärmer ist!«

9. Causa probabilis

GEMEINSAM GINGEN DIE Gäste aus Freising mit dem Land-schreiber, dem Hofmeister und der Äbtissin in die warme Stube im Gästehaus und setzten sich an den großen Tisch. Äbtissin Barbara, die scheinbar Schlimmes befürchtete, ließ ihre getreue Scriba kommen, um die Berichterstattung zu protokollieren. Sie nahm ihren Platz am Ende des Tisches ein. Dort hielt sie die Augen fest auf das Blatt gerichtet und mied jeden Augenkontakt, während Marcus Hörnle ihr schönes, ernsthaftes Gesicht forschend betrachtete.

Der Hofmeister verlangte nach Wein, von dem aber nur er und der Landschreiber Kärgl etwas tranken. Alle wand-ten inzwischen ihre Aufmerksamkeit Johannes Heller zu, der von seinen Ermittlungen berichten sollte. Heller hatte Marcus Hörnles Notizen vor sich, erhob sich jedoch und wartete wie ein scholastischer Disputant auf die Magister-prüfung. Nachdem Karl Kärgl sich etwas erwärmt hatte, richtete er erwartungsvoll seinen traurigen Blick auf Heller. Er nahm eine Feder in die Hand, tauchte sie in ein kleines tragbares Tintenfass und öffnete sein Notizbuch. »Nun?«

»Unser Auftrag war es«, hob Heller mit klarer Stimme zu sprechen an, »das Verschwinden von fünf Nonnen aus dem Kloster Seligenthal zu untersuchen. Da weder die Non-nen selbst noch die Entführer bislang gefunden beziehungs-weise ermittelt werden konnten, war es unsere Aufgabe, die Umstände des Verschwindens im Kloster selbst zu unter-suchen. Der tragische Tod einer der Nonnen gehört nicht direkt zu unserer Untersuchung, und wir haben kein Mandat, diesen aufzuklären, aber indirekt scheinen die zwei Verbrechen miteinander zusammenzuhängen, weshalb wir auch darüber berichten werden.«

Er hielt kurz inne und schaute Äbtissin Barbara direkt an. »Wir durften den Klausurbereich des Klosters nicht betreten, aber uns wurde erlaubt, mit Mitgliedern des Konvents und Konversen frei zu sprechen, um den Tathergang und einige Hintergründe zu ermitteln. Nach unserer Rekonstruktion des Verlaufs und der Räumlichkeiten des Klosters scheint es uns unwahrscheinlich, dass die Novizinnen und die Nonne gegen ihren Willen entführt wurden, sondern dass sie freiwillig geflohen sind, wobei sie aber Hilfe von außen hatten.«

Äbtissin Barbara protestierte: »Das ist nicht bewiesen, und wir bestreiten es entschieden. Wir haben nur Beweise dafür, dass Menschen von außen in das Kloster eingedrungen sind und die Nonnen mitgenommen haben. Wenn Ihr andere Beweise habt, dann zeigt sie!«

Johannes Heller nickte: »Es ist nicht bewiesen; das geben wir zu. Wir sagten nur, dass es wahrscheinlich ist. Es handelt sich um eine *causa probabilis* – einen plausiblen Klagegrund, wie man vor Gericht sagen würde. Es ist dagegen sehr unwahrscheinlich, dass Personen von außen ohne Hilfe von innen unbemerkt in das Kloster eindringen konnten, um das Feuer zu zünden und dann die Nonnen zu entführen. Der wahrscheinlichste Tathergang ist also, dass die Nonnen selbst das Feuer legten und in der Verwirrung aus der Tür neben der Afrakapelle flohen, wo ihre Helfer warteten. Als weiteres Indiz für diese These ist es uns zu Ohren gekommen, dass einige der entflohenen Novizinnen bereits zuvor den Wunsch geäußert hatten, das Kloster zu verlassen.«

Die Äbtissin wand sich vergeblich. »Das gebe ich zu, ja, aber das ist nichts Ungewöhnliches und beweist auch nichts. Jeden von uns überkommen irgendwann die Zweifel, ob das Kloster der richtige Weg ist, aber mit Gebet und Gottes Hilfe bleiben wir unserem heiligen Entschluss treu.«

Karl Kärgl bekreuzigte sich. »Amen«, murmelte er fromm. Der Hofmeister lächelte und schenkte ihm mehr Wein ein.

»Ihr aber habt den Beichtvater gebeten, sie von einem Austritt abzubringen, und habt sie auch hart bestraft«, setzte Heller nach.

»Ja, wir haben sie daran gehindert«, gestand die Äbtissin. »Aber wir taten es für ihr eigenes Seelenheil und auch, um von dem Kloster unnötiges Unheil abzuwenden. Das sind unsere höchsten Aufgaben.«

»Das Unheil ist aber nur noch schlimmer geworden«, sagte Johannes Heller. »Für alle.«

Marcus Hörnle blickte verstohlen zur Scriba herüber, die mit versteinerter Miene dasaß und von diesen Aussagen nichts protokollierte.

»Denn eine der entflohenen Nonnen wurde soeben ermordet aufgefunden«, fuhr Heller fort. »Es zeigt sich, dass sie im vierten oder fünften Monat schwanger war. Möglicherweise war die Schwangerschaft der Grund für ihre Flucht. Die Fundstelle, ihre Kleidung und der Zustand der Leiche sprechen dafür, dass sie kurz nach der Flucht ermordet wurde. Das bedeutet, dass der Mörder vielleicht einer der Fluchthelfer ist.«

Er blickte in die Runde.

»Ist das alles?«, fragte Karl Kärgl schließlich ein wenig enttäuscht.

Pater Schwarz, der während Johannes Hellers Bericht vor Ungeduld gekocht hatte, brach sein Schweigen. »Nein, Ehrwürden. Dominus Heller hat vergessen zu erwähnen, dass wir von zahlreichen Missständen im Kloster erfahren haben, von dieser skandalösen Klosterflucht ganz zu schweigen. Die Nachtruhe wird nicht eingehalten, die Kleidungsregeln missachtet, das Kloster wird heruntergewirtschaftet und ist tief verschuldet. Offenbar wird auch die Klausur nicht richtig eingehalten, denn nur so konnte diese unglückselige Novizin schwanger werden. Die Küsterin, die nachts über das Einhalten der Klausur wachen soll, schläft regelmäßig ein, wobei einige Nonnen offenbar in der Bibliothek oder anderswo herumschleichen. Dieser Verfall und die Verbrechen sind *opera diaboli* und zeigen, dass Kloster Seligenthal einer tiefgreifenden Reform bedarf. Wir müssen hier mit einem harten Besen auskehren, sonst wird die Zucht im Kloster völlig zerfallen. Der Teufel hat seinen Fuß bereits in die Tür gesetzt.«

»Dieser Meinung sind wir allerdings durchaus nicht, Ehrwürden«, entgegnete Heller entschlossen, an Karl Kärgl gewandt, als ob er der Herzog selbst wäre. »Die Erforderlichkeit einer Reform leitet sich jedenfalls keineswegs aus unserer Untersuchung ab. Und eine Reform des Klosters würde vermutlich nichts zur Klärung des Vorfalls leisten, sondern sie eher behindern.«

»Uns scheint es, dass Ihr es seid, der die Aufklärung behindert, Dominus Heller«, höhnte Pater Schwarz. »Ihr seid zu sehr bemüht, die Missstände im Kloster herunterzuspielen, um die Domina Äbtissin zu schützen.«

Johannes Heller errötete. »Das ist Unsinn! Ihr seid es, der unsere Ermittlung behindert und nur noch an der Absetzung der Äbtissin arbeitet, was weder gerechtfertigt ist noch zu unserem Auftrag gehört. Dieser Mord zeigt aber, dass das Verschwinden der Nonnen einen höchst gefährlichen

Hintergrund hat. Es ist daher dringend nötig, die Untersuchung weiterzuführen. Um dies zu tun, bitten wir Euch, Herr Landschreiber, und die Äbtissin um Erlaubnis, weitere Befragungen im Kloster durchführen zu dürfen.«

Äbtissin Barbara schlug einmal hart auf den Tisch. »Nein, auf keinen Fall erlauben wir das! Wir haben jetzt zur Genüge gesehen, wohin Eure Ermittlungen führen. Wir wünschten, dass wir Euch nie hereingelassen hätten: Ihr seid schlechte und unwillkommene Gäste, die mit Euren Verdächtigungen und Fragen unsere Klostergemeinschaft nur stören. Ihr bringt sündhafte Gedanken und Streit in unser friedliches, gottgefälliges Zelt. Wir werden nie wieder einem solchen Eindringen zustimmen.«

»Wenn Ihr uns nicht freiwillig den Eintritt erlaubt, dann werden wir eine Visitation anordnen«, krähte Pater Schwarz. »Wir werden alle Missstände schonungslos aufdecken und alle Schuldigen zur Rechenschaft ziehen. Das versprechen wir, bei Gott.«

»Wir werden nur von unserem Vaterabt visitiert. Bei uns habt Ihr nichts zu suchen«, entgegnete die Äbtissin fest.

»Das werden wir sehen, Domina«, sagte Pater Schwarz drohend.

Der Landschreiber, dem diese aufgeheizte Diskussion offenbar unangenehm war, klatschte in die Hände. »Genug! Darüber wird vielleicht ein anderes Mal zu sprechen sein. Wir würden dennoch gerne wissen, Dominus Heller, wie Ihr weiter vorgehen würdet, gesetzt den Fall …« Er schien sich über die Situation zu amüsieren. Auch der Hofmeister grinste höhnisch. Sie hatten offenbar etwas in der Hinterhand.

Johannes Heller versuchte, den spöttischen Ton der Frage zu ignorieren. »Wir schlagen drei Untersuchungsrichtungen vor: Erstens müssten wir versuchen herauszufinden, wer die tote Nonne geschwängert hat und ob er sie auch getötet hat. Zweitens sollten wir ermitteln, wie die geflohenen Nonnen mit ihren Fluchthelfern kommunizierten, denn diese Kommunikation könnte uns zu den Tätern führen. Und drittens müssten wir mehr über das Leben der vermissten Nonnen in Erfahrung bringen, um herauszufinden, wer ihnen geholfen haben könnte. Wenn sie nicht zu ihren Eltern gegangen sind, gibt es vielleicht Verwandte oder Freunde, die sie unterstützten. Insbesondere würden wir gerne mehr über Schwester Agatha erfahren.«

Während er sprach, verzog Kärgl den Mund leicht. Er machte keine Notizen in sein Buch. »Vielen Dank, Dominus Heller«, sagte er abschließend. »Wir finden Eure Erwägungen höchst gelehrt und überaus interessant. Doch Ihr habt bei Eurer Untersuchung leider etwas sehr Wichtiges übersehen: dass die Täter nämlich vielleicht nicht von außen kamen, sondern hier im Kloster lebten. Wir meinen die männlichen Konversen.« Er blickte rasch zum Hofmeister hin, um sich abzusichern. »Ja, was könnte näherliegen? Bei ihnen hätte ich an Eurer Stelle angefangen, Dominus. Auch wenn sie ein Gelübde abgelegt haben, sind sie Söhne Adams und unterliegen den Verlockungen des Fleisches wie wir alle. Sie haben Möglichkeiten, mit den Nonnen zu sprechen; sie kennen die Anlage, und vielleicht wissen sie sogar, wie man unbemerkt in den Klausurbereich eindringt. Die ganzen Rätsel lassen sich somit leicht auflösen.«

»Unsere Laienbrüder?«, protestierte die Äbtissin erstaunt. »Das glauben wir nicht. Unsere Konversen sind uns treu ergeben; wir haben absolutes Vertrauen zu ihnen. Und außerdem leben sie zwar innerhalb der Klostermauern, doch sind sie von den Nonnen strengstens getrennt. Sie haben absolut keinen Kontakt mit unseren Schwestern bis auf wenige Situationen, die sehr umsichtig kontrolliert werden.«

Der Hofmeister kam schließlich aus seinem Hinterhalt hervor. »Wer nicht sucht, der wird nicht fündig, Domina Äbtissin. Wir haben die Wohnungen der Konversen durchsuchen lassen, und siehe da: Wir haben den Täter gefunden. Es war Euer Holzknecht«, verkündete er triumphierend. Auch Karl Kärgl schien an dem Erfolg teilzunehmen.

»Der Holzknecht?«, rief Äbtissin Barbara erschrocken. »Unmöglich! Er ist doch ein harmloser *imbecilis* – ein Idiot. Er kann das nicht getan haben.«

»Es besteht kein Zweifel, dass er es war«, antwortete der Hofmeister kühl. »Wir haben das *Paternoster* von einer Nonne in seinen Räumen gefunden und begonnen, Fragen zu stellen.«

Er legte ein kostbares *Paternoster* aus schwarzen Korallen mit Silber auf den Tisch. Die Äbtissin stürzte sich darauf mit einem Schrei.

»Das ist das *Paternoster* von Schwester Christina. Seht hier: Das ist ihr Familienwappen. Wie kam der Holzknecht in den Besitz davon?«

»Wie denn wohl?«, sagte der Hofmeister höhnisch. »Zuerst hat er Schwester Magdalena geschwängert. Dann hat er sie und die anderen Novizinnen entführt und ermordet. Er hat gleich alles gestanden.«

»Er allein hat sie entführt und ermordet?«, fragte Heller ungläubig. »Wie soll er das alles getan haben? Und woher bekam er Pferde und Wagen, um sie wegzubringen? Das kann ich nicht glauben.«

»Er muss Helfer gehabt haben«, räumte Karl Kärgl ein. »Vielleicht war er selbst nur der Helfer, der die Entführung ermöglichte und dabei seine eigenen bösen Absichten verwirklichte. Das werden wir herausfinden. Wir haben ihn zur Befragung auf die Burg gebracht. Er wird uns sagen, was er mit den anderen gemacht hat und wer seine Komplizen waren. Das tun die Täter immer.« Er faltete die Hände in frommer Zufriedenheit. »Jedenfalls ist der Fall erledigt, Dominus Heller. Wir können ihn ohne weitere Untersuchungen *ad acta* legen.« Er fing an, dozierend mit den Fingern zu zählen: »Erstens hatte der Konverse die Möglichkeit, weil er hier wohnt und das Kloster gut kennt. Dann hatte er ein Motiv, nämlich bestialische Lust. Und schließlich hat er die Kette von einer der Nonnen, was als eindeutiger Beweis gelten kann. Eins plus eins macht immer – äh, das heißt in diesem Fall machen sie drei. Egal. Er ist der Täter. Die Nachlässigkeit der Äbtissin hat ihm das Verbrechen wohl ermöglicht. Es gibt keine weiteren dunklen Geheimnisse, die aufzuklären wären. Wir danken Euch für Eure Mühen.«

»Aber für Euch wird das noch Konsequenzen haben, Domina Äbtissin«, fügte Pater Schwarz hinzu. »Wir werden zurückkommen.«

Capitulum 2
(18. – 19. Januar 1475)

10. Quod omnes tangit

ZWISCHEN DEM WOLKENBEDECKTEN Himmel und der verschneiten Erde ging die Morgensonne in Flammen und Rauch auf wie ein Großbrand. Einen Augenblick lang glänzten die weißen Türme des Freisinger Doms in ihrem Strahl, bevor sie hinter den Wolkenschleiern verschwand. In demselben Augenblick schlugen die Kirchglocken zu einem festtäglichen feierlichen Geläut an. Es war Mittwoch, der 18. Januar im neuen Jahr 1475. Seit Wochen hatte man diesem Tag erwartungs- und hoffnungsvoll, zum Teil aber auch sorgenvoll entgegengesehen, nachdem Fürstbischof Sixtus von Tannberg in seiner Weihnachtsansprache angekündigt hatte, eine Reformsynode zu berufen. Es sei der lang gehegte Wunsch seines Vorgängers und zugleich eine höchst überfällige Pflicht des neuen Bischofs, eine Kirchenversammlung im Bistum Freising abzuhalten, um sich über den Zustand der Kirche zu informieren und den grassierenden Missständen gegenzusteuern. Zu lange schon – es waren schon 35 untätige Jahre verflossen – ja, viel zu lange sei dieser Garten brach und ungepflegt gelegen. Inzwischen sei er von allen möglichen Misswüchsen überwuchert, und die Blumen würden durch Ranken erstickt. Wie ein guter Gärtner wolle der Bischof das Unkraut nun in dem ihm anvertrauten Bistum jäten. In diesem Sinn hatte er die zwölf Dekane des Bistums sowie alle Äbte und Äbtissinnen, Priester, Diakone, Pfarrer und andere kirchliche Würdenträger aufgefordert, persönlich nach Freising zu kommen, um über die Zustände ihrer Kirchen zu berichten und gemeinsame Vorgaben für eine Verbesserung der Lage zu beschließen. Auch die Herzöge von München und Landshut und Vertreter der Städte im Bistum Freising waren eingeladen mitzuwirken. Wie Bischof Sixtus erklärte, wolle er nicht allein für alle eine Reform seiner Kirche beschließen, sondern mit allen über die Maßnahmen beraten und sie im Konsens verabschieden wie bei einem Generalkonzil. *Quod omnes tangit, debet ab omnibus approbari*: Was alle betreffe, solle von allen genehmigt werden.

Seit dem Tag hatte eine fast ununterbrochene Tätigkeit am Freisinger Domberg eingesetzt, angefangen mit den vielen amtlichen Schreiben, die der Notar Pangratz Haselberger und seine Kollegen ausstellen und verschicken mussten. Aber nicht nur die Schreiber und Notare schufteten fast ununterbrochen. Der Dom, worin die Versammlung stattfinden würde, sollte wie für ein richtiges Konzil eingerichtet werden mit Sitz- und Stehplätzen für alle, nach Rang und Würde geordnet. Der hoch gebaute Chor mit dem Hauptaltar sollte dabei offen bleiben, damit dort die vorgesehenen Gottesdienste abgehalten werden konnten. Der neue Lettner, den Bischof Sixtus gleich nach seiner Wahl in Auftrag gegeben hatte, stand in noch unvollendetem Zustand da wie ein Sinnbild für die angefangene geistige Erneuerung. Im abgesenkten Raum des Hauptschiffs zum Norden hin hatte man ein Podium mit drei breiten Stufen aufgebaut, worauf der Bischofsstuhl aufgestellt wurde. Zur linken Seite wurden zwei erhöhte Stühle für die Herzöge von München und Landshut platziert, die allerdings nur zwei Stufen hatten und somit etwas niedriger als des Bischofs Stuhl standen. Zur rechten Seite des Bischofs waren die Sitzbänke für die Freisinger Chorherren angebracht, die zwar nicht erhöht, dafür aber mit einer Rückenlehne versehen waren. Damit waren sie deutlich bequemer und ehrwürdiger als die bloßen Stühle der anderen Teilnehmer, die in Form eines Rechtecks vor dem Bischofsstuhl aufgestellt wurden. Doch auch Letztere waren trotz ihrer Gleichförmigkeit keineswegs egalitäre Sitzplätze, sondern sie drückten Rang und Bedeutung aus, je nachdem, wie nah oder fern und in welcher Position zum Bischofsstuhl sie lagen. Schließlich gab es Stehplätze am Rand der Versammlung für Mitglieder des niederen Klerus und weniger wichtige Laien.

Ganz Freising war von fiebrigen Vorbereitungen ergriffen. Die zahlreichen Besucher, von denen viele über Nacht bleiben würden, mussten nämlich bewirtet und untergebracht werden. Die Gast- und Wirtshäuser bereiteten erwartungsvoll Lebensmittel vor: Tiere wurden geschlachtet, Fische aus den Seen geholt, Weinkeller aufgestockt, Brot gebacken und Spezialitäten für die wohlhabenden Gäste herbeigeschafft. Auch die Dirnen, Bettler und Tandverkäufer bereiteten sich freudig auf zahlreiche Kundschaft vor. Die kleine Stadt Freising wurde herausgeputzt, die Straßen gereinigt, Ställe für die Pferde mit Heu bevorratet. Und schließlich waren die Besucher gekommen: aus der Ferne, etwa aus dem bergigen Werdenfelser Land, aus den näher gelegenen Städten München und Landshut oder aus den Nachbardörfern. Nun folgten sie dem Ruf der Glocken und stiegen langsam den Domberg hinauf.

Von seinem Zimmer im oberen Stock des Richterhauses am Domplatz beobachtete Johannes Heller die zusammenströmenden Synodenteilnehmer und Zuschauer. Es war eine bunte Menge von Männern und Frauen, Laien und Geistlichen, die Heller an die Pilgerscharen in Rom erinnerte. Neben reich gekleideten Stiftsherren und weltlichen Amtsträgern wirbelten Gruppen von Mönchen und Nonnen in

Ordenstracht über den Domplatz. Auffällig zahlreich waren die braunen Kutten der Benediktiner und die schwarzen Habite der Augustinerchorherren. Vereinzelt waren auch die weißen und grauen Gewänder des Zisterzienserordens sichtbar. Neben dem Abt von Kloster Fürstenfeld glaubte Heller, die stolze Gestalt der Äbtissin von Seligenthal in ihrem weißen Habit zu erkennen. Er fühlte einen Stich von Scham und Wut über seine hilflosen Ermittlungen im Kloster. Auch viele neugierige Bürger und Bürgerinnen mischten sich unter die Synodenteilnehmer. Trotz des ernsthaften Anlasses wirkte die Versammlung heiter und fröhlich wie eine Hochzeitsgesellschaft. Es wurde laut gegrüßt und geredet, gestritten und gelacht. Etwas zu laut und ausgelassen für das anstehende Geschäft, dachte Johannes Heller missmutig, der noch einige letzte Gerichtsgeschäfte vom letzten Tag erledigen musste.

Vor ihm lagen die Aufzeichnungen über den Eheprozess zwischen Jodok Simoni und Magdalena Liendl, beide aus Landshut. Der scheinbar einfache Fall erwies sich, wie Heller schon befürchtet hatte, als sehr vertrackt, denn es ging auch um Geld. Der Kläger war, wie es sich ergab, der Sohn eines einst wohlhabenden jüdischen Händlers in Landshut, der bei der Judenverfolgung 1452 fast alles verloren hatte. Wie Johannes Heller sich erinnerte, hatte Herzog Ludwig der Reiche die Juden in Landshut kurz nach seiner Hochzeit ohne Anlass verhaftet und eingesperrt, bis sie ein hohes Lösegeld bezahlten – manche sagten, dass der Herzog damit die Kosten seiner Hochzeit beglichen habe. Die Juden mussten auch gewisse Schuldscheine übergeben, wovon einige Landshuter Bürger, wie angeblich auch Caspar Liendl, der Vater der Beklagten, profitierten – es hieß, dass sie sogar die Verhaftung bewirkt hatten. Die Simonis bekehrten sich zum

Christentum, um nicht aus der Stadt vertrieben zu werden, und brachten es danach wieder zu bescheidenem Wohlstand, bevor im Jahr 1462 beide Elternteile an der Pest starben. Der damals minderjährige Kläger, Jodok, und seine Schwester wurden ausgerechnet in die Obhut Caspar Liendls gegeben, der das Erbe verwalten sollte. Nach dessen Angaben hatte er das Erbe für ihre Erziehung ausgegeben; der Kläger jedoch behauptete, dass er es in seine eigene Tasche gewirtschaftet habe. Auf alle Fälle war das Geld nun weg, und Vater Liendl wollte keineswegs erlauben, dass seine einzige Tochter den bettelarmen ehemaligen Schützling heiratete. Auf der anderen Seite hatte Jodok Simoni die Unterstützung Johannes Sollnheimers, eines einflussreichen Bürgers und erbitterten Feindes von Caspar Liendl. Es versprach, eine langwierige Schlacht um vergangenes und neuerlich begangenes Unrecht zu werden. Die Prokuratoren Maulberger und Pack durften ihr volles Repertoire an juristischen Mitteln ausschöpfen. Bereits jetzt lag ein Stapel von peremptorischen Einwänden und Gegeneinwänden auf Hellers Tisch, über die der Richter ein Zwischenurteil fällen sollte, bevor der Prozess überhaupt beginnen konnte. Heller blätterte ärgerlich durch die vertrackten Argumente und versuchte, sie zu verstehen. Doch jetzt schlugen die Kirchglocken zum zweiten Mal. Er war spät dran. Das alles musste warten. Er sprang von seinem Stuhl auf, zog seinen Mantel an und lief aus dem Haus.

Als Domherr sollte Johannes Heller mit seinen Kollegen direkt hinter dem Bischof in den Dom einziehen. Die anderen Domherren standen bereits ganz weit vorne am Kircheneingang versammelt. Auf seinem Weg durch die dichte Menschenmenge wurde er von allen Seiten von Freunden und Bekannten begrüßt und angesprochen: »Dominus Heller.« »Der Herr Chorrichter ist das!«

»Dominus Heller, *salve*!« Abt Ayrenschmalz von Tegernsee begrüßte ihn freundlich winkend. Heller winkte hastig zurück. »Ehrwürden, seid gegrüßt! Aber verzeiht, ich bin verspätet!« Er schob sich weiter.

»Dominus!«, rief eine junge Frau in zerlumpter Kleidung fast direkt in sein Ohr, »Herr Chorrichter, ich muss Euch sprechen!« Sie fasste ihn am Arm an.

»Nicht jetzt, Kind. Übermorgen ist wieder ein Gerichtstag. Lass mich los!« Heller riss sich aus ihrer Umklammerung frei.

»Bitte, hört mich an!«, flehte sie. Sie klang so verzweifelt, dass er doch kurz anhielt, aber im nächsten Augenblick wurde die Frau weggedrückt und verschwand in der Menge.

»Dominus Heller, erinnert Ihr Euch an mich?« Schon kam der Nächste an, ein junger Mann, an den der Richter sich im Augenblick überhaupt nicht erinnern konnte.

»Schon möglich … keine Zeit«, rief Heller verzweifelt und schob sich vorwärts.

Endlich stand er bei den anderen Chorherren am Eingangsportal des Doms, gerade noch rechtzeitig.

Feierlich wurde die Tür geöffnet, und die Kirchenmänner zogen unter Gesang der Konzilshymne »*Veni creator spiritus*« feierlich in den Dom ein. Wachmänner an der Tür kontrollierten die Eintretenden, damit nur die eingeladenen Teilnehmer eingelassen wurden. Ehrfürchtig gebückte Diener führten sie dann zu ihren Plätzen. Allen voran ging Fürstbischof Sixtus und bestieg stolz sein Podium, von wo aus er auf die anderen herunterschaute. Die Herzöge Albrecht von Bayern-München und Ludwig von Bayern-Landshut waren, wie erwartet wurde, nicht persönlich erschienen. Tatsächlich trafen sie sich gerade wegen einer Münzreform in Straubing. An ihrer Stelle waren Albrechts Bruder Wolfgang aus München und Doktor Martin Mair aus Landshut nach Freising gekommen. Die beiden Stellvertreter waren miteinander zutiefst verfeindet: Wolfgang machte den gelehrten Rat für den Konflikt zwischen seinen Brüdern verantwortlich und warf ihm vor, Streit zu sähen; Mair hingegen hielt Wolfgang für einen ausgemachten Trottel. Sie setzten sich jeweils mit einer würdigen, aber beleidigten Miene auf ihre Stühle nieder, die eine Stufe tiefer als der des Fürstbischofs aufgestellt waren, und würdigten einander nicht einmal eines Blickes. Danach bezogen die ehrwürdigen Freisinger Domherren, nach Rang und Alter geordnet, ihre Plätze. Schließlich füllten sich die Sitzplätze der anderen Teilnehmer – aber in welcher Reihenfolge? Und wo genau sollten sie sitzen? Überall stritt man sich über seinen Platz: »Warum kommt der aus Hintertupfing vor mir aus Vordertupfing?« Und: »Weißt du überhaupt, wer ich bin?« Und: »Wer hat dieses Chaos organisiert, Herrgott noch mal?« »Eine Beleidigung!« »Unerhört!« Im Kirchenraum erschallte allmählich ein lautes, unziemliches Gebrabbel.

Es war genau, wie Pangratz Haselberger befürchtet hatte: Der alte zahnlose Pedell lief ständig mit seinem Stock wedelnd durch die Reihen und nuschelte etwas von Rausschmiss; Haselberger selbst versuchte zu erklären, warum die Sitzordnung nun so und nicht anders war – alles vergeblich. Indes blickte Bischof Sixtus verärgert, aber hilflos von seinem Podium auf das unwürdige Spektakel hinunter. Endlich erschien Pater Schwarz in der Kanzel und brüllte aus voller Lunge: »Ruhe! Erinnert Euch, wo Ihr seid und weshalb Ihr hier versammelt seid. Ruhe!«

Seine Stimme erdröhnte wie der Donner im hallenden Kirchenraum. Alle schauten erschrocken hinauf, und ein beschämtes Schweigen befiel sie.

11. Beschwerden und Klagen

DIE SYNODE BEGANN mit einer feierlichen Eröffnungsmesse und der Invokation des Heiligen Geistes, der diese Kirchenversammlung zu Weisheit beflügeln möge. Anschließend hielt Pater Schwarz von der Kanzel eine gewaltige Rede, in der er die Missstände in der Kirche und im Land anprangerte und den Zuhörern die Notwendigkeit einer durchgehenden Reform vor Augen führte. Wohin seien die christlichen Tugenden und die Moral verschwunden? Wohin die Religion in der Kirche? Weg seien sie! Doch schlimmer noch: Man schäme sich nicht einmal mehr wegen ihres Fehlens, brüllte er. Es sei an der Zeit, sich auf die Sitten früherer Zeiten zu besinnen, an die Altväterzeiten, als man Tugend und Disziplin wirklich geschätzt habe. Die Synodenteilnehmer saßen still auf ihren Stühlen und Bänken und hörten beeindruckt zu. Es wurde ihnen zwar nicht ganz deutlich, welche Zeiten der Pater genau meinte, und ob es solche Altväterzeiten überhaupt je gegeben hatte, doch auf alle Fälle schien es früher unermesslich besser gewesen zu sein als jetzt.

Nachdem er also in den Teilnehmern den Willen zur Reform beschworen hatte, rief Pater Schwarz die weltlichen und kirchlichen Autoritäten auf, gemeinsam an diesem Ziel zu arbeiten. Zu lange hätten sie jeweils unterschiedliche Interessen verfolgt und sich gegenseitig die Autorität geschwächt. Nur wenn sich Kirche und Staat im Einklang befänden, würde es gelingen, eine wirkliche Wende zum Besseren herbeizuführen. Der neue Fürstbischof von Freising wolle in dieser Bemühung vorangehen, und die erlauchten Herzöge von München und Landshut hätten ihm ihre Unterstützung zugesichert. Als erster Schritt der Besserung solle ein jeder in sich gehen und überlegen, was in seinem eigenen Wirkungsbereich verbesserungswürdig sei, und dies als *gravamina* – Beschwerden – vorbringen. Die Heilmittel – *remedia malorum* – würden gemeinsam als Reformkatalog zu beschließen sein. Fürstbischof Sixtus wolle dann die Beschlüsse an den Pforten aller Kirchen der Diözese anschlagen und von den Kanzeln proklamieren lassen, damit jeder davon Kenntnis nehme.

Als sich der Dominikanermönch wieder setzte, herrschte zuerst Schweigen. Jeder hatte seinen persönlichen Grant, doch die Vorstellung, daraus allgemeingültige Beschlüsse abzuleiten, ließ manch einen seine Forderungen nochmals überlegen. Schließlich meldete sich ein Vertreter der Bürgerschaft von Landshut: Es war der ehrwürdige Stadtrat Caspar Liendl.

»Ehrwürdiger Herr Fürstbischof, ehrwürdige Väter«, fing er zuerst holprig an, »ich bin kein Geistlicher, nur ein gläubiger Christ und besorgter Bürger der Stadt Landshut. Aber ich spreche für die ehrenhaften Bürger meiner Stadt und für alle Christen, wenn ich mich über eine Unsitte des Kirchenrechts beklage, die uns allen betrifft.« Er blickte nervös herum. »Nicht des Kirchenrechts insgesamt, meine ich, sondern des Eherechts«, beeilte er sich zu sagen. »Ich spreche von den heimlichen Ehen, ehrwürdige Herrschaften. Denn obwohl es eigentlich verboten ist, wie ich es verstehe, eine Ehe heimlich zu schließen, so sehen die Herren Rechtsgelehrten eine derart geschlossene Ehe dennoch als rechtsgültig an. Von früheren Zeiten her leitete sich die weise Tradition ab, dass die Eltern und Familienmitglieder die Ehepartner aussuchen sollten. Unter den Familien wurde die Ehe zuerst ausgehandelt, dann ging man zur Kirche, um die Segnung zu erhalten. Aber jetzt dürfen Ehen heimlich, ohne oder sogar gegen die Zustimmung der Eltern, geschlossen werden. Familienväter müssen stets befürchten, dass ihre Söhne oder Töchter von unbemittelten Taugenichtsen verführt und geehelicht werden, womit das hart erworbene Familiengut verschleudert wird. Wo führt das denn hin, wenn jeder, der im Bett einer Eurer Töchter erwischt wird, ganz einfach behaupten kann, mit ihr verheiratet zu sein? Wir Väter dürfen ihn nicht mehr bestrafen, wie es sich gehörte, sondern wir sollen ihn vielmehr als unseren Schwiegersohn ehren.« Er ballte seine Fäuste und schlug in die Luft. »Eine Tracht Prügel sollten sie bekommen.« Ganz rot im Gesicht, setzte er sich. Ein Teil der Versammlung grollte lautstark seine Zustimmung und klatschte sogar, obwohl dies in einer Kirche völlig unpassend war.

Pater Schwarz erhob sich eilig, um den Vortrag zu unterstützen. »Gut gesprochen, würdiger Herr«, rief er. »Eine gerechte Forderung. Wir müssen diesen Missstand unterbinden. Niemand weiß mehr, ob er verheiratet ist oder nicht. Menschen leben schamlos in offener Sünde. Bestehende Ehen werden plötzlich bestritten und aufgelöst, Familien auseinandergerissen und Kinder unehelich gemacht. Dieser Unsinn muss ein Ende haben. Nur eine Ehe, die mit öffentlichem Aufgebot bekanntgemacht und kirchlich gesegnet wurde, darf als richtige Ehe gelten – alles andere ist Unzucht.«

Als er fertig war, stand Martin Mair von seinem Stuhl auf und klatschte laut. »Im Namen des erlauchten Herzogs, Ludwig von Bayern, unterstützen wir diese Forderung nachdrücklich«, erklärte er. »Keine Angelegenheit des Kirchenrechts berührt so unmittelbar das Wohlergehen und den

Frieden unseres Staates und unserer Untertanen wie die Ehe, denn aus der rechtmäßigen Ehe allein gehen legitime Erben und Nachfolger hervor. Aus diesem Grund hat Herzog Ludwig bereits in seiner neuen Landesordnung heimliche Ehen unter Strafe verboten und fordert die Kirche nachdrücklich dazu auf, dies ebenso zu tun.«

Wieder erhoben sich Beifall und Zustimmung in der Versammlung. Johannes Heller aber, dem dieses Thema am Herzen lag, sprang auf die Füße. »Ehrwürdige Väter, ich protestiere!«, rief er. »Unsere Auslegung des kirchlichen Eherechts leitet sich aus der Auffassung ab, dass die Ehe ein Sakrament ist, das Mann und Frau sich geben. Nur ihre gegenseitige Zustimmung ist erforderlich, weil nur sie miteinander leben müssen. Deswegen wird es ausdrücklich nicht im Kirchenrecht festgehalten, dass die Eltern oder sonst jemand bestimmen dürfen, wer wen heiratet. Im Übrigen dürfen sie dies tun, solang die Kinder einwilligen.« Auch für ihn raunten einige Synodenteilnehmer ihre Zustimmung.

Martin Mair sah sich genötigt, wieder aufzustehen und zu erklären, dass den Eltern und der Familie dieses Recht mindestens dann zustehen müsse, wenn es um große Vermögen oder das Staatswohl gehe.

Einzelne Zuhörer klatschten ihre Zustimmung, doch andere murrten, dass sich die Reichen und Mächtigen nicht über das Kirchenrecht stellen dürften. Eine allgemeine und sehr hitzig geführte Diskussion über die Konsensfrage und heimliche Ehen bahnte sich an, wobei jeder eine andere Meinung zu haben schien. Fürstbischof Sixtus, der diese Reformforderung durchaus unterstützte und sogar heimlich in den Weg geleitet hatte, fand die Erörterung des Themas allmählich ein wenig bedrohlich. Er klatschte in die Hände, um sich Gehör zu verschaffen.

»Genug! Das ist ein wichtiges und kompliziertes Thema, das wir berücksichtigen werden. Gibt es andere Beschwerden?«

Zögerlich stand ein Pfarrer auf und beklagte sein Leid zuerst schüchtern und etwas holprig, dann aber immer lauter und kräftiger. Es gehe ihm zu Herzen, dass so wenige Leute in seiner Gemeinde zur Beichte und überhaupt zur Messe gingen. Die Sünden stapelten sich somit auf, die Last würde immer größer und schwerer, und das alles bewirke, dass die Leute noch seltener in die Kirche gingen. Die Pfarrer wüssten nicht mehr einmal, wer überhaupt in ihrer Gemeinde sei und wer nicht, weil sie sie nie sahen. Und die Leute kümmerten sich auch nicht mehr um die Pfarrer und die Kirche, weshalb sie ganz aufhörten, zur Beichte oder zur Messe zu gehen. Und die Sünden stapelten sich weiter auf …

»Und die Last wird schwerer …«

»… und die Leute gehen noch weniger in die Kirche …«, hallte es aus der Versammlung wieder. Die Klage stieß auf große Zustimmung, wie es schien.

»Gut, gut!«, rief Bischof Sixtus befriedigt. »Das sind schwerwiegende Missstände, in der Tat. Darüber gibt es freilich bereits ein päpstliches Dekret, dass jeder mindestens einmal im Jahr beichten soll. Wir werden uns um die Einhaltung kümmern.« Er schaute zufrieden in die Runde. »Hat jemand sonst noch Beschwerden?«

Allmählich löste sich die anfängliche Zurückhaltung. Von allen Seiten meldeten sich weitere *gravamina* an. Ein Pfarrer klagte laut, dass Herzog Ludwig von Landshut zu Unrecht eine Sonderabgabe von seiner Kirche erhoben hatte, um die Hochzeiten seiner Kinder zu finanzieren. »Das Einkommen eines ganzen Jahres mussten wir zahlen«, beschwerte sich der Pfarrer bitterlich. »Dabei können wir uns nicht einmal Kerzen für den Altar oder Wein für die Messe leisten.«

Herzog Wolfgang aus Bayern-München erhob sich und klatschte laut. »Bravo, gut gesprochen!« Sein Gegenspieler, Martin Mair, versuchte, die Steuer zu verteidigen, doch von allen Seiten hagelte es lautstarke Kritik. Die Synodenteilnehmer steigerten sich allmählich in eine kämpferische Stimmung hinein und ließen ihrem Groll in allen Richtungen freien Lauf. Insbesondere aus den hinteren Reihen, wo man grundsätzlich mit seinem Platz in der Versammlung und in der Welt insgesamt unzufrieden war, kamen die lautesten Vorhaltungen. Fürstbischof Sixtus beobachtete beunruhigt, wie die Synode eine gefährliche Eigenständigkeit anzunehmen begann. Er klatschte wieder in die Hände, und, da dies nun die erwünschte Wirkung nicht entfaltete, stampfte er mit dem Fuß auf.

»Ruhe!«, brüllte er schließlich. »Das ist allerdings auch eine berechtigte Kritik: Wir selbst und unsere Amtsbrüder in Regensburg und Eichstätt haben uns bereits über diese Steuer beschwert. Wir versprechen uns eine einvernehmliche Lösung mit dem Herzog. Gibt es sonst noch etwas?«, fragte er wieder, jetzt eher in der Hoffnung, dass dies nicht der Fall sein würde.

Es erhob sich aber ein allgemeiner Ansturm von Beschwerden und Gegenbeschwerden. Die Mönche aus Kloster Seeon beklagten sich über ihre Ordensbrüder in Tegernsee, die überall die *Melker Reform* einführen wollten. Überhaupt seien sie vom heidnischen Geist des Humanismus befallen und entfernten sich von der Regel des heiligen Benedikt. Dagegen protestierten die Tegernseer, dass Bildung und das Studium der Geschichte durchaus im Sinne der Benediktsregel seien. Wütend fragten sie, ob sich die Seeoner der *Burs-*

felder Reform angeschlossen hätten, oder ob sie gar Zisterzienser werden wollten. Die Zisterzienser, die sich beleidigt fühlten, warfen den Benediktinern und Augustinermönchen Verweltlichung vor, worauf ihnen wiederum zum Vorwurf gemacht wurde, herzogliche Eigenklöster zu führen. Währenddessen erhob sich ein Abgesandter der neu gegründeten Universität in Ingolstadt und beschwerte sich bitterlich, dass die Vertreter der *via moderna* die traditionelle *via antiqua* verdrängen würden. Wenn man schon zu Altvaterzeiten zurückkehren wolle, so müsse doch die *via antiqua* die führende Philosophie werden, rief er. Pragmatisch veranlagte Vertreter der Bürgerschaft, die wenig Verständnis für solche Fragen hatten, warfen den Pfarrern vor, völlig unangemessene Geldforderungen für ihre Begräbnisse und Totenmessen zu stellen. Man könne es sich nicht mehr leisten zu sterben. Ein Hilfspriester unterstützte diese Klage mit seinem eigenen Anliegen, dass nämlich die Pfarrer ihren Hilfspriestern zu wenig von den Einkünften ihrer Kirchen überließen, wodurch nur noch ungebildete Hilfspriester dieses Amt bekleiden würden, die nicht einmal Latein konnten. Und so weiter.

Bischof Sixtus saß wie versteinert vor der tobenden Synode und schaute entgeistert zu, wie ehrenhafte Vertreter von Kirche und Gesellschaft sich gegenseitig an die Gurgel gingen. Seine Hoffnung, durch eine offene Diskussion Einigkeit und Geschlossenheit für die anstehenden Reformen zu erzielen, schien gänzlich gescheitert. Vielmehr hatte er die Büchse der Pandora aufgemacht. Das Chaos war ausgebrochen, es half nun kein Händeklatschen oder Fußstampfen mehr. *Deus misericors*! Wer hätte so etwas von diesem verschlafenen Freisinger Klerus erwartet? Einige Delegierte, unter ihnen auch Martin Mair, begannen, nach dem Ausgang zu schielen. Andere indes, zu denen Herzog Wolfgang gehörte, schienen sich an der Szene zu ergötzen.

Schließlich musste Pater Schwarz wieder zur Kanzel hinaufstürmen. Es gelang ihm, durch eine wütende Ansprache die Versammlung zum Schweigen zu bringen. Dort nutzte er die allgemeine Aufmerksamkeit, um einen Reformvorschlag vorzubringen, den er und der Fürstbischof auf die Reformagenda setzen wollten: die Bekämpfung des Konkubinats im Bistum Freising. Das Halten von Konkubinen, Dirnen, Klosterweibern und anderen Geliebten, wie man sie auch nur nennen wolle, sei ein Geschwür am Leib der Kirche, brüllte der Pater auf seine Zuhörer hinunter. Das Ansehen der Geistlichen und der Kirche insgesamt leide darunter wie unter dem Aussatz. Denn wie sollten Männer Gottes in Würde auftreten, wenn jeder wisse, dass sie heimlich oder sogar ganz offen in Sünde lebten? Und wie viele Priester, Mönche, Hilfspriester, Kanoniker, ja sogar Domherren verschleuderten das Geld der Kirche an ihre Kebsweiber und illegitimen Kinder!

Aus den hinteren Reihen wagte es ein junger Priester dagegenzusprechen. Es bestehe kein Zweifel, rief er, dass Unzucht und Konkubinat eine Sünde seien. Doch das sei nur die Blüte, nicht die Wurzel des Problems. Der wahre Grund für diesen Missstand sei der Zölibat, klagte er. Von vielen Seiten erntete er hierfür Beifall, während andere über ihn als Häretiker herfielen. Die Diskussionswut kochte über diesem Thema wieder auf.

Nun ergriff der Fürstbischof selbst das Wort: »Wir sehen das Konkubinat als große Bedrohung für die Autorität der Kirche«, erklärte er. »Es ist eine schwere Sünde und ist bereits hundertmal von Päpsten und Konzilien verboten worden. Jede Debatte darüber ist überflüssig. Zuletzt hat das

Konzil von Basel beschlossen, dass jeder, der im Konkubinat lebt, sein Amt und sein Beneficium verlieren muss. Als erster Bischof im Reich wollen wir diese Regelung in unserem Bistum verbindlich einführen. Und wir werden die Umsetzung des *Basler Dekrets* kraft unseres Amts auch ohne Eure Zustimmung beschließen, wenn Ihr den Beschluss nicht gemeinsam verabschieden könnt.«

Es raunte im Dom. »Unsere Ämter verlieren?« »Und unsere Pfründe?« »Kraft seines Amts?« »Das Basler Konzil?«

»Einen Augenblick! Das *Basiliense* war doch kein heiliges, anerkanntes Konzil, sondern ein schismatischer Haufen«, wusste einer zu behaupten. »Das Dekret kann doch kein Kirchengesetz sein.«

»Es ist eine Häresie«, schrie ein anderer. »Häresie!«

Vergeblich versuchte jemand zu erläutern, dass das Dekret vom Basler Konzil verabschiedet worden sei, bevor die Versammlung endgültig in Konflikt mit dem Papst geraten und von diesem für häretisch erklärt worden sei. Ein anderer erwiderte aber sogleich, dass, wenn dem so sei, dann seien auch die Absetzung Papst Eugens IV. durch das Konzil und das Decret *De conciliis provincialibus* sowie eine Menge anderer Reformbeschlüsse rechtmäßig, die gerne vergessen würden. Zwischen den zwei Kirchenhistorikern entbrannte ein lebhafter Streit über die Reformkonzilien, doch kaum einer hörte mehr zu. Indessen rief jemand aus den hinteren Reihen, dass der Bischof selbst ein Häretiker sein müsse, wenn er ein häretisches Gesetz einführen wolle. Man solle ihn absetzen. Gleich mehrere Stimmen brüllten ihre Zustimmung.

Fürstbischof Sixtus wurde sehr blass. Die Versammlung hatte nun eine eindeutig gefährliche Wendung genommen und schien völlig außer Kontrolle zu geraten. Alle Blicke richteten sich auf die herzoglichen Vertreter. Jeder wusste, dass der Münchner Hof nicht mit der Wahl Sixtus' von Tannberg einverstanden war; Herzog Wolfgang sollte sogar selbst Ambitionen auf den Bischofsstuhl gehabt haben. Wenn er sich nun dem Aufstand anschließen würde, könnte es für den neuen Bischof heikel werden. Die Spannung in der Luft knisterte wie beim Gewitter kurz vor dem Blitzeinschlag.

Doch genau in diesem Augenblick geschah etwas ganz Ungehöriges und Unerhörtes: Es schien, dass die Wachmänner am Haupteingang eingeschlafen waren oder sonst irgendwie von ihren Aufgaben abgelenkt worden waren – nachträglich wurde berichtet, dass sie sich mit den hübschen Freisingerinnen unterhalten hatten. Jedenfalls lief plötzlich eine junge Frau in die tobende Versammlung hinein und drängte sich durch die Sitzreihen bis in die Mitte vor. Sie war für den frommen Anlass höchst unpassend bekleidet mit einem zerrissenen grauweißen Kleid und einer alten Decke, die sie wie einen Mantel trug. Ihre Haare waren offen und aufgelöst. Als sie direkt vor dem Bischof stand, warf sie sich auf die Knie. Ihr Kleid rutschte ihr dabei von den Schultern und entblößte ihre nackten Brüste. Den streitenden Synodenteilnehmern stockte der Atem, und sie verstummten. Alle Augen richteten sich auf den Eindringling.

»Hört, was ich zu sagen habe, Dominus Episcopus!«, flehte die junge Frau mit hoher Stimme. »*Audite me patres* – Hört meine Klage!«

Doch die Wachmänner waren dicht hinter ihr her. Kaum hatte sie diese Worte herausgebracht, wurde sie gewaltsam ergriffen und zu Boden geworfen. Das Mädchen schrie lautstark etwas über »gezwungen werden« und »Missbrauch«, dann hielt eine behandschuhte Hand ihr den Mund zu. Die Wachmänner waren wohl wütend, dass ihre Nachlässigkeit so zur Schau gestellt worden war. Sie drückten die junge Frau brutal nieder und schlugen mit den Fäusten zu. Es sah beinahe aus, als würden sie sie mitten in der Kirche vergewaltigen oder totschlagen.

»Sakrileg!« Pater Schwarz war der Erste, der seine Stimme fand. »Werft sie aus der Kirche hinaus!«

Die Wachmänner hörten zögerlich auf, die Protestierende zu schlagen; dann packten sie sie und trugen sie noch strampelnd und schreiend aus der Kirche.

Die Versammlung war verstummt. Alle waren erschrocken über die Ungeheuerlichkeit der Störung, manche auch über die Gewaltsamkeit ihrer Unterdrückung. Einige waren auf die Stühle gestiegen, um besser zu sehen; andere saßen nur mit offenem Mund da und bekreuzigten sich. Fürstbischof Sixtus nutzte ihre Benommenheit, um laut zu verkünden, dass die Sitzung für heute beendet sei. Am nächsten Tag würden die Beschlüsse getroffen werden.

12. Concubinatores et tabernarii

DIE SYNODE LÖSTE sich tumultartig auf. Unter lautstarken Bemerkungen über den Skandal, den Bischof und den Verlauf der Sitzung allgemein standen die Teilnehmer auf und drängten sich zum Ausgang, der sobald hoffnungslos blockiert wurde. Johannes Heller, der sofort aufgestanden und zur Tür gerannt war, war unter den Ersten draußen.

»Wo ist sie?«, rief er, als er die Wachmänner sah. »Wo ist die Frau?«

Der Hauptmann der Wache, ein Hüne mit einer platten Nase, berichtete stolz, dass sie die Störerin tüchtig geprügelt und aus der Kirche geworfen hatten. »So schnell wird sie das nicht mehr tun, Ehrwürden«, sagte er selbstzufrieden.

»Was? Ihr Idioten!«, schrie der Richter außer sich. »Warum habt ihr sie nicht festgehalten?«

»Der Pater hat doch ›hinaus‹ gesagt«, murrte der Wachmann beleidigt.

»Schön, dass ihr eure Anweisungen so genau befolgt«, schnappte Heller sarkastisch. »Hat jemand auch gesagt: Lasst sie herein? Hat jemand euch befohlen, sie in der Kirche halb totzuschlagen? Wo ist sie denn hin?«

Die Wachmänner hoben gleichgültig die Schulter. »Sie ist weg, Dominus. Ab in die Stadt gegangen.«

Johannes Heller starrte auf den Domplatz. Es wurde schon dunkel, und in den Häusern wurden die ersten Lampen angezündet. Die junge Frau war nicht mehr zu sehen. Im rötlich-rauchigen Licht von Fackeln strömten die Synodenteilnehmer aus dem Tor hinunter in die Stadt. Der Altschnee lag wie ein verschmutzter weißer Mantel auf dem Kopfsteinpflaster, den sie mit ihren Füßen zertraten. Ohne ihn zu grüßen, ging Äbtissin Barbara von Seligenthal in einer Gruppe anderer Zisterzienser und Zisterzienserinnen vorbei. Sie trug eine besorgte Miene und schien es sehr eilig zu haben. Als Heller seinen Gerichtsbeisitzer Marcus Hörnle erblickte, fasste er ihn am Ärmel und zog den jungen Domherrn zu sich.

»Marcus, komm! Wir müssen die junge Frau finden, die gerade hinausgeworfen wurde.«

Hörnle schaute ihn verwirrt an. Seine ganze Aufmerksamkeit galt noch einer grau gekleideten Figur, die neben der großen Gestalt der Äbtissin ging.

»Das Mädchen, das die Versammlung gestört hat? Weshalb?«

»Hast du nicht gehört, was sie sagte? Sie wollte über Missbrauch klagen. Auf dem Weg in die Kirche hat sie versucht, mit mir zu sprechen«, sagte Heller. Sein Ärger über sich selbst schärfte seine Stimme. »Sie war verzweifelt, aber ich hörte nicht zu. Das war ein großer Fehler, schlimmer noch, eine Dummheit. Es muss eine fürchterlich wichtige Angelegenheit gewesen sein, die sie zu einem solchen Auftritt erwogen hat. Und jetzt ist sie verschwunden.« Er schlug sich auf die Stirn. »Wir müssen sie finden, Hörnle.«

»Aber Dominus ...«, stöhnte Marcus Hörnle, als er ihm folgte.

Die Domherren zogen sich warme Mäntel an und liefen durch das westliche Tor vom Domberg hinunter in die Stadt Freising. Dort herrschte emsiges Treiben, als die Versammlungsteilnehmer in ihre Wirtshäuser zum Essen und Trinken einkehrten: Boten liefen durch die Gassen, Fässer wurden herausgerollt, Köche und ihre Küchengehilfen brüllten sich gegenseitig an. Selbst an Markttagen war die Stadt ruhiger als jetzt. Überall fragte Johannes Heller, ob jemand eine junge Frau im weißen Kleid gesehen hatte, doch niemand konnte ihm helfen oder hatte Zeit zuzuhören. Schließlich kommandierte der Chorrichter einen Wagen ab, der gerade leer auf dem Marktplatz stand, und sie fuhren die ganze Stadtmauer ab. Vom neuen Münchner Tor im Südwesten über das Veitstor im Westen zum Ziegeltor im Norden, dann zum Judentor im Nordosten und schließlich zum Isartor im Osten fuhren sie und erkundigten sich, ob die Gesuchte die Stadt verlassen hatte. Doch niemand hatte sie gesehen. Sie musste also noch in Freising sein. Doch wo? Heller schlug entschlossen vor, die Unterkünfte und Wirtshäuser abzusuchen.

Marcus Hörnle wurde jedoch zunehmend unwillig. »Vielleicht ist sie einfach unbemerkt aus der Stadt entkommen«, stöhnte er. »Ich bin hungrig, Dominus, und es gibt auch Wichtigeres zu tun, wie ich finde, als nach diesem verrückten Mädchen zu suchen.«

Johannes Heller fasste ihn fest an. »Das war kein verrücktes Mädchen«, schnappte er. »Ich bin mir fast sicher, dass sie eine der vermissten Nonnen aus Seligenthal ist. Hast du nicht gesehen, dass sie noch ihren weißen Habit als Kleid trug? Und sie sprach Latein. Großer Gott: Sie wollte mit mir sprechen, sie wollte sich über etwas beschweren – bestimmt über das Kloster – und weder ich noch unsere fromme Synode haben ihr zugehört. Vielmehr wurde sie verprügelt und hinausgeworfen. Wir müssen sie finden!«

Hörnles Augen weiteten sich, und er willigte ein. Als Erstes gingen sie zum Heilig-Geist-Spital, um zu sehen, ob die Vermisste dorthin geflüchtet war. Möglicherweise war sie von den Wachmännern verletzt worden und suchte Hilfe. An der Pforte erhielten sie aber die Antwort, dass das Spital mit Besuchern der Synode völlig belegt sei. Die Armen und Mittellosen, die sonst dort unterzuschlüpfen pflegten, seien vor das Judentor gezogen.

»Dort werden wir sie suchen«, beschloss Heller. Er und Marcus Hörnle liefen durch die Heilig-Geist-Gasse in Richtung Judentor. Hier, bei der Stadtmauer, waren die Straßen dunkel und schmal, die Häuser kleiner und weniger wohlhabend. Vor einer schlecht beleuchteten offenen Schenke stand eine Anzahl von Menschen, unter denen sich einige Synodenteilnehmer befanden. Lautstark und betrunken lachten und stritt sich ein Weltpriester aus München mit mehreren Benediktinermönchen aus Kloster Benediktbeuern über die Reformen.

»Ihr versoffenen Mönche, ich werde euch visitieren«, drohte der Weltpriester scherzhaft, als sie anstießen, »Ich werde euren Sündenpfuhl trocken trinken, bei Gott.«

»Willst du mich visitieren, musst du in die Schenke kommen«, brüllte ein Mönch lachend zurück. »Und kommst du morgens in der früh, gehst du abends ohne Hemd nach Hause.«

»Euer Saufen und Spielen sind des Teufels: Wir werden sie verbieten«, mahnte der Priester lachend.

»Aber dafür musst du deine Geliebte verlassen«, gab der Mönch zurück. »Das Konkubinat ist doch das wahre Geschwür am Leibe der Kirche. Unser harmloses Saufen und Spielen dagegen sind nur *peccata venialia* – lässliche Sünden.«

»Eine Sünde ist es ja, eine Geliebte zu haben, das gebe ich zu. Aber es ist eine wahre Häresie, es zu verbieten, wirklich *contra naturam*«, stöhnte der Weltpriester. »Denn es liegt doch in unserer Natur, und die Natur ist das Gesetz, *lex naturalis*, wie der heilige Thomas von Aquin sagt.«

Er hob sein Glas wieder und stimmte traurig an:

»Res es arduissima vincere naturam
in aspectu virginis mentem esse puram.«
Schwer zu besiegen ist sie, die mächtige Natur
Und im Anblick eines Mädchens die Gedanken pur zu
halten.«

»Hat der heilige Thomas das wirklich geschrieben?«,
fragte einer der Mönche ungläubig.

»Nein, beim Teufel! Das ist ein Lied, das ich von einer
Handschrift aus eurem Kloster kenne«, lachte der Priester.

»Ein Lob unserer Bildungskultur!«, riefen die Mönche
und stießen wieder an.

Marcus Hörnle zögerte und wollte nicht näherkommen.
»Nicht dort, Dominus. Die wissen bestimmt nichts.«

Doch Johannes Heller zog ihn mit sich. »Wir fragen dort
nach«, sagte er entschlossen.

Es schien, dass Hörnle in der Schenke bekannt war, denn
einer der Trinkenden winkte ihm zu und grüßte humanis-
tisch. »*Salve, Marce*!«

Darauf erschien der Wirt, ein schmerbäuchiger Mann mit
einem roten Gesicht, und rief ihnen zu: »Dominus Hörnle,
willkommen! Die Helena ist hier; sie kommt gleich. Wartet nur!«

Hörnle versuchte zu flüchten, aber es war bereits zu spät.
Schon kam eine schöne, aber schon etwas verlebt wirkende
Frau mit lockigen braunen Haaren aus der Spelunke hervor.
Sie streifte die Hände eines Franziskanermönchs von ihren
Hüften ab und schubste ihn zurück.

»Marcus?« Sie schien auch verlegen.

Heller erkannte sie augenblicklich als die stadtbekannte
Dirne Helena, die er von einer früheren Begegnung kannte.
Schon damals hatte man über sie und den Domherrn Hörnle
gemunkelt.

»Gott, erbarm dich meiner Seele!«, murmelte Hörnle, der vor Scham in den Boden versinken wollte.

Johannes Heller aber drang zum Wirt vor. »Ehrenwerter Herr Wirt, wir suchen dringend nach einer jungen Frau, die ein weißes Kleid und eine Decke als Mantel trägt. Sie wird nicht viel älter als 17 sein und hat lange blonde Haare. Sie ist nicht von hier; wahrscheinlich ist sie alleine.«

Der Wirt schüttelte den Kopf so fest, dass seine Wangen schwabbelten. »Nicht bei uns, Ehrwürden, keine unbegleiteten Frauen hier. Wir sind ein respektables Haus.«

Heller warf einen kritischen Blick auf das »respektable« Haus und seine Besucher und wollte gerade gehen, doch Helena hielt ihn auf.

»Wartet, Herr Richter. Ich habe so ein Mädchen gesehen, eine Straßendirne, die am Tor bettelt und sich feilbietet. Ihr Kleid sieht wie ein Nonnenhabit aus, wenn Ihr mich fragt. Ist sie etwa …«

»Gerade das wollen wir herausfinden«, schnappte Marcus Hörnle, der seltsam gereizt wirkte. »Wo ist sie zu finden, weißt du das?«

Die Dirne beäugte ihn spielerisch abwägend. »Was wollt Ihr von ihr, Dominus Hörnle? Vielleicht will sie nicht gefunden werden. Wenn sie aus einem Kloster weggelaufen ist, hat sie bestimmt einen guten Grund und möchte nicht zurückgebracht werden.«

»Was weißt du? Hat sie mit dir geredet?«, fragte Hörnle ungeduldig.

»Könnte sein«, sagte Helena mit einem zweideutigen Lächeln. »Oder auch nicht.«

»Um Gottes willen, Helena, sag uns, was du weißt!«, rief Hörnle aufgebracht.

Johannes Heller unterbrach ihr Gespräch. »Heute früh

wollte sie mir etwas mitteilen«, sagte er ernsthaft. »Es ist wichtig, dass wir sie finden.«

Helena nickte und ließ vom Spiel ab. »Ja, Dominus Richter: Sie hat jemanden gesucht, dem sie sich anvertrauen konnte. Ich habe ihr gesagt, dass Ihr der einzige vertrauenswürdige Mann am Domberg seid, den ich kenne«, erklärte sie mit spitzer Betonung. Hörnle wurde rot bis zu den Ohren. »Sie schläft in der Türnische hinter Sankt Georg, dort werdet Ihr sie finden. Ich glaube, dass der Küster sie manchmal nachts reinlässt.«

»Sei gesegnet, mein Kind!«, rief der alte Richter dankbar. Er griff Marcus Hörnles Hand und zog ihn eilig davon, während die Saufbrüder erneut ein Lied anstimmten.

»Dominus«, fing der Licentiatus verlegen an, als sie liefen. »Ich schwöre, ich habe mit denen dort nichts zu tun – ich meine, nicht mehr. Und auch nicht mit Helena, bereits seit Wochen –«

»Darüber sprechen wir vielleicht später«, schnitt ihm Heller die Erklärung ab. Er keuchte vor Anstrengung, als sie zurück in die Untere Hauptstraße liefen und dieser zum Marktplatz folgten, wo noch viele Menschen vor dem Rathaus herumstanden und diskutierten. Neben dem Rathaus stand die städtische Pfarrkirche Sankt Georg mit ihrem kurzen Turm und hohen Dach. Auf der Nordseite hinter der Kirche lag der bürgerliche Friedhof, der Armenfriedhof befand sich außerhalb der Stadt vor dem Ziegeltor. Hier war es dunkel und ruhig, kein Mensch war zu sehen. Auf dicht gedrängten Gräbern lag der Altschnee tief und schweigsam. Vorsichtig tasteten die Domherren sich ihren Weg durch die Finsternis entlang der Kirchenmauer zum Hintereingang. Die Nischen neben dem Portal waren leer. Heller drückte die Türklinke hinunter und stellte fest, dass die Tür offen war. Er ging hinein.

In der Kirche schien die Welt stillzustehen, wie ein Ort außer Zeit und Raum, als ob die Trennung von Kirche und Welt physisch und sogar rein baulich vollzogen würde. Am Hochaltar brannten wenige Kerzen, die das Retabel mit Szenen des Jüngsten Gerichts flackernd beleuchteten. Vom großen Kreuz blickte ein überlebensgroßer Heiland selig leidend hinunter.

Plötzlich nahm Johannes Heller eine Figur wahr, die beinahe direkt neben ihm am Eingang stand. Es war aber keine junge Frau, sondern ein bärenhafter Mann mit einem breiten Bart. Heller schreckte auf und stolperte rückwärts gegen Marcus Hörnle, der aufschrie.

»Domnus Chorrichter?«, fragte der Mann mit einer tiefen Bassstimme wie eine Orgelpfeife. Es war der Pförtner von Kloster Seligenthal.

»Was machst du hier, Mann?«, rief Johannes Heller immer noch erschrocken.

»Die Domna hat mich geschickt«, antwortete der Zerberus bedächtig.

»Um die vermisste Nonne zu suchen?«, schloss Heller daraus. »Aber wie wusste sie, dass sie sich hier versteckt?«

Der Riese hob hilflos die Hände. »Die Domna hat mir nur gesagt, dass ich Schwester Clara hier finden würde. Ich sollte sie zu ihr bringen.«

»Jetzt ist sie jedenfalls nicht hier«, schnappte Heller. »Lass uns sofort mit der Äbtissin sprechen.«

Der Zerberus blickte unschlüssig. »Es ist spät, Herr. Ich weiß nicht, ob man die Domna stören darf. Und was wäre, wenn unsere Schwester noch kommt?«

»Ja, es ist spät, wie du schon bemerkt hast. Wenn sie noch nicht hier ist, wo sie doch gewöhnlich schläft, dann kommt sie heute Nacht wohl nicht mehr«, schnappte Johannes Heller. »Wir wollen sie finden. Das will doch deine Herrin auch, oder etwa nicht? Wir können ihr vielleicht helfen, wenn sie mit uns zusammenarbeitet.«

Der Pförtner überlegte unruhig. »Ihr habt recht, Herr. Aber die Domna ...«

»Herrgott, Mann, das heißt Domina, nicht Domna!«, rief Heller ungeduldig.

»Entschuldigung, Herr, ich kann kein Latein«, murmelte der Konverse in seinen Bart. »Das ist nicht meine Schuld.«

Heller atmete tief durch. »Nein, dafür kannst du nichts. Ich bin es, der mich entschuldigen muss. Bring uns einfach zu deiner *Domna*.«

Der Zerberus gab zögerlich auf. »Eigentlich darf ich nicht, aber ...«

13. Schwester Clara

SIE BRACHEN GEMEINSAM auf. Die wegen der Synode angereisten Zisterziensermönche waren, wie die meisten anderen männlichen Klosterdelegierten, in den naheliegenden Klöstern Weihenstephan und Neustift untergebracht worden. Die Zisterzienserinnen aus Seligenthal aber hatten Räume im Haus eines wohlhabenden Bürgers in der Unteren Hauptstraße gemietet, damit kein Verdacht unsittlichen Verhaltens aufkäme. Vor der Tür wachten die grimmigen Hunde des Pförtners, die aber gleich freudig zu winseln begannen, als sie ihren Herrn erkannten. Sie beschnüffelten die Besucher zuerst misstrauisch, aber bald betrachteten sie sie mit beruhigter Gleichgültigkeit.

Der Zerberus klopfte dreimal an die Tür, wartete kurz und wiederholte sein Klopfen. Bald drehte sich ein Schlüssel im Schloss, und die Tür öffnete sich einen Spalt.

»Hast du sie?«, fragte eine weibliche Stimme leise.

Der Pförtner kniete ehrfürchtig vor der Tür und erklärte schuldbewusst, was geschehen war. Trotz seiner Größe wirkte er plötzlich kindlich und schüchtern. Die Tür wurde wieder zugezogen. Dahinter liefen Füße eilig hin und her. Dann machte die junge Scriba, Schwester Magdalena Buntschuh, auf.

»Guten Abend, Ehrwürden. Die Äbtissin will Euch in ihren Räumen empfangen«, sagte sie mit großer Zurückhaltung; ihre dunklen Augen blieben auf den Boden gerichtet.

Äbtissin Barbara stand mitten in der guten Stube im ersten Stock des Hauses. Sie war jetzt in einen bequemen gräulichen Habit bekleidet und trug nicht mehr die streng gefaltete Haube, sondern ein eilig über den Kopf gezogenes Kopftuch, unter dem eine lange Haarsträhne herauslugte. Sie wirkte ein wenig aufgelöst und beinahe häuslich.

Die Äbtissin grüßte die unerwarteten Gäste, mit ihren Händen zum Gebet gefaltet. »Dominus Chorrichter Heller, Dominus Hörnle, weshalb stört Ihr uns zu dieser späten Stunde? Wir hoffen, dass es einen guten Grund gibt!« Ihre Worte waren, wie gewohnt, streng und herrisch, aber ihre Stimme verriet eine unbestimmte Aufregung, und ihre Wangen waren rot. »Wir sind hier nicht zu Hause, weshalb

wir auf unsere gewohnten Formalitäten und unsere Gast-
freundlichkeit verzichten werden. Und wir müssen sehr
darauf achten, dass kein Gerede über Männerbesuche auf-
kommt. Eigentlich dürften wir Euch nicht in unseren Räumen empfangen, schon gar nicht nachts; aber Eure Angelegenheit ist vermutlich dringend. Wir werden unsere Scriba
und unsere Köchin hier im Raum als Zeugen behalten. Der
Pförtner soll zurück zu der Kirche gehen und seine Aufgabe erfüllen.«

Mit einer tiefen Verneigung trat der bärtige Zerberus ab
und schloss die Tür hinter sich.

Heller und Hörnle bedankten sich fromm und höflich für
den Empfang. Heimlich blickte Marcus Hörnle zu der jungen Scriba hinüber, und ihre Augen trafen sich einen kurzen
Augenblick; über die Lippen der Scriba huschte ein Lächeln.
Indessen äußerte Johannes Heller vorsichtig seine Überraschung, die Äbtissin hier in Freising zu sehen.

»Unser erlauchter Herr, Herzog Ludwig, hat für uns
entschieden, dass wir an dieser Synode teilnehmen müssen«, erklärte sie frostig. »Man erwartet wohl viel von Eurer
Reform, doch wir sind eher skeptisch. Wir hoffen nur, dass
sie nicht auf das Gleiche hinausläuft wie Eure Untersuchung.
Aber sagt: Was verschafft uns die Ehre Eures Besuchs? Wie
wir verstehen, geht es um eine junge Frau, die Ihr sucht.«

Johannes Heller lächelte über ihre durchsichtige Ver-
stellung. »Wie wir verstehen, sucht Ihr sie auch, Domina
Äbtissin. Wir glauben, dass es sich um eine der vermissten
Novizinnen aus Eurem Kloster handelt, Schwester Clara –
Clara Sittenpeck hieß sie, wenn ich mich richtig erinnere.
Wir alle haben sie heute in der Synode gesehen: eine junge
Frau in einem weißen Kleid, die über Missstände klagen
wollte. Schon vor der Versammlung hat sie versucht, mit

mir zu sprechen. Ich hatte keine Zeit – nein, vielmehr habe ich mir die Zeit nicht genommen, um auf sie zu hören. Das bereue ich sehr. Ihr aber habt sie wohl erkannt und gleich Euren Diener ausgesandt, um sie zu finden.«

»Ja«, sagte Äbtissin Barbara ohne weitere Umschweife. »Sie ist Schwester Clara Sittenpeck. Wir haben sie schon gestern bei der Ankunft in Freising gesehen und Erkundigungen eingezogen. Wir erfuhren, dass sie hinter der Sankt-Georgs-Kirche schläft. Unser treuer Pförtner sollte sie zu uns zurückbringen. *Gratias Deo*, dass sie aufgetaucht ist.«

»Seid Ihr wirklich froh, sie zu sehen?«, fragte Heller misstrauisch. »Ich hatte den Eindruck, dass sie sich über Euer Kloster beklagen wollte, über Missstände in Seligenthal. Habt Ihr nicht Euren Diener geschickt, um sie abzufangen und zurück ins Kloster zu bringen? Wollt Ihr sie zum Schweigen bringen?«

»Was unterstellt Ihr uns, Herr Richter?« Die Äbtissin wirkte schockiert. »Niemand ist glücklicher als wir, dass sie wohlauf ist. Unser armer Holzknecht, der von den Männern des Herzogs verhaftet wurde, hat unter Folter gestanden, alle fünf Nonnen entführt und getötet zu haben. Wir haben das natürlich nicht geglaubt, denn er wusste nicht einmal, wo die Leiche von Schwester Magdalena lag, und konnte dann auch nicht sagen, wo die anderen Toten zu finden seien. Der einzige Beweis gegen ihn war das *Paternoster*, das bei ihm gefunden wurde. Zuerst hat der Trottel behauptet, dass er es von Schwester Magdalena genommen hatte, doch es war Schwester Christinas *Paternoster*. Dann hat er gesagt, dass er es in seiner Wohnung gefunden hatte. Aber wie sollte die Kette dorthin gekommen sein? Keine Nonne darf in die Wohnungen der männlichen Konversen gehen, das ist absolut verboten. Uns ist also klar, dass diese Geschichte nur erfunden ist. Aber wir haben trotzdem fürchterliche Angst um unsere Schwestern und freuen uns, dass mindestens Clara noch am Leben ist.«

»Tatsächlich? Das *Paternoster* hat er in seiner Wohnung gefunden?«, murmelte Heller nachdenklich. »Mich würde interessieren, worüber Schwester Clara klagen wollte. Es muss etwas sehr Wichtiges gewesen sein, wenn sie sich vor einem solchen Auftritt nicht fürchtete. Sie hat etwas von Missbrauch gesagt.«

Äbtissin Barbara blickte unruhig auf. »Hat sie wirklich Missbrauch gesagt?«, fragte sie nervös. »Es gibt keinen Missbrauch in Seligenthal. Was kann sie gemeint haben?«

»Vielleicht ist es der Grund, weshalb sie und die anderen Nonnen weggelaufen sind. Wisst Ihr vielleicht, worum es da gehen könnte?«

Die Äbtissin seufzte. »Schwester Clara beschwert sich über vieles; das muss man nicht so ernst nehmen. Sie ist sehr aufrichtig und ehrlich, beinahe zu aufrichtig. Aber oft hat sie nicht für sich selbst, sondern für andere geklagt und damit Unruhe gestiftet. Zum Beispiel hat sie uns zum Vorwurf gemacht, dass manche Novizinnen gegen ihren Willen ins Kloster gesteckt wurden. Sie selbst aber hat diesen Weg ganz bestimmt freiwillig und aus eigener Überzeugung gewählt. Was sollten wir bitteschön darüber denken? Wenn eine andere unfreiwillig ins Kloster gegeben wurde – und es gibt gewiss solche Fälle – dann sollte sie sich selbst darüber beschweren. An diesem Übel sind im Übrigen nicht wir schuld, sondern ihre Eltern. Wir achten auf die Freiwilligkeit des Eintritts, das ist ein Grundsatz unserer Regel. Und wenn es etwas gibt, worüber eine Schwester unseres Konvents klagen möchte, wollen wir das mit ihr in einem vertrauensvollen Gespräch erfahren, nicht *coram publico*. Wir konnten es ihr nicht erlauben, unsere Autorität zu untergraben. Ja, wir mussten Schwester Clara deshalb mehrmals auf Wasser und Brot setzen und einmal sogar im Keller einsperren lassen, so hart das klingt. Wir lieben ihre Integrität, aber Disziplin und Autorität müssen doch gewahrt werden. Am Ende ist sie wahrscheinlich aus lauter Protest weggelaufen.«

Heller nickte verständnisvoll. »Dürfte ich erfahren, ob unter den Novizinnen, für die sich Schwester Clara einsetzte, auch welche sind, die bei dem Feuer flüchteten?«

Äbtissin Barbara blickte ihn klagend an. »Ihr könnt es einfach nicht lassen, Dominus Heller. Ihr wollt uns nicht helfen, sondern unser Kloster weiter aufwühlen und uns in Schwierigkeiten bringen. Niemand sucht mehr nach den Männern, die unsere Schwestern entführt haben: Stattdessen sucht Ihr immer nach Missständen bei uns im Kloster. Aber bei wem gibt es nichts, das anzuprangern wäre? Manche behaupten, dass es sogar am Freisinger Domberg Konkubinen und Korruption gibt. Würden wir sie vorfinden, wenn wir bei Euch ermitteln würden?«

Marcus Hörnle errötete, aber Johannes Heller nickte ernsthaft. »Ihr würdet fündig werden. Wir sind keine Heiligen; ich jedenfalls nicht. Aber es ist nicht meine Absicht, Euch in Schwierigkeiten zu bringen, Domina Äbtissin, glaubt mir. Ich will Euch helfen.«

»Wir wissen nicht, was wir glauben sollen«, sagte die Äbtissin und prüfte ihn eingehend mit einem Blick, der langsam seine eisige Strenge zu verlieren schien. »Aber wir wollen Euch vertrauen. Ja, es ist wahr, dass Schwester Clara sich für Schwester Christina Zachreis und Schwester Agnes Mulner eingesetzt hat, die jetzt mit ihr verschwunden sind. Aber was hilft es, das zu wissen? Über beide ist plötzlich die Eingebung gekommen, die Profess nicht ablegen zu wollen. Wir haben sie gebeten, es sich noch einmal zu überlegen.«

»Bei Wasser und Brot vermutlich«, fügte Heller hinzu. »Und Ihr habt den Beichtvater gebeten, mit ihnen zu reden. Wahrscheinlich mussten sie dafür hart büßen: Er scheint sehr auf die reinigende Kraft der Selbstzüchtigung zu setzen.«

»Das ist wahr, und wir bedauern es«, seufzte die Äbtissin ganz leise. »Aber es ist kein Vergehen, sie von einer Fehlentscheidung abzuhalten. Vielmehr ist es unsere Pflicht, unseren Schwestern in ihren Zweifeln beizustehen und zu helfen, den eingeschlagenen Weg durchzustehen. Jede von uns hat irgendwann gezweifelt, ob das Ordensleben für sie richtig ist.« Sie hielt inne, als ob sie sich verraten hätte. Dann blickte sie wieder streng und herrisch. »Das sind Augenblicke der Schwäche und Versuchung, wir müssen sie mit Gehorsam und Gebet bekämpfen.«

Johannes Heller nickte. »Ihr habt Eure Pflicht erfüllt. Doch die Novizinnen sind dennoch, oder vielleicht eben deswegen, weggelaufen. Aber was ist mit Schwester Agatha? Hatte sie auch Zweifel?«

Die Äbtissin schüttelte den Kopf. »Sie hat sich nie darüber geäußert. Nach ihrer Krankheit hat sie nicht mehr gesprochen. Aber ich verstehe nicht, warum sie uns verlassen hat. Sie war doch so fromm. Was hat sie außerhalb des Klosters zu suchen?«

Sie überlegte, als ob sie noch etwas sagen wollte. Dann fingen die Wachhunde vor der Tür an, unbändig zu bellen. Die Scriba entfernte sich und kehrte bald mit dem Beichtvater, Pater Haberfeld, zurück. Er nahm ebenfalls als Mitglied der Seligenthaler Delegation an der Synode teil. Heller hatte sein teigiges, melancholisches Gesicht in der Versammlung tagsüber gesehen.

»Domina Äbtissin, was geschieht hier?«, schalt der Beichtvater, als er Heller und Hörnle erblickte. »Wir haben das Licht bei Euch im Fenster gesehen und uns gewundert. Was haben diese Männer zu dieser späten Stunde in Eurer Wohnung zu suchen?«

»Das sind nicht irgendwelche Männer, sondern ehrwürdige Mitglieder des Freisinger Domkapitels«, antwortete Äbtissin Barbara selbstbewusst. »Außerdem sind wir die Äbtissin und wir laden zu uns ein, wen wir wollen. Darüber habt nicht Ihr zu entscheiden.«

»Wir sorgen uns um Euer Ansehen und den Ruf von Kloster Seligenthal. Wir werden den Vorfall unseren Vorgestellten berichten müssen«, ließ sie der Beichtvater wissen.

»Hier sind Zeugen, dass wir nur harmlose Gespräche über wichtige Geschäfte geführt haben. Wir haben uns nicht vor Eurem üblen Gerede zu fürchten.«

»Zeugen? Die halb taube Köchin und dieses Mädchen, das die ganze Zeit nach dem jungen Domherrn giert?«, rief der Beichtvater zornig.

Die Scriba wurde blass vor Wut, Hörnle rot vor Scham. Auch Johannes Heller errötete.

»Das sind haltlose Verleumdungen und niedrige Beleidigungen«, entgegnete er und erhob sich. »Ihr vergesst Euch, Pater. Das ist Eure Herrin, die Äbtissin von Seligenthal. Wir sind geweihte Priester und Chorherren des Freisinger Doms. Ich glaube, unsere Gesellschaft steht über jedem Verdacht.«

»Alle Menschen sind zur Sünde geboren, die hohen wie die niedrigen. Niemand steht über jedem Verdacht«, antwortete Pater Haberfeld düster. Er bekreuzigte sich. »In den Herzen der Menschen ist es finster. Nur Gott sieht, was sich dort verbirgt.«

14. Totschweigen

JOHANNES HELLER UND Marcus Hörnle verließen eilig die Wohnung der Äbtissin. Trotz aller Unschuld hatte Heller das Gefühl, bei einer Schandtat erwischt worden zu sein. Bevor sie aufbrachen, versprach er der Äbtissin jegliche Hilfe, um Schwester Clara zu finden. Er wolle sogleich die Stadtwache damit beauftragen und einen Haftbefehl gegen sie im Fürstbistum Freising erwirken. Sie könne in der Nacht nicht weit gekommen sein, sicherte er ihr hoffnungsvoll zu.

Draußen hatte es angefangen zu schneien. Im Licht, das aus den Häuserfenstern strahlte, tanzten die Flocken; der frische Schnee lag fein und ebenmäßig auf den Straßen. In der Unteren Hauptstraße waren jetzt kaum mehr Menschen unterwegs, doch als Heller und Hörnle sich dem Marktplatz näherten, waren sie überrascht, eine aufgeregte Ansammlung vorzufinden: Bürger in warmen Wintermänteln, weniger wohlhabende Handwerker und einige Bettler in ihren Lumpen standen herum und redeten laut durcheinander. Durch die Menge gingen Stadtwächter mit Fackeln und Hellebarden, und sogar einige Amts- und Würdenträger waren zu sehen. Die Stimmung war nicht heiter und ausgelassen, wie früher am Tag, sondern ernsthaft, erschrocken. Eine dunkle Vorahnung befiel Johannes Heller und trieb ihn nachzufragen. »Was ist da? Was ist los?«

»In der Kirche«, erhielt er die Antwort. »Ein Skandal.«

Heller und Hörnle drängten sich durch die Menge vor bis in die Kirchgasse. Im Eingang des Südportals stand der kleine untersetzte Freisinger Stadtrichter, unter dessen Pelzmantel ein Schlafrock zu erblicken war. Er hatte sich auf eine Treppe gestellt, damit er alle anderen überragte, und diskutierte eifrig mit dem bischöflichen Vikar, Heinrich Baruther.

»Dominus Heller«, quiekte der Stadtrichter erschrocken, als er ihn erblickte. »Was wollt Ihr denn hier? Wir haben gerade mit Dominus Baruther geklärt, dass dieser Fall eindeutig in unsere Zuständigkeit fällt. Auch wenn das Verbrechen in einer Kirche geschah, handelt es sich ganz einfach und laikalisch um Mord. Hier ist kein *privilegium fori* oder *immunitas clericorum*.«

»Mord?«, rief Heller aufgeregt. »Wer wurde denn ermordet?«

Heinrich Baruther wandte sich ihnen verdrießlich zu. Er wirkte müde und angewidert. »Irgendein Mädchen. Sie wurde anscheinend hier in der Kirche ermordet. Ein Sakrileg! Aber was geht Euch das an, Heller? Ihr seid hier nicht zuständig.«

»Wir müssen das Mädchen sehen«, schnappte Johannes Heller angespannt. »Wir haben einen Verdacht.« Er drängte an dem Stadtrichter vorbei in die Kirche.

»Was für einen Verdacht?«, rief ihm der Stadtrichter besorgt hinterher.

Die Leiche lag auf dem kalten Steinboden in einem zerrissenen weißen Gewand, das einst ein Nonnenhabit gewesen war. Die abgesonderte Stille der Kirche wirkte erschrocken und entweiht. Fackeln brannten hell und rauchig vor dem Altar. Als er die Tote erblickte, stieg Heller die Erinnerung in den Kopf, wie die ermordete Nonne, Schwester Magdalena Freudenweiß, in der Klosterkirche aufgebahrt worden war. Ein unheimliches Gefühl überkam ihn. Alle werden sterben, hatte die fallsüchtige Novizin geschrien.

»Es ist, wie ich befürchtete«, sagte er, nachdem er sich ihr Gesicht näher angeschaut und Gewissheit erlangt hatte. »Sie ist das Mädchen, das heute in die Synode eingedrungen ist.«

»Das verrückte Mädchen?«, fragte Heinrich Baruther verdutzt. »Welcher Teufel hat sie denn wohl geritten?«

»Ihr Name ist Clara Sittenpeck. Sie war eine Novizin aus Kloster Seligenthal bei Landshut, die im Dezember mit vier anderen jungen Nonnen aus dem Kloster geflohen ist«, sagte Heller trocken. »Sie ist bereits die zweite der Geflüchteten, die jetzt tot ist.«

Marcus Hörnle starrte gebannt auf die tote Novizin. »Schwester Clara«, murmelte er schwer betroffen, obwohl er sie eigentlich nicht kannte.

Der kleine Stadtrichter richtete sich auf die Zehenspitzen auf. »Wie könnt Ihr so sicher sein, dass sie eine Nonne ist?«, protestierte er. »Und wenn schon: Das wäre ja immer noch unsere Angelegenheit. Heißt es nicht, dass geistliches Recht nur für den gilt, der sich als Geistlicher kleidet? Das Mädchen hier ist nicht wie eine Nonne gekleidet. Ergo ist es unser Fall.«

Johannes Heller ignorierte ihn. »Dominus Baruther, das müsst Ihr untersuchen«, sagte er seinem Kollegen Baruther eindringlich. »Als Vikar und Richter *in temporalibus* seid Ihr zuständig für Verbrechen an und von Klerikern. Das Opfer war eine Novizin aus Seligenthal.«

Baruther runzelte die Stirn. »Zuerst möchten wir wissen, wieso Ihr dieses Mädchen kennt und identifizieren könnt.«

Heller stöhnte und erklärte seinem Kollegen ungeduldig, wie die Novizin ihn bereits vor der Synode angesprochen habe. Nach dem Vorfall in der Kirche habe er sie gesucht. Er sei hierher zur Kirche gekommen und habe den Pförtner vorgefunden, der auf Schwester Clara gewartet habe.

Schließlich sei er mit dem Konversen zu der Äbtissin gegangen und habe von ihr die Gewissheit über die Identität des Mädchens erhalten. Heinrich Baruther schüttelte missbilligend den Kopf, als er vom Besuch bei der Äbtissin erzählte: »Höchst irregulär.«

Johannes Heller stutzte plötzlich, als ihm die Situation klar wurde. »Sie muss in die Kirche zurückgekommen sein, nachdem wir weggingen. Und ihr Mörder hat sie hier gefunden. Barmherziger Gott, das ist alles meine Schuld! Zuerst habe ich nicht auf sie gehört, als sie mit mir sprechen wollte. Dann habe ich den Pförtner weggeschickt, der sie ins Kloster zurückbringen sollte.«

Heinrich Baruther schnaubte ihn ärgerlich an: »Ihr tragt jedenfalls die Schuld dafür, dass Ihr eigenmächtig und ohne Absprache mit uns gehandelt habt, Dominus Heller. Diese ganze Angelegenheit fällt nicht in Eure Zuständigkeit, sondern in unsere, und nicht erst, nachdem ein Mord geschehen ist. Wenn Ihr wusstet, dass dieses Mädchen eine Nonne aus Seligenthal war, warum habt Ihr uns nicht gleich informiert? Wir hätten die Wache ausgeschickt und sie gefunden. Und was hattet Ihr überhaupt bei der Äbtissin zu dieser späten Stunde zu suchen? Sie darf keine männlichen Besucher in ihren Privaträumen empfangen, und nachts schon gleich gar nicht. Wisst Ihr nicht, wie das aussieht?«

Heller fing an zu erklären, dass er zuerst die Identität des Mädchens nicht gekannt, sondern nur vermutet hatte, und dass er gerade dies mit der Äbtissin geklärt hatte, doch sein Kollege hörte ohnehin nicht zu. Er wandte sich an den Stadtrichter, der ihrem Gespräch besorgt gefolgt war. »Was wissen wir über dieses Verbrechen? Habt Ihr die gewöhnlichen Untersuchungen angestellt?«

»Jawohl«, sagte der Stadtrichter eifrig und warf sich in Positur. »Wir haben alles bereits fest im Griff. Das heißt, zuerst haben wir in der Nachbarschaft nach Zeugen und Beweisen gesucht. Leider hat niemand irgendetwas gesehen oder gehört. Die Kirche war ja geschlossen.«

»Aber die Tür zum Friedhof hin war offen«, korrigierte ihn Heller.

»Jaja, dazu wollten wir kommen. Ein Wachmann hat die Tür offen gefunden und die Leiche entdeckt. Wir haben dann natürlich den Pfarrer und die anderen Kirchendiener befragt, warum die Tür offen sei. Der Kustos hat zugegeben, die Tür für das Mädchen nachts offen gelassen zu haben – aus Barmherzigkeit bei diesem Wetter, wie er sagt, aber andere meinen, dass er gewisse Leistungen verlangt hat.«

»Sakrileg!«, rief Heinrich Baruther zornig. »Wir werden mit ihm sprechen.«

»Dann haben wir das *corpus delicti* examinieren lassen, die Leiche also«, fuhr der Stadtrichter stolz fort. »Daraus haben wir wichtige Erkenntnisse über den Tathergang gewonnen, die zur schnellen Lösung des Falls beitragen werden.«

Er zeigte auf die Tote. »Erstens wurde sie blutig geschlagen: *Videlicet*, sie hat Blutergüsse und Schürfwunden überall, sogar ihre Nase wurde gebrochen.«

»Sie wurde von den bischöflichen Wachen halb tot geprügelt, nachdem sie die Synode gestört hatte«, unterbrach ihn Heller wieder.

»Gut, gut, aber das war nicht die Todesursache«, schnappte der Stadtrichter zurück: »Sie wurde erwürgt. Seht her, um ihren Hals sind große Blutflecken. Und drittens wurde sie vergewaltigt. Der Bader hat das bestätigt. Er schätzt, dass sie nicht länger als zwei Stunden tot sei, denn ihre Haut sei noch nicht ganz kalt. Unsere *conclusio*: Sie wurde vergewaltigt, hat sich gewehrt und wurde dabei getötet. Alles spricht dafür, dass sie Opfer eines Lustverbrechens durch einen Freier geworden ist. Wir haben bereits Männer ausgeschickt, um die Vagabunden und das betrunkene Gesindel beim Judentor zu befragen. Jemand wird schon etwas wissen.«

»Ich glaube nicht, dass dies eine Zufallstat ist«, widersprach Johannes Heller energisch. »Meiner Meinung nach besteht ein Zusammenhang zwischen diesem Mord und den Vorfällen im Kloster Seligenthal. Schwester Clara wollte uns auf einen Missbrauch oder Missstände im Kloster aufmerksam machen, jetzt ist sie ermordet worden: Das kann kein Zufall sein! Jemand hat sie zum Schweigen gebracht. Oh, warum habe ich nicht zugehört?«, endete er verzweifelt.

»Das könnte sein oder auch nicht«, äußerte sich Baruther skeptisch. »Aber wie die Todesfälle miteinander und mit irgendwelchen Missständen im Kloster zusammenhängen, leuchtet uns nicht ein: Beide Nonnen sind doch außerhalb des Klosters ermordet worden. Die eine wurde im Kloster geschwängert, die andere aber war eine Prostituierte hier in Freising. Wir sehen keine Verbindung, außer, dass die Opfer aus Seligenthal geflohen sind.«

»Der Täter müsste jemand sein, der in einer Verbindung zum Kloster Seligenthal steht und jetzt in Freising ist«, argumentierte Heller.

»Ihr meint hoffentlich nicht, dass einer der Synodenteilnehmer dieses Sakrileg begangen hat?«, rief Heinrich Baruther entsetzt. »Wenn nur ein Wort davon herauskäme, wäre es ein ungeheuerlicher Schaden für die Kirche. Die Versammlung droht ohnehin zum Skandal zu werden. Wir hatten den Bischof schon davor gewarnt, seine Reformpläne im offenen Plenum mit solchen Hohlköpfen zu diskutieren. Das führt nur zu Problemen. Und nicht alle sind hierher gekommen, um an einer Reform mitzuwirken: Einige wollen den Bischof in Schwierigkeiten bringen. Ihr wisst, wen wir meinen. Wir brauchen die Unterstützung der Herzöge, aber die Beziehungen zu den Münchnern sind schwierig, und auch die Landshuter lassen sich nicht in ihre Karten blicken. Beide herzoglichen Vertreter haben lange Gespräche mit dem Bischof geführt, aber auch mit seinen Gegnern und Unruhestiftern. Wer weiß schon, was morgen passieren wird. Und ausgerechnet jetzt könnte einer der Teilnehmer für dieses gottlose Verbrechen verantwortlich sein! *Absit nefas.*« Er schüttelte den Kopf. »Aber was ist mit diesem Pförtner von Kloster Seligenthal, der auf die Nonne gewartet hat?«, fiel ihm plötzlich ein.

Johannes Heller blickte überrascht auf. »Der Pförtner? Den hatte ich ganz vergessen. Die Äbtissin hat ihn zur Kirche zurückgeschickt, damit er auf Schwester Clara wartet. War er nicht hier?«

Der Stadtrichter schüttelte den Kopf. »Niemand war in der Kirche, als die Leiche entdeckt wurde.«

»Er muss sie tot gefunden haben«, sagte Heller verwundert. »Warum ist er nicht geblieben? Warum hat er niemanden verständigt?

»Vielleicht war er es, der sie vergewaltigt und ermordet hat«, überlegte Baruther.

»Nein, das kann ich nicht glauben«, protestierte Johannes Heller.

»Ihr selbst habt gesagt, dass der Täter möglicherweise eine Verbindung zum Kloster hat. Darüber hinaus hatte der Pförtner die Zeit und die Gelegenheit, diesen Mord zu begehen, und er wusste, wohin Schwester Clara zum Schlafen ging.«

»Er wurde von der Äbtissin hierher geschickt, um sie zu holen. Er ist seiner Herrin und den anderen Schwestern treu ergeben wie ein Hund. So etwas würde er nie tun.« Heller wehrte sich gegen den Gedanken.

»Vielleicht aber hat es ihm die Äbtissin befohlen«, sagte Baruther mit zunehmender Überzeugung. »Wenn es Missstände im Kloster gibt und jemand dafür die Schuld trägt, dann ist das die Äbtissin. Sie steht bereits unter Druck wegen der Klosterflucht und diverser Wirtschaftsprobleme. Wenn Schwester Clara weitere Missstände ans Tageslicht bringen wollte, hat Äbtissin Barbara ein starkes Motiv, sie tot sehen zu wollen.«

Johannes Heller hörte mit Schrecken, wie seine eigenen Überlegungen unweigerlich zu einem Schluss führten, den er nicht wahrhaben wollte.

»Nein, auch das kann ich nicht glauben«, wehrte er sich. »Sie war doch so sehr um Claras Leben besorgt.«

»Uns scheint, dass Ihr von der Äbtissin eingenommen seid, Dominus Heller«, bemerkte Baruther kritisch.

»Unsinn!«, entgegnete Heller ärgerlich. »Lasst uns den Pförtner finden, bevor wir uns in Spekulationen ergehen.«

Zusammen mit dem Stadtrichter gingen sie aus der Kirche, um mit dem Hauptmann der Stadtwache zu sprechen. Dort war eine bunte Menge von Zeugen versammelt, die, am Judentor von der Wache zusammengetrieben, Auskunft über die Tote und ihre Bekanntschaften geben sollte. Der Hauptmann war gerade dabei, die Dirne Helena zu befragen. Sie wirkte seltsam verängstigt.

»Nein, ich kenne die Tote nicht«, schrie sie verzweifelt. »Ich habe sie nie gesehen.«

»Der Wirt aber hat gesagt, dass du mit dem Herrn Richter über sie gesprochen hast, Helena«, piepste der Hauptmann mit einer hohen Stimme, die nicht zu seiner großen Figur passte. »Also musst du etwas wissen.« Er packte sie fest an den Armen und rüttelte sie bedrohlich. »Und auch wenn du nichts weißt: Pater Schwarz will mit dir sprechen über deine Hurerei. Ich nehme dich mit.«

»Nein, nicht zu ihm, nicht zu Pater Schwarz!«, heulte Helena hysterisch.

Plötzlich stand Marcus Hörnle vor ihnen. »Lass sie gehen!«, befahl er dem Hauptmann. »Sie weiß nichts.«

Der Hauptmann sah den jungen Domherrn misstrauisch an. Er blickte zu Johannes Heller hin, der aber bestätigend nickte. Zögerlich ließ er sie los. Helena brach in Tränen aus und lief wortlos weg.

In dem Augenblick fuhr ein Wagen mit einer zugedeckten Leiche auf der Ladefläche vor. Von einer bösen Vorahnung gepeinigt, stürzte sich Johannes Heller auf den Fahrer.

»Wer ist es? Was ist passiert?«

»Ein Selbstmörder«, berichtete der Fuhrmann. »Wir haben ihn aufgehängt an der Stadtmauer gefunden.« Er hob die Decke an, um ihm das schmerzlich verzerrte, geschwollene Gesicht des Toten zu zeigen. Heller stellte fest, dass sich seine Befürchtungen erfüllt hatten.

»Es ist der Pförtner von Seligenthal«, sagte er traurig. Der sanftmütige Riese hatte sich mit einer ledernen Hundeleine erhängt.

»Genau den Mann haben wir gesucht«, rief der Stadtrichter triumphierend. »Er wird verdächtigt, das Mädchen in der Kirche vergewaltigt und ermordet zu haben. Sein Tod ist so gut wie ein Geständnis: Er hat sich gewiss umgebracht, weil er die Schuld nicht ertragen konnte. Warum sollte er sich sonst töten, wenn er unschuldig war?«

»Ich denke eher, dass er seine Herrin schützen wollte«, meinte Heinrich Baruther nachdenklich. »Er war ein ergebener Diener, wie es heißt. Er hat das Mädchen wahrscheinlich im Auftrag der Äbtissin ermordet und nun für sie die Schuld auf sich genommen.«

»Soll er die, die er eigentlich schützen sollte, in der Kirche vergewaltigt und brutal erwürgt haben? Das ist zu schrecklich«, murmelte Heller traurig. »Nein: Ich denke, dass er die Leiche von Schwester Clara gefunden und sich aus Verzweiflung umgebracht hat. Möglicherweise fühlte er sich schuldig, weil er versagt hatte.«

»Jedenfalls hat er die Wahrheit mit in den Tod genommen«, erklärte Heinrich Baruther abschließend. »Wir müssen annehmen, dass der Täter gefasst ist. Auch wenn wir eine Mitwirkung durch die Äbtissin vermuten, wollen wir die Synode nicht durch einen Skandal gefährden. Also werden wir eine Verbindung zum Kloster Seligenthal mit keinem Wort erwähnen. Und Dominus Heller, lasst endlich die Finger von Angelegenheiten, die nicht in Eure Zuständigkeit fallen. Bleibt einfach bei Euren Eheprozessen!«

15. Die törichten Jungfrauen

AM NÄCHSTEN TAG erwachte die kleine Stadt Freising unter einer tiefen, ebenmäßigen Schneedecke, die den Zwist und Streit des vergangenen Tages in Unschuld zu begraben schien. Allerdings machte die Nachricht des schändlichen Verbrechens in der Kirche rasch die Runde, und allerlei Gerüchte vermischten sich mit den Fakten. Von offizieller Seite wurde mitgeteilt, dass der Mord bereits aufgeklärt sei: Der Täter sei ein Diener, der sich nach der Tat aus Schuldgefühlen heraus umgebracht habe. Doch aus unbestimmtem Grund misstrauten die Freisinger diesem raschen Ermittlungserfolg; vielmehr setzte sich bei vielen die Überzeugung fest, dass der Täter noch frei herumlaufe und sogar ein Synodenteilnehmer gewesen sein müsse. Allein die Tatsache, dass der Mord in einer Kirche geschehen sei, zeige, dass der Täter kein Diener, sondern ein Kirchenmann sei, sagten sie, denn ein Laie hätte sich ein solches Sakrileg nie getraut. Manche erkannten in dem Verbrechen daher einen Ausdruck von der Reformbedürftigkeit der Kirche und der Sittenlosigkeit des Klerus. Andere wiederum sahen darin einen Grund, dem Reformwillen der Synodenteilnehmer und des Bischofs zu misstrauen, denn der wahre Täter sei einer von ihnen. Die aufgebrachten Bürger versammelten sich vor dem Dom und begrüßten die einziehenden Kirchenmänner mit kritischem und sogar feindseligem Geschrei.

Auch über der Versammlung hing eine angespannte Stimmung wie ein beißender Brandgeruch, den nicht einmal der reichlich verwendete Weihrauch vertreiben konnte. Viele

Teilnehmer waren müde von ihren nächtlichen Beratungen mit den Vertretern der Herzöge und des Bischofs. Niemand wusste, was genau Fürstbischof Sixtus vorschlagen würde und ob sie ihm zustimmen konnten; noch weniger wussten sie, was danach passieren würde. Manche sprachen sogar davon, den Bischof abzusetzen, andere befürchteten wiederum, dass der Bischof sie alle gefangen nehmen würde oder dass die Bürger draußen sie erhängen würden. Unter Glockengeläut und lautem Getuschel zogen die Synodenteilnehmer mit besorgten Mienen in den Freisinger Dom und vergaßen sogar ihre Sitz- und Rangstreitigkeiten. Alle schauten gebannt auf den Bischof und sein Sprachrohr, Pater Schwarz.

Seinerseits schien Bischof Sixtus nach den beunruhigenden Entwicklungen der vergangenen Sitzung überraschend entspannt und friedlich. Er eröffnete die zweite Sitzung mit einem Gebet und setzte sich wieder, als Pater Schwarz die Kanzel erklomm. Zur allgemeinen Überraschung setzte der Dominikaner mit seinem gewaltigen Organ zu einer denkwürdigen Predigt über die Parabel der klugen und törichten Jungfrauen an, die auf das Kommen des Bräutigams warten sollten.

»Was soll denn das?«, murrten die Synodenteilnehmer gleich, doch bald sollten sie die tiefere Bedeutung der Geschichte erfahren.

Er wolle nicht über die Jungfrauen im symbolischen Sinn reden, erklärte Pater Schwarz, etwa in der Bedeutung von den fünf Sinnen. Nein, nicht einmal als Versinnbildlichung von den fünf Versuchungen des Fleisches wolle er die Parabel auslegen, obwohl das hier doch sehr passend sei. Nochmals nein. Vielmehr wolle er die Geschichte *ad verbum* erklären, sagte er. Es seien wirkliche Brautjungfern gewesen, die auf ihren Herrn am Hochzeitstag warten sollten, um ihm mit ihren Lampen und Gebeten die Ehre zu erweisen.

»In einem Wort: Sie sollten ihm gehorchen und ihn ehren«, brüllte der Pater. »Das Warten bedeutet Gehorsam, und das Leuchten heißt Ehre. Die klugen Jungfrauen bereiteten sich mit Lämpchen und Öl vor, doch die törichten nahmen kein Öl für ihre Lampen mit, entweder weil sie es vergaßen oder weil sie dachten, dass der Herr bald kommen würde.«

»Es dauerte aber länger, als sie glaubten«, erzählte der Pater weiter. »Ihr kennt die Geschichte bereits: Bald wurde es dunkel, und sie schliefen ein. Mitten in der Nacht wachten sie wieder auf und bereiteten sich auf das baldige Kommen des Bräutigams vor. Nun hatten aber die Törichten kein Öl mehr für ihre Lampen, während die Klugen, die vorgesorgt hatten, ihre Lampen anzündeten und warteten. Die Törichten liefen weg, um Öl zu holen, und verpassten die Ankunft des Bräutigams. Als sie zurückkamen, war die Tür wieder zugesperrt; der Herr wies sie von sich mit den Worten: ›Ich kenne Euch nicht!‹

Manche von Euch mögen dieses Urteil als sehr hart empfinden, denn auch die törichten Jungfrauen wollten doch auf den Herrn mit brennenden Lämpchen warten, nur hatten sie nicht vorgesorgt. Ein unbedachter Fehler, eine verzeihliche menschliche Schwäche, sagt Ihr vielleicht? Doch ich sage Euch, es geschah ihnen zurecht, denn sie hatten dem Herrn weder Gehorsam noch Ehre erwiesen. Und mehr noch: Sie brachten Schande über die Hochzeit ihres Herrn. Ihre Torheit war zweifach. Zuerst waren sie leichtgläubig oder kurzsichtig, denn sie nahmen kein Öl mit, weil sie nicht dachten, dass sie so lange warten müssten. Dann aber liefen sie weg, um schnell Öl zu holen. Das war die zweite und größere Torheit, denn dann waren sie nicht da, als der Herr kam. Besser wäre es gewesen, ihn ohne Licht zu empfangen, ihre Torheit zu bekennen und sich reumütig zu schämen. Wären sie da geblieben, wären sie zwar töricht, aber zumindest gehorsam gewesen. Das wäre wohl ein verzeihliches Vergehen gewesen, denn gegen Torheit ist keiner gefeit, und gar viele von uns sind Toren und wissen es nicht einmal. Da sie aber wegliefen, waren die Jungfrauen nicht nur töricht, sondern auch ungehorsam. Und der Ungehorsam ist die Ursünde und die Wurzel allen Übels. Nichts anderes war die Sünde von Adam und Eva, als sie von der verbotenen Frucht aßen.«

Er hielt an, damit seine Botschaft einsickern konnte. »Jetzt fragt Ihr vielleicht, was das mit unserer Synode zu tun hat. Ich sage Euch: Die Kirche ist die Braut Christi, und die ganze Welt ist die Hochzeitsgesellschaft des Herrn. Ob Adlige oder Untertanen, Kleriker oder Ritter, Mann oder Frau, wir alle kommen zusammen, um den heiligen Bund zwischen Gott und der Welt zu schließen und zu feiern. Das ist die Hochzeit des Herrn. Genau wie ein weltlicher Herrscher heiratet, um einen legitimen Nachfolger zu erzeugen und seine Dynastie fortzusetzen, so nimmt der Herr seine Braut, die Kirche, in sein Haus auf, damit seine Herrschaft in der Welt fortgesetzt wird. Und indem wir ihm alle Ehre und Gehorsam erweisen, feiern wir seine Hochzeit und erwirken seinen Segen.

Wenn aber die Kirche die Braut ist, sind wir Kleriker die Brautjungfern. Wir sind es, die mit leuchtenden Lämpchen als Vorbild für die anderen Hochzeitsgäste unserem Herrn gehorchen und ihm einen ehrenhaften Empfang bereiten sollen. Ob er nun klug oder töricht ist, ein jeder von uns hat diese Pflicht. Durch unsere Reformen wollen wir sicherstellen, dass wir sie erfüllen. Und bei denjenigen von Euch, die Ihr, Gott weiß, nicht viel oder gar kein Öl in Euren Lämpchen habt, werden wir mit verschärften Regeln und Strafen dafür sorgen, dass ihr tugendhaft lebt. Wer nicht klug sein kann, muss mindestens gehorchen. Und wer nicht gehorcht, muss Buße tun. Denn wo keine Furcht ist, ist keine Besserung, wie Tertullian schreibt. Durch Buße entsteht Reue, und in Reue wendet sich der Sünder in seinem Herzen Gott zu. Daher tut Buße und bereut Eure Sünden, denn das Königreich des Himmels naht. Und wie es bei den törichten Jungfrauen heißt: Seid bereit, denn Ihr wisst weder den Tag noch die Stunde. Amen.«

16. Remedium malorum

SOFERN SIE NICHT schliefen, hörten die Synodenteilnehmer dieser Predigt mit Beunruhigung zu. Ehren und Gehorchen war schön und gut, aber wem und wie? Welche Beschlüsse würde der Bischof jetzt verkünden? Pater Schwarz hob feierlich an. »Im Namen des hochehrwürdigen Fürstbischofs Sixtus von Freising, nach reiflicher Überlegung und Beratung mit den Vertretern der Kirche sowie der weltlichen Herrschaft, legen wir nun die folgenden Reformen für das Bistum Freising vor. Und zuerst: Weil die Erfahrung, die uns als Lehrerin in praktischen Dingen leiten soll, gezeigt hat, dass die geltenden Beschlüsse des Generalkonzils bezüglich heimlicher Ehen in unserer Stadt und Diözese durch Missachtung in Vergessenheit geraten sind, hat unser Hirte beschlossen, dass ab sofort kein Priester mehr heimliche Ehen dulden darf. Alle Heiratswilligen sollen ab jetzt zur öffentlichen kirchlichen Eheschließung mit Aufgebot verpflichtet werden.«

Die meisten Zuhörer atmeten auf. Dies war lediglich eine Wiederholung der Bestimmungen des vierten Laterankonzils. Einige meinten zwar noch, dass die Gültigkeit des Ehesakraments nicht von der priesterlichen Segnung abhinge, doch insgesamt war der Beschluss unstrittig, und alle stimmten damit überein.

»*Item*«, rief Pater Schwarz von der Kanzel, um ihre Aufmerksamkeit zu gewinnen, »weil, wie wir erfahren haben, manche sogenannten Pfarrer und ihre Vikare, die – oh weh – mehr auf schnöden Gewinn als auf das Seelenheil achten, ihre Gemeinde mit überzogenen Abgaben für Begräbnisse und andere Leistungen belasten, womit sie das Einkommen und den Status ihrer Hilfspriester vermindern, sodass schließlich nur noch ungeeignete Hilfspriester für das Amt gefunden werden können, wollen wir diesen Missbrauch unterbinden. In Zukunft also muss unseren Hilfspriestern ein Einkommen gesichert werden, von dem sie leben können, und dem Amt entsprechend muss auf ihre Qualifikationen und Eignung geachtet werden.«

Die Mehrheit der Synodenteilnehmer nickte zustimmend und erleichtert, nur die Pfarrer und Vikare, die sich zu Unrecht gescholten fühlten, knirschten mit den Zähnen.

»*Item*«, brüllte Pater Schwarz, »in unserer Sorge um das Seelenheil der Gläubigen und um der gefährlichen Überbürdung mit Sünden vorzubeugen, aus der heraus Verzweiflung und Enthemmung hervorgehen, verkünden wir, dass das Konzilsdekret *omnis utriusque sexus* in allen seinen Bestimmungen eingehalten werden soll: Jede Person, die alt genug ist, soll mindestens einmal im Jahr seinem Priester beichten. Der Beschluss ist unbedingt in den Kirchen unserer Diözese bekanntzumachen, damit niemand behaupten kann, nichts davon gewusst zu haben.«

Auch dieser Beschluss schien weitgehend unstrittig zu sein. Einige glaubten bereits, dass die gefürchteten Reformmaßnahmen doch ausfallen würden. Andere fragten sich etwas enttäuscht: War das schon alles? Was war mit den anderen *gravamina*, die sie selbst geäußert hatten? Davor hatten sie eigentlich am meisten Angst.

Doch Pater Schwarz war noch nicht fertig. »Schließlich«, rief er laut und deutlich, »schließlich hat unser ehrwürdigster Herr, Fürstbischof Sixtus, beschlossen, dass das Dekret des Basler Konzils gegen das Konkubinat in Geltung treten soll: in allen seinen Bestimmungen und ohne jegliche Ausnahme.«

Die Versammlung geriet in Aufruhr. Nun also doch das *Basler Dekret*! Aus den hinteren Reihen stand jemand auf, um zu protestieren: der Rechtsgelehrter Balthasar Hundertpfund, der bekanntlich ein Vertrauter des Münchner Herzogs Albrecht war. Mit wohldurchdachtem Argument führte er aus, dass sich der Herr Fürstbischof mit diesem Beschluss rücksichtlos über die Bedenken der Synode hinwegsetze. In der Sache sei nichts gegen ein Verbot des Konkubinats auszusetzen, wie dies auch bereits in diversen Konzilien ausgesprochen sei. Doch es sei ein gefährlicher und falscher Schritt, die Beschlüsse des Basler Konzils in Teilen oder im Ganzen zu legitimieren, weil diese nicht päpstlich bestätigt worden seien. Damit sei die Autorität des Papstes als oberste Rechtsinstanz selbst infrage gestellt, was häretisch und verdammungswert sei. Er wolle daher ausdrücklich gegen diesen Beschluss klagen und, wenn der Herr Fürstbischof seine Mahnung ignoriere, wolle er sogar in Rom eine förmliche Klage einreichen.

Aus den hinteren Reihen raunte es Zustimmung. Herzog Wolfgang klatschte sogar vor Begeisterung. Pater Schwarz wetterte von der Kanzel, dass es häretisch sei, die Autorität des Bischofs infrage zu stellen. Doch prompt belehrte ihn Hundertpfund, dass man durchaus berechtigt sei, einem *episcopus haereticus*, der sich der Wahrheit verschließt, den Gehorsam zu verweigern und ihn abzusetzen. Genau das habe übrigens das Basler Konzil getan, dessen Dekrete gerade hier legitimiert würden.

Der Pater, der sich als Theologe auf juristischem Parkett unsicher fühlte, brach in einen Wutanfall aus. Die Situation drohte, außer Kontrolle zu geraten. Schlagartig wurde es offensichtlich, dass sich die Gegner des Bischofs auf genau diese Auseinandersetzung vorbereitet hatten. Herzog Wolfgang rieb sich die Hände vor Freude. Doch in alledem blieb Fürstbischof Sixtus überraschend ruhig, beinahe lächelte er sogar wie einer, der einen Trumpf in der Hand hat. Und plötzlich, wie auf ein Zeichen hin, stand der Vertreter des Landshuter Herzogs, Doktor Martin Mair, auf, der sich bislang in Schweigen gehüllt hatte. Die Versammlung, die immerwährend ein Auge auf das Verhalten der weltlichen Herrscher hatte, verstummte augenblicklich; der Sprecher musste nicht einmal laut reden, um sich Gehör zu verschaffen.

»Im Namen des erlauchten Herzogs Ludwig von Landshut, erklären wir, dass Herzog Ludwig diesen Beschluss sowie alle weiteren Reformmaßnahmen in seinem Herrschaftsgebiet umsetzen will«, sagte der herzogliche Rat klar und deutlich. »Der legitime Herzog von Bayern betrachtet es als seine heilige Aufgabe, die Kirche zu fördern und zu schützen, denn daraus entstehen das Seelenheil seiner Untertanen und das Wohl seines Staates. In Anbetracht der Zustände der Kirche will der Herzog die Reformen tatkräftig und, wenn nötig, mit weltlichen Zwangsmaßnahmen unterstützen. Indem er diesen Beschluss gefasst hat, erwartet unser Herzog, dass alle kirchlichen Institutionen im Herzogtum Landshut ebenfalls dem Fürstbischof bedingungslos in dieser Angelegenheit folgen. Damit will er ein Zeichen der neuen Eintracht zwischen Kirche und Staat setzen, in der beide sich gegenseitig stärken und unterstützen.«

Die Synodenteilnehmer sahen aus, als ob sie der Blitz getroffen hätte. Sie hatten sich in ihrem Widerstand durch die Zurückhaltung oder gar Unterstützung der herzoglichen Vertreter gedeckt gefühlt. Herzog Wolfgang, der einige von ihnen sogar zum Aufstand ermuntert hatte, sah sich plötzlich bloßgestellt. Das konnte er nicht auf sich sitzen lassen, dass der Rivale aus Landshut sich zum Protektor des Freisinger Bischofs und Vorkämpfer der Kirchenreform aufschwang. Sein Bruder Albrecht würde es ihm nie verzeihen. Und wie würde er aussehen, wenn Mair ihn derart überrumpelte? Er wandte sich um und konferierte ängstlich mit einem Berater. Schließlich erhob auch er sich widerwillig.

»Im Namen unseres Bruders Albrecht, des legitimen Herzogs von Bayern und wahren Schutzherrn der Freisinger Kirche, unterstützen auch wir die Reformmaßnahmen unseres Fürstbischofs, sofern sie die Kirchen in unserem Herrschaftsbereich betreffen«, rief er aus.

Die Aufwiegler in den hinteren Reihen bewiesen sich nun schlagartig als Unterstützer der Reform. Balthasar Hundertpfund stand auf und klatschte Beifall: »Eine wunderbare Einsicht, Erlaucht!«

Die anderen, die gerade die Absetzung des Bischofs gefordert hatten, taten es ihm gleich. Es erübrigte sich beinahe, dass Pater Schwarz die Versammlung noch fragte, ob sie nun doch zustimmen wollten, doch er tat es der Form halber. Die Beschlüsse wurden angenommen *nemine contradicente* – ohne eine Gegenstimme.

Kaum war dies geschehen, holte Pater Schwarz einen zweiten Zettel hervor, um die Maßnahmen zu verkünden, wodurch die Einhaltung der Regeln gewährleistet werden sollte. Erstens sollten alle Klöster in der Diözese Freising visitiert werden, um die materiellen und spirituellen Zustände zu begutachten und eventuell – falls dies nötig sei – die Einführung strengerer Regeln zu empfehlen. Für die Benediktinerklöster sollten die Äbte von Tegernsee und Scheyern die Visitationen leiten. Die Mönche aus Kloster Seeon, die keineswegs nach Melker Vorstellungen reformiert werden wollten, stöhnten und fluchten heimlich. Die Augustinerchorherren und Augustinereremiten sollten vom Erzdiakon aus Raitenbuch und vom Probst von Indersdorf visitiert werden. Auch die anderen Kollegiatskirchen und Stifte hatten keinen Grund zur Erleichterung, denn für sie war der Bischof persönlich oder sein Stellvertreter, Pater Schwarz, zuständig.

Die Reform sollte jedoch nicht nur in die Klöster und Stifte getragen werden, sondern auch in jede einzelne Pfarrei, Kirche und Kapelle der Diözese. Hier sollten die Dekane die Visitationspflicht wahrnehmen und die Lebensweise, das Wissen und die Sitten der Kirchenvorsteher überprüfen. Unter anderem galt es zu überprüfen, ob der Kirchenvorsteher aus der Kirche stehle oder sonst schlechte Sitten habe, ob er ein Trinker, Spieler oder dergleichen sei, ob er überhaupt die richtige Form der Messe kenne. Bis Juni waren alle aufgedeckten Missstände zu korrigieren. Übeltäter mussten sich vor dem bischöflichen Vikariatsgericht verantworten. Alle, die ihre Sünden in der Öffentlichkeit begingen und somit den Ruf der Kirche beschädigten, sollten ins Gefängnis geworfen werden, sofern sie keine Adligen oder Frauen seien. Letztlich sei es der besondere Wunsch des Bischofs, erklärte Pater Schwarz, dass das *Basler Dekret* gegen das Konkubinat innerhalb von 30 Tagen in *forma factum* umgesetzt werde.

Während er die Maßnahmen vortrug, griff ein tiefes Unbehagen in der Versammlung um sich. Die Synodenteilnehmer, denen nach der Eröffnungspredigt bereits nichts Gutes schwante, sahen ihre Befürchtungen bestätigt: Nicht die gemeinsamen Beschlüsse, sondern deren Umsetzung waren die wirkliche Reform. Mit der Unterstützung und Zusammenarbeit der Herzöge, insbesondere des mächtigen Herzogs von Landshut, standen neue Zeiten an: die von Pater Schwarz viel beschworenen Altväterzeiten. Und sie fürchteten sich alle, nicht nur die *concubinatores* und *tabernarii*, wie Kinder vor der Rute des strengen Vaters.

Capitulum 3
(17. – 20. Mai 1475)

17. Altväterzeiten

Es war Mittwoch, der 17. Mai, der erste Tag nach Pfingsten. Nach einem kühlen Frühling brannte die Sonne vom Himmel mit frühsommerlicher Hitze wie die sengende Flamme der Gerechtigkeit. Im Dom hatte Pater Schwarz zu Pfingsten eine Predigt zum Apostelspruch »*Salvamini a generatione ista prava*« gehalten und alle zur Abkehr von ihren Sünden durch Gehorsam und Buße aufgefordert. Es war bereits der dritte Monat nach der Verabschiedung der Synodalbeschlüsse: In jedem Kloster waren sie verkündet worden, von jeder Kanzel hatten Priester sie gepredigt, und auf jedem Marktplatz hatten die Herolde ausgerufen. Heiratet kirchlich! Beichtet! Lasst von den Konkubinen und Sünden ab! Die Beichtstühle füllten sich rasch. Die Kirchenglocken läuteten ununterbrochen Hochzeitsglück ein. Die Mönche und Pfarrer ereiferten sich im Gebet und versuchten, nicht mehr an schnöden Gewinn oder die sündhaften Genüsse des Fleisches zu denken. Doch manch einem fiel die neue Tugendhaftigkeit schwer. Nicht wenige Kirchenmänner liefen mit zerknirschten Mienen herum, während ihre verstoßenen Konkubinen und Prostituierten traurig dreinblickten und auf ein baldiges Nachlassen der frommen Wut hofften.

Der Beschluss gegen heimliche Ehen verunsicherte Männer und Frauen im ganzen Bistum und sorgte dafür, dass Johannes Heller viel zu tun hatte. Manche Paare, die jahrelang im Ehebund zusammengelebt hatten, fragten sich plötzlich, ob sie wirklich verheiratet waren. Andere wiederum wurden vom Pfarrer aufgefordert, ihre Beziehung gerichtlich klären zu lassen. Der Richter war allerdings der Meinung, dass die Rechtslage eigentlich unverändert war und im Übrigen nicht von einer lokalen Synode geändert werden konnte. Jedenfalls hielt er an dem Prinzip der Ehe als Sakrament fest, das allein durch gegenseitigen Konsens gespendet wurde, und behandelte solche Fälle genauso wie vorher. Damit handelte er sich immer wieder Streit mit Bischof Sixtus und Pater Schwarz ein.

Er stöhnte, als er sich einem Stapel von Akten wieder zuwandte, die genau dieses Problem zum Inhalt hatten: der Eheprozess zwischen Jodok Simoni und Margaretha Liendl. In der Frage, ob sich die jungen Leute die Ehe versprochen hatten, gab es erstens Aussagen von Johannes Sollnheimer und anderen angesehenen Bürgern der Stadt Landshut, welche die Behauptungen des Klägers bestätigten. Zweitens waren Einwände gegen die Glaubwürdigkeit dieser Zeugen eingereicht worden, die – drittens – durch weitere Aussagen von ebenfalls angesehenen Bürgern bezeugt wurden. Schließlich aber war auch die Aussagekraft der letzteren Zeugen durch weitere Einwände infrage gestellt. Die beidseitigen Vorwürfe reichten von Meineid und Diffamation bis Veruntreuung und Diebstahl. Die einen warfen Margarethas Vater, Caspar Liendl, vor, sich an den ihm anvertrauten Waisen unlauter bereichert zu haben; die anderen hielten Jodok Simoni für einen Betrüger und Johannes Sollnheimer für einen Intriganten. Die Zeugen selbst – angesehene Bürger Landshuts – seien den Vorwürfen nach jeweils Ehebrecher, notorische Lügner, Diebe oder verschiedentlich mit den Parteien befreundet oder verwandt, weshalb sie sich als Zeugen disqualifizierten. Wenn man nur die Hälfte davon glauben würde, müsste Landshut die reinste Räuberhöhle sein. Johannes Heller betrachtete den Wahrheitsgehalt solcher Aussagen – auch wenn sie unter Eid gemacht wurden – durchaus skeptisch. Persönlich war er davon überzeugt, dass sich Jodok und Margaretha die Ehe versprochen hatten, doch bewiesen war es noch nicht. Margarethas Vater war anscheinend bereit, jedes mögliche Rechtsmittel einzusetzen, um diese Ehe zu verhindern, um seine Tochter mit einem anderen Mann zu verheiraten. Daher musste sich der Richter mit diesen ewigen Paragrafenschlachten der Prokuratoren herumschlagen. Allmählich fing er an zu fühlen, dass er zu alt für solche Kämpfe wurde. Oder verlor er vielleicht seinen Glauben an Recht und Gerechtigkeit? Er stöhnte wieder und beschloss, eine weitere Zeugenbefragung durchzuführen.

Dann schlug die Glocke zum Vespergebet. Johannes Heller stand auf und eilte über den Domplatz. Seit der Synode war auf dem Freisinger Domberg die Disziplin merklich verschärft worden. Nicht nur unbedeutende Pfründeninhaber, sondern auch die hohen Domherren sollten ihre liturgischen Pflichten persönlich erfüllen. Nur noch im begründeten Ausnahmefall durfte ein Stellvertreter für sie einspringen. Johannes Heller, der ohnehin regelmäßig seinen Pflichten nachkam, empfand hierin keinen Zwang. Doch er musste zugeben, dass er zuletzt weniger gerne zur Vesper ging, seitdem Pater Schwarz die Leitung des Gebets übernommen hatte.

Als er durch die Seitentür in den hallenden Kirchenraum eintrat, hörte er bereits die tiefe, runde Stimme des bischöflichen Kaplans, der den Hymnus intonierte. Er hat eine gute Stimme, dachte sich Heller, das muss man ihm lassen. Anschließend erhoben sich die Stimmen der anderen Teilnehmer langsam und sanken wieder wie eine Welle im tiefen Wasser. Amen. Im Chorgestühl saßen bereits fast alle Mitglieder des Domkapitels, sogar der greise Dompropst,

Johannes Pienzenauer, und der stolze Dekan, Johannes Simonis, waren dort, der Letztere griesgrämig zurückgelehnt mit geschlossenen Augen. Allein der leere Sitzplatz von Marcus Hörnle stach ins Auge. Johannes Heller nahm seinen Platz neben dem bischöflichen Vikar, Heinrich Baruther, ein, der ihm einen ärgerlichen Blick zuwarf und zischte: »Ihr seid spät, Dominus Heller.«

»Die Arbeit …«, flüsterte Heller zurück.

Pater Schwarz setzte zur Intonierung von Psalm 110 an: »*Dixit dominus domino meo*: Der Herr sprach zu meinem Herrn …« Es ging um die Erhöhung Davids und war ein beliebter Psalm, doch Heller hatte ein unbehagliches Gefühl, als er den Worten aus dem Mund des Dominikanerpaters lauschte: Der Herr habe ihn zu seiner Rechten gesetzt und seine Feinde zu seinem Fußschemel gemacht. Er habe ihm sein Zepter gegeben, damit er inmitten seiner Gegner herrsche, ihn zum König und Priester erhoben und ihm das Versprechen gegeben, die Herrschaft zu neuem Glanz und Heiligtum zu erheben.

Sprach er von sich selbst, der vom Bischof zum mächtigsten Mann im Bistum erhoben worden war, fragte sich Heller. Und wer waren seine Feinde?

»*Gloria patri et filio et spiritu sancto, sicut erat in principio et nunc et semper et in saeculo saeculorum*«, verkündete Pater Schwarz und wandte sich den Domherren auffordernd zu.

»Amen«, antworteten die Versammelten. Johannes Heller räusperte sich auffällig und erntete wieder einen missbilligenden Blick von seinem Kollegen. Er senkte den Kopf und ließ die Vesper über sich ergehen.

»Dominus Hörnle fehlt wieder«, bemerkte Heinrich Baruther, als sie schließlich aufstanden, um zu gehen. »Wisst Ihr, was er treibt?«

»Ich weiß es nicht«, antwortete Heller trocken. »Bin ich etwa der Hüter meines Bruders?« Gemeinsam mit den anderen Domherren stiegen sie vom Chor hinab und zogen feierlich durch die Seitentür des Doms hinaus.

»Ihr wisst genau, dass der, der das gesagt hat, verflucht ist«, sagte Baruther grimmig, als sie gemeinsam durch den Kreuzgang gingen. »Tut nicht so, als ob der Lizenziatus Euch nicht am Herzen liegt. Übrigens können wir Eure Zuneigung zu diesem leichtlebigen Flegel überhaupt nicht nachvollziehen. Aber Ihr solltet ihn warnen, dass er seine Lebensweise ändern muss.«

Johannes Heller nickte. »*Dixit dominus.* Sonst wird Pater Schwarz ihn als Fußschemel gebrauchen«, murmelte er.

»Was?« Baruther hatte die Wörter nicht gehört, den sarkastischen Ton allerdings wohl.

Sie gingen einige Schritte zusammen im offenen Innenhof, wo sie freier sprechen konnten.

»Wir meinen nicht nur den Besuch der Gottesdienste, obwohl das gewiss das Mindeste ist, was wir als Domherren leisten sollten«, setzte Heinrich Baruther seine Rede fort. »Seit der Synode stehen wir Geistliche alle unter besonderer Beobachtung, und es wird sehr genau geprüft, ob wir die Beschlüsse einhalten. Pater Schwarz führt geradezu einen Kreuzzug gegen das Konkubinat an. Daher soll Euer Lizenziatus gewarnt sein.«

Johannes Heller schüttelte den Kopf. »Das Konkubinat ist nur einer von vielen Missständen, und vielleicht nicht einmal der schlimmste. Ich finde es beispielsweise absurd, dass das Konkubinat jetzt streng verfolgt wird, nicht aber die Unkeuschheit, als ob es etwas Besseres wäre, wenn Priester gelegentlich Unzucht begingen, solang sie keine feste Beziehung eingehen! *Ad exemplum*: Letzte Woche hörte ich die

Klage eines Mädchens gegen einen gewissen Abt, der sie in seine Räume eingesperrt, tagelang festgehalten und sich an ihr vergangen haben soll. Nun verklagt sie ihn auf eine Entschädigung für ihre Jungfräulichkeit, was wohl das Mindeste wäre. Der Herr Abt bestreitet nicht, sie in seinem Zimmer über mehrere Tage festgehalten zu haben, aber beteuert, sie nicht angerührt zu haben. Es gibt naturgemäß keine Zeugen, dass er sie vergewaltigt hat, und daher wird er wohl ohne Entschädigungszahlung davonkommen. Eine Verfolgung durch Pater Schwarz muss er jedenfalls nicht befürchten, solang er sie nicht als Konkubine hält.«

Heinrich Baruther schnappte nach Luft. »Was? Das ist allerdings ein Skandal! Wir werden den Fall untersuchen. Aber auch Euer Licentiatus ist kein Heiliger: Jeder weiß, dass er seinen sündhaften Neigungen hemmungslos frönt. Vorletztes Jahr gab es diese Geschichte mit der Dienstmagd und dem Kind, jetzt verkehrt er öffentlich mit einer stadtbekannten Prostituierten in Wirtshäusern und Bädern. Das wird ihn irgendwann teuer zu stehen kommen. Alle Geistlichen, die im Konkubinat leben, müssen innerhalb von zwei Monaten nach Bekanntmachung des Beschlusses ihre Beziehungen beenden, anderenfalls droht ihnen eine Geldstrafe in der Höhe ihrer Einkünfte über drei Monate. Das Strafgeld wird für Kirchenbauarbeiten oder Ähnliches verwendet. Und wenn Hörnle nicht von seinen Liebschaften ablassen kann oder zu ihnen zurückkehrt, könnte er seine Benefizien und Ämter endgültig verlieren.«

»Was? Endgültig?«, rief Heller. Er bemühte sich, seine Sorgen um den jungen Kollegen hinter rechtlichen Einwänden zu verbergen. »Darf der Bischof das überhaupt tun? Und ist es denn überhaupt bewiesen, dass Hörnle eine solche Beziehung hat? Die Vorwürfe gegen ihn beruhen auf

nichts als Hörensagen und Gerüchten. Ich jedenfalls habe nie gesehen, dass er mit dieser Dirne gesündigt hat«, formulierte er vorsichtig.

»Nein, Ihr haltet die Augen davor immer fest verschlossen«, spottete Baruther. »Aber das wird ihm nicht helfen, wenn Pater Schwarz dahinterkommt. Denn, was auch immer Ihr von ihm persönlich haltet, des Bischofs Hund achtet sehr auf die Durchsetzung der Reformen.«

18. Die niedere und die hohe Minne

JOHANNES HELLER WAR nach dem Gespräch mit seinem Kollegen beunruhigt. Er lief eine Weile hin und her im Kreuzgang und dachte nach. Das Thema Keuschheit hatte ihn lange nicht mehr beschäftigt, da er sich als über diesen Lebensabschnitt hinaus betrachtete. Die sexuelle Enthaltsamkeit, unter der er selbst in jüngeren Jahren gelitten hatte, akzeptierte er nun irgendwie als Lebensmodus, ohne den Verzichtcharakter mehr wahrzunehmen. Wie er irgendwo gelesen hatte, sollte es beim Menschen ab einem bestimmten Alter eintreten, dass das natürliche Feuer der Leidenschaft niederbrannte, während die entgegengesetzten Körpersäfte zu steigen begannen und der Mensch zunehmend von unterschiedlichen Ängsten und Krankheiten befallen wurde, sodass ihm nur noch nach Essen und Trinken zumute war. Nun, ganz so weit war es bei ihm selbst noch nicht, dachte Heller. Jedenfalls glaubte er, an mehr als nur an Speise und Trank zu denken. Und ob das Feuer in den Lenden wirklich ganz erloschen war, war er sich auch nicht ganz sicher. Insgeheim hoffte er sogar, dass es nicht so war, obwohl er eigentlich über den Verlust jubilieren sollte.

Marcus Hörnle aber befand sich mitten in den schwierigsten Jahren, und es drohten ihm wohl wirklich ernsthafte Probleme, wenn Pater Schwarz etwas gegen ihn in die Hände bekam. Zugegeben, dachte Heller, sein junger Freund war arrogant und von sich selbst eingenommen; er nahm die Würde und Pflichten eines Domherrn nicht ernst und pflegte einen verweltlichten Lebenswandel; vor allem war er den Verlockungen des Fleisches erlegen. Doch er würde gewiss irgendwann erwachsen und einen hervorragenden Richter abgeben – wenn er nicht vorher Pater Schwarz zum Opfer fiel. Heller dachte an die Begegnung mit der Dirne Helena vor dem zwielichtigen Wirtshaus und seufzte laut. Wusste Hörnle denn nicht von der Gefahr, die ihm drohte? Er musste mit ihm sprechen. Mit sorgenvoller Miene ging er durch den Domhof vor der bischöflichen Residenz auf seinem Weg nach Hause. Beunruhigt, wie er war, nahm er jedoch am Rand seiner Gedanken den Sonnenuntergang wahr und hielt inne, um ihn zu bewundern. Der Domplatz eröffnete einen herrlichen Blick nach Süden über die steilen Hänge des Dombergs hinweg über die breiten Isarauen bis zu den fernen Berggipfeln der Alpen. Im Westen erlosch die Sonne feurig; im weichen Licht der zunehmenden Dunkelheit schien sich die Welt sanft aufzulösen. Die Vögel stimmten ihr Abendlied an. Irgendwo unter ihm im Garten hörte Johannes Heller die Saiten einer Laute und Gesang. Er horchte genauer hin und glaubte, die Stimme zu erkennen. Mit eiligen Schritten lief er hinunter und fand dort Marcus Hörnle auf einer Bank mit einem Musikinstrument in der Hand.

Er setzte gerade zu einer weiteren Strophe an. Es war ein Lied von Reinmar von Hagenau, das Johannes Heller aus seiner eigenen Jugend gut kannte:

»*Sô wol dir, wîp, wie reine ein nam!* …
Wohl dir, Weib, welch reiner Name!
Wie schön der Klang im Ohr und Mund!
Nie war etwas des Ruhms mehr wert
als du, wenn du deine Güte zeigst.
Alle Worte reichen nicht, dich zu loben.
Wem du treu bist, darf sich selig schätzen
und gerne fröhlich leben.
Alle Welt machst du hochgemut:
Gib doch auch mir ein wenig Freude!«

»Marcus Hörnle!«

Hörnle legte die Laute eilig zur Seite. »Dominus Heller?«

»Du leichtsinniger Narr, was machst du bloß?«, schimpfte Heller. »Du hast das Vespergebet geschwänzt und deine Pflichten vergessen. Stattdessen sitzt du hier und singst weltliche Minnelieder! Hast du deinen Verstand verloren? Der Bischof wird deinen Kopf haben.«

Marcus Hörnle erhob die Hände mit einem Lächeln. »*Mea culpa*, Dominus. Gerade als es zu Vesper läutete, habe ich einen wichtigen Brief erhalten und musste sofort antworten, denn der Bote wartete. Dann war es bereits zu spät für die Kirche, aber der Abend war zu schön, um ihn zu verpassen. Seht doch, welch herrlicher Sonnenuntergang! Die Vögel singen, die Blumen duften, ein warmer Wind weht. Alle Sinne erfreuen sich.«

Heller fühlte einen Stich in seinem Herzen, als er Hörnle so unbekümmert und beglückt erblickte. Dennoch blieb er streng. »Welches Geschäft soll denn wichtiger sein als deine Amtsverpflichtungen? Wessen Diener bist du, wenn nicht Gottes und des Bischofs?«

Marcus Hörnle schüttelte den Kopf mit einem hilflosen Lächeln. »Dominus, das darf ich Euch nicht verraten.«

Johannes Heller runzelte ernsthaft die Stirn. »Marcus, ich will deine Geheimnisse nicht ausforschen, aber ich muss dich daran erinnern, dass deine Verpflichtungen und Aufgaben als Domherr über allen weltlichen Geschäften stehen, welche auch immer diese sein mögen. Wenn du deinen Pflichten nicht mindestens der Form nach nachkommst, wird dich das in große Schwierigkeiten bringen.«

Dabei fühlte er sich selbst mit dieser Ermahnung unbehaglich. Nein, nicht nur der Form nach! Das entsprach keineswegs seinen Vorstellungen.

»Gut, ich schwöre, ich werde nie wieder die Vesper schwänzen«, lächelte Hörnle immer noch leichtfertig.

»Nun ja, das ist bestimmt jedem einmal passiert und gewiss kein sehr schwerwiegendes Vergehen«, räumte Heller etwas milder ein. »Aber Pater Schwarz hat es notiert. Morgen wirst du bestimmt vom Bischof gescholten. Doch ich meine nicht nur die Vesper, sondern vor allem deinen Lebenswandel und … und deine Frauengeschichten.« Marcus Hörnle blickte überrascht auf, als ob er auf frischer Tat ertappt würde.

Heller atmete tief durch und setzte mit diesem schwierigen Thema an. »Ich will nicht mit einer Moralpredigt über

Sünden und Verbote kommen. Die kannst du jeden Tag von Pater Schwarz anhören.« Er fing dennoch an zu dozieren, dass das Bestreben nach Liebe etwas Natürliches sei, das jeder Mensch empfinde, ja, auch Geistliche und Priester. Manche meinten sogar, dass Geistliche besonders darunter leiden, weil sie viel Muße hätten und dazu auch allzu gut ernährt seien.

Doch seine Worte wirkten auch in seinen eigenen Ohren platt und wenig überzeugend. Marcus Hörnle schaute gelangweilt in den Himmel hinauf, wo der Abendstern Venus zwinkernd auf ihn herab lächelte.

»Wir als Geistliche sind gewissermaßen besonders zur Liebe verpflichtet«, versuchte Heller es nochmals. »Aber wir müssen überlegen, was Liebe ist. Manche unterscheiden zwischen den Begriffen *amor*, *dilectio* und *caritas* als getrennte Formen von Liebe: die Liebe zum Sinnlichen, die Liebe zum Geist und die Liebe zu Gott. Augustinus aber schreibt, dass die Liebe eins sei und sich nur in ihren Formen und Gegenständen unterscheide.«

Hörnle hörte nun aufmerksamer zu. »Das kann in Einklang mit der Lehre der Philosophen und Dichter gebracht werden, glaube ich: Sie lehren nämlich, dass die Liebe wie eine Leiter sei, die vom Niedrigsten zum Höchsten führe. Die sinnliche Liebe ist dabei die niedrige Minne, der ritterliche Frauendienst die hohe Minne, und die Liebe zu Gott die allerhöchste. Und wenn das so ist, warum sollte dieser Weg der Erleuchtung einem Geistlichen vorenthalten sein?«

»Weil wir Geistlichen die Ehelosigkeit gelobt haben«, antwortete Heller streng. »Sinnliche Liebe ohne die Ehe ist Unzucht und eine schwere Sünde. Und auch die höhere Liebe zu einer Frau kann nicht frei von Begierde sein, auch wenn du glaubst, davon frei zu sein. Schon der Anblick eines

Mädchens kann einen frommen Mann zu sündigen Gedanken führen. Daher ermahnt uns der heilige Augustinus, jeglichen Umgang mit Frauen zu meiden.«

»Und warum dürfen wir dann nicht heiraten?«, entgegnete ihm Marcus Hörnle trotzig. »Wäre das nicht das beste Mittel, um uns Priester auf dem richtigen Weg zu halten? Ihr selbst betrachtet die Ehe als Sakrament und Fundament unserer Gesellschaft. Was findet Ihr denn daran so schlecht für uns?«

»Weil wir Diener Gottes sind«, antwortete Heller ein wenig zögerlich; das war ein Thema, das auch ihm Probleme bereitete. »Wie der Apostel Paulus schreibt: Der verheiratete Mann denkt vor allem an seine Frau und wie er sie glücklich machen kann. Ein Priester aber soll nur bestrebt sein, Gott glücklich zu machen. Christus selbst hat Priester mit Eunuchen verglichen, um zu zeigen, dass Geistliche enthaltsam leben müssen. Darauf beruhen die Gebote der Keuschheit und die Ehelosigkeit.«

Marcus Hörnle lachte nur höhnisch. »Diese Argumente sind ein alter Hut, Dominus, und leicht zu widerlegen. Bei uns gilt nämlich der Eunuch als verachtenswert. Eunuchen, die sich freiwillig kastrieren ließen, dürfen daher kein Priesteramt innehaben. Wie leitet sich bitte daraus ein Keuschheitsgebot für Kleriker ab? Und was die Ehelosigkeit angeht, so schrieb Paulus selbst: Wer nicht enthaltsam leben kann, soll heiraten. *Melius nubere quam uri*: Lieber heiraten, als brennen. In Wirklichkeit führt der Zölibat bei den meisten Priestern nicht zur Heiligkeit, sondern zur Sünde und Sittenlosigkeit; die einzige Lösung ist die Ehe.«

Johannes Heller seufzte. »Auch deine Argumente sind nicht neu, Marcus. Bereits Bischof Ulrich von Augsburg soll die Ehe als Heilmittel gegen die Sittenlosigkeit in der

Kirche gepriesen haben, und du weißt bestimmt, dass diese Schrift für häretisch erklärt worden ist.«

»Ulrich ist immerhin ein Heiliger – und das kann man nicht von denen sagen, die seine Schrift verboten haben«, schnaubte Hörnle verächtlich.

Heller stellte unzufrieden fest, dass sein junger Freund keineswegs durch Disputation zu bekehren war. Letztendlich fehlte ihm selbst die richtige Überzeugung. »Am Ende bleibt uns der Gehorsam. Der Verzicht auf sinnliche Liebe ist das große Opfer, das wir als Geistliche bringen müssen. Vielleicht kannst du das weniger als ein Verbot verstehen denn ein Gebot, die niedere Minne zu überwinden und die höchste anzustreben«, sagte er lahm. Er wusste aber, dass das noch zu wenig war. Er musste direkter werden.

»Marcus, du musst dich von den Frauen fernhalten und vor allem musst du diese Dirne Helena aufgeben. Das steht nicht zur Diskussion, es ist eine Warnung. Der ganze Domberg redet inzwischen davon. Es wird ernsthafte Probleme geben.«

Marcus Hörnle lachte plötzlich wieder auf. »Helena? Oh nein, Dominus, seid darob unbesorgt. Ich schwöre Euch, die niedere Minne habe ich ganz hinter mir gelassen.«

Johannes Heller beobachtete ihn mit besorgter Miene. »Wirklich?«, fragte er. »Dann ist es gut.« Aber ein ungutes Gefühl beschlich ihn.

19. Gottgefällige Werke

AM NÄCHSTEN TAG direkt nach dem Gottesdienst versammelten sich die Domherren vor Fürstbischof Sixtus in der bischöflichen Residenz. Der Bischof bestand darauf, dass nun auch die offiziellen Konsistorien des Domkapitels regelmäßig und häufig stattfanden. Es sei ein Recht und Privileg des Domkapitels, dass sich der Bischof mit seinen »Brüdern« über bevorstehende Entscheidungen beriet und schwerwiegende Geschäfte gemeinsam beschloss. Einige Domherren empfanden die Konsistorien jedoch als reine Disziplinarmaßnahme. Vor allem der Dekan, Johannes Simonis, war über die erzwungene Beteiligung empört und murrte oft bei den Diskussionen: »Was geht mich das an?« Die Domherren saßen also nun mit knurrenden Mägen im Konsistorium vor dem Fürstbischof und Pater Schwarz und hörten unwillig zu, wie er auf sie mit besonderem Eifer einredete. Der Bischof dagegen wirkte besonders glücklich, denn er konnte nun die Beseitigung der Spannungen mit Herzog Ludwig von Bayern-Landshut verkünden. Die Beziehungen zu den Münchner Herzögen seien ohnehin schwierig, doch zuletzt habe es auch mit dem Landshuter Streit über jene gebenedeite Sonderabgabe gegeben, die er für die Hochzeiten seiner Kinder erzwungen habe.

»Durch unsere heilige Synode ist aber ein neuer Bund zwischen Kirche und Staat zustande gekommen«, erklärte er freudig. »Herzog Ludwig hat uns mit der Durchsetzung unserer Beschlüsse geholfen und seine Unterstützung mit unseren Reformen angekündigt. Auch in Hinsicht auf diese ungerechte Abgabe haben wir und unsere Amtsbrüder aus Regensburg und Passau eine Einigung mit ihm erreicht. Nun hat er uns das Geld aus unserem Bistum freimütig zurückgegeben.«

»Einen Augenblick, Ehrwürden«, fiel ihm der Dekan griesgrämig in die Parade. »Hat der Herzog für diese ganze Hilfe wirklich nichts von Euch im Gegenzug verlangt?«

»Es war kein Handel, kein *quid pro quo*«, antwortete Bischof Sixtus beleidigt. »Nicht im Gegenzug, sondern als freiwillige Schenkung haben wir ihm einen Teil des Geldes zurückgegeben. Wir halten es für unsere heilige Aufgabe, die Ehepläne seines Sohns zu fördern, auf dass ein legitimer Erbe und Nachfolger geboren wird und sich die Linie der Reichen Herzöge von Landshut fortsetzt.« Seine Stimme erhob sich wieder wie im Gesang.

»Und wie viel habt Ihr dem Landshuter geschenkt, wenn wir das erfahren dürfen?«, wollte der Dekan wissen.

»Oh, natürlich dürft Ihr das erfahren«, sang der Bischof glückselig. »Wir haben ihm die Hälfte gewährt.«

»Die Hälfte? Ohne unsere Zustimmung?«, schnappte der Dekan.

»Es handelt sich um ein frommes Geschenk«, antwortete Sixtus friedlich. »Dafür bedürfen wir Eurer Zustimmung nicht.«

»Aber das Geld hat er unrechtmäßig von unseren Kirchen erpresst. Der Herzog sollte nicht uns, sondern ihnen das Geld zurückerstatten. Sie haben es dringend nötig«, meldete Heinrich Baruther seine Bedenken an. Andere Domherren murrten nun auch dagegen.

Caspar Schmidhauser, der als Familiar der Münchner Herzöge bekannt war, beschwerte sich über die ungerechte Bevorteilung des Landshuters, der kein bisschen fromm sei, sondern nur aus Eigennutz die Kirche unterstütze. Auch Herzog Albrecht unterstütze den Bischof mit Tatkraft und sollte dafür belohnt werden, klagte er.

»Wenn unsere Kirchen und Klöster schon eine Steuer zahlen, dann soll das Geld uns gehören und nicht dem Herzog von Landshut«, knurrte der Dekan weiter.

Bischof Sixtus erhob die Hände. »Und das tut es auch!«, antwortete er freudig. »Wir haben Herzog Ludwig die Hälfte gegeben, den Rest behalten wir selbst. Unsere Pfarrer behaupten immer, dass sie nicht genügend Geld haben, um uns in unserer pekuniären Not zu unterstützen, doch wenn der Herzog die Hand aufhält, rücken sie damit schnell heraus. Jetzt haben wir beschlossen, diesen Geldsegen für die Renovierung des Doms zu verwenden. Das ist ein gottgefälliges Werk und ein sichtbares Zeichen der Reform und Erneuerung. Übrigens kommt es auch Euch zugute, liebe Brüder, denn wir haben vor, Euren verlotterten Chorstuhl zu renovieren. Das ist uns schon immer ein Dorn im Auge gewesen. Auch der neue Lettner wird fertiggestellt, und wir überlegen sogar, im Hauptschiff eine neue Decke einzuziehen. Dann wäre an den Aufbau der Mauer und der Wehranlagen am Domberg zu denken – aber vielleicht müssten wir dazu eine neue Abgabe verlangen. Das alles wird unserer ehrwürdigen Kirche zu neuem Ansehen verhelfen, gepriesen sei Gott.«

Der Dekan und einige andere Domherren, die Bedenken geäußert hatten, nickten nun als Zeichen ihrer Zustimmung und sagten laut: »Amen.« Einige waren vielleicht nicht ganz überzeugt, hielten sich jedoch zunächst lieber bedeckt, denn der Bischof setzte seine Rede mit einem Thema fort, das nicht ganz unbedrohlich wirkte.

»Aber die Renovierung des Doms ist nur ein äußeres Zeichen für die innere Reform unserer Kirche, Brüder, an der wir alle noch arbeiten müssen. Wir haben mit den Visitationen in den Klöstern, Stiften, Pfarrkirchen und Kapellen angefangen, um die alten Übelstände und Unsitten zu beseitigen. Die Konkubinen und ihre unehelichen Kinder haben wir vertrieben. Alle Strafgelder, die wir dabei erheben, kommen übrigens dem frommen Zweck unserer Renovierung zugute. In unserer Reformbestrebung müsst aber auch Ihr, Brüder, Vorbilder sein. Nur wenn wir als Kirchenleitung mit tugendhaftem Beispiel vorangehen, wird es uns gelingen, den übrigen Klerus und die Laien auf den Weg eines wahrhaftigen Lebenswandels zu führen.«

Er wandte sich plötzlich an Marcus Hörnle, der abwesend die von der Sonne beleuchteten Bleiglas-Fenster bewunderte. »Daher frage ich Euch, Dominus Hörnle, wo Ihr gestern Abend während des Vespergebets wart.«

Marcus Hörnle schreckte auf. »Ich war mit anderen Dingen beschäftigt, Ehrwürden, und habe dabei meine Pflicht vergessen. Vergebt mir«, entschuldigte er sich schwach.

»Welche anderen Dinge waren so wichtig, dass sie den Gedanken an Eure Pflicht vertreiben konnten?«, wollte der Bischof näher wissen.

»Ich habe gelesen«, gab Hörnle an.

»Das Lesen ist eine löbliche Tätigkeit, dagegen haben wir nichts einzuwenden«, sagte Sixtus lieblich. »Aber wir erwarten, dass Ihr dennoch Eure Verpflichtungen als Domherr einhaltet. Daher ermahnen wir Euch und, damit Ihr durch echte Reue zur Besserung gelangt, belegen wir Euch mit einer Geldbuße in der Höhe von 20 Rheinischen Gulden.«

»20 Gulden!« Hörnle klappte der Kinnladen herunter. Auch einige andere Domherren schluckten nervös. Das tut nun wirklich weh. Nur Pater Schwarz lächelte zufrieden.

Als Bischof Sixtus sich erhob, glaubten alle, dass die Sitzung vorbei war, und standen ebenfalls auf, doch der Bischof hatte nur die Beine strecken wollen.

»Nicht so eilig. Wir haben noch ein wichtiges Geschäft zu besprechen«, kündigte er an. »Auf Wunsch des erlauchten Herzogs Ludwig von Landshut soll die in unserer Synode beschlossene Reformvisitation auch auf das Kloster Seligenthal ausgedehnt werden, obwohl dieses außerhalb unseres Bistums liegt. Bereits unser Vorgänger hat dafür eine päpstliche Erlaubnis bekommen, sodass wir eigentlich dazu völlig berechtigt sind.« Der Fürstbischof hielt einen Brief hoch, an dem das päpstliche Siegel zu erkennen war.

»Dieser Auftrag ist eine Ehre und eine besondere Verpflichtung. Wie einige von euch wissen, gab es in der letzten Zeit Anlass zur Sorge um Kloster Seligenthal. Die Visitation ist daher eine Angelegenheit, die große Umsicht erfordert. Weil die Zisterzienser grundsätzlich nach der Benediktsregel leben, haben wir Abt Ayrenschmalz von Tegernsee den Visitationsauftrag erteilt. Als Stellvertreter unseres Amts entsenden wir Pater Schwarz, der in Reformangelegenheiten unser vertrauter Vorkämpfer ist. Als Mitglied des Zisterzienserordens, wie vorgesehen, soll der dortige Beichtvater Pater Haberfeld aus Kloster Raitenhaslach die Visitation begleiten. Abt Ayrenschmalz hat uns allerdings auch um den Beistand eines erfahrenen Rechtsgelehrten in *utriusque iuris* gebeten – ein Rechtsberater ist bei Visitationen erforderlich, und es scheint, dass sein gewöhnlicher Begleiter krank ist.«

Bischof Sixtus blickte bedeutungsvoll in die Runde; sein Blick fiel auf Johannes Heller, und sein Mund verzog sich säuerlich. »Diese Anfrage kommt uns aus mehreren Gründen ungelegen, aber wir müssen insbesondere in diesem Fall auf die Einhaltung der rechtlichen Bestimmungen achten. Wer von Euch ist qualifiziert und fühlt sich dazu berufen, dieses gottgefällige Werk zu tun? Dominus Baruther?«

Baruther erhob seine Augenbrauen. »Wir haben zu viel im Gericht zu tun«, antwortete er eilig. »Außerdem hat sich Dominus Heller bereits mit Kloster Seligenthal befasst und wird sich in der Situation besser auskennen.«

»Dominus Heller hat auch viel im Gericht zu tun, wie wir hören«, sagte der Bischof kopfschüttelnd. »Dominus von Stein?«

Der Rechtsgelehrte Konrad von Stein war ein gemütlicher und wenig ehrgeiziger Domherr, der sich eher der *vita contemplativa* als der *vita activa* verschrieb. Er erhob seine Hände in einer Geste der Hilflosigkeit. »Wir kennen uns mit solchen Angelegenheiten nicht aus, Ehrwürden. Dominus Heller ist gewiss besser geeignet für diese Aufgabe.«

Bischof Sixtus betrachtete ihn missbilligend. »Ihr drückt Euch vor der Verantwortung, dünkt uns, Dominus von Stein. Aber wir werden schon andere passende Tätigkeiten für Euch finden.«

Der Bischof musterte die Mitglieder des Domkapitels ärgerlich. »Sonst jemand außer Dominus Heller?«, fragte er ohne große Hoffnung. Schließlich gab er auf. »Genug von diesem Spiel! Dominus Heller, es scheint, dass wir Euch schicken müssen. Tatsächlich hat auch Euer Freund, der Herr Abt von Tegernsee, ausdrücklich um Euren Beistand gebeten. Wir haben allerdings gewisse Bedenken. Uns ist zu Ohren gekommen, dass Ihr Kontakt zu der Äbtissin pflegt und sie sogar in ihren Privaträumen besucht habt.«

Johannes Heller errötete heftig. »Mit Verlaub, Ehrwürden, Ihr solltet Eure Ohren gegenüber solchen Verleumdungen lieber verschließen«, sagte er mit Blick auf Pater Schwarz. »Die Wahrheit ist, dass ich die Äbtissin in Anwesenheit von

Zeugen um eine dringliche Auskunft bat. Es ging um die geflüchteten Nonnen aus Seligenthal, von denen eine hier in Freising kurz danach ermordet wurde.«

Bischof Sixtus schüttelte missbilligend den Kopf. »Eure Versessenheit mit diesem Fall ist ein weiterer Grund, weshalb wir zögern, Euch nach Seligenthal zu schicken, Dominus Heller. Die Klosterflucht hat nichts mit dieser Visitation zu tun. Es geht uns um die Reform der Kirche und die Rückkehr zu Sittlichkeit und Frömmigkeit in unseren Klöstern, mehr nicht.«

Johannes Heller nickte demütig. »Ich verstehe, Ehrwürden. Das ist ein löbliches Ziel. Doch ich bin über das unaufgeklärte Verbrechen weiterhin besorgt. Bereits zwei der Nonnen sind tot aufgefunden worden. Wir wissen immer noch nicht, wo die anderen sind und weshalb sie geflohen sind. Ich glaube, dass einige Antworten zu diesen Fragen im Kloster selbst zu finden sind.«

»Seht Ihr, Heller: Ihr bekennt Euch zu der Notwendigkeit unserer Reform, aber im gleichen Atemzug äußert Ihr stets irgendwelche Bedenken. Das ist der Geist unseres Vorgängers, der die Zustände immer beklagte, aber nichts dagegen unternahm. Stattdessen ließ er die Kirche in den reformbedürftigen Zustand verfallen, in dem sie jetzt ist. Wir brauchen Diener, die für unsere Sache eifern, keine verstockten Zweifler, die immer dagegenhalten. Deswegen vertrauen wir insbesondere auf unseren Kaplan, Pater Schwarz.«

Johannes Heller erhob die Hände. »Dann ist die Visitation in besten Händen, Ehrwürden. Ich habe ohnehin sehr viele Aufgaben im Gericht, die ich wahrnehmen sollte.«

»Unsinn, Heller!«, schnappte Bischof Sixtus ungeduldig. »Wir sind nicht blind. Ihr wollt unbedingt zurück nach Seligenthal. Ihr habt wahrscheinlich sogar Euren Freund,

Abt Ayrenschmalz, zu dieser Anfrage angestiftet. Aber gut, wir müssen den Visitatoren einen Rechtsgelehrten beigeben und beschließen, Euch zu entsenden, weil Ihr qualifiziert und erfahren seid. Aber wir ermahnen Euch: Ihr untersteht Pater Schwarz dort in allen Angelegenheiten und müsst ihm gehorchen. Ihr dürft auf keinen Fall eigene Untersuchungen anstellen. Eure Aufgabe ist lediglich die Rechtsberatung, damit kein Formfehler geschieht.«

Johannes Heller neigte demütig den Kopf, damit der Bischof das heimliche Lächeln auf seinen Lippen nicht sehen konnte. Er hatte tatsächlich Abt Ayrenschmalz gebeten, ihn nach Seligenthal mitzunehmen, genau wie der Bischof vermutete.

Bischof Sixtus stand jetzt endgültig auf. »Gut! Das Konsistorium ist beendet. Macht Euch bereit, Heller. Dominus von Stein, wir übertragen Euch inzwischen die richterliche Gewalt *in spiritualibus*, bis Dominus Heller zurückkehrt. Ihr könnt Euch dabei in dieser Tätigkeit üben. Dominus Hörnle ist von seinen Aufgaben als Gerichtsbeisitzer und stellvertretender Richter bis aufs Weitere entbunden. Er möge überlegen, ob ihm seine Pflichten wichtig sind.«

Hörnle blickte zerschmettert zu Boden.

»Dann habt Ihr wohl nichts dagegen, wenn ich ihn mit mir als Protokollführer für die Visitation mitnehme«, sagte Johannes Heller.

20. Unwillkommener Besuch

DIE VISITATIONSGESANDTSCHAFT REISTE am nächsten Tag von Freising ab. Johannes Heller und Marcus Hörnle fuhren in einem geschlossenen Wagen mit Abt Ayrenschmalz zusammen, der am Abend angekommen war. Sie unterhielten sich unterwegs über die neuen Bücher, die der Abt für Kloster Tegernsee erworben hatte. Es war sein Ehrgeiz, eine der bedeutendsten Klosterbibliotheken in Bayern aufzubauen und insbesondere die humanistische Bildung zu fördern. Pater Schwarz dagegen reiste mit dem Beichtvater, Pater Haberfeld aus Kloster Raitenhaslach. Es war ein schöner, milder Tag; dünne Schleierwolken zogen über den blauen Himmel, die Sonne lächelte herunter. Begleitet von berittenen Wachen zogen sie an blühenden Wiesen vorbei bis zu den Mauern Landshuts, durch die Stadt und über die Brücke zum Kloster. Gegen die gewohnte Praxis ließ Pater Schwarz keine Boten zum Kloster vorausschicken, um die bevorstehende Visitation anzukündigen.

Als sie an der Klosterpforte ankamen, war die Überraschung perfekt. Der neue Pförtner, ein traurig wirkender Greis mit wässrigen Augen, schreckte mächtig auf, als er sie erblickte.

»Eine Visitation?«, stammelte er erstaunt. »Das muss ein Missverständnis sein. Wir haben keine Benachrichtigung erhalten, Ehrwürden.« Seine Hunde – es waren die Hunde des alten Zerbereus – kläfften furchterregend an der Kette.

»Wir haben hier die erforderlichen Vollmächte. Lies sie

doch, du Trottel«, schnaubte Pater Schwarz und hielt das mit Wachssiegeln versehene Dokument vor seine Nase.

»Ich kann nicht lesen«, murrte der Pförtner. Er inspizierte die Siegel ungläubig und bat die Visitatoren zu warten, bis die Äbtissin kam.

»Nein!«, brüllte Pater Schwarz ungeduldig. »Diesmal sitzen wir nicht hier und warten, ob sie sich bequemt, uns zu sehen, oder möglicherweise Beweise beiseiteschafft. Das ist eine Visitation im Namen des Herzogs Ludwig von Landshut und des Fürstbischofs von Freising. Geh nun zur Seite, Mann, und hindere uns nicht an der Durchführung.«

Die Konversen im Klosterhof ließen alles fallen und blickten ängstlich um sich, als die Besucher einritten. Einige liefen eilig in die Kirche, um die Ankunft zu melden. Bald kam die Äbtissin durch das Kirchenportal gelaufen; in aller Eile zog sie noch ihren Schleier zurecht. Als sie sah, wer die Besucher waren, blieb sie plötzlich stehen.

»Ehrwürden!«, rief sie erschrocken. Sie stellte sich auf die oberste Stufe der Eingangstreppe und blockierte ihnen demonstrativ den Weg. »Wir haben Euch nicht erwartet. Niemand hat uns von Eurem Kommen unterrichtet. Aus welchem Grund seid Ihr hier?«

Sie sprach Abt Ayrenschmalz an, der die Visitation anführte, doch es war Pater Schwarz, der antwortete.

»Ein bedauerliches Missverständnis«, sagte er. »Wir dachten, dass Ihr von unserem Kommen unterrichtet seid. Wir sind hier, um Eurem Kloster die Visitation abzustatten, die in der Synode beschlossen wurde.«

»Eine Visitation? Wir werden regelmäßig von Kloster Reitenhaslach visitiert, Dominus. Und die Synodalbeschlüsse betreffen nur die Klöster und Stifte im Bistum Freising«, protestierte die Äbtissin. »Wir befinden uns im Bistum Regensburg.«

»Wir haben eine päpstliche Erlaubnis und die Genehmigung des erlauchten Herzogs Ludwig«, antwortete Pater Schwarz und hielt ihr die Dokumente vor, damit die Äbtissin sie begutachten konnte. Er setzte den Fuß auf die erste Treppenstufe. »Wir haben Euch gesagt, Domina, dass wir zurückkommen.«

»Wir sind dennoch nicht verpflichtet, diese Visitation zu gestatten«, sagte die Äbtissin vorsichtig. »Unsere Carta schreibt uns nur die jährliche Visitation durch unseren Vaterabt verpflichtend vor. Bei bischöflichen Visitationen ist es aber unser Recht, die Gründe zuerst zu prüfen, und wenn wir sie gestatten, dann nicht *de iure* sondern *de beneplacito*.«

Pater Schwarz machte einen bedrohlichen Schritt nach vorne und setzte seinen Fuß auf die zweite Treppenstufe. »Die Gründe des Freisinger Bischofs sind unzweifelhaft ehrenhaft, und wir erlauben es Euch nicht, seiner Ehrwürden böswillige Absichten zu unterstellen. Wir sind hier, um die Disziplin zu überprüfen. Habt Ihr etwas, das Ihr vor uns verheimlichen wollt?«

Die Äbtissin verzog ihr Gesicht. »Von den lauteren Absichten des Fürstbischofs sind wir überzeugt, doch seine Ehrwürden sind nicht persönlich gekommen, und wir haben Gründe genug, seinen Dienern zu misstrauen.« Sie wandte sich an Abt Ayrenschmalz. »Bruder Abt, seid Ihr bereit zu schwören, dass Ihr uns und unserem Kloster nicht schaden wollt?«

Abt Ayrenschmalz, der Pater Schwarz den Vortritt überlassen hatte, trat zögerlich vor mit Johannes Heller an seiner Seite. »Seid beruhigt, Schwester Äbtissin, wir führen nichts Böses im Schilde.«

»Wenn Ihr uns nicht Euer *beneplacitum* gewährt, werdet Ihr unser *maleplacitum* zu spüren bekommen«, zischte Pater Schwarz leise, sodass die anderen seine Worte nicht hören konnten, und stieg schon auf die dritte Stufe der Treppe. »Wir werden zur Burg reiten und dem Herzog berichten, dass Ihr seinen Befehl verweigert, woraus wir schließen, dass Ihr etwas verheimlichen wollt. Hier steht die Burg über der Kirche, wenn Ihr versteht, was ich meine. Oder wollt Ihr uns nun doch gebührend willkommen heißen?«

Die Äbtissin bewegte sich unruhig und tauschte Blicke mit Johannes Heller. Dann trat sie schließlich zur Seite. »Wir müssen auf Eure Ehre vertrauen, Bruder Abt. Seid willkommen in unserem gottgefälligen Haus, hohe Herren. Wir halten gerade einen Ehrengottesdienst für unsere erlauchten Herren und Protektoren, Herzog Ludwig und Herzog Georg. Wir bitten Euch daher, Euch zuerst zu unseren Gästezimmern führen zu lassen, damit wir Euch mit allen Ehren empfangen, wie es unsere Regel vorschreibt.«

»Ihr seid noch bei der Messe? Das trifft sich gut: Dann sind alle Mitglieder des Konvents bereits in der Kirche versammelt«, sagte Pater Schwarz und schob sie zur Seite. »So müssen wir sie nicht nochmals zusammenrufen, um unsere Visitation zu verkünden. Unsere Füße könnt Ihr uns später waschen, Äbtissin. Darauf freuen wir uns besonders.«

Er öffnete die Tür und trat in die Kirche. Die anderen Visitatoren und die Äbtissin folgten ihm verärgert. Die Kirche war ziemlich voll. Am Altar stand der Priester, ein alter, wacklig aussehender Greis; im Chor hinter dem Lettner saßen die Nonnen und Novizinnen in zwei Reihen; dahinter standen Laien und Kirchenmänner, die dem Konvent nicht zugehörten, und ganz hinten die Konversen. Alle schwiegen, den Kopf nach vorne geneigt, als ob ins Gebet versunken. Niemand wagte es, sich umzudrehen oder die Besucher anzuschauen. Die ganze Kirche hielt den Atem an. Die Visitatoren nahmen ihren Platz neben dem Hofmeister ein. Wortlos ging Äbtissin Barbara zu ihrem Platz im Chor zurück. Dann erhoben sich die Stimmen der Nonnen wieder und schallten wie Engelstrompeten unter der hohen Decke. »*Te deum laudamus.*«

Schließlich war der Gottesdienst zu Ende, und die Visitatoren gingen zum Altar vor, angeführt von Pater Schwarz und Abt Ayrenschmalz, um den Zweck ihres Besuchs zu erklären. Der Tegernseer Abt, der viele Visitationen gehalten hatte und die Vorgehensweise gut kannte, übernahm das Wort: »*Benedicite*! Segne Euch Gott, ehrwürdige Äbtissin und gottgefällige Schwestern des Konvents zu Seligenthal. Wir geben hiermit kund, dass wir im Namen des erlauchten Herzogs Ludwig von Bayern und des Fürstbischofs Sixtus von Freising Euer Kloster visitieren werden.«

Die Versammlung blickte erschrocken: eine unangekündigte Visitation! Unruhe huschte durch die Kirche. Abt Ayrenschmalz fuhr fort, der Form halber zu erklären – obwohl die Zuhörer es gewiss bereits wussten –, dass es Aufgabe der Visitation war, die christlichen Sitten und die Einhaltung der Regeln im Kloster zu überprüfen und alle Malpraktiken zu korrigieren. Anschließend bat er um göttlichen Beistand für sich und die anderen Visitatoren, damit sie diesem Officium gerecht würden. Darauf wurde aus den Psalmen gelesen, und alle beteten gemeinsam: »*Miserere, miserere, Domine.*« Anschließend trat Pater Schwarz vor die Versammlung und hielt eine donnernde Predigt über den Wert der Disziplin und der klösterlichen Tugenden. Schon der Ton seiner Rede ließ die Zuhörerinnen das Schlimmste befürchten. Schließlich erhob sich wieder Abt

Ayrenschmalz, um die Vorgehensweise der Visitation zu erklären. Die Visitatoren seien nur dazu da, um ihre Pflicht *sine ira et studio* zu erledigen, schickte er voraus, um die Gemüter zu beruhigen. Die Visitation diene dem Wohl des Klosters, weshalb sie die Mitglieder des Konvents um ihre ehrliche Mitwirkung am Schuldenkapitel bäten. Sie würden die einzelnen Nonnen getrennt und vertraulich über die Zustände im Kloster befragen. Jede solle daher aus fürsorglicher Liebe und ohne jeglichen Hass oder Neid, was eine schwere Sünde wäre, Auskunft geben über alles, was ihm oder ihr korrekturbedürftig erscheine. Niemand dürfe etwas Strafbares zurückhalten, aber gleichzeitig wollten die Visitatoren keine alltäglichen Nichtigkeiten hören. Sie würden sich in einem geeigneten Raum einrichten und die Nonnen der Reihenfolge nach zu sich rufen. Ganz am Ende würden sie mit der Äbtissin sprechen. »Zum Schluss werden wir unsere Korrekturen in der *carta visitationis* bekanntgeben.«

21. Das Schuldenkapitel

DIE VISITATOREN ZOGEN sich daraufhin in die Afrakapelle zurück, wo sie die Befragung durchführen wollten. Als sie durch den Kreuzgang gingen, erinnerte sich Marcus Hörnle an seinen letzten Besuch im Kloster. Er roch wieder den Duft von Weihrauch und Rosenwasser, spürte die verstohlenen Blicke der Nonnen, hörte die flüsternden Stimmen in den Gängen. Alles war gleich, aber gleichzeitig so anders: Jetzt waren sie keine geduldeten Gäste, sondern die Herren im Haus. Jetzt durften sie als Männer in die streng gehütete Klausur eindringen und die Geheimnisse des Klosters ausforschen, während die stolzen Nonnen vor ihnen furchtsam zitterten. Es fühlte sich wie eine Art von Vergewaltigung an.

In der Kapelle waren die Sitzbänke der Nonnen zur Seite geräumt worden, um Platz für einen langen Tisch zu schaffen, an den sich die Visitatoren setzten. An einem kleinen Nebentisch nahm Marcus Hörnle als Protokollant seinen Platz ein. Eine Konversin brachte ihnen Wasser und Brot zur leiblichen Stärkung während der Befragung. Pater Schwarz aber verlangte nach einem Krug Bier. Die Visitatoren hatten sich bereits über einen Katalog von Fragen geeinigt, die sie den Nonnen stellen wollten. Marcus Hörnle, versah sie mit Nummern, damit er zu jeder Befragung lediglich die Nummer und die Antwort notieren musste. Sie reichten von allgemeinen Auskünften über die Einhaltung der Regel bis hin zu sehr genauen Detailfragen und sogar unverblümten Verdächtigungen. Ob etwa alle Mitglieder des Konvents das Schweigegebot bei Tisch einhielten. Ob sie angezogen im Dormitorium schliefen. Ob sie unter dem Habit Kleidung aus Leinen oder aus Seide trugen. Ob sie immer auf Fleisch verzichteten, oder sich manchmal doch etwas gönnten. Ob sie unerlaubt das Kloster verließen. Ob sie keusch waren oder ob sie alle – oder auch nur einige – Unzucht betrieben. Und dergleichen mehr. Pater Schwarz bestand darüber hinaus auf eine Reihe von besonderen Fragen über die Äbtissin: ob sie versuche, Visitationen zu verhindern und die Nonnen von ehrlichen Aussagen abzuhalten. Ob sie selbst die Regel einhalte und sie wie ein Exempel vorlebe. Ob sie am gemeinsamen Gebet und an den Messen teilnehme. Ob sie für Disziplin im Kloster sorge. Ob sie verdächtige Beziehungen zu Männern pflege. Auch wirtschaftliche Fragen waren dabei: ob etwa die Äbtissin die *bona temporalia* gut bewahre und die Nonnen mit dem materiell Notwendigen versorge. Ob das Kloster verschuldet sei. Insgesamt waren es mehr oder weniger die gewöhnlichen Fragen bei Visitationen, doch einige schienen nichts weniger als eine Aufforderung, die Äbtissin und andere Mitglieder des Konvents bösartig zu verleumden. Johannes Heller, der um die Gerechtigkeit des Vorgehens besorgt war, schärfte den anderen ein, dass grundlose Diffamierungen und rachsüchtige Beschuldigungen nicht zulässig seien. Niemand dürfe aufgrund einer bloßen Verdächtigung oder der Aussage eines einzelnen Zeugen verurteilt werden. Und überhaupt dürften nur strafbare Vergehen in der *carta visitationis* vermerkt werden.

Pater Schwarz verzog das Gesicht. »Oh, keine Sorge, wir lassen uns von brüderlicher Liebe und Gerechtigkeit leiten«, sagte er hämisch.

Sie riefen die erste Nonne herein: Diese war das älteste Mitglied des Konvents, die Küsterin Margaretha Gumperger. Ganz ungefragt gestand sie unter Tränen, dass sie gestern in der Gebetsstunde eingeschlafen war – Gott sei ihr nachsichtig, das sei niemals vorher vorgekommen. Die Visitatoren überlegten, ob das ein *crimen* oder eher ein geringfügiger Regelverstoß war, und beschlossen, es nicht anzumerken.

»Sonst noch was?«

Die alte Küsterin dachte nach: »Vielleicht täusche ich mich, Ehrwürden«, ergänzte sie, »doch nicht absichtlich.

Aber es mag wohl sein, dass ich auch vorgestern eingeschlafen bin: Das weiß ich nicht mehr so genau.«

»Also du schläfst regelmäßig bei den Gebeten ein: Das ist allerdings eine Sünde«, schnappte Pater Schwarz ungeduldig. »Was kannst du uns über die Äbtissin sagen?«

Die Küsterin wirkte bedrückt über ihre eigene Sündhaftigkeit. »Die Äbtissin Barbara? Sie ist stolz und undankbar – Gott vergib ihr. Sie ist meine eigene Nichte und wurde nur durch meine Fürsprache gewählt; aber nie zeigt sie sich dafür dankbar, Herr, nein, niemals: Sie bestraft mich, wenn ich einschlafe, als ob ich die niedrigste Dienerin wäre.«

Pater Schwarz war noch nicht zufrieden. »*Superbia*, die Königin der Laster«, stellte er gelangweilt fest. »Doch wo sie ist, sind auch alle anderen Laster zu finden. Kannst du uns sonst nichts mehr anvertrauen? Lässt sie es nicht etwa auch an Frömmigkeit und Disziplin fehlen? Ist sie unkeusch oder hält sie sich mit verdächtigen Personen auf? Wie läuft es mit der Wirtschaft des Klosters? Hat die Äbtissin nicht etwa Schulden gemacht oder Güter verkauft?«

»Oh Herr, das weiß ich nicht. Gewiss tut sie das alles, habe ich damals als Äbtissin auch getan, aber ich weiß es jetzt nicht mehr so genau«, jammerte die alte Frau. »Kann sein, dass ich manches verschlafe.«

Abt Ayrenschmalz nickte und ließ sie gehen.

Schwester Adelheid, die Celleraria, kam als Nächste. Die Farbe stieg ihr ins Gesicht, als Pater Schwarz anfing, seine Fangfragen über Unzucht und Ungehorsam zu stellen. »Nichts von alledem habe ich jemals getan«, brüllte sie entrüstet.

»Nicht einmal seidene Unterwäsche oder elegante Pantoffeln getragen?«, fragte Pater Schwarz spöttisch.

»Dominus, woher habt Ihr das?«, rief die Celleraria entsetzt. Sie warf Heller einen vorwurfsvollen Blick zu. Er konnte sich noch gut an seine Befragung der Celleraria im Dezember erinnern und wie sie ihren Luxus standesgemäß gerechtfertigt hatte.

»Jemand hat mich verleumdet«, klagte Schwester Adelheid. »Ich gestehe, dass ich manchmal früher solche Eitelkeiten getragen habe, aber ich trage sie nicht mehr, ich schwöre es. Und ich bereue es aus ganzem Herzen. Lasst mich bitte nicht auspeitschen oder dergleichen, bitte, ich bin eine Adlige und kann solche Schmerzen nicht ertragen.«

»Wirklich?«, amüsierte sich Pater Schwarz. »Aber ein Verstoß gegen die Kleidungsvorschriften ist kein lässiges Vergehen. Wir müssten dich dafür durchaus bestrafen lassen. Doch vielleicht kannst du deine Sünde mit der Tugend der Ehrlichkeit ausgleichen, indem du uns etwas über die Äbtissin berichtest. Sag uns nun: Welche Verfehlungen begeht sie?«

Schwester Adelheid, die sogleich erkannte, was von ihr gewollt war, erzählte bereitwillig alle Fehltritte ihres Klosteroberhauptes, die ihr einfielen. Das Erste, was ihr einfiel, war, dass die Äbtissin eine Nonne ohne Profess in den Konvent aufgenommen habe. »Nicht einmal Novizin war sie«, berichtete sie empört.

»Das ist ein schwerwiegender Vorwurf«, intonierte Abt Ayrenschmalz zurückhaltend. »Kannst du die Behauptung konkretisieren, oder ist das eine grundlose Verleumdung?«

»Nein, nein, das ist keine Verleumdung, Dominus«, protestierte Schwester Adelheid ängstlich. »Es war Schwester Agatha, die sie ohne Profess als vollwertige Schwester in unseren Konvent einführte.«

»Ist das dieselbe Schwester Agatha, die im Dezember aus dem Kloster verschwand?«, fragte Johannes Heller dazwischen.

»Wir stellen hier die Fragen«, schnitt ihm Pater Schwarz herrisch das Wort ab.

»Aber wir wollen die Antwort auf diese Frage hören«, brummte Abt Ayrenschmalz.

Die Augen der Celleraria wanderten unsicher von einem Visitator zum anderen. Sie beschloss, dem Befehl des Abtes zu gehorchen. »Ja, ja, das ist sie. Sie kam zu uns vor zwei Jahren. Sie war sehr krank und wurde sofort ins Infirmarium eingewiesen. Seitdem hat sie kein Wort mehr geredet.«

»Und bist du sicher, dass sie die Profess nicht abgelegt hat?«, fragte Abt Ayrenschmalz.

»Ja, Ehrwürden. Aber die Äbtissin hat ihr einen Platz im Nonnenchor gestattet.«

Pater Schwarz zeigte bemerkenswerterweise wenig Interesse. »Soso«, sagte er nur. »Von welchen anderen Verfehlungen kannst du uns berichten?«

»Die Mutter Äbtissin hat Länder und Besitzungen des Klosters verpfändet«, brabbelte die Celleraria, bemüht, seinen Wunsch zu erfüllen. »Ich habe die Pfandbriefe selbst gesehen. Das ganze Kloster leidet unter der Schuldenlast und dabei hat sie auch unser Einkommen verringert. Alles steht in den Wirtschaftsbüchern.«

»Auch gut«, krähte Pater Schwarz. »Ich meine: Das ist ein schwerwiegendes und strafbares Vergehen. Schreib es auf, Notar!«

»Sie wurde gezwungen, Schulden zu machen, um die Abgaben an den Herzog zu zahlen«, wandte Heller ein. »Und außerdem besteht die Vermutung, dass die Celleraria aus Neid und niederen Motiven gegen die Äbtissin aussagt.«

Pater Schwarz schüttelte den Kopf. »Wir müssen jedem Hinweis nachgehen.« Er wandte sich wieder der Celleraria zu. »Schwester, hat sich die Äbtissin nichts Weiteres zuschulden kommen lassen?«

Die Celleraria dachte hart nach, aber es fiel ihr nichts mehr ein. Pater Schwarz ließ sie schließlich laufen mit dem Versprechen, ihren Aufklärungswillen bei der Bewertung ihres eigenen Vergehens zu berücksichtigen.

Eine nach der anderen traten die Nonnen vor die Visitatoren, fast jede mit ihren eigenen geheimen Verfehlungen belastet, und fast jede bereit, die Äbtissin oder andere Mitglieder des Konvents anzuschwärzen. Erstaunlich war, dass Pater Schwarz viele von ihren Geheimnissen bereits genauestens zu kennen schien – auch manche von sehr privater Natur. Der Bibliothekarin, Schwester Hildegard, hielt er beispielsweise vor, nachts erotische Träume zu haben.

»Wie wisst Ihr das, Dominus?«, quiekte sie erschrocken.

Johannes Heller stellte sich dieselbe Frage. Er dachte an die Nonnen aus Königsbruck, die angeblich Spione des Herzogs waren; doch wie sollten sie von den Träumen der Bibliothekarin wissen? Die meisten Beschuldigungen waren freilich belangloser Art und wurden von Marcus Hörnle nicht einmal notiert, etwa dass die Küsterin mit ihrem Schnarchen die Gebetsstunde störe, oder dass Schwester Anna fürchterliche Blähungen hatte. Andere Fehltritte kannten sie bereits, etwa, dass gewisse Nonnen nachts im Bett Bücher lasen oder gar in die Bibliothek gingen.

Doch nichts schien Pater Schwarz mehr zu interessieren als das Verhalten der Äbtissin. Trotz seiner sehr suggestiven Fragen kamen jedoch nur wenige konkrete Vorwürfe heraus. Nicht einmal die Königsbrucker Nonnen wussten viel zu berichteten, außer dass man ihnen ständig mit Misstrauen und Feindseligkeit begegnete, als wären sie Spione.

Mehrere Nonnen beschwerten sich sogar darüber, dass die Äbtissin die Regel zu streng auslege und sie zu hart bestrafe. Für fast alles gebe es Wasser und Brot, klagten sie – sie würden alle bald verhungern. Einige bestätigten die Angaben der Celleraria, dass Schwester Agatha ohne Profess in das Kloster eingetreten war und dass das Kloster unter finanziellen Problemen litt, wobei sie die Schuldenlast und die Veräußerung von Besitzungen nannten. Nicht ganz zufällig waren genau diese Zeuginnen dieselben, die über die harte Bestrafung durch die Äbtissin klagten. Über diese Vorwürfe hinaus erfuhren die Visitatoren, dass die Mutter Äbtissin oft in der Messe und in den Gebetsstunden gefehlt habe – angeblich weil sie krank gewesen sei.

Als die Infirmaria, Schwester Elisabeth, die für die Heilkunde und Krankenpflege im Kloster zuständig war, an der Reihe war, fragte Pater Schwarz nach, ob die Äbtissin wirklich oft krank sei. Und falls ja, ob sie etwa an einer Krankheit leide, die sie für das Amt untauglich mache.

Schwester Elisabeth war eine ruhige, rundliche Nonne mit einem freundlichen aber ein wenig traurig wirkenden Gesicht und einer mütterlichen Art. Pater Schwarz wusste gegen sie vorzubringen – aber nochmals woher? –, dass sie ein eigenes Heilkundenbuch, *Avicennas Canon Medicinae*, besaß, was zwar löblich und nützlich war, aber gegen die Regel der Besitzlosigkeit verstieß. Trotz dieses Vorwurfs wollte die Infirmaria nichts gegen die Äbtissin aussagen, sondern bestätigte, dass sie oft krank sei und sehr an Kopfschmerzen leide. Im Übrigen aber sei sie sehr wohl in der Lage, das Kloster zu führen. Als Pater Schwarz sie nochmals wegen des Besitzes eines eigenen Buches ansprach, wo doch eigener Besitz verboten war, antwortete sie unbeeindruckt: »Das Buch habe ich von jemandem, dessen Hand die Äbtissin küssen muss. Sie darf es mir nicht wegnehmen. Und ich glaube, auch Ihr werdet nicht wagen, das zu tun.«

Pater Schwarz blickte erstaunt und beunruhigt. Eilig erklärte er die Befragung für beendet.

Als die Infirmaria gerade gehen wollte, meldete sich Johannes Heller mit einer der Fragen, weshalb er nach Seligenthal zurückgekommen war. »Schwester Elisabeth, wie konnte es sein, dass die Novizin Magdalena Freudenweiß, die letzten Dezember ermordet wurde, unerkannt schwanger war? Hast du wirklich nichts davon gewusst? Oder wusste es die Äbtissin?«

Pater Schwarz schnappte nach Luft und wollte gegen Hellers Befragung protestieren, aber Abt Ayrenschmalz hielt die Hand auf. »Antworte!«

Schwester Elisabeth hielt kurz inne, dann sprach sie zögerlich. »Ich will nicht lügen, Dominus: Ich wusste es, die Äbtissin aber nicht. Schwester Magdalena kam einmal zu mir mit gewissen Beschwerden, und ich erkannte die Wahrheit sofort. Sie war im vierten Monat schwanger. Das war vielleicht einen Monat, bevor sie aus dem Kloster verschwand.«

»Und sie hat nicht gesagt, wie das passiert ist?«

»Nein, Dominus.«

»Und was hättest du gemacht, wenn sie es nicht mehr hätte verheimlichen können?«, fragte Heller nach.

Die Infirmaria seufzte. »Ich hätte sie in das Krankenzimmer eingesperrt und die Äbtissin informiert.«

»Und das Kind?«

Schwester Elisabeth schüttelte den Kopf. »Es ist nicht so weit gekommen, und ich möchte nicht darüber sprechen.«

»Hättest du vorher das Kind abgetrieben? Oder ausgesetzt? Oder weggegeben?«, bohrte Heller unnachgiebig weiter.

Die Infirmaria zögerte kurz, und etwas flackerte kurz in ihren Augen. »Ich hätte es wohl abgegeben, Dominus«, sagte sie widerwillig. »Aber dazu kam es nicht.«

»Nein«, sagte Heller nachdenklich. »Aber noch eine Frage, Schwester Elisabeth. Schwester Agatha, die auch weggelaufen ist, wurde zunächst zu dir gebracht, als sie ins Kloster kam. Was hatte sie? Wer war sie? Hat sie nie von sich selbst gesprochen?«

Schwester Elisabeth lächelte nervös. »Ich weiß nichts über sie. Sie war sehr krank und ist beinahe gestorben; danach hat sie nie wieder gesprochen. Ob das ein freiwilliger Beschluss war oder durch die Krankheit gekommen ist, weiß ich nicht. Danach hat sie bei mir gearbeitet und wollte Infirmaria werden. Sie war sehr wissbegierig und klug, aber gesprochen hat sie nicht mehr.«

»Hat sie aber etwas gesagt, während sie im Krankenbett lag? Willst du etwas verbergen? Sprich!«, schnappte Heller ungewöhnlich scharf.

Schwester Elisabeth wand sich schmerzlich. »Dominus, sie war wie im Delirium. Sie sagte gottlose und sinnlose Worte, aber ich glaube, dass es die Krankheit war, die aus ihr sprach. Sie erzählte immer wieder eine Geschichte von einem Lamm, das sie genährt hatte, aber ein reicher Mann hatte es ihr weggenommen. Ein Lämmchen.« Die Infirmaria brach in Tränen aus.

»Ein Lämmchen! Welch Unsinn!«, fauchte Pater Schwarz höhnisch. Er beendete die Befragung ungeduldig und schickte die Infirmaria weg. Nachher wies er Marcus Hörnle an, ihre Aussagen zu tilgen.

Als jüngste Nonne im Konvent kam Schwester Magdalena Buntschuh, die Scriba, als Letzte zur Befragung. Als sie Marcus Hörnle am Tisch erblickte, schaute sie ängstlich zu Boden. Sie erhob ihren Blick jedoch zornig, als Pater Schwarz sie nach möglichen Vergehen der Äbtissin fragte. Sie wisse nichts von diesen Verleumdungen, erklärte sie, aber es sei ungerecht, der Äbtissin etwas vorzuwerfen, wofür sie keine Schuld trüge.

»Woher weißt du, dass sie keine Schuld trägt, wenn du angeblich nichts weißt?«, brauste Pater Schwarz auf. »Gedenke lieber deiner eigenen Verfehlungen. Wir wissen, dass du nachts Bücher liest und in die Bibliothek gehst: Das sind schwere Verstöße gegen die Regel. Außerdem bist du stolz und eigenwillig. Das steht einer Braut Christi nicht gut zu. Unterwirf dich und bereue!«

Schwester Magdalena wurde rot und gab alles demütig zu. Marcus Hörnle notierte zwar ihre Verfehlungen, ließ aber danach einen großen Tintenklecks aus seiner Feder über die Aussagen laufen.

Nachdem das Schuldenkapitel abgeschlossen war, warfen die Visitatoren einen Blick auf die Liste der Missstände, die sie aus der Befragung geerntet hatten. Es waren meistens Belanglosigkeiten, die nur zögerlich als *crimina* bezeichnet werden konnten und allenfalls mit Wasser und Brot geahndet werden mussten. Pater Schwarz war unzufrieden, denn das reichte definitiv nicht für die Absetzung der Äbtissin aus. Am vielversprechendsten erschien ihm der Vorwurf der Misswirtschaft. »Wir müssen die Wirtschaftsbücher prüfen«, schnauzte er.

Abt Ayrenschmalz nickte ihm zu. Es sei Brauch, bei Visitationen auch eine *computatio generalis* – eine Generalberechnung der Einnahmen und Ausgaben – und eine Inventaraufnahme der Wertsachen des Klosters durchzuführen.

22. Bücher und Briefe

ES WAR INZWISCHEN Spätnachmittag geworden. In der schattigen Afrakapelle, die nur kleine nordseitige Fenster hatte, war es bereits ziemlich düster, sodass die Kerzen angezündet werden mussten. Während der Befragung blieben die Nonnen versammelt im Kapitelsaal und beteten gemeinsam für die heilsame Reinigung ihres Klosters – oder auch, dass die Visitation bald vorbei sei. Die Konversen draußen gingen indessen ihren gewohnten Arbeiten nach. Durch die Fenster hörte man das Wiehern von Pferden und das Muhen von Kühen, die gerade gefüttert wurden. In der Küche hatte die Köchin mit der Vorbereitung der Abendmahlzeit begonnen.

Die Visitatoren ließen sich die Einnahmen- und Ausgabenbücher des Klosters bringen und schickten auch nach dem Hofmeister. Währenddessen wurden Wachmänner beauftragt, den Klosterschatz und die Bibliothek zu durchsuchen; Marcus Hörnle wurde mit ihnen geschickt, um das Gefundene zu inventarisieren. Insbesondere forderte Pater Schwarz sie auf, nach »unerlaubten Büchern« zu suchen. Er schien sicher, dass sich etwas dort finden ließ, was gegen die Regeln verstieß, und schickte den Beichtvater mit, um die Suche zu überwachen.

Aus dem Armarium wurden die Bücher des Kelleramtes, des Kastenamts und der Bursarin sowie das Rechnungsbuch des Hofmeisters gebracht. Der Hofmeister erschien mit seinem Gegenschreiber, Hans Seibolt, der die Aufteilung der Finanzen erklärte. Seiner Auskunft nach enthielten die Bücher der Celleraria, der Kastnerin und der Bursarin die wesentlichen Ausgaben des Klosters für die Verwaltung und den Unterhalt der Nonnen. Die Rechnungsbücher des Hofmeisters hingegen dokumentierten das Einkommen des Klosters von den diversen Pfenniggilten, Getreideabgaben und Diensten, sowie die Aufwendungen für die Wirtschaft außerhalb der Klostermauern. Das vom Hofmeister eingenommene Geld floss nicht in eine gemeinsame Kasse, sondern es wurde verteilt unter die Propsteien, die den Wirtschaftsbetrieb leiteten, das Kelleramt, die Sakristei, das Infirmarium, die Kammer und die Afrakapelle. Die Kasse der Afrakapelle diente dabei nicht nur der Instandhaltung der Kapelle, sondern auch der Versorgung des Konvents insgesamt.

Der Hofmeister, der zur Befragung von seinem üppig gedeckten Tisch hergeholt worden war, knurrte ungeduldig, dass sich die Visitatoren nicht für solchen Verwaltungskram interessierten, sondern über die Misswirtschaft des Klosters unterrichtet werden wollten.

»Seht mal her, Ehrwürden, hier steht es schwarz auf weiß«, sagte er und zeigte auf eine Stelle im Rechnungsbuch hin. »Die Summe der Ausgaben und Aufwendungen der Afrakapelle stimmt nicht mit der Summe ihrer Einkommen überein. Da stinkt etwas gewaltig, Herrschaften: Jemand hat Geld aus der Kasse entwendet.« Er versuchte, entrüstet zu klingen. »Das stimmt, nicht wahr, Seibolt? Oder? Du hast doch die Quittungen ausgestellt.«

Der Gegenschreiber nickte nervös. »Jawohl, Euer Ehren, die Quittungen habe ich persönlich unterzeichnet. Und die Summen stimmen nicht.«

»Da muss jemand Geld entwendet haben«, hakte der Hofmeister nach. »Oder wie kann man diese Diskrepanz zwischen Einkommen und Ausgaben sonst erklären?«

Der Schreiber blickte verängstigt wie ein Hase in der Falle.
»Ich weiß es nicht, Euer Ehren, ich kann es nicht erklären.«

Pater Schwarz rieb sich die Hände. »Die Äbtissin hat also Geld unterschlagen«, rief er.

»Es gäbe vielleicht eine andere Erklärung«, murrte Heller, doch Pater Schwarz schnitt ihm das Wort ab. »Wir stellen hier die Fragen, Dominus Heller«, bellte er. »Die Äbtissin trägt die Verantwortung für diese Misswirtschaft. Dadurch schadet sie nicht nur dem Kloster, sondern auch dem Herzog selbst.«

Zufrieden schickte er den Hofmeister zu seinem Abendessen zurück und rief Pater Haberfeld und Marcus Hörnle herein, die eine Liste der Klosterschätze und Bücher erstellt hatten. Hinter ihnen kamen die Bibliothekarin, Schwester Hildegard und zwei Wachmänner mit einem Stapel Bücher aus der Klosterbibliothek.

Als er das Schatzverzeichnis durchlas, stutzte Pater Schwarz. »Eine Bischofsmitra?«, rief er. »Was macht die denn in einem Nonnenkloster?«

Abt Ayrenschmalz warf einen Blick darauf. »Die Mitra des heiligen Thomas Beckett«, sagte er begeistert. »Das ist ein wirklicher Schatz! Der heilige Thomas wurde im Dom von Schergen des Königs ermordet, weil er den König exkommuniziert hatte. Das möchten wir selbst sehen.«

Pater Schwarz hob gleichgültig die Schultern und wandte sich den Büchern zu. »Ist etwas Verbotenes dabei, Bruder?«, fragte er den Beichtvater erwartungsvoll.

»Ja, Ehrwürden, es ist, wie ich befürchtete«, antwortete Pater Haberfeld mit einem traurigen, angewiderten Gesichtsausdruck. »Unser Orden schreibt vor, dass Zisterzienserklöster nur diejenigen Bücher besitzen sollen, die im Mutterkloster in Cîteaux zu finden sind. Es ist ausdrücklich verboten, neue Bücher einzuführen ohne die Zustimmung des Generalkapitels. Doch seht nun, was wir hier haben!«

Er wies auf ein schön gebundenes Buch hin. »Keine fromme Lektüre, sondern die *Alexandergeschichte*«, stieß er heraus, als würde er daran ersticken. »Die Abenteuergeschichte eines heidnischen Königs. Und hinten, darin versteckt, ist das *Secretum secretorum* des Aristoteles, ebenfalls heidnisch und verderblich.«

Die Bibliothekarin protestierte verzweifelt. »Ehrwürden, das sind weise und kluge Bücher, aus denen Fürsten und Herrschende die Regeln guter Herrschaft lernen können.«

Pater Schwarz' Blick verfinsterte sich. »Wozu braucht eine Nonne dieses Wissen? Außerdem ist die *Alexandergeschichte* keine fromme Lektüre, und das *Secretum secretorum* ist noch schlimmer, denn es enthält heidnisches Geheimwissen und Zauberei.«

»Hmm«, murrte Abt Ayrenschmalz. »Die Bücher haben wir auch in Tegernsee. Wir haben nichts gegen sie auszusetzen.«

»Aber seht hier: ein Traktat *Über den Nutzen der Betrachtungen*, ereiferte sich der Beichtvater. »Auch das gehört nicht zum Kanon von Citeaux.«

»Die Schrift hat unsere verstorbene Äbtissin Elisabeth Einzinger geschrieben«, quiekte die Bibliothecaria stolz.

»Selbst etwas geschrieben?«, fauchte Pater Schwarz ärgerlich. »Das hätte sie lieber Besseren überlassen sollen. Es würde uns nicht verwundern, wenn wir darin etwas Schädliches oder Leichtsinniges finden würden.«

Der Beichtvater hob das nächste Buch mit seinen Fingerspitzen auf, als ob es giftig wäre. »Möglicherweise wurde sie von diesem Buch hier dazu verleitet«, sagte er. »Die sogenannten *Offenbarungen* oder *Das fließende Licht der Gott-*

heit von Mechthild von Magdeburg. Die Autorin ist eine Begine, die unserem Orden beitrat, aber nie wirklich ihrer Häresie abgeschworen hat. Ich war mir sicher, dass wir dieses Buch in der Bibliothek finden würden. Es ist die Wurzel der Sündhaftigkeit und des Bösen in diesem Kloster.«

Pater Schwarz schnappte sich das Buch aus seinen Händen und blätterte gierig drin. »Du hast recht, Bruder«, rief er genüsslich, »das riecht förmlich nach Sünde und schlimmer noch: nach Häresie. Hört zu: Sie schreibt von Gott wie von ihrem lästerlichen Liebhaber: *Er ruhet mit seiner Geliebten in der einen Einöd der Seele, Er grüßet sie mit seinen leiblichen Augen, Wenn sich die Lieben wahrlich schauen; Er durchküsst sie mit seinem göttlichen Mund.*«

»Gott, ihr Geliebter! Oh stinkende Sünde! Sein leibliches Auge und sein göttlicher Mund: Oh abscheuliche Blasphemie und abgründige Häresie!«, stöhnte der Beichtvater in entsetzter Ekstase.

»Und hört nur, wie sie betet«, rief Pater Schwarz mit vorgespieltem Entsetzen. *Ich stürbe gerne von Minne, möchte es mir geschehen, denn jenen den ich minne, den habe ich gesehen, mit meinen lichten Augen in meiner Seele stehen.* Die Liebe zu Gott als Minne? Das sind keine frommen Gebete, sondern erotische Fantasien und Häresie.«

Marcus Hörnle ließ die Feder fallen und blickte gebannt auf das Buch.

»Kein Wunder, wenn die irregeleiteten, liebestollen Sünderinnen auf unzüchtige Gedanken kommen, während sie an Gott denken sollten«, rief Pater Haberfeld. »Das Buch ist Gift, lasst es uns verbrennen! Und die Nonnen müssen ausgepeitscht werden.«

»Ehrwürden, Ihr versteht das nicht richtig«, rief die Bibliothecaria verzweifelt. »Nicht so meint sie das – nein, ganz anders. Das ist ein wunderbares Buch, voll mit Erleuchtung aus der Tiefe der weiblichen Seele. Das könnt Ihr nicht begreifen.«

»Die weibliche Seele ist ein Abgrund, ein Sumpf der Sünde«, schimpfte Pater Schwarz. »Davon bist du selbst eine Zeugin, die du nachts von einem Inkubus heimgesucht wirst. Das wundert mich nicht mehr, wenn du dieses Buch liest. Es ist eindeutig häretisch und unsittlich. Auch dafür ist die Äbtissin verantwortlich.«

Abt Ayrenschmalz streckte die Hand aus, um das Buch zu inspizieren. »Wir kennen diese sogenannten *Offenbarungen* der Mechthild von Magdeburg«, sagte er nach einer kurzen Überlegung. »Sie sind ungewöhnlich, aber soweit wir wissen, liegt bislang kein Urteil dagegen vor. Deswegen sind sie noch nicht häretisch, vorläufig jedenfalls. Und was den Besitz angeht: Wir haben das Buch in einem Dominikanerkloster in Basel gefunden, wenn wir uns richtig erinnern.«

»Mehr noch, es wurde ja von einem Dominikanermönch aufgeschrieben. Er war ihr Beichtvater«, rief die Bibliothekarin dazwischen.

»Welchen Unterschied macht das denn?«, ärgerte sich Pater Schwarz. »Einerlei ob das Buch häretisch ist oder nicht: Es gehört nicht in die Bibliothek dieses Klosters. Aber jetzt reicht es: Wir haben schon genug gesehen und gehört. Ruft die Äbtissin herein!«

Gerade in dem Augenblick öffnete sich die Tür, und ein Wachmann lief herein.

»Wir wollen nicht gestört werden«, knurrte Pater Schwarz ärgerlich. »Hinaus!«

»Domini Visitatoren, entschuldigt, aber es ist sehr wichtig«, entgegnete der Wachmann. Ein zweiter Wachmann trat hinter ihm herein und schubste eine Nonne unsanft vor sich her, die sich aber mit einem wuchtigen Schlag ins Gesicht wehrte.

»Hände weg, Mann! Sakrileg!«, rief die Gefangene. Es war die Celleraria, Schwester Adelheid.

»Wir haben diese Nonne hier eben gefasst, als sie Beweismittel verbrennen wollte«, brüstete sich der erste Wachmann. »Es sind Briefe! Unter einem verdächtigen Vorwand ist sie in ihre Zelle gegangen, wo die Briefe versteckt waren, und hat dann versucht, sie ins Küchenfeuer zu werfen. Wir konnten sie großteils noch retten, Ehrwürden.« Er hielt einige teils verbrannte Blätter in der Hand und legte sie auf den Tisch.

»Briefe?«, riefen sie alle.

Insbesondere Pater Schwarz schien wie vom Blitz gerührt. Er starrte die Blätter an, als ob er ihre Wirklichkeit anzweifelte. »Was sind das für Briefe? Warum haben wir von ihnen bisher nichts gehört? Wir sitzen hier den ganzen Tag und fragen nach Missständen, aber erst jetzt, durch Zufall, tauchen verbotene Briefe auf!« Sein Blick richtete sich vorwurfsvoll auf den Beichtvater, als ob er daran schuld sei.

»Oh abscheuliche Sünde!« Der Beichtvater stürzte sich brüllend auf die Celleraria, die sich vor ihm auf den Boden warf. »Du hast gewagt, diese Schande vor uns zu verheimlichen!«, schrie der Pater wütend. »*Miserabilis, anathema esto!*«

Johannes Heller aber sprang auf die Füße und rief freudig: »Heureka! Ihr habt gefunden, wonach ich suchte.«

Die anderen schauten ihn befremdet an.

»Ich wusste, dass es Briefe geben musste«, erklärte Heller aufgeregt. »Die Nonnen, die aus dem Kloster geflohen sind, konnten ihre Flucht nicht ohne Korrespondenz mit der Außenwelt organisieren. Und hier ist der Beweis: Briefe werden ins Kloster gebracht. Wir müssen nur herausfinden, wer sie hineinbringt; dann können wir die Spur zurückverfolgen. Wer war es, Schwester Adelheid?«

Die Celleraria war ganz blass im Gesicht geworden, ihre Augen flackerten nervös. »Ich habe nichts damit zu tun, ich schwöre es«, klagte sie ängstlich und wandte sich dem Beichtvater flehend zu. »Ich weiß nicht, wer sie bringt. Oh lasst mich nicht auspeitschen. Ich bin eine Adlige – Ihr dürft das nicht.« Sie fiel vor ihm auf die Knie und flehte um Gnade.

Johannes Heller wandte sich an die anderen Visitatoren: »Lasst die Schlafräume der anderen Nonnen durchsuchen. Es werden bestimmt mehr Briefe zu finden sein, und irgendjemand muss wissen, wie sie ins Kloster hineinkommen.«

»Ein letztes Mal, Dominus Heller«, blaffte Pater Schwarz wütend, »wir führen die Visitation hier, nicht Ihr. Ihr seid nur der Rechtsberater und habt nichts zu befehlen. Und wir sind nicht hier, um das Verschwinden der Nonnen zu untersuchen, sondern um den Zustand des Klosters zu kontrollieren.« Er warf die Briefe auf den Tisch. »Und was sind das für Zustände! Klosterflucht, Schwangerschaft, Misswirtschaft, und nun auch Briefe, Liebesbriefe gar! Ich habe es bereits gesagt: Der Teufel ist los in diesem Kloster! Lasst uns die Schlafzellen durchsuchen, Männer! Wir werden sehen, ob es mehr Briefe gibt und wer dafür verantwortlich ist. Wir werden diesen Misthaufen hier auskehren – mit einem eisernen Besen.«

Er wandte sich an den Beichtvater. »Befragt die Celleraria, Pater, und haltet sie in ihrer Zelle fest. Und lasst die Äbtissin zu uns bringen: Wir haben nun mehr als genug gegen sie in der Hand. Dominus Heller, Ihr bleibt inzwischen hier. Wir brauchen Eure Einmischung nicht mehr.«

Er nahm die Wachmänner mit und lief zum Dormitorium, gefolgt von Abt Ayrenschmalz, der vernehmlich stöhnte. Der Beichtvater packte Schwester Adelheid grob an der Schulter und führte sie mit eisiger Miene ab. Marcus Hörnle zögerte, warf Johannes Heller einen unsicheren Blick zu und lief mit seinem Schreibzeug Pater Schwarz hinterher.

23. Offenbarungen

NACHDEM SIE WEG waren, ging Johannes Heller langsam zum Tisch und inspizierte die Briefe neugierig. Sie waren stark verbrannt, aber teilweise noch leserlich. Hier und da waren Liebesbekundungen zu erkennen, etwa: »geliebte« oder »ich sehne mich immerfort nach dir«. Der Schreiber, dessen Handschrift zwar geübt aber impulsiv und ungleichmäßig wirkte, hatte den Brief als »David« unterzeichnet, was wohl ein Pseudonym war. Heller legte die Briefe nachdenklich zur Seite und fing gerade an, in dem *Buch der Offenbarungen* zu blättern, als Äbtissin Barbara schweigend in die Kapelle trat. Sie versuchte, sich zu beherrschen und ihr gewöhnliches stolzes Auftreten zu bewahren, aber sie wirkte verletzlich wie ein Opfertier, das zum Altar gebracht wird.

»Die Visitatoren durchsuchen gerade die Zellen der Nonnen. Sie haben Liebesbriefe bei der Celleraria gefunden«, informierte Johannes Heller sie. Er zeigte auf die verbrannten Briefe auf dem Tisch. »Ihr wusstet nichts von den Briefen, Domina?«, fragte er die Äbtissin vorsichtig.

»Nein, natürlich nicht«, antwortete Äbtissin Barbara schockiert. »Briefe! Und noch dazu Liebesbriefe!« Sie schüttelte entsetzt den Kopf. »Wie kommt Schwester Adelheid nur dazu, Liebesbriefe zu erhalten? Es ist absolut verboten, verschlossene Briefe zu empfangen oder zu verschicken. Wir selbst lesen und kontrollieren jede Korrespondenz mit der Außenwelt. Es ist unmöglich, dass eine unserer Schwestern Liebesbriefe erhält! Und ausgerechnet Schwester Adelheid? Unmöglich!«

Insbesondere die Vorstellung, dass die Celleraria einen männlichen Verehrer haben konnte, schien für sie geradezu undenkbar. Johannes Heller nickte verständnisvoll. Er konnte es auch kaum glauben.

»Das wird Euch dennoch große Schwierigkeiten bereiten«, sagte er. »Pater Schwarz hat ohnehin ernsthafte Vorwürfe gegen Euch in der Hand, die aber vielleicht nicht ausreichen, um Euch abzusetzen. Diese Briefe sind Euer Verhängnis. Er wird mindestens nachweisen können, dass Ihr nachlässig wart und Eurer Aufsichtspflicht nicht nachgekommen seid.«

Die Äbtissin machte eine hilflose Geste. »Das Ergebnis Eurer Visitation stand ohnehin bereits von Anfang an fest. Was können wir dagegen ausrichten?«

Sie schien plötzlich verletzlich und schwach; ihre Stimme bebte, als sie sprach. »Unsere Feinde sind zahlreich und mächtig, unsere Freunde wenige und feige. Der Hofmeister ist ein Vertrauter des Herzogs und hat uns vor seinem Rat verleumdet. Er macht uns für die wirtschaftlichen Schwierigkeiten des Klosters verantwortlich, aber ich bin sicher, dass er es ist, der Geld aus unserer Kasse entwendet hat. Dazu kommt noch diese Entführung letztes Jahr – aber wir sind daran schuldlos. Jetzt verlangt der Herzog, dass wir abgesetzt werden, und Euer Bischof will seinen Wunsch erfüllen. Dieser Dominikanerpater erfüllt nur den Willen seines Herren, des Herzogs, wie ein gehorsamer Hund. Unser Herr hat uns vor die Hunde geworfen; ohne seine Gnade haben wir keine Hoffnung.« Ihre Stimme brach, und Tränen liefen über ihre Wangen. Johannes Heller war erschüttert von ihrem Gefühlsausbruch.

»Doch, Schwester Äbtissin, wir können etwas dagegen tun«, versuchte er eindringlich, sie zu trösten. »*Iustitia vincit* – Gerechtigkeit wird siegen: Das ist meine feste Überzeugung. Wir müssen nur die Wahrheit an den Tag bringen. Erstens werden wir die Rechnungsbücher überprüfen lassen. Und zweitens werde ich nicht ruhen, bis ich weiß, wer die Briefe ins Kloster bringt. Das wird Euch entlasten, und ich hoffe, dass wir dadurch auch etwas über diese Klosterflucht erfahren. Ich bin um das Leben der Nonnen besorgt – auch hier im Kloster.«

»Ihr seid nur als Rechtsberater hier, Dominus Heller. Ihr könnt nichts herausfinden und nichts entscheiden«, sagte Äbtissin Barbara mit einer verzweifelten Geste.

Heller trat näher an sie heran. »Ja, ich leite die Visitation nicht«, sagte er und fasste sie an der Hand. »Ich bin aber auch nicht hier, um Euch zu stürzen oder irgendeine Reform durchzusetzen. Ganz im Gegenteil. Glaubt mir das endlich.«

Äbtissin Barbara schaute suchend in sein Gesicht; in ihren Augen schwammen noch die Tränen. »Ja, wir haben das Gefühl, dass Ihr uns helfen wollt«, schluchzte sie leise.

»Ich will Euch helfen, wenn ich kann«, sicherte ihr Heller zu. Er hielt ihre Hand noch fest. »Aber wenn ich Euch helfen soll, dann müsst Ihr mit mir offen reden. Sprecht mit mir, bevor die anderen zurückkommen. Bitte.«

Die Äbtissin blickte verunsichert um sich. »Wir dürften eigentlich gar nicht mit Euch hier allein sein.«

Der Richter versuchte zu lächeln: »Ihr seid hier die Äbtissin, und das ist Euer Kloster; ich bin ein Domherr und Chorrichter. Wir sind schließlich in einer Kirche. Was ist daran verdächtig?« Seine Worte waren leicht, aber seine Stimme war überlaut, unsicher.

»Ihr seid ein Mann, Dominus«, flüsterte die Äbtissin. »Aber wir fürchten uns nicht vor Euch, sondern …«

Sie stand sehr nah vor ihm. Ihre harten Gesichtszüge wirkten weich und verletzlich. Ihre Augen weiteten sich. Ihre Hand fasste seine Hand fester. Und plötzlich küsste sie ihn auf die Lippen. Oder hatte er sie geküsst? Er wusste es nicht. Heller erschrak über sich selbst. Oh nein: Er war doch nicht zu alt für solche Regungen.

»Äbtissin!«, stammelte er nervös.

»Verurteilt uns nicht«, flüsterte sie. »Lasst uns beten.« Sie entzog ihm ihre Hand mit sanfter Bestimmtheit, und sie knieten zusammen vor dem Altar nieder.

»Was wollt Ihr denn wissen, Dominus Heller?«, flüsterte sie mit veränderter, beinahe sanft klingender Stimme und sprach von sich im persönlichen Singulär. »Was kann ich Euch über den Vorfall sagen, das ich nicht bereits gesagt habe?«

»Ich muss mehr über die Novizinnen wissen, die weggelaufen sind«, flüsterte Heller zurück. »Jede Information könnte einen Hinweis auf ihren Verbleib oder ihre Entführer bieten. Ihr habt mir gesagt, dass zwei Novizinnen die

Profess nicht abgelegt haben, und dass sich Schwester Clara für sie eingesetzt hat. Könnt Ihr mir nicht sagen, warum sie das Kloster verlassen wollten?«

Äbtissin Barbara seufzte. »Es war Schwester Christina, die zuerst das Kloster verlassen wollte. Ihre Familie hatte sie wahrscheinlich gegen ihren Willen ins Kloster gegeben, wie das leider oft ist. Unser ›blutloses Martyrium‹ und der Verzicht auf die Welt verspricht uns das Himmelreich, aber Gott weiß, dass dieses Opfer nicht jeder leichtfällt. Wir sind alle als Kinder in eine Familie geboren und haben dort unsere ersten Erfahrungen von Liebe und Geborgenheit gemacht, nach denen wir uns dann immerfort sehnen und suchen. Die Sehnsucht nach der Liebe zwischen Mann und Frau, Mutter und Kind …« Sie seufzte wieder. »Im Kloster sind wir zwar Bräute Gottes und wie eine Familie untereinander, aber nicht jede vermag es, diese Sehnsucht für immer hinter sich zu lassen.«

»Oder sie in etwas Höheres zu transformieren«, murmelte Johannes Heller leise. »Das ist doch die hohe Minne der Seele, von der Mechthild von Magdeburg schrieb.«

»Das könnt Ihr als Mann nicht verstehen«, sagte Äbtissin Barbara. »Manchmal ist das hohe Zelt des Herrn ein einsamer Turm, in dem wir eingesperrt sind – Gott verzeih mir.« Sie bekreuzigte sich und fuhr fort: »Irgendwie erfuhr Schwester Christina letzten Herbst, dass ihre Familie bis in das letzte Glied an der Pest zugrundegegangen war. Sie war plötzlich Erbin des gesamten Besitzes und nicht mehr durch den Gehorsam an ihren Vater gebunden. Sie ließ mich sogleich wissen, dass sie sich nicht zu dem Klosterleben berufen fühlte, dass sie heiraten und eine Familie gründen wollte. Ich habe es ihr verboten, das Kloster zu verlassen. Versteht mich: Wenn sie Mitglied unseres Konvents geworden wäre, wäre ihre Erbschaft dem Kloster zugefallen. Wir brauchen das Geld. Ich konnte sie einfach nicht gehen lassen. Aber es war falsch. Ich habe sie sogar bestraft. Das ist meine große Schuld, möge Gott sich meiner Seele erbarmen.«

»Und die anderen Novizinnen?«, fragte Heller sanft.

»Sie müssen miteinander darüber gesprochen haben, denn bald kam Schwester Agnes und bat mich ebenfalls, sie aus dem Kloster zu entlassen. Das konnte ich natürlich auch nicht erlauben, nachdem ich es Schwester Christina verboten hatte. Zudem hatte sie nicht einmal eine gute Begründung, sondern sagte nur, dass sie sich einen Mann und Kinder wünsche. Es war nur Leichtsinn. Ich habe sie zum Beichtvater geschickt und auf Wasser und Brot gestellt. Dann aber protestierte Schwester Clara gegen meine Entscheidung. Sie hatte natürlich recht: Ich hätte die Novizinnen gehen lassen müssen. Aber ich konnte nicht zulassen, dass sie meine Autorität offen infrage stellte. Ich habe sie bestraft und gegen ihre reine Seele gesündigt, vergib mir, Gott. Das war meine schwerste Sünde. Nun ist sie tot. Die Schuld trage ich und werde jetzt von Gott bestraft.«

»Und Schwester Magdalena? Sie war schwanger«, fügte Johannes Heller hinzu. »Vermutlich wollte sie diesem Skandal entkommen.«

»Von der Schande, die Schwester Magdalena befiel, habe ich nichts gewusst«, beteuerte die Äbtissin.

»Und Schwester Agatha?«, fragte Heller schnell.

»Von ihr weiß ich nichts: Sie hat nie ein Wort gesagt.«

»Sie war sehr krank, als sie ins Kloster gebracht wurde. Könnt Ihr mir nicht sagen, wer sie ist und woran sie gelitten hat?«

Äbtissin Barbara schaute ihn an. »Ich kann Euch nichts dazu sagen, Dominus Heller. Ihre Familie – es war ihr Vater, glaube ich – hat mir nur gesagt, dass sie Agatha heißt. Ich weiß nicht, was ihr Familienname ist oder woher sie kommt.«

»Und welcher Art war ihre Krankheit?«

»Das weiß ich auch nicht. Es war aber eine sehr schwere Erkrankung. Die Infirmaria hat sie monatelang im Krankenzimmer gehalten.«

Johannes Heller hätte sie noch einiges fragen wollen, doch ihr Gespräch wurde durch die Ankunft der Visitatoren beendet.

Pater Schwarz fixierte sie mit einem seltsamen Blick. »Welches Geflüster hier in trauter Zweisamkeit, Äbtissin?«, rief er misstrauisch. »Betet Ihr etwa nach Mechthild von Magdeburg? *Meine Sehnsucht, mein fließender Brunnen, meine Sonne?*«

Die Äbtissin stand auf und richtete einen verächtlichen Blick auf den Dominikaner. »Ja, Dominus, wir beteten nach Mechthild von Magdeburg, aber die Worte waren diese: *Mit der Bosheit deiner Feinde sollst du geziert werden.*«

24. Die Säule

PATER SCHWARZ, ABT Ayrenschmalz und Pater Haberfeld nahmen wieder ihre Plätze am Tisch ein. Marcus Hörnle blieb an der Tür stehen wie ein uneingeladener Gast. Zögerlich entfernte sich Heller von der Seite der Äbtissin und setzte sich wieder zu den Visitatoren ihr gegenüber. Zwei Wachmänner traten herein und legten einen Stapel von Briefen und einen Korb voller Wäsche, Püppchen, Bücher und Schmuck auf den Tisch vor die Visitatoren. Von dem zufriedenen Ausdruck seines Gesichtes war es abzulesen, dass Pater Schwarz nun wirklich etwas gegen die Äbtissin in der Hand hatte. Sie stand dennoch unbeugsam und gerade vor ihnen und schaute ihnen fest in die Augen.

Abt Ayrenschmalz starrte beharrlich auf den Tisch, während Pater Schwarz die Anklage vortrug. »Ehrwürdige Schwester Äbtissin, unsere Befragung hat bedauerlicherweise schwerwiegende Verfehlungen und Missstände hervorgebracht, die wir Euch zur Last legen müssen.« Er erhob seine Stimme bedrohlich. »Zuerst bist du hochmütig und stolz, Schwester, wie es sich für eine fromme Dienerin Gottes nicht gehört. Wisse, dass *Superbia* das erste und schwerste Hauptlaster ist. Sie ist der Anfang aller Sünde und führt unweigerlich zur Verdammung. Auch jetzt ist dein Benehmen hochmütig und herablassend. Unterwirf dich und nimm Demut an!«

Die Äbtissin neigte den Kopf, ohne dass ihr Gesicht jedoch den unbeugsamen Ausdruck veränderte.

»In mehreren Punkten hast du deine heiligen Pflichten als Mutter Äbtissin vernachlässigt und gegen die Regel des Ordens von Cîteaux verstoßen, Schwester«, setzte Pater Schwarz seine Anklage fort. »Erstens haben wir Beweise, dass du dem Kloster schwere Schulden aufgebürdet und ihm wirtschaftlich geschädigt hast. Zweitens haben wir viele strafbare Missstände im Kloster festgestellt, etwa Verstöße gegen die Kleidungsordnung, Nichteinhaltung der Nachtruhe und unerlaubte Bücher in der Bibliothek et cetera, die insgesamt entweder auf deine Nachlässigkeit oder deine geheime Duldung zurückzuführen sind. Drittens, als gravierender Verstoß gegen deine fürsorgliche Aufsichtspflicht und zugleich als unumstößlicher Beweis vom Verfall der Sitten und der Disziplin in diesem Kloster, haben wir gerade eine Menge Briefe und andere verbotene Gegenstände unter den Betten der Nonnen gefunden.« Er klopfte mit der Hand auf den Tisch. »Sie beweisen, dass die strenge Klausur nicht eingehalten wird.«

Johannes Heller fiel ihm ins Wort: »Ist das alles, was sie beweisen? Was steht denn in den Briefen? Kann man erkennen, wer sie geschrieben hat? Gibt es keinen Hinweis darauf, wie sie ins Kloster kamen?«

Pater Schwarz wandte sich ärgerlich um, aber Abt Ayrenschmalz beantwortete die Frage. »Wir haben die Briefe flüchtig geprüft, Dominus Heller. Einige sind anscheinend Liebesbriefe, andere sind aber eher unverdächtige Freundschaftskorrespondenzen. Es sind keine Verabredungen zur Klosterflucht dabei, wenn Ihr das meint. Die Absender haben entweder nur mit dem Vornamen oder mit ihren Initialen unterzeichnet, aber wir können ihre Identität von den Nonnen erfragen.«

»Das ist alles im Moment unwichtig«, schnauzte Pater Schwarz. »Egal, an wen und über was die Briefe geschrieben sind, es ist verboten, Privatbriefe zu schreiben oder zu empfangen. Das ist ein sehr schwerwiegender Verstoß gegen die Klausur. Ebenso gegen die Regel ist der Besitz von privaten Luxusgegenständen wie warme Wäsche, Schmuck und dergleichen, die wir unter den Betten gefunden haben, von diesen Püppchen ganz zu schweigen: Ihr Frauen könnt offenbar diesem sündhaften Kinderwunsch nie wirklich entsagen. Schließlich haben wir auch Süßigkeiten wie Lebkuchen und

Honigkuchen in den Zellen gefunden, die zeigen, dass sich die Nonnen nicht an die Regeln halten. Zur Frage, wie diese ins Kloster hineingelangten, werden wir gleich kommen. Insgesamt aber fügen sich alle diese Verfehlungen und Missstände zu einem Gesamtbild der Nachlässigkeit, die wiederum die Flucht von fünf Nonnen aus dem Kloster letzten Dezember ermöglichte. Die Äbtissin trägt hierfür die Verantwortlichkeit und muss bestraft werden.«

»Ihr könnt es bestimmt kaum erwarten, uns zu bestrafen«, rief die Äbtissin verbittert. Sie wandte sich an die anderen Visitatoren. »So erfüllt Ihr Euren Eid, Bruder Abt?«

Der Abt verharrte mit seinem Blick auf dem Tisch. Johannes Heller wurde rot vor Scham über seine Hilflosigkeit.

»*Ira* – der Zorn – erwächst aus deinem Hochmut, Schwester Äbtissin. Auch das ist eine Sünde. Bändige dich!«, kanzelte der Pater sie ab. »Wir tun nur unsere heilige Pflicht, angetrieben vom Eifer nach Gerechtigkeit. Wo wir Missstände erkennen, müssen wir sie aus reiner Nächstenliebe korrigieren, damit die Seelen der dir anvertrauten Schwestern keinen Schaden nehmen. Wie antwortest du auf die erhobenen Vorwürfe?«

»Das sind Verleumdungen von unseren Feinden. Wir haben nichts dazu zu sagen«, antwortete Äbtissin Barbara.

»Du bestreitest also, dem Kloster durch Schulden und Misswirtschaft geschadet zu haben?«

Äbtissin Barbara rang mit sich selbst um Beherrschung. »Wir sagen nichts dazu.«

»Das macht nichts«, erklärte Pater Schwarz zuversichtlich. »Die Rechnungsbücher belegen die Anklage.«

Johannes Heller stand auf. »Als Rechtsberater, der für ein gerechtes und reguläres Verfahren verantwortlich ist, erheben wir Einwand gegen diese Behauptung«, verkündete er.

»Die Rechnungsbücher belegen den Vorwurf der Misswirtschaft nicht. Die Schulden wurden aufgenommen, um die Sondersteuern des Herzogs zu bezahlen, wofür die Äbtissin nichts tun kann. Die Unregelmäßigkeiten in den Rechnungsbüchern aber müssen näher überprüft werden, denn der Fehler könnte ebenso gut woanders liegen. Wir verlangen eine Überprüfung der Belege.«

Pater Schwarz bebte vor Wut. »Ihr wagt es, uns an der Beseitigung der Missstände zu hindern, Dominus Heller?«

Abt Ayrenschmalz erhob seinen Kopf jedoch und nickte Heller zu. »Mäßigt Euch, Bruder. Der Einwand ist rechtens, und ihm wird stattgegeben. Wir lassen die Rechnungsbücher überprüfen.«

Pater Schwarz ballte die Faust und versuchte, seine Wut unter Kontrolle zu bringen. »Und was sagt die Äbtissin zu den vielen Missständen und den unerlaubten Büchern? Unsere Befragung hat die Beweise dafür geliefert. Das kann auch kein Rechtsanwalt bestreiten.«

»Die sogenannten Missstände sind weitgehend belanglos und beweisen keine grobe Nachlässigkeit der Äbtissin«, wandte Heller entschlossen ein.

Äbtissin Barbara schüttelte stolz ihren Kopf. »Nein, Dominus Heller, bitte, macht Euch nicht die Mühe, uns zu verteidigen: Das Urteil steht ohnehin schon längst fest.«

»Immer noch so stolz?«, krähte Pater Schwarz. »Erinnere dich, dass Hochmut immer vor dem Fall kommt, Schwester. Was sagst du schließlich zu den Briefen und den anderen Gegenständen, die in den Zellen der Nonnen gefunden wurden? Liebesbriefe und Luxusartikel! In diesem Punkt haben wir dich überführt, und Dominus Heller kann dir nicht helfen. Entweder hast du nicht von diesem offensichtlichen Klausurbruch gewusst, womit du der Nachlässigkeit überführt bist, oder du hast davon gewusst. Nachlässigkeit allein wäre ein schlimmes Vergehen, aber schlimmer noch ist es, die verbotenen Gegenstände in das Kloster hereingelassen zu haben. Und genau das hast du getan!«

»Was? Was sagt Ihr?«, rief die Angeklagte. Auch Johannes Heller stürzte fast vor Schreck von seinem Stuhl.

»Du selbst hast die Briefe und Gegenstände ins Kloster bringen lassen. Hast du wirklich geglaubt, dass wir das nicht herausfinden? Wir haben eine Zeugin. Bring sie herein«, rief er. »Schwester Adelheid.«

Die Celleraria wurde von dem Wachmann hereingeführt, der diesmal vorsichtig war, um keine weitere Ohrfeige abzubekommen. Aber Schwester Adelheid wirkte ohnehin stark verändert seit ihrem letzten Auftritt. Ihr Kopf hing apathisch herunter, als ob ihr Widerstand gebrochen wäre, und sie ging mit zögernden, zittrigen Schritten. Ihr gewöhnlich rötliches Gesicht war kreideweiß und sie schien, schwer zu atmen. Als sie in die Kapelle kam, hielt sie vor der großen Säule und bekreuzigte sich.

»Die Nonnen, bei denen wir die Briefe gefunden haben, sagten mehrfach aus, dass sie sie von der Celleraria erhalten hätten«, erklärte Pater Schwarz. »Wir haben sie natürlich dazu befragt, und sie hat alles gestanden. Sie sagt aber, dass sie die Briefe und andere Dinge von dir bekommen hat, Schwester Äbtissin. Du selbst hast sie ins Kloster bringen lassen und Schwester Adelheid gegeben, damit sie sie an die Nonnen verteilt. Die Schwestern haben dafür mit Geld und Wertsachen bezahlt, die ihr beide untereinander aufgeteilt habt. War es nicht so, Schwester Adelheid?«

Die Celleraria wandte sich der Äbtissin zu, und ein gequältes Lächeln spielte auf ihren Lippen. »Ja, Domina, so war es.«

»Vermaledeite!«, schrie Äbtissin Barbara sie an. Dann aber fügte sie besorgt hinzu. »Aber was hast du, Schwester Adelheid? Ist dir nicht gut?«

Der Celleraria war anscheinend wirklich unwohl. Sie schwankte jetzt auf ihren Füßen und hielt ihren Bauch. »Wasser«, krächzte sie. »Ich brauche Wasser.«

Der Beichtvater beeilte sich, ihr einen Becher Wasser zu reichen. Schwester Adelheid trank ihn mit einem Schluck aus, und es schien ihr augenblicklich besser zu gehen. Doch plötzlich stieß sie einen lauten Schrei aus: »Uuugh!«, krümmte sich und stolperte nach vorne. Sie fiel auf die Knie und erbrach sich gewaltig. Danach erholte sie sich kurz und versuchte, wieder auf die Beine zu kommen, fiel jedoch um und landete in ihrem Erbrochenen.

Während die Visitatoren hilflos und besorgt zuschauten, wurde sie von einem entsetzlichen Zucken erfasst, das sie wie eine unsichtbare Hand ergriff und durchschüttelte. Mit einem würgenden Schrei wand sie sich in Krämpfen. Sie schien dabei die Kontrolle über ihren Körper völlig zu verlieren. Kurzfristig erholte sie sich dennoch und kämpfte sich auf ihre Knie. »Gott, vergib mir«, stöhnte sie. »*Pater, peccavi.*« Dann überkam sie wieder die Übelkeit.

»Die Säule! Es ist die Säule, wieder die Säule!«, rief die Äbtissin mit hoher, bebender Stimme. »Barmherziger Gott! Es ist genau wie damals bei Schwester Katherina. *Ecce veneficium*! Kein Wunder, dass sie so lügt und sich versündigt. Die heiligen Reliquien in der Säule treiben das Gift aus ihr heraus.« Sie lief zu der Celleraria und warf sich auf den Boden neben ihr. »Das Böse zeigt sich.«

Die Visitatoren und Wachmänner waren vor Schreck wie erstarrt.

»Es ist Hexenwerk«, flüsterte Pater Schwarz. »Ich habe es

gesagt: Der Teufel geht in diesem Kloster um.« Er bekreuzigte sich und fing rasch zu beten an: »*Pater noster, qui es in caelis ...*«

Auch Johannes Heller wurde von einem Grauen gepackt. Vor ihm stieg das Bild der Novizin auf, die im November ebenso vor der Säule auf dem Boden in Krämpfen gelegen war. Was ging hier vor sich? War es wirklich die Säule?

Er eilte zu der Celleraria und beugte sich über sie. Das Zucken hörte allmählich auf, und eine starre Verkrampfung setzte ein. Schwester Adelheid lag in einer Pfütze aus Kot und Erbrochenem; sie war unansprechbar. Sie atmete nur noch schwer, stoßartig, als ob jeder Atemzug der letzte sein könnte. Ihre Augen starrten erschrocken in die Ferne.

Vorsichtig tastete Heller nach ihrem schwachen Puls. Er bekreuzigte sich und murmelte ein Gebet.

»Das sieht nach Gift aus«, stellte er mit trockenem Mund fest, als er aufstand. »Jedenfalls glaube ich nicht, dass es die Fallsucht oder sonst eine andere Art von Anfall ist. Habt Ihr Gift im Kloster, Äbtissin?«

Äbtissin Barbara schüttelte den Kopf. »Gift? Nein, natürlich nicht, Dominus.« Dann zuckte sie plötzlich zusammen. »Oder doch! Die Infirmaria hat einen Schrank mit Heil- und Giftstoffen. Aber der Schrank ist abgeschlossen und niemand darf ...«

»Schnell, holt die Infirmaria«, rief Heller. »Und benachrichtigt den Herzog. Es ist Mord!«

25. Das Gift

WÄHREND MAN EILENDS einen Reiter nach Landshut schickte, wurde Schwester Elisabeth aus der Klosterkirche geholt, wo die Gemeinschaft noch im Gebet verharrte. Beim Betreten der Kapelle blickte sie ängstlich um sich, als ob sie bereits etwas Fürchterliches ahnte. Sie schrie auf, als sie Schwester Adelheid auf dem Boden vor der Säule sah. Johannes Heller leitete sie vorsichtig zu der Celleraria, die noch in einer Lacke von blutigem Erbrochenen lag. Pater Schwarz, Abt Ayrenschmaltz und der Beichtvater erhoben sich rasch von ihrem Gebet und wandten sich ihnen zu. Äbtissin Barbara blieb jedoch auf ihren Knien bei der Sterbenden, als ob die Welt um sie nicht existierte.

»Ist es Gift?«, wollte Johannes Heller wissen. Schwester Elisabeth beugte sich über Schwester Adelheid und hörte aufmerksam zu, während Heller die Symptome beschrieb.

Schwester Adelheid öffnete währenddessen kurzfristig die Augen und stöhnte kaum vernehmbar. »Vergibt mir, Schwester Barbara. Ich habe gesündigt …«

Der Beichtvater sprang ihr zur Seite, um ihre Beichte zu hören, doch Schwester Adelheid fiel gleich wieder in Bewusstlosigkeit.

»Ja, es könnte Gift sein«, bestätigte die Infirmaria erschüttert. »Normalerweise würde ich vermuten, dass sie Pilze gegessen hat, aber jetzt ist es nicht die Saison dafür.« Sie dachte nach. »Möglicherweise ist es Arsenicum«, fügte sie zögerlich, beinahe flüsternd hinzu. »Die Wirkung ist jedenfalls ähnlich – wobei ich natürlich nie zuvor eine Arsenvergiftung bei Menschen gesehen habe – Gott behüte!« Sie schloss die Augen, um Schwester Adelheid nicht zu sehen, und dachte nach. »Allerdings habe ich von meiner Lehrmeisterin von solchen Fällen gehört und habe selbst gesehen, wie ein Schaf starb, das davon gegessen hatte. Die Anzeichen waren: erbrechen, Ausscheidungen, Krämpfe und Zuckungen, wie Ihr sie eben beschrieben habt. Am Ende kommen Atemstillstand und Tod.«

»Was ist dieses Arsenicum«, fragte Johannes Heller.

»Avicenna schreibt, dass es drei Formen von Arsenicum gibt: weißes, rotes und gelbes. Das rote und das gelbe Arsenicum sind nützlich und werden als Farbmittel verwendet, aber das weiße Arsenicum ist ein Gift – *ex eo interficit*. Es ist ein Pulver, auch *Hüttenrauch* genannt, weil es bei der Verhüttung entsteht. Apotheker dürfen es nicht ohne ärztliche Anordnung oder besondere Erlaubnis verkaufen, weil es so giftig ist. Auf der Haut oder in sehr geringen Mengen kann das weiße Arsenicum allerdings sogar als Heilmittel verwendet werden, aber wehe, wenn du zu viel nimmst. Bereits so viel, wie zwei Weizenkörner wiegen, ist für einen Menschen tödlich. Wir verwenden es hier, um Mäuse und Ratten zu vergiften. Dafür ist es sehr gut geeignet, denn es hat weder Geruch noch Geschmack und tötet nicht sofort, sondern erst nach einiger Zeit, je nach Dosierung. Es soll bei Menschen eine halbe bis zwei Stunden dauern, bevor sich Wirkungen zeigen. Aber in kleinen Mengen über einige Zeit verabreicht, kann es langsam töten wie eine Krankheit. Man kann das Pulver allerdings nicht in Wasser auflösen, sondern es schwimmt sichtbar obenauf oder setzt sich am Boden ab. Wir rühren es deshalb ins Wasser und tränken Brotkrümel damit. Aber man könnte es auch gleich in das Brot backen, das funktioniert auch.«

»Und habt ihr Arsenicum hier im Kloster?«, fragte Heller.

»Ja«, antwortete Schwester Elisabeth zurückhaltend. »Gewöhnlich habe ich eine kleine Büchse im Giftschrank. Es gibt nur einen Schlüssel, und den bewahre ich selbst auf. Hier ist er an meinem Gürtel. Aber ...« Sie zögerte wieder.

»Was aber? Es geht um Mord, Schwester!«

»Dominus, vor einiger Zeit – es war letztes Jahr im Juli – da habe ich bemerkt, dass Dinge aus dem Schrank verschwunden sind. Jemand muss irgendwie den Schlüssel unbemerkt genommen und den Schrank geöffnet haben. Unter anderem war das Arsenicum weg. Ich habe die Äbtissin sofort informiert, und wir haben überall gesucht, aber nichts gefunden. Danach habe ich ein neues Schloss machen lassen.«

Johannes Heller packte sie am Ärmel an. »Jemand hat also schon letztes Jahr Gift aus dem Schrank gestohlen? Es muss wohl eine Nonne gewesen sein, denn die Apotheke liegt im Klausurbereich«, rief er aufgeregt. »Wer wusste, wo das Gift steht? Wer hätte dir den Schlüssel stehlen können? War es Schwester Agatha?«

Schwester Elisabeth bebte. »Wie kommt Ihr darauf, Dominus?«, rief sie. »Ja, zuerst hatten wir Schwester Agatha in Verdacht. Sie arbeitete ja bei mir und wusste, wo der Giftschrank ist. Sie hätte vielleicht den Schlüssel heimlich nehmen können und zurückgeben, ohne dass ich etwas bemerkte. Aber wir haben bei ihr nichts gefunden.«

»Sie wäre wohl nicht so unvorsichtig gewesen, das Gift unter ihrem Kissen zu verstecken«, schnappte Heller. »Aber schließlich könnte es auch eine andere Nonne gewesen sein.« Er hielt kurz inne. »Aber sag mir, Schwester Elisabeth: Warum hast du geglaubt, dass Schwester Agatha Giftstoffe stehlen würde?«

Die Infirmaria blickte ängstlich um sich. »Ich weiß nicht, Dominus. Sie wirkte sehr traurig, melancholisch. Ich hatte Angst um sie, dass sie sich etwas antun wollte.«

»Warum würde sie sich etwas antun wollen?«, wollte Heller wissen.

»Dominus, darüber weiß ich nichts. Es war nur ein Gefühl.«

»Was ist nur mit dieser Schwester Agatha, dass niemand etwas über sie weiß?«, rief Johannes Heller frustriert. Er schickte Schwester Elisabeth zu den anderen Nonnen zurück.

Pater Schwarz wandte sich an die Äbtissin, die noch bei der Celleraria kniete. »Genug gebetet, Schwester. Lass die Celleraria in das Krankenzimmer bringen und die Sauerei aufräumen, bevor der herzogliche Richter da ist. Das ist einfach entsetzlich.«

Äbtissin Barbara erhob sich langsam und wandte sich an die Visitatoren wie im Traum. »Sie ist tot«, sagte sie ruhig. Dann schrie sie aus vollem Hals: »Mörder! Ihr Mörder! Ihr habt den Tod in unser Konvent gebracht. Die Säule hat es gezeigt. Ihr seid die Mörder.«

Die Visitatoren traten erschrocken einen Schritt zurück.

»Sie ist verrückt«, murmelte Pater Schwarz, der aber leichenblass geworden war. »Bringt sie weg!«

26. Lebkuchen

BEVOR DIE WACHMÄNNER seinen Befehl ausführen konnten, trat der Landschreiber Karl Kärgl durch die offene Tür. Sein ohnehin fromm bekümmertes Gesicht trug eine schwer besorgte Miene. Hinter ihm intonierten gedämpft die Stimmen der Nonnen aus der Kirche das Totengebet: »*Speravit anima mea in Domino, magis quam custodes auroram –* Meine Seele hofft auf den Herrn, mehr als der Wächter auf den Morgen wartet.«

»Sag mir jemand, was hier los ist!«, klagte der Landschreiber lauthals. »Mord und Totschlag im Kloster Seligenthal. Welch Frevel!«

Die Visitatoren verbeugten sich eilig. »Ein Giftanschlag, Ehrwürden«, berichtete Pater Schwarz. »Die Celleraria, die wir soeben als Zeugin gegen Äbtissin Barbara verhörten, ist ermordet worden.«

Der herzogliche Landschreiber blickte ärgerlich um sich. Es war spät, und er hatte noch nicht gespeist. Doch vor ihm lag die Leiche, und über ihr stand die Äbtissin wie eine Erinnye vor dem ungesühnten Verbrechen. Die Situation verlangte nach Aufklärung. Kärgl atmete tief ein. »Wir müssen die Sache wohl selbst in die Hände nehmen, wie es scheint«, klagte er verdrießlich. »Im Namen des erlauchten Herzogs Ludwig von Bayern, der als Landesherr und Schutzherr des Klosters Seligenthal die höchste Gerichtsbarkeit innehat, übernehmen wir diese Untersuchung. Legt uns die Sachlage vollständig dar.«

Er setzte sich nun an den Tisch und öffnete sein Heft mit pedantischer Ordentlichkeit. »Jetzt der Reihe nach! Und bringt uns etwas zu essen; wir verhungern.« Dann besann er sich plötzlich. »Augenblick! Sagtet Ihr, dass sie vergiftet wurde? Dann esse ich lieber doch nichts.«

Die Sachlage, wie man sie ihm darlegte, war sehr rätselhaft. Nachdem sie mit den Briefen erwischt worden sei, habe man Schwester Adelheid verhört und in ihrer Zelle eingesperrt. Zu dem Zeitpunkt sei sie anscheinend gesund gewesen. Doch als sie etwas später zurückgebracht worden sei, habe sie bereits schwer erkrankt gewirkt und sei mitten in ihrer Aussage zusammengebrochen. Nach Auskunft der Infirmaria sei sie vergiftet worden, möglicherweise mit Arsenicum. Auf Kärgls Frage, woher das Arsenicum gekommen sei, antworteten die Visitatoren, dass eine Dose Arsenicum letztes Jahr aus dem Giftschrank im Infirmarium entwendet worden sei. Man habe damals eine Nonne verdächtigt, aber das Gift nirgendwo gefunden.

»Und diese Nonne«, fragte Kärgl irritiert. »Wer war das?«

»Schwester Agatha«, antwortete Johannes Heller. »Eine der Nonnen, die letztes Jahr entführt wurden.«

»Schwester Agatha, sagtet Ihr?«, fragte der Landschreiber plötzlich aufmerksam. Dann schüttelte er den Kopf. »Aber sie ist ja nicht hier. Folglich kann sie nicht die Mörderin sein. Aber sagt mal, wenn die Kellerin in ihrer Zelle eingesperrt war, wie konnte sie vergiftet werden?«

Die Wachmänner blickten ahnungslos. Die Tote habe weder Trunk noch Speise in ihrer Zelle gehabt.

»Habt ihr ihre Zelle überwacht?«, fragte der Landschreiber.

»Jawohl, Ehrwürden. Niemand konnte zu ihr kommen.«

»Arsenicum braucht eine bis zwei Stunden, um seine Wirkung zu zeigen«, informierte ihn Johannes Heller. »Sie kann es also vorher eingenommen haben.«

»Und was war vorher?«, wollte Kärgl wissen.

Die Wachmänner berichteten, dass die Nonnen in der Kirche unter Aufsicht versammelt waren. Allerdings seien sie ständig von den Visitatoren zu sich gerufen worden, oder hätten aufs Privet – den Abort – müssen, um einem Bedürfnis nachzugehen, sodass ein ständiges Kommen und Gehen geherrscht habe.

»Das hilft uns also auch nicht weiter«, stellte Karl Kärgl ärgerlich fest. Sein Magen knurrte vernehmlich. »Wir sollten vielleicht lieber fragen, warum jemand die Celleraria vergiftet hat.«

Pater Schwarz trat einen Schritt vor. »Ehrwürden, es ist doch klar wie Tageslicht, warum sie ermordet wurde und wer es getan hat«, sagte er und zeigte auf die Briefe. »Kurz vor ihrem Tod haben wir Schwester Adelheid mit Briefen erwischt, die sie verbrennen wollte. Daraufhin haben wir diese verbotenen Privatbriefe und Gegenstände in den Zellen der Nonnen gefunden. Die Celleraria hat ausgesagt, dass die Äbtissin diese ganzen Dinge ins Kloster gebracht und ihr zum Verteilen gegeben hat. Deswegen hat die Äbtissin sie umgebracht.«

Karl Kärgl nickte erfreut. »Ja, ja, das könnte sein. Die Äbtissin hatte die Möglichkeit, das Gift zu stehlen, und einen starken Grund, die Celleraria zu ermorden. Eins plus eins macht immer zwei.«

Die Äbtissin lachte nur verbittert. »Mörder.«

»Unsinn!«, rief Johannes Heller aufgeregt. »Ich meine, mit Verlaub: Sie muss vergiftet worden sein, bevor sie mit den Briefen erwischt wurde. Danach wurde sie ja eingesperrt und konnte nicht mehr vergiftet werden.«

»Vielleicht wusste die Äbtissin, dass wir die Zellen durchsuchen und die Briefe finden würden«, murrte Pater Schwarz lahm.

»Einen Augenblick doch«, sagte der Landschreiber plötzlich nachdenklich. »Wurde auch die Zelle der Celleraria durchsucht? Auch unter dem Bett?«

Den Wachmännern klappte der Kinnladen runter. »Äh, das haben wir nicht gemacht. Die anderen Zellen haben wir schon durchsucht, aber die der Celleraria nicht. Sie war ja drin.«

»Ihr Idioten, ihr inkompetenten!« Während Pater Schwarz mit einer Schimpftirade über ihre Kollegen herfiel, liefen zwei Wachmänner zu der Zelle und kehrten bald mit langen Gesichtern und einem Armvoll von Gegenständen wieder zurück.

»Entschuldigt, Ehrwürden. Wir haben doch etwas in der Zelle der Kellerin gefunden, unter dem Bett versteckt.« Sie legten sie vor dem Landrichter auf den Tisch: ein Bündel von seidenen Halstüchern, ein Paar elegante Schühchen, ein kleines Buch, einige Schmuckstücke und ein Haufen Lebkuchen. Karl Kärgl, der Lebkuchen sehr gerne mochte, beäugte sie zunächst hungrig. »Mmm, Lebkuchen.«

Dann schreckte er auf. »Aus ihrem Zimmer? Um Himmels willen! Die sind bestimmt vergiftet.«

Johannes Heller inspizierte indessen den Schmuck, der in einer kleinen hölzernen Kiste lag. Er zog einen goldenen Ring aus der Kiste. Auf der Innenseite war der Buchstabe »A« eingraviert.

»Gehörte der Ring wirklich Schwester Adelheid? Er ist bestimmt zu klein für sie«, murmelte er.

Die Äbtissin, die noch erstarrt wie eine Säule neben der Leiche stand, sprang mit einem Schrei vorwärts und ergriff den Ring. »Das ist nicht ihr Ring!«, sagte sie, als sie ihn sich vor die Augen hielt. »Der Ring gehörte Schwester Agatha. Sie hat ihn abgelegt, als sie ins Kloster eingetreten ist. Wir haben ihr erlaubt, den Ring zu behalten, solang sie ihn nicht trug. Auch das Buch gehörte ihr. Sie muss alles zurückgelassen haben, als sie weggelaufen ist. Wahrscheinlich hat Schwester Adelheid die Sachen gefunden, als sie ihre Zelle durchsuchte, und sie für sich selbst behalten. Gott verzeih ihr die Sünde.«

»Und der Lebkuchen? Könnte er nicht auch aus Schwester Agathas Zelle stammen?«, fragte der Landschreiber Kärgl vorahnungsvoll.

Die Äbtissin zögerte, dann nickte sie. »Wir essen Lebkuchen nur in der Fastenzeit zur Stärkung«, erklärte die Äbtissin. »Jede Nonne bekommt eine Portion am Tag. Der Lebkuchen ist aber sehr haltbar, und manche Schwestern bewahren ihn lange auf. Schwester Adelheid liebt Süßigkeiten – ich meine, sie hat sie geliebt«, sie bekreuzigte sich rasch. »Sie hat ihre Lebkuchen bestimmt sofort aufgegessen. Aber Schwester Agatha hat vielleicht ihre Portion aufbewahrt. Das kann ich mir gut vorstellen; sie war so dünn.«

»Dann ist das Rätsel aufgeklärt«, rief Karl Kärgl triumphal. »Es war Schwester Agatha. Sie hat das Gift aus dem Schrank gestohlen und den Lebkuchen damit getränkt. Vielleicht wollte sie jemanden umbringen, oder sich selbst sogar. Dann ist sie aber überstürzt aus dem Kloster geflohen und hat alles liegen lassen, auch den vergifteten Lebkuchen. Die Celleraria hat danach ihre Zelle durchsucht und die Gegenstände mitsamt des tödlichen Lebkuchens an sich genommen. Jetzt war sie hungrig, weil sie kein Abendessen bekam, und hat davon gegessen. Alles fügt sich perfekt zusammen. Am Ende war es also kein Mord, sondern nur ein tragischer Unfall«, sagte Karl Kärgl mit einem zufriedenen Lächeln.

»Einen Augenblick«, wandte Heller ein. »Das alles klingt sehr spekulativ. Wir wissen nicht, ob das Gift wirklich in dem Lebkuchen war. Wir wissen auch nicht, ob diese Lebkuchen aus Schwester Agathas Zelle sind. Wir wissen nicht einmal, ob Schwester Agatha das Gift gestohlen hat. Ich kann nicht glauben, dass dieser Todesfall reiner Zufall ist und nichts mit der Entdeckung der Briefe zu tun hat.«

»Dann gebt Ihr mir recht, Dominus Heller«, stellte Pater Schwarz zufrieden fest. »Die Äbtissin muss es getan haben.«

Aber Karl Kärgl schüttelte den Kopf. »Dann nennt mir eine bessere Erklärung«, sagte er mit einem überheblichen Lächeln. »Nein, nein! Wir halten unsere Version für die wahrscheinlichste Lösung: eine *causa probabilis*, wie Ihr sagen würdet, Dominus Heller. Irgendwie muss sie das Gift eingenommen haben. Die Hauptsache ist, dass wir alle wieder in Ruhe essen dürfen. Gute Nacht, meine Herren!«

27. *Carta visitationis*

AM NÄCHSTEN MORGEN verfassten die Visitatoren die *carta visitationis*, die Visitationsurkunde. Pater Schwarz drängte, wie zu erwarten war, auf die Absetzung von Äbtissin Barbara. »Wir haben eine lange Liste von Verstößen gegen die Regeln und wirtschaftliche Missstände festgestellt«, sagte er. »Dazu kommen die zahlreichen Skandale der letzten Zeit:

die Schwangerschaft einer Nonne, die Flucht der Novizinnen, die Briefe unter den Betten, und jetzt noch dieser Todesfall. Das alles zeigt, dass die Äbtissin ihre Aufsichtspflicht schändlich vernachlässigt – oder schlimmer noch. Das Maß ist voll. Wir müssen sie absetzen, um Kloster Seligenthal vor weiterem Schaden zu schützen.«

Abt Ayrenschmalz nickte zustimmend, doch Johannes Heller brachte, wie auch zu erwarten war, rechtliche Einwände hervor. Die Vorfälle seien nicht durch Nachlässigkeit verursacht worden, sondern durch kriminellen Vorsatz, sagte er. Daher sei Äbtissin Barbara nicht dafür verantwortlich. »Darüber hinaus dürfen wir Visitatoren selbst keine Strafen erteilen«, erinnerte er sie. »Wir müssen die Äbtissin bitten, die Missstände zu korrigieren und entsprechende Strafen zu verhängen. Eine Bestrafung oder gar die Absetzung der Äbtissin kann nur vom Generalkapitel des Zisterzienserordens in Cîteaux nächstes Jahr vorgenommen werden.«

Abt Ayrenschmalz überlegte und nickte wieder zustimmend. »Das ist richtig.«

»Wenn wir die Äbtissin nicht gleich absetzen dürfen, werden wir zumindest einen Administrator ernennen«, schnauzte Pater Schwarz. »Wir werden ihr einen erfahrenen und zuverlässigen Mann zur Seite stellen, bis sie vom Generalkapitel abgesetzt werden kann. So viel dürfen wir allerdings. Wir müssen irgendwie für Sittlichkeit und Disziplin in diesem verlotterten Kloster sorgen.«

Abt Ayrenschmalz nickte auch diesem Vorstoß zu. »*Placet.*«

Nach der morgendlichen Messe traten sie vor die versammelten Nonnen, Novizinnen, Konversen und Laien, um die Visitationscharta zu verkünden. Die Urkunde begann mit einem Verweis auf die seelenrettende Wirkung klösterlicher Disziplin und den Auftrag der Vistitatoren, diese zu unterstützen, wobei der Wortlaut des bischöflichen Auftrags zitiert wurde. Die carta hielt auch fest, wie die Visitatoren ihre Aufgabe erfüllt hatten, und unterstrich, dass sie gewissenhaft und fleißig den Zustand des Klosters überprüft hatten. Im Befund sei der Zustand des Klosters in Bezug sowohl auf das spirituelle Leben wie auf den wirtschaftlichen Wohlstand *heu nimis collapsum* – ohweh, ziemlich zerfallen, weshalb eine durchgehende Reform und Verbesserung anstünden.

Die einzelnen Missstände hatten die Visitatoren nach Hörnles Aufzeichnungen in einer Liste zusammengestellt, die der Äbtissin zur Verbesserung und Ahndung anvertraut wurde. Anschließend wurden die allgemeinen Maßnahmen aufgelistet, die zur Wiederherstellung von klösterlicher Zucht erforderlich waren. Vor allem musste die Äbtissin durch ihre persönliche Teilnahme an den Messen und Gebetsstunden über die Einhaltung der Regel wachen. Sie müsse dafür Sorge tragen, dass die Nonnen nur angemessene und erlaubte Bücher lasen, und dass die Klausur weder durch Kontakt mit Personen noch durch Briefverkehr verletzt werde. Dem Kloster dürfe nicht durch weitere Verpfändungen oder Veräußerungen von Besitz Schaden zugefügt werden. Die Äbtissin müsse des Weiteren kontrollieren, dass niemand die Kleidungsvorschriften verletze, während der Schweigezeiten spreche, oder in der Kirche einschlafe. Die wöchentliche Abhaltung eines Sündenkapitels und die regelmäßige Beichtabnahme durch einen Beichtvater seien einzuhalten. Alle Verstöße gegen die Regel seien mit entsprechenden Strafen zu ahnden, wobei jede Form von Nachlässigkeit selbst strafbar sei. Um der Äbtissin bei der Einhaltung dieser Vorschriften und der Beseitigung der Missstände zu helfen, hätten die Visitatoren bis aufs Weitere beschlossen, den Beichtvater, Pater Haberfeld aus Raitenhaslach, als Administrator einzusetzen. Er würde die Bußen und Strafen erteilen und für die strenge Einhaltung der Regel zuständig sein. Schließlich trage die Äbtissin eine Verantwortlichkeit für die vorgefundenen Missstände, wofür sie am jährlichen Generalkapitel des Ordens zur Rechenschaft gezogen werde. Amen.

Capitulum 4
(6. – 7. September 1475)

28. Gehorchen und Ehren

Es war Mittwoch, der 6. September. Alle Welt sprach von nichts anderem als der baldigen Hochzeit zwischen Herzog Georg von Landshut und Prinzessin Hedwig von Polen. Es würde ein Fest von nie da gewesener Pracht sein, eine Zurschaustellung der Macht und des Reichtums der Reichen Herzöge von Landshut. Die Großen und Mächtigen des Reichs würden kommen, aber auch die Bürger und Landbevölkerung waren eingeladen, an der Hochzeitsgesellschaft teilzunehmen. Dazu hatte Herzog Ludwig angekündigt, acht Tage lang Speis und Trank für alle zu spenden, wie Christus einst in Kana und am See Genazareth. Darauf freuten sich die Leute wohl am meisten.

Manche sahen diesen Plänen allerdings auch mit Sorge entgegen, denn eine derartige Bewirtung würde Unmengen an Lebensmitteln verschlingen, die dieses Jahr nur knapp vorrätig waren. Auf den heißen Frühling war nämlich ein kalter, verregneter Sommer gefolgt, als ob die Jahreszeiten aus dem Lot geraten wären. Die Ernte war karg ausgefallen und würde vielleicht nur gerade den Eigenbedarf abdecken. Jetzt aber sollte davon in großem Stil geschmaust werden. Es hieß, dass Requirierungen anstünden: Die Pfleger seien beauftragt worden, von jedem Hof drei Hühner einzufordern, von jedem Hueb zwei und von jedem Viertelhof ein Huhn. Jeder Pflegebezirk würde 500 Lämmer nach Landshut schicken müssen, dazu sämtliche schlachtreife Ferkel und alle Kälber, die in dem richtigen Alter waren. Die Klöster müssten sogar ihre Köche zur Verfügung stellen. Die Getreidevorräte würden für das Brot und Gebäck benötigt werden, der gute Wein würde für die ehrwürdigen Gäste benötigt, der saure Wein für das gemeine Volk. Besorgt fragt man sich, was für den langen Winter noch übrig bliebe.

Und dennoch erfüllte sie alle, ob Geistliche oder Laien, Reiche oder Arme, das Gefühl, mit ihrem Herzog in diesem freudigen Ereignis vereint zu sein. Denn die Ehe war für alle da – außer den Klerus – und stellte, wie die Geburt und der Tod, eine gemeinsame Lebenserfahrung da, die den Knecht mit dem König verband. Gleichzeitig war eine Fürstenhochzeit ein bedeutungsschweres Schicksalerlebnis wie ein Krieg oder eine Naturkatastrophe. Vom Erfolg der Ehe hingen Glück und Wohl des ganzen Landes ab. Mit der Eheschließung verbunden war nämlich die Hoffnung auf einen legitimen Nachfolger, der die glorreiche Linie der Reichen Herzöge von Landshut fortsetzen würde. Bei einem Misserfolg drohte allerdings das Schicksal der Teilherzogtümer Bayern-Straubing und Bayern-Ingolstadt, die ohne Nachfolger in Krieg und Chaos untergegangen waren. Letztendlich sollte die Hochzeitsfeier die Legitimität der Ehe bezeugen und Gottes Segen für ihr Gelingen erwirken. Also rückten die Untertanen hinter ihrem Herzog zusammen: Sie zahlten ihre Abgaben und mästeten ihre Lämmer für das Fest, zündeten Kerzen an und beteten für das Brautpaar, kauften sich feine Kleider und bereiteten sich eifrig auf die Hochzeit ihres Herrn vor.

Im bischöflichen Gericht stritten sie indessen über die tagtägliche Wirklichkeit der Ehe: über Eheversprechen und Ehevortäuschung, unglückliche Ehen und uneheliche Kinder. Johannes Heller stöhnte, als die bekannten Gestalten des Jodok Simoni und seiner Prozessgegnerin, Magdalena Liendl, den Gerichtssaal betraten. Mit Magdalena Liendl kamen ihr Vater und ein junger rotbackiger Mann, die neben ihr Platz nahmen. Prokurator Maulberger raschelte durch seine Notizen und trat vor den Richter.

»Nun?«, fragte Heller kurz angebunden. »Welches windige Rechtsmittel habt Ihr noch nicht ausgeschöpft, Herr Prokurator?«

Johannes Maulberger machte einen Schritt nach vorne. »Ehrwürden, das sind keine windigen Rechtsmittel, sondern gerechte Einwände«, gab er mit hämisch beleidigter Miene zurück. »Und in der Tat wollen wir im Namen der Beklagten neue Tatsachen hervorbringen, die die Klage überflüssig und unzulässig machen.«

Prokurator Pack und sein Mandant schreckten auf. Neue Tatsachen? Welche sollten das sein?

»Ein Zeuge möchte in seinem eigenen Interesse aussagen«, verkündete Maulberger erklärend.

»Das kommt sehr spät im Verfahren«, schnaubte der Richter misslaunig. »Warum hat sich der Zeuge nicht vorher gemeldet, wenn er ein echtes Interesse am Prozess hat?«

»Er hat ein dringendes Interesse, Ehrwürden, das dringendste überhaupt«, versicherte ihm Maulberger eifrig. »Aber er war überzeugt, dass die Klage gegenstandslos sei, und wollte den Prozess nicht unnötig verkomplizieren und hinauszögern.«

»Genau das macht er jetzt«, murrte der Richter. »Aber gut, wenn es sein muss: Wir hören.«

Der rotbäckige junge Mann neben dem Vater der Beklagten erhob sich. Mit einer Hand berührte er das Evangelium und legte den Wahrheitseid murmelnd ab.

»Hannes Achtsemmel, Ehrwürden«, stieß er alsdann unvermittelt aus, »Bäcker.« Er blinzelte zufrieden, als ob er damit bereits seine ganze Aussage getätigt hätte.

»Er ist Bürger der Stadt Landshut«, sprang ihm Prokurator Maulberger zu Hilfe. »Sohn des ehrenhaften Bürgers Johannes Achtsemmel senior, der ebenfalls Bäcker aus Landshut und Mitglied des Stadtrats ist.«

»Und? Was möchtest du in eigener Sache sagen?«, knurrte der Richter. Er ahnte es allerdings bereits im Voraus.

»Die Magdalena ist meine Frau«, sagte Achtsemmel junior und lächelte zufrieden.

»Was?« Der Kläger fiel beinahe in Ohnmacht. »Du Lügner!«

Prokurator Maulberger beeilte sich, die Aussage zu erläutern: »Dominus Richter, er hat die Beklagte bereits geheiratet, bevor die angebliche Eheschließung mit Jodok Simoni stattgefunden haben soll. Der Vater der Beklagten und der ehrenhafte Johannes Achtsemmel senior einigten sich im Beisein von mehreren glaubwürdigen Zeugen über die Mitgift und die Morgengabe, worauf sie die Ehe auf traditionelle Weise – *mos patriae* – vereinbarten.«

»Ist das wahr?«, fragte Johannes Heller die Beklagte.

Magdalena Liendl antwortete zögerlich: »Ja, mein Vater und sein Vater vereinbarten die Ehe. Aber ich war nicht da und habe weder vorher noch nachher zugestimmt.«

»Lena, du selbst hast gesagt, du würdest mich heiraten«, rief der Sohn des Bäckers. »Und die Mitgift ist mir schon versprochen worden.«

»Ich habe gesagt, dass mein Vater will, dass ich dich heirate. Aber ich habe nie gesagt, dass ich das will«, antwortete sie trotzig. »Ich habe doch das Recht, gefragt zu werden.«

Ihr Vater geriet außer sich vor Zorn. »Du tust, was ich dir sage, undankbares Kind! Du bist meine Tochter und musst mir gehorchen. Ich habe dir einen reichen und würdigen Mann als Bräutigam ausgesucht, der die Interessen unserer

Familie fördern und uns zu den wichtigsten Geschlechtern in Landshut machen wird. Sein Vater und ich haben eure Ehe ehrenhaft vereinbart, nicht heimlich wie Verschwörer hinter geschlossenen Türen. Jetzt wirst du ihn zum Ehemann nehmen und dich glücklich schätzen. Oder ich stecke dich ins Kloster, wie jene andere Ingrat!«

»Was?«, rief Jodock Simoni entsetzt aus. »Ihr würdet Eure eigene Tochter genau wie meine Schwester enterben und ins Kloster entsorgen, wenn sie Euch nicht gehorcht?«

»Deine Schwester hat sich einem Mann hingegeben, der sie nicht heiraten wollte, und Schande über uns alle gebracht«, verteidigte sich Caspar Liendl brüllend. »Trotz allem habe ich ihr einen würdigen Ehemann ausgesucht, aber sie wollte ihn nicht nehmen. Ich konnte nicht zulassen, dass sie mit einem unehelichen Kind unseren Ruf ruiniert. Genauso wenig werde ich zulassen, dass du meine Magdalena in die Gosse hinunterziehst. Wir sind eine der angesehensten Familien Landshuts.«

Der junge Kläger wandte sich an Johannes Heller: »Er verunglimpft meine Schwester zu Unrecht, Herr. Sie hat sich nicht diesem Mann hingegeben, sondern sie wurde verführt und missbraucht. Daran war Herr Liendl schuld, denn er wusste, dass jener feine Herr sie verführen und entehren wollte. Doch anstatt sie zu schützen, hat er sie in dessen Dienst gegeben und sogar Geld dafür eingenommen, dass sie entjungfert wurde. Dann wollte er sie mit einem Koch verheiraten, als ob sie eine Küchenmagd wäre. Schließlich hat er sie ins Kloster abgeschoben, um einen Skandal zu vermeiden. Oh, wo ist die Gerechtigkeit in dieser Welt?«

»Einen Augenblick«, unterbrach Heller den Kläger mit einer unerwarteten Frage. »Wie heißt denn diese Schwester, die im Kloster ist?«

Jodok Simoni blickte überrascht: »Apollonia ist ihr Name, Ehrwürden. Warum?«

Der Richter schüttelte den Kopf. »Apollonia? Hmm, das tut nichts zur Sache.« Er wandte sich dem Vater und dem Bäcker mit strenger Miene zu. »Aber was diese Ehevereinbarung angeht, ist das Kirchenrecht sehr deutlich, dass der freie Konsens beider Parteien – auch der Frau – erforderlich ist. Nach diesem Kriterium, und nach ihm allein, werden wir diese Frage überprüfen und erwägen, mit wem Margaretha Liendl wirklich verheiratet ist. Dazu muss der Zeuge eine förmliche Klage einreichen und Zeugen laden, um seine Behauptungen zu beweisen. Inzwischen verbieten wir Euch allen, weitere Schritte zu unternehmen, bis wir die Frage geklärt haben.«

Prokurator Maulberger kreidete sich einen weiteren Teilerfolg in seiner Strichliste ein, während sich Prokurator Pack zähneknirschend bereits auf die nächste Schlacht vorbereitete.

Als sie aus dem Gerichtssaal traten, stieß Hannes Achtsemmel seinen Rivalen absichtlich in die Seite. Der viel leichtere Simoni fiel schmählich auf den Boden und landete gerade vor den Füßen von Magdalena Liendl und ihrem Vater. Mit rotem Gesicht sprang er wieder auf. »Ich – ich verlange Genugtuung«, stotterte er vor Wut.

»Mit Vergnügen«, grinste der feiste Bäckerssohn.

»Hinaus!«, nuschelte der Gerichtspedell, bevor es zu einer Schlägerei kam, und wackelte ungefährlich mit seinem Stock. »Die Nächsten, die Nächsten herein!«

Inzwischen wandte sich Marcus Hörnle seinem Mentor mit einem fragenden Lächeln zu. »Wie seine Schwester heißt?«

Johannes Heller runzelte die Stirn. »Ich dachte, seine

Schwester wäre vielleicht die geheimnisvolle Nonne Agatha aus Kloster Seligenthal. Ich hoffte, dass er uns etwas mehr über sie sagen könnte«, erklärte Heller. »Sie scheint mir der Schlüssel zu diesem Rätsel zu sein.« Dann schüttelte er den Kopf. »Aber es war wohl nur ein Hirngespinst: Sie heißt nicht Agatha, und es gibt keine Schwester Apollonia in Seligenthal. Wir tasten noch ohne Licht im Dunkeln. Der Fall verfolgt mich: Ich befürchte, dass etwas Schreckliches dahinter steckt, aber die Lösung wird kaum vor uns im Gericht erscheinen.«

Marcus Hörnle nickte. »Mich lässt die Geschichte auch nicht los«, sagte er überraschend ernst.

Sie blickten auf, als die nächsten Parteien den Gerichtssaal betraten.

29. Die schöne Melusine

DER PEDELL, DER ihnen langsam voraus schlurfte, kündigte den Prozess unverständlich an, wie immer: »*Causa divortii* – Eine Trennungsklage – zwischen Dorothea Mmmmnmr und ihrem Mann Peter Mmmchner.«

»Wie?« Der Notar, Pangratz Haselberger, versuchte, sein Gemurmel zu deuten. »Meisner? Mullner? Maurer?«

»Meichsner, Ehrwürden«, antwortete die Klägerin zaghaft. Sie war eine sehr junge Frau mit rötlichen welligen Haaren, die unter ihrer weißen Haube hervorquollen. Unter ihrem breit geschnittenen grünen Kleid wölbte sich ihr hochschwangerer Bauch gefährlich, als müsste sie gleich niederkommen. Ihre Augen wanderten verängstigt durch das Gericht, als ob sie sich vor etwas fürchtete.

»Nein, ich heiße Meichsner«, widersprach der Beklagte mit einer wehleidigen Stimme. »Sie heißt Müller, wie ich meine.« Er war ein großer, aber sehr dünner und schwächlich wirkender Mann, um die 30 Jahre alt, mit spärlichen Haaren und einem jämmerlichen Gesichtsausdruck.

»Warum nennst du mich immer mit dem Namen?«, rief seine Frau nervös. »Maurer hieß ich, als wir uns kennenlernten, Dorothea Maurer.«

»Wie bitte?«, fragte Haselberger verzweifelt. »Was soll ich hier aufschreiben? Meichsner? Maurer? Müller?«

»Meichsner!« »Nein, Müller«, sagten die Klägerin und der Beklagte gleichzeitig.

»Genau wie ich gesagt habe«, murmelte der Pedell, als er sich wieder trollte.

Johannes Heller beobachtete den seltsamen Auftritt des Paares skeptisch. »Worum geht es hier?«, fragte er widerwillig.

Die Frau trat zögerlich vor. Sie sprach dennoch klar und deutlich wie eine Klosterglocke. »Dominus Richter, ich heiße Dorothea Meichsner, geborene Maurer, und bin mit meinem Mann, Peter Meichsner, einem Tuchhändler aus München seit Januar dieses Jahres verheiratet. Nun hat er mich grundlos aus unserem gemeinsamen Haus vertrieben und verbreitet abscheuliche und unwahre Gerüchte über mich. Der Pleban hat uns aufgefordert, die Sache von Euch klären zu lassen.«

Ihre Stimme bebte vor echter Empörung, doch gleichzeitig schien sie weiterhin ängstlich und verunsichert. »Mein Mann ist ein Narr. Ich habe mir nie etwas zuschulden kommen lassen, sondern vielmehr habe ich ihm Glück und Erfolg gebracht«, setzte sie ihre Klage fort. »Als wir heirateten, liefen seine Geschäfte noch schlecht, und er hatte mehr Schulden, als er zurückzahlen konnte. Mein Mann hat kein gutes Händchen für solche Dinge. Ich habe für ihn die Buchführung übernommen und mich um sein Geschäft gekümmert. Jetzt ist er wieder ein reicher Mann. In der Ehe habe ich ihn auch immer liebevoll und gehorsam behandelt, mit ihm geschlafen und bekomme auch jetzt ein Kind, was er sich am meisten gewünscht hat.« Sie brach in Tränen aus. »Ich habe mein Bestes getan, ihm in allen Dingen zu gefallen, wie es einer Ehefrau ziemt. Ich habe ihm den dreifachen Segen der Ehe gegeben: ein Kind, meine Treue und das Sakrament. Dennoch hat er mich verstoßen und sagt, dass wir gar nicht verheiratet sind. Wo soll ich nun bloß hin? Und was wird aus unserem Kind?« Sie wandte sich ab und schluchzte bitterlich. »Oh Gott, alles, was ich wollte, waren ein Mann, ein Kind und ein Dach über dem Kopf, wie jede andere Frau.«

Johannes Heller schüttelte ratlos den Kopf. Ihre Aussage kam ihm merkwürdig vor; vor allem aber schien ihm die Handlung ihres Mannes absurd. Ungehalten rief er den Beklagten vor sich.

»Was sagst du zu diesen Vorwürfen, Beklagter? Ist das alles wahr? Und wenn: Warum hast du denn deine Frau verstoßen?«

Der Ehemann trat mit verschämter Miene vor. »Sie sagt die Wahrheit, Ehrwürden«, stotterte er betreten. »Um Weihnachten fing sie an, für mich zu arbeiten. Sie war so klug und schön, dass ich mich gleich in sie verliebte. Obwohl sie keine Mitgift hatte, versprach ich ihr die Ehe, und wir wurden Mann und Frau. Und es ging mir danach gut im Geschäft und im Leben, wie sie sagt: Sie hat mir Glück gebracht und erwartet jetzt mein Kind. Das ist eben der Jammer. Denn ich habe nicht sie geheiratet, sondern eine andere. Sie ist nicht die Frau, die ich glaubte zu heiraten.«

»Was? Hast du sie geheiratet oder nicht?«, rief Heller ärgerlich. »Sprich nicht in Rätseln, Mann!«

»Herr Richter, ich habe erfahren, dass sie nicht Dorothea heißt und schon gar nicht Maurer, wie sie sich nannte, als wir heirateten. Sie ist eine andere Frau und soll in Wahrheit Agnes Müller heißen. Ich bin am Ende gar nicht mit Dorothea Maurer verheiratet.«

»Nein, nein«, unterbrach ihn seine Ehefrau verzweifelt. »Er weiß nicht, was er sagt. Jemand hat mich bei ihm verleumdet.«

Heller war fassungslos. »Das ist die absurdeste Klage, die wir jemals gehört haben – und wir haben hier schon vieles gehört«, schnaubte er den Ehemann an. »Du gibst zu, diese Frau geheiratet zu haben; seitdem bist du glücklich in deinem Eheleben und erfolgreich im Geschäft. Aber plötzlich glaubst du, dass sie eine andere Frau und eben nicht mehr deine Ehefrau sei? Jetzt bist du sogar bereit, deine Frau zu verstoßen, die dir so viel Glück gebracht hat, das Kind illegitim zu machen, das du gewollt hast, und deinen geschäftlichen Erfolg zu verlieren. Weshalb? Bist du *compos mentis*?«

»Ich ... ich kann nicht anders. Es geht um die Wahrheit«, klagte Meichsner jämmerlich.

»Die Wahrheit!«, staunte der Richter. »Wer hat dir diesen hohen Anspruch eingeredet? Würdest du die Wahrheit erkennen, wenn sie vor dir steht? Und welche Wahrheit wäre das denn? Die göttliche, wie sie in der Bibel steht? Die empirische, die unsere fünf Sinne wahrnehmen? Oder die Wahrheit, die jeder für sich selbst erdichtet? Dieses Gericht hält sich an die Wahrheit von eidlichen Aussagen: Du selbst hast bestätigt, dass du diese Frau geheiratet hast, die jetzt vor dir steht, wie auch immer sie heißen mag.«

Prokurator Pack sprang eifrig für seinen Mandanten ein. »Er wurde über ihre Identität getäuscht, Dominus. *Error personae*, nennt man das – ein seltener Fall, aber die Eheschließung wird damit null und nichtig, genau wie ein *error materiae* einen Kaufvertrag ungültig macht. Wer Gold kauft und Bronze erhält, soll sein Geld zurückbekommen.«

Prokurator Maulberger beeilte sich zur Verteidigung seines Mandanten: »Dominus, in der Bibel steht geschrieben, dass Jakob die Ehe mit Rachel vereinbaren wollte, aber ihre Schwester Lea in der Hochzeitsnacht zur Frau erhielt. Dennoch musste er Lea als seine Frau anerkennen. Daher ist die Ehe, wenn einmal besiegelt, immer gültig.«

Prokurator Pack antwortete pedantisch. »Mein Kollege hat sich leider im Buch geirrt, Dominus: Wir haben es mit der christlichen Ehe zu tun, nicht der jüdischen. Im Alten Testament durfte Jakob anschließend Leas Schwester Rachel heiraten, was nach unserem Recht sowohl Bigamie als auch Inzest wäre. Nein, nein! Unser Mandant versprach nicht Agatha Müller die Ehe, sondern Dorothea Maurer. Daher kann er nicht mit Agatha Müller verheiratet sein. Und wir haben Zeugen, dass diese Frau nicht Dorothea Maurer ist. Wir können es beweisen. Die Zeugen sind bereits nach Freising mitgekommen.«

Johannes Heller gab auf. »Gut, wenn er Zeugen dabei hat, soll er sie vorbringen«, rief er aufgebracht. »Als Strafe für seine Dummheit könnte es sein, dass wir seine Ehe wirklich annullieren. Das würde er reichlich verdienen.«

Prokurator Pack lächelte bissig und kostete seinen Sieg gegen seinen Konkurrenten aus. Die Klägerin wandte sich indessen an ihren Mann.

»Du Narr! Siehst du nicht, was du angerichtet hast?«, schrie sie unter Tränen. »Aber du brauchst deine Zeugen nicht, wenn du ihnen mehr vertraust als mir. Ich bin nicht mehr deine Frau. Ich verlasse dich.« Sie stürmte zum Ausgang.

»Lasst sie nicht gehen, Dominus«, flüsterte Marcus Hörnle Heller dringlich ins Ohr.

»Festhalten?«, fragte der Richter laut, noch aufgeregt. »Aus welchem Grund? Und mit welchem Recht?« Alle Leute im Gerichtssaal schauten hin. Die Frau blieb stehen und blickte ängstlich um sich. Dann öffnete sich unerwartet die Tür im Lettner, und Pater Schwarz trat herein, gefolgt vom Hauptmann der Wache.

Als sie den Dominikaner erblickte, krümmte sich die Klägerin vor Angst. Doch er ging an ihr vorbei, ohne sie zu beachten, und trat direkt vor den Richterstuhl.

»Was sucht Ihr in meinem Gericht, Pater?«, fragte Johannes Heller unfreundlich. »Wir hoffen, dass Ihr einen guten Grund für diese Störung habt.«

Pater Schwarz verneigte sich steif mit sichtbarem Unwillen. »Entschuldigt die Störung. Im Auftrag des Fürstbischofs fordern wir Dominus Marcus Hörnle auf, sofort vor dem Bischof zu erscheinen«, verkündete er triumphierend.

Marcus Hörnle wurde blass. Die Prokuratoren, die den jungen Rechtsgelehrten heimlich beneideten und hassten, verfolgten die Szene neugierig. Auch Pangratz Haselberger, der immer einen Skandal genoss, horchte genau hin.

»Worum geht es?«, fuhr Heller auf. »Wir sind gerade mitten in einer Gerichtssitzung. Kann das nicht warten?«

Aber sein Beisitzer stand rasch auf. Er legte die Hand auf Hellers Schulter. »Nein, Dominus. Ich gehe.«

Johannes Heller schaute erstaunt zu, wie sein junger Freund mit Pater Schwarz ohne weitere Erklärung aus dem Saal ging. Was konnte das bedeuten? Welchen Fehltritt hatte Hörnle sich jetzt geleistet? Er schüttelte den Kopf und dachte einen Augenblick nach. Dann rief er aufgeregt: »Die Frau festhalten! Wo ist sie hin?« Aber die Klägerin war verschwunden; sie war anscheinend unbemerkt aus der Tür gegangen.

Mit gewohnter Geflissenheit forderte Prokurator Pack eine Strafe von elf Pfennig wegen Nichterscheinens. »Das spricht für sich«, rief er triumphal. »Sie hat erkannt, dass sie überführt ist.«

»Das wissen wir noch nicht«, schnaubte der Richter, aber sein Herz sagte ihm, dass er einen Fehler begangen hatte.

Zusammen mit dem Notar verzog sich der Richter in einen Seitenraum, um die Zeugen getrennt, vertraulich und unbeeinflusst zu befragen.

»Falls seine Frau zurückkommt, haltet sie fest und benachrichtigt mich sofort«, wies er den Pedell an, als er wegging.

Der erste Zeuge war ein Stoffhändler aus München namens Ludwig Tucherer. Er sei ein Freund des Vaters von Peter Meichsner gewesen und habe Peter von seiner Kindheit an gekannt. Auf die Frage, was er von Peter Meichsners Ehe mit Dorothea wisse, antwortete er kopfschüttelnd: »Der gute Peter ist ein gottesfürchtiger, ehrlicher Mann, aber leider kein guter Kaufmann. Er hat einfach kein Glück. Was immer er macht, es geht schief. Und er weiß nichts vom Haushalten. Alle Leute nennen ihn Peter Pech«, sagte der Zeuge mit einem traurigen Grinsen. »Aber dann ist Dorothea zu ihm gekommen: Sie hat zuerst für ihn gearbeitet, und er hat sich wohl sofort in sie verliebt. Er hat sie auch gleich geheiratet, sogar ohne Mitgift. Da haben wir alle geglaubt, dass das noch einer seiner Irrtümer sei, aber wir waren es, die uns geirrt haben: Die Dorothea ist nämlich nicht nur fromm, liebevoll und sehr schön, sondern besser noch: Sie kann lesen, schreiben und sogar auch gut wirtschaften. Sie hat ihm auch Glück in seinen Geschäften gebracht. Es ist wie ein Wunder.«

»Und wie kam es denn zu diesem Zerwürfnis?«, fragte Heller.

»Dorothea hat immer nur wenig über ihre Herkunft geredet. Sie sagte nur, dass sie aus Niederbayern komme und ihre Eltern bereits tot seien. Sie hat Peter sogar verboten, sie weiter danach zu fragen. Er war eigentlich damit zufrieden, denn er ist von Natur aus wenig neugierig, aber seine Eltern fingen an zu fragen, woher die liebe Dorothea eigentlich komme. Schließlich bat mich sein Vater, mich vorsichtig umzuhören.«

»Ich forschte nach, aber der Name Maurer ist nicht ungewöhnlich, und Niederbayern ist groß. Durch Zufall traf ich aber jemanden, der Dorothea erkannt hatte. Er schwor Stein und Bein, dass sie nicht Dorothea Maurer heiße, sondern Agnes Müller, und aus Wasserburg komme. Herr, ich glaubte, dass ich dem armen Peter die Wahrheit mitteilen musste, aber vielleicht hätte ich das lieber nicht tun sollen. Er fing gleich an, sich getäuscht und betrogen zu fühlen, und fürchtete sogar, dass er in Sünde lebt. Darin hat ihn der Pfarrer bestärkt.«

Johannes Heller legte die Stirn in Falten. »Und hat Peters Ehefrau jemals in Wort oder Tat diese Geschichte bestätigt oder zur Verdächtigung Anlass gegeben?«

»Nein, Ehrwürden«, antwortete der Stoffhändler.

Der zweite Zeuge war ein alter gebückter Weinhändler aus München namens Johannes Trinkaus. Er sei es gewesen, der Dorothea Maurer als Agnes Müller erkannt habe. Der Richter fragte, wie er zu dieser Behauptung gekommen sei.

»Ehrwürden, meine Familie kommt aus Wasserburg, und ich kenne die Familie Müller dort sehr gut. Ich ging bei ihnen ein und aus, wie man sagen könnte, denn sie waren Wirtsleute und haben ihren Wein bei mir gekauft. Agnes Müller ist ihre jüngste Tochter. Ich kenne sie seit ihrer Geburt, und oft hat sie bei mir auf dem Schoß gesessen. Als ihre Mutter starb, hat ihr Vater sie ins Kloster gegeben, um für die Seele der Mutter zu beten. Da war sie 14, glaube ich. Das war vor zwei Jahren.«

»Bist du sicher, dass sie es ist?«, fragte Johannes Heller nach.

»Herr, ich kann mir Gesichter sehr gut merken. Und man kann es beweisen: Sie hat ein Muttermal auf dem Rücken, das wie ein Fisch aussieht«, antwortete der Weinhändler.

»Und hast du dieses Muttermal bei Dorothea Meichsner gesehen?«

»Nein, Herr. Wie sollte ich dazu kommen? Aber ihr Ehemann hat es gesehen, er hat es mir gesagt.«

»Soso«, sagte der Richter. Er bemühte sich um Beiläufigkeit. »Und welches Kloster war das, wohin sie geschickt wurde?«

»Es war Kloster Seligenthal bei Landshut, Ehrwürden«, antwortete Johannes Trinkaus. Er erschrak, als er den ehrwürdigen Richter deutlich fluchen hörte.

Eilig schickte Heller den Zeugen hinaus und bestellte den Hauptmann der fürstbischöflichen Wache zu sich. Der Hauptmann, ein Hüne mit einer gebrochenen Nase, ließ eine Weile auf sich warten und trat dann betont gemächlich herein. Heller wies ihn an, nach einer hochschwangeren Frau mit rötlichen Haaren in einem grünen Kleid zu suchen. »Sie ist wohl zu Fuß unterwegs und kann nicht weit gekommen sein. Wahrscheinlich hält sie sich noch in der Stadt auf. Finde sie und bring sie zu mir persönlich, nur zu mir!«, rief er aufgebracht.

Dann ließ er Peter Meichsner selbst zur Befragung rufen. Der Ehemann wirkte noch jämmerlicher und ängstlicher als zuvor. Ohne Umschweife fragte ihn Heller, ob seine Frau jemals eingestanden hatte, Agnes Müller zu sein.

»Nein, Ehrwürden«, antwortete Peter Meichsner. »Ich habe sie gefragt, und sie hat es bestritten. Aber sie hat dieses Muttermal wie ein Fisch, genau wie der Weinhändler sagt. Sie hat sich mir gegenüber nie nackt gezeigt, aber einmal habe ich sie beim Baden erblickt: Das Muttermal war da auf ihrem Rücken, genau wie ein Fisch.«

Johannes Heller blickte ihm fest in die Augen. »Ein Muttermal haben viele Menschen«, schnaubte er. »Und wenn jemand dir gesagt hätte, dass ihres wie ein Frosch aussähe, dann hättest du bestimmt auch einen Frosch gesehen. Du hast gesehen, was du bereits zu wissen glaubtest. Auch deine Zeugen beweisen nichts: Der erste beruft sich auf die Aussage des zweiten, der sie erkannt haben will, und der zweite verweist auf deine Aussage, dass du dieses Muttermal gesehen hast. Das ist keine Grundlage für ein Urteil.«

Er hielt inne und sprach ruhiger. »Das mit der Wahrheit ist viel schwieriger, als man gewöhnlich denkt. Der heilige Thomas von Aquin unterscheidet zwischen zwei Formen von Wahrheit: *Duplex modus veritatis* nennt er das. Die eine ist die Wahrheit, die die Vernunft durch Fragen und Suchen erreichen kann, die andere aber ist die höhere Wahrheit, die das Erkenntnisvermögen der Vernunft übersteigt. In der höheren Wahrheit liegt auch die Gerechtigkeit. Das Problem ist nur: Wie soll man sie erkennen, wenn sie nicht über die Vernunft direkt zugänglich ist? Ich glaube, dass der beste Weg zur höheren Erkenntnis durch genaue Beobachtungen und kritische Fragen verläuft. Kurzum, lass dich von den Fakten leiten: Du hast diese Frau unter ihrem Namen Dorothea Maurer kennengelernt, geliebt und geheiratet. Sie hat dir Glück gebracht und wird dein Kind gebären. Auch wenn sie einen anderen Namen hätte, wäre sie doch dieselbe Frau. Manche sagen, dass wir die Dinge nur mit ihren Namen erfassen können, und dass diese Namen oder Begriffe die Wesenheit der Dinge sind, aber ich meine, dass solche Namen nur Wörter sind, die auch anders lauten könnten. Eine Rose würde genauso süß riechen, wenn sie anders hieße.«

Peter Meichsner versuchte, seinem Argument zu folgen. »Dann ist sie vielleicht doch meine richtige Ehefrau«, rief er erleichtert.

»Bei dieser Faktenlage, ja. Wir müssen ihr dennoch einige Fragen stellen. Hast du eine Ahnung, wohin sie geflohen sein könnte?«

Der Ehemann schaute wieder bestürzt nieder. »Ich weiß nicht, Herr. Hoffentlich ist ihr nichts zugestoßen.« Das betete Johannes Heller auch.

30. Ministerium eius accipiat alter

DIE LETZTE GERICHTSHANDLUNG des Tages war protokolliert worden, und der Gerichtsnotar Pangratz Haselberger trug das schwere Konvolut von Gerichtsaufzeichnungen zu seinem Aufbewahrungsplatz in einen verschlossenen Schrank zurück. Der Richter, der noch mit einigen Notizen beschäftigt war, blickte auf, als die Vesperglocke läutete. Er musste sich jetzt beeilen, um sich nicht für das Abendgebet zu verspäten. Als er aufstehen wollte, trat ein berittener Bote mit einem Brief durch die Tür. Der Notar wollte ihm den Brief abnehmen und ad acta legen, doch der Bote winkte ab.

»Nur dem Richter zu Händen«, sagte er und schritt direkt auf Johannes Heller zu, dem er den Brief mit einer bedeutsamen Geste überreichte. Tatsächlich stand in großen Buchstaben auf dem Brief geschrieben: »*Solum ad manus Domini Johannis Heller, iudicis ecclesie Frisingensis.*«

Heller bezahlte den Boten und hielt den Brief neugierig in seinen Händen. Es war ein einzelnes Blatt schweren Papiers, kunstvoll gefaltet und mit einem dicken grünen Wachssiegel verschlossen. Heller inspizierte das Siegel näher: Es trug den Eindruck eines Siegelstempels, den er von irgendwoher erkannte. Ein Hauch von Rosenwasserduft stieg in seine Nase. Heller versuchte, seine brennende Neugier zu bändigen; er steckte den Brief in sein Gewand und lief zum Dom. Er war verspätet: Seine Kollegen saßen bereits im Chorgestühl, und Pater Schwarz war mitten im Gesang. Mit schallenden Tritten lief Heller zu seinem Platz und erntete den zornigen Blick des Paters. Mit Unruhe bemerkte er, dass der Stuhl von Marcus Hörnle leer blieb.

An der Reihe war Psalm 108: »*Deus laudis meae ne tacueris*«, die Klage Davids gegen seine Feinde, die ihn verleumdeten. Johannes Heller hörte mit einem Schaudern, wie der Psalmist seinen Gegner verfluchte: »*Fiant dies eius pauci, et ministerium eius accipat alter*« – Mögen seine Tage gezählt sein und sein Amt an einen anderen übergehen. Mögen seine Kinder Waisen und seine Frau Witwe werden. Mögen seine Söhne heimatlos und arm streunen und in seinen Untergang hineingezogen werden.«

Auch wenn das in der Bibel stand, waren es rachsüchtige, schreckliche Worte, die Heller nicht leicht mit der Botschaft Christi in Einklang bringen konnte, wie er sie verstand. Aus dem Mund des Dominikanerpaters klang das Gebet ausgesprochen bedrohlich.

Anschließend erhoben sich matt die Stimmen der Domherren und versanken im Gemurmel: »Amen.« Dieses Mal bemerkte Heller, dass auch sein Kollege Heinrich Baruther nicht mitbetete. Seine lange Stirn war vor Gram gefaltet.

Als sie hinausgingen, teilte Baruther ihm den Grund seines Ärgers mit: »Marcus Hörnle ist verhaftet worden«, sagte er schmallippig. »Ein Skandal!«

»Was?« Johannes Heller war bestürzt. »Weshalb?«

»Wegen Konkubinats. Der Bischof wird ihm morgen im Konsistorium den Prozess machen. Er will an ihm ein Exemplum statuieren.« Baruthers Gesichtsausdruck schwankte zwischen Verachtung und Beleidigung. Sein Zorn richtete sich allerdings nicht gegen den Angeklagten, sondern gegen den Ankläger. »Sixtus hat Pater Schwarz zum Inquisitor ernannt. Dieses Dominikanermönchlein, dieser Theologe, dieser Hund seines Herrn soll über uns Domherren richten! Was ist mit unseren Privilegien und Rechten? Wir sind die Mitbrüder und Wähler des Bischofs, keine Dorfpfarrer, die er nach Belieben bestrafen oder absetzen darf. Jetzt zeigt sich, worauf der Bischof mit seinen Reformplänen hinauswill: Er will unser Kollegium entmachten. Hörnle ist kein Engel, aber dieser Prozess soll vor allem dazu dienen, uns Angst einzujagen. Und die anderen Domherren haben schon Angst: Niemand wird für unsere Rechte einstehen, wenn der Bischof sie uns wegnimmt.«

Johannes Heller blickte hinüber zur bischöflichen Residenz, wo in den Fenstern die Lichter bereits brannten. »Ich kann es nicht glauben«, murmelte er.

Aufgewühlt kehrte Heller zu seinem Richterhaus zurück. Aus Sorge um Marcus Hörnle vergaß er sogar den Brief in seiner Tasche. Als er ihm aber beim Abendessen wieder einfiel, stand er unvermittelt auf und lief mit dem Brief in der Hand in seine Bibliothek. Sein geduldiger Diener lief hinter ihm her mit dem Essen auf einem Tablett. Heller, der bereits vor seinem Lesepult saß, dankte ihm abwesend und bat, nicht mehr gestört zu werden. Er roch nochmals den Duft von Rosenwasser und riss das Siegel mit ungeduldigen Händen ab.

Der Absender war, wie er vermutet hatte, Äbtissin Barbara von Seligenthal. Die strengen, altertümlich wirkenden Züge der Handschrift verrieten, dass sie den Brief auch selbst geschrieben hatte. Heller überflog den Inhalt einmal rasch und zwang sich dann, ihn nochmals langsam und genau durchzulesen, denn was er las, erfüllte ihn mit großer Unruhe.

»An Dominus Johannes Heller, Domherr und Konsistorialrichter der Freisinger Kirche, demütigste Grüße von

Gottes niederer Dienerin Barbara, Äbtissin von Kloster Seligenthal.

Dominus Heller, Ihr seid von diesem Schreiben gewiss überrascht, das Euch ungewollt und ungefragt von unserer Hand erreicht. Und in der Tat, auch wir schämen uns, auf unerlaubte und heimliche Weise an Euch zu schreiben, wie es sich für eine ehrbare Dienerin Gottes nicht ziemt. Umso mehr erfüllt uns unsere Handlung mit Scham, da unlängst unsere Mitschwestern für genau dasselbe Vergehen bestraft wurden. Allerdings werdet Ihr Verständnis dafür haben, dass wir angesichts des Grunds unseres Schreibens diesen Brief nicht dem Administrator zu lesen geben konnten. Es ist hoffentlich unnötig hinzuzufügen, dass wir Euch um die größte Diskretion bitten, denn unsere Feinde würden nicht nur diesen Brief gegen uns verwenden, sondern auch ihre Vorwürfe bestätigt sehen, dass wir selbst die heimliche Korrespondenz unserer Nonnen ermöglicht hätten. In Wahrheit befinden wir uns in äußerster Not, sonst würden wir einen solchen Brief nie schreiben. Und wir wagen es nur, dies zu tun, weil wir ein besonderes Vertrauen zu Euch gefasst haben als einem besonderen Freund unseres Klosters und auch unserer Person. Mehr zu schreiben, verbietet uns die Scham.«

Auch Johannes Heller wurde rot, als er die Worte las.

»Dies alles vorausgeschickt: Wir bitten Euch inständig, Dominus Heller, uns von dem ungerechten Joch des Administrators, Pater Johannes Haberfeld, zu befreien, das Ihr uns bei Eurer Visitation auferlegt habt. Obwohl Ihr ihn uns offiziell nur zur Seite gestellt habt, hat er uns als Äbtissin inzwischen völlig entmachtet und ein Regiment des Terrors eingerichtet. Das fing schon mit der Korrektur der Missstände an, die in der Visitation festgestellt wurden.

Dominus Heller, Ihr werdet vielleicht denken, dass seine Strenge durch unsere Sündhaftigkeit gerechtfertigt ist. Sicherlich gab und gibt es noch Verfehlungen im Kloster, doch durch die Brutalität und Unbarmherzigkeit seiner Bestrafung überschreitet er die Grenze der Gerechtigkeit. Es schmerzt uns vor Scham und Demütigung, dies zu beichten, dass er sogar uns als Äbtissin eigenhändig ausgepeitscht und erniedrigt hat. Er zwingt uns, einen schrecklichen Büßergürtel zu tragen, der unsere Haut verletzt. Andere müssen ein entsetzliches härenes Hemd tragen. Wir müssen ständig beichten, und er zwingt uns, Dinge zu gestehen, die wir nie getan haben. Dominus, er verliert dabei jeglichen Respekt für uns und ergötzt sich an unserem Leiden. Wir schwören es, wir haben die sündige Lust in seinen Augen gesehen.

Oh Gott, schon früher, als Pater Haberfeld nur unser Beichtvater war, haben sich einige Schwestern bei mir über ihn und die Buße beschwert, die er ihnen auferlegte. Aber wir haben es ihnen nicht geglaubt. Es war für uns undenkbar, dass ein Mann Gottes zu solchen Untaten in der Lage sei. Jetzt haben wir es am eigenen Leib erfahren. Uns sind die Schuppen von den Augen gefallen. Wenn Ihr unser Freund seid, helft uns, uns allen: Setzt Euch für uns bei dem Bischof ein, denn nur er kann uns von diesem Unhold befreien. Wir hätten an den ehrwürdigen Bischof selbst geschrieben, doch wir befürchten, dass er den Administrator davon unterrichten würde. Daher bitten wir Euch, dem Bischof davon als von einem anonymen Informanten zu berichten. Wir flehen ihn an, sich unserer zu erbarmen. *Vale in Christo*, Barbara, Äbtissin von Seligenthal.«

Johannes Heller legte den Brief zur Seite und versuchte, seine aufgewühlten Gedanken zu ordnen. Eigentlich hätte die Äbtissin keine solchen Schreiben heimlich hinter dem

Rücken des Administrators aus dem Kloster versenden dürfen: Das war ein klarer Verstoß gegen die Regel, den Heller wohl beim Bischof vermelden sollte. Dagegen wehrten sich natürlich sein Herz und sein Gerechtigkeitssinn. Vielmehr wollte er für sie kämpfen. Aber gerade diese Reaktion musste er überdenken, denn sie widersprach seinen sonstigen Pflichten und Überzeugungen. Wer sollte auf das Recht und die Regeln achten, wenn nicht er als Richter? Und zuerst musste er sich fragen, ob die Äbtissin ihm gegenüber ehrlich handelte, oder ob sie mit ihm spielte. Waren ihre Vorwürfe gegen Pater Haberfeld wirklich begründet, oder wollte die Äbtissin den verhassten Administrator nur loswerden? Schlimmer noch: Wenn sie in der Lage war, diesen Brief herauszuschmuggeln, war es nicht möglich, dass sie auch die Korrespondenz der Nonnen ermöglicht hatte, wie die Celleraria ausgesagt hatte? Dann war es möglich, dass sie Schwester Adelheid tatsächlich ermordet hatte. Und hatte sie vielleicht doch ihren Pförtner beauftragt, Schwester Clara nicht nur zu finden, sondern auch zu töten? Und Schwester Magdalena? Wem wollte er da helfen und warum? Der Boden unter Hellers Füßen schien, sich zu öffnen, direkt in die feurige Pforte der Hölle. Er brach in Schweiß aus, als er an seine Unterhaltung mit Äbtissin Barbara in der Afrakapelle und den Kuss dachte. Seine Lippen brannten.

Andererseits aber sagte ihm sein Herz, dass diese Verdächtigungen niedrig und falsch waren. Es gab keine Beweise für ihre Beteiligung an den Verbrechen oder für den Missbrauch ihres Amtes. Von Anfang an aber hatten der Herzog und der Bischof die Absetzung der Äbtissin beschlossen. Nun hatten sie ihr einen Administrator vor die Nase gesetzt, der sie entmachten sollte, bis sie vom Generalkapitel abgesetzt wurde.

Wie konnte sich die Äbtissin dagegen wehren, wenn sie nicht gegen die Regeln verstieß? Welche Appellation gab es gegen die höchste Macht? Aber was konnte Johannes Heller selbst dagegen tun, wenn er durch Recht und Gehorsam gebunden war? Rechtfertigte die Suche nach Gerechtigkeit gegebenenfalls Ungehorsam?, fragte er sich. Doch ohne Wahrheit gab es keine Gerechtigkeit. Zuerst kam die Suche nach der Wahrheit – aber welcher Wahrheit? Heller dachte an seinen leichtfertigen Rat an Peter Meichsner zurück: Lass dich von den Fakten leiten. Auch ihm selbst fehlte die Einsicht in die höhere Wahrheit. Er brauchte Fakten.

31. Ein Fisch aus dem Wasser

ER WURDE AUS seinen Gedanken durch ein lautes Klopfen an der Tür gerissen.

»Ich habe gesagt, dass ich nicht gestört werden will«, schimpfte er ärgerlich. Doch dann sprang er auf und lief zur Tür. Es war der Hauptmann der bischöflichen Wache.

»Wir haben die flüchtige Frau gefasst, nach der Ihr sucht, Dominus. Sie wurde bei Sankt Georg gefunden, wollte dort wohl übernachten. Die Stadtwache hat sie zu uns gebracht«, vermeldete er stolz.

»Bei der Kirche?«, fragte Heller erstaunt. »Und wo ist sie jetzt?«

»Wir haben sie natürlich in Gewahrsam genommen, Dominus«, antwortete der Hauptmann.

»Nein!«, rief Heller verärgert. »Zu mir bringen, habe ich gesagt. Hörst du vielleicht schlecht?«

Der Hauptmann blinzelte stumpf und feindlich. »Schon gut, Dominus, wir bringen sie Euch. Aber Pater Schwarz wollte sie auch befragen.«

»Pater Schwarz hat nichts damit zu tun«, schnauzte Heller.

Wenig später kehrte der Hauptmann mit der Frau zurück, die sich Dorothea Meichsner nannte.

Sie war wirklich sehr jung, vielleicht 17, und wirkte selbst noch zu kindlich, um schon selbst ein Kind zu bekommen. Doch sie war so schwanger, dass sie kaum gehen konnte.

»Lass sie los«, befahl der Richter. »Sie wird mir schon nicht weglaufen. Und lass uns allein.«

Der Hauptmann führte seinen Befehl zögerlich aus und ging murrend weg. Heller führte die junge Ehefrau in seine Bibliothek und verriegelte die Tür hinter sich. Die Frau verfolgte seine Handlungen mit ängstlichem Blick.

»Fürchte dich nicht«, sagte Heller beruhigend. »Ich werde dir nichts antun und will dich gleich freilassen. Sag mir nur nicht, dass du Agnes Müller bist, die entflohene Nonne aus Kloster Seligenthal bei Landshut.«

Die Frau sah ihn verständnislos an. Dann brach sie in Tränen aus. »Ehrwürden, ich gebe es zu, ich bin …«

»Nein, versteh mich richtig: Ich will nicht hören, dass du es bist«, unterbrach sie Heller eilig. »Sag nur, dass du es nicht bist.«

»Ich bin es nicht, wenn Ihr wollt«, antwortete sie unsicher.

»Gut«, sagte Heller freundlich. »Sehr gut. Leugne es immer, wenn jemand dich danach fragt. Denn wenn du es zugibst, könnte es sein, dass du zurück ins Kloster geschickt wirst. Das ist das Gesetz, und als Richter bin ich verpflichtet, das Gesetz zu wahren. Aber wenn ich nichts weiß, werde ich nichts tun.« Er ergriff ihre Hände und führte sie zu einem bequemen Stuhl. »Setz dich, bitte, und nimm von meinem Essen, wenn du hungrig bist. Ich kann nicht sagen, wie froh ich bin, dich hier vor mir zu haben«, sagte er.

»Schickt mich bitte nicht zurück ins Kloster, Dominus«, bat die Frau.

»Mache dir keine Sorgen, das werde ich nicht tun. Im Gegenteil, das will ich verhindern, wenn ich kann«, sagte Heller. »Ich befürchte, dass das Kloster im Moment ein sehr gefährlicher Ort für dich ist. Und wenn du nicht im Kloster leben willst und kannst – da du jetzt verheiratet bist und ein Kind bekommst – so will ich dir helfen, vom Papst eine Dispens zu erwirken, die dich vom Gelübde befreit. Aber ich muss dich bitten, mir zu helfen. Ich muss dringend alles über die Flucht aus dem Kloster erfahren – alles.«

Die Ehefrau schluckte. »Wie soll ich Euch das berichten, wenn ich nicht selbst …«

»Ich will nicht wissen, wie du es weißt«, sagte der Richter. »Und ich weiß bereits einiges. Was mich interessiert, ist: Wer hat die Flucht organisiert und wie? War es Schwester Agatha?«

»Schwester Agatha? Wie kommt Ihr darauf, Dominus?«, fragte Agnes Müller verwundert. »Nein, sie hatte nichts damit zu tun. Schwester Christina war es, die alles organisierte. Sie hatte einen Freund, der uns bei der Flucht half.«

»Schwester Christina Zachreis?«, rief Heller aufgeregt. »Gut! Wer war ihr Freund? Sie muss mit ihm Briefe ausgetauscht haben.«

»Oh Herr, ich weiß es nicht. Sie hat nur gesagt, dass sie seinen Sohn heiraten würde.«

Johannes Heller fasste sie am Arm. »Jaja, sie wollte heiraten. Seinen Sohn wollte sie heiraten? Er muss ein Freund der Familie sein«, sagte er gespannt. »Oder wie konnte sie den Sohn schon kennen?«

»Dominus, es ging ihr nicht um die Liebe. Sie wollte in dem Haus ihrer Vorfahren wohnen und eine Familie gründen. Sie wollte nie Nonne werden, hat sie mir gesagt; ihre Eltern haben sie gezwungen. Ich wollte es auch nicht. Mein Vater hat mich ins Kloster gegeben, damit ich für die Seele meiner Mutter bete. Wir beide haben die Profess so lang hinausgezögert wie möglich, aber dieses Jahr hätten wir den Schleier nehmen müssen. Dann starb Christinas Familie an der Pest; auch mein Vater ist gestorben. Wir waren frei, selbst zu entscheiden, und wir dachten, dass wir einfach austreten dürften. Aber die Äbtissin hat uns nicht gehen lassen. Ich – aber Dominus, ich habe jetzt doch von mir geredet. Das hätte ich nicht tun sollen.«

»Es ist schon gut«, sagte Heller beruhigend. Er dachte nach. »Dann weißt du nicht, wer euch geholfen hat. Aber vielleicht kannst du mir erklären, wie euch die Flucht gelang. Ihr habt Briefe durch die Celleraria, Schwester Adelheid, hinausgeschmuggelt und empfangen. Weißt du, wer die Briefe ins Kloster gebracht hat?«

»Herr, ich will niemanden in Schwierigkeiten bringen.«

»Schwester Adelheid ist schon tot«, sagte Heller.

»Tot? Oh Herr!«, schrie Agnes Müller auf.

»Sie wurde vergiftet«, sagte der Richter. »Und nicht nur sie ist tot. Schwester Magdalena Freudenweiß wurde wohl in derselben Nacht erstochen, als ihr weglieft. Schwester Clara Sittenpeck wurde kurz danach auch getötet, hier in

Freising. Ich bin überzeugt, dass dies keine zufälligen Verbrechen sind. Etwas Schreckliches ist im Gange. Was ist los im Kloster Seligenthal? Ich muss alles wissen.« Er packte die erschrockene Frau an den Händen an und schüttelte sie. Sie starrte ihn nur verständnislos an.

»Alle tot?«

»Wie konnte Schwester Magdalena schwanger werden? Wusstest du davon?«, fragte Heller verzweifelt.

Sie antwortete wie aus der Ferne. »Das ist die Sünde zum Tod.«

»Das habe ich schon einmal gehört«, sagte Heller nachdenklich. »Was heißt das denn, die Sünde zum Tod?«

»Das gebrochene Gelübde. *Heu me, quia facta sum sicut Sodoma et combusta sicut Gomorrha. Deletum est de libro vitae nomen meum*«, murmelte sie benommen. »Weh mir, die ich wie Sodom geworden und wie Gomorrha verbrannt bin. Gelöscht ist mein Name aus dem Buch des Lebens.«

Sie weinte eine Weile. Dann beruhigte sie sich. »Schwester Magdalena war schwanger und wollte mit uns fliehen. Jemand hat auf sie gewartet. Wir hielten bei einer Kreuzung an, und die Männer sagten ihr, dass ein Freund auf sie wartete. Sie wollte nicht aussteigen, aber sie haben sie gezwungen.« Plötzlich erfasste sie das Grauen des Geschehenen. »Großer Gott. Sie wurde ermordet!« Sie schrie auf und vergrub ihr Gesicht in den Händen.

Johannes Heller wartete, bis sie sich beruhigt hatte. »Und was geschah dann?«, fragte er leise.

»Wir fuhren weiter zu einem einsamen Gehöft. Es war dunkel; ich weiß nicht, wo wir waren. Die Männer fingen an, heftig miteinander zu streiten. Es gab sogar eine Schlägerei. Dann kam ein Mann zu uns und sagte, dass wir dort warten sollten. Jemand würde kommen, um uns abzuholen. Wir stiegen aus, aber Schwester Christina ist mit ihnen im Wagen weitergefahren. Nachdem sie weg waren, hat uns Schwester Agatha gesagt, dass sie uns vergewaltigen und töten würden, wenn sie zurückkämen. Einer der Männer hatte ihr das verraten; ich glaube, dass sie ihn kannte. Darum sind wir weggelaufen. *Deus misericors*! Glaubt Ihr, dass sie uns wirklich umbringen wollten?« Sie bebte vor Angst.

Heller hielt ihr die Hände fest und versuchte, sie zu beruhigen. »Ich weiß es nicht. Jedenfalls haben eure Fluchthelfer Schwester Magdalena nicht getötet. Mir scheint es, dass sie hauptsächlich an Schwester Christina interessiert waren. Was geschah danach?«

»Wir sind zusammen über die Felder und durch Wälder nach Freising gelaufen«, sagte Agnes Müller. Dann bin ich nach Ingolstadt zu einem Verwandten gefahren. Er schickte mich nach München, wo ich meinen Mann kennenlernte.«

»Gut, den Rest kennen wir«, sagte Heller ein wenig ungeduldig. »Aber wie kann es sein, dass Schwester Agatha ausgerechnet einen der Fluchthelfer kannte? War sie in eure Pläne eingeweiht? Wer ist sie?«, fragte Johannes Heller.

»Dominus, ich weiß nichts von ihr. Wir haben nichts mit ihr besprochen. Sie hat überhaupt niemals vorher gesprochen. Aber als wir wegliefen, stand sie uns plötzlich im Weg und fragte, was wir machten. Sie muss es irgendwie geahnt haben.«

Heller schüttelte perplex den Kopf. »Sie hat im Infirmarium gearbeitet. Vielleicht hat sie erfahren, dass Schwester Magdalena schwanger war.«

Er wollte sie gehen lassen, als wieder jemand an die Tür klopfte.

Sein alter Diener vermeldete, dass der bischöfliche Kaplan, Pater Schwarz, Eintritt verlange.

»Was? Wer ist da?«, rief Heller zurück, als ob er ihn nicht verstanden hätte. Indessen sprang er auf, öffnete einen großen Schrank an der Wand, und schob Agnes Müller hinein.

Nun donnerten Schläge an die Tür. »Macht auf, Dominus Heller! Im Namen des Bischofs!« Es war Pater Schwarz selbst.

»Einen Augenblick!«, antwortete Heller, als er seinen Stuhl vor den Schrank rückte. »Nicht so eilig. Ich bin doch ein alter Mann.« Schließlich ging er zur Tür und machte sie einen Spalt auf.

Der Hauptmann der Wache schob die Tür ganz auf und schaute sich scharfäugig im Raum um. Pater Schwarz trat hinter ihm über die Schwelle.

»Dominus Heller, wir haben erfahren, dass sich eine Frau in Eurem Haus aufhält. Es gibt guten Grund für den Verdacht, dass sie eine entlaufene Nonne aus Kloster Seligenthal ist. Sie liegt unter Exkommunikation und muss unmittelbar dem Bischof übergeben werden, damit sie zu ihrem Kloster zurückgebracht wird.«

Johannes Heller stellte sich ihm demonstrativ in den Weg. »Es gibt keinen Grund für diesen Verdacht. Ich habe den Fall eingehend überprüft und sehe keinen rechtlichen Beweis für die Behauptung, dass sie eine Nonne aus Seligenthal ist. Sie ist daher aus meiner Sicht die ehrbare Ehefrau von Peter Meichsner, und es gibt keine Veranlassung, sie zu belästigen.«

»Das werden wir entscheiden, wenn wir mit ihr gesprochen haben«, fauchte Pater Schwarz zurück. »Wir haben eine Vollmacht des Herrn Fürstbischofs, diese Frau zu finden, wo auch immer sie versteckt ist. Und wir wissen, dass sie hier ist.«

Er hielt ein vom Bischof unterschriebenes Dokument unter Hellers Nase und schob ihn zur Seite. Johannes Heller schreckte auf. »Der Fürstbischof hat Euch ermächtigt, mein Haus zu durchsuchen?«

Der Dominikaner lachte nur und winkte die Wachmänner hinein. »Durchsucht die Räume.«

Er wandte sich wieder Heller zu, der sich eilig auf den Stuhl vor dem Schrank setzte.

»Dominus Heller, die Tage sind vorbei, da ihr Euch hinter Paragrafen und Privilegien verschanzen konntet. Ihr und Euresgleichen, Ihr Domherren und Winkeladvokaten, Äbte und Äbtissinnen, Ihr alle habt vergessen, dass Ihr nur Diener der Kirche seid. Und weil Ihr eigensüchtig und ungehorsam seid, seid Ihr keine treuen Diener.«

Johannes Heller hörte ihm zu, während er gleichzeitig besorgt beobachtete, wie die Wachmänner Bücher aus den Regalen rauszogen und Möbel in seiner Bibliothek herumrückten. »Vorsichtig damit«, rief er ihnen hinterher.

»Wie haben wir diese Vorwürfe verdient?«, fragte er dann unschuldig, um die Aufmerksamkeit seines Gastes auf sich selbst zu lenken.

»Ihr widersetzt Euch der Reform der Kirche«, informierte ihn Pater Schwarz.

Heller winkte ab. »Wer sagt denn das? Wir verhindern die Reformen auf keinen Fall. Ich und meine Kollegen des Domkapitels unterstützen die Reformen. Wir verurteilen jegliche Misspraktiken und Missbräuche in der Kirche. Aber das Überschreiten von Befugnissen und die Missachtung von Rechtssätzen ist auch ein Missbrauch, den wir anprangern müssen.«

»Nein, Ihr seid es, Dominus Heller, der das Recht missbraucht«, wies ihn Pater Schwarz zurecht. »Ihr versucht jetzt, mit durchsichtigen Argumenten diese abtrünnige Nonne zu schützen, damit sie weiterhin in der Sünde wühlen kann. Sie hat bereits das ehrenhafte Kleid der Jungfräulichkeit abgelegt und sich verunreinigt. Das sollt Ihr eigentlich verurteilen als Mann der Kirche. Doch stattdessen wollt Ihr erlauben, ihre Täuschung und Unzucht weiterzuführen. Warum biegt und brecht Ihr das Recht, wenn Ihr als bischöflicher Richter über die Einhaltung des Gesetzes wachen sollt? Kommt das von Eurer eigenen sündhaften Vergangenheit, die Ihr vielleicht noch nicht ganz abgelegt habt?«

Die Wachmänner rumpelten inzwischen durch Hellers Schlafzimmer. Heller ließ sich nicht provozieren. »Ich glaube, es steht etwas in der Bibel davon, dass der Himmel sich mehr über einen reuigen Sünder freut als über 99, die sich für Gerechte halten«, antwortete er ruhig.

»Aber nur, wenn sie bereuen«, sagte Pater Schwarz dunkel. »Sonst freut sich der Teufel in der Hölle auf Euresgleichen. Doch warum diese Lügen? Wir durchschauen Euch. Gesteht einfach, dass Ihr die Abtrünnige über ihre Flucht aus dem Kloster ausfragen wolltet. Ihr seid von einer unheiligen Neugier in dieser Sache besessen, Dominus Heller, die Euch dazu verleitet, Eure Kompetenzen zu überschreiten und selbst das Recht zu missachten.«

»Es handelt sich um schlimme Verbrechen, Pater, die wir aufzuklären versuchen: Mord, Entführung, Vergewaltigung in der Kirche und im Kloster. Das müsste auch Euch beschäftigen, aber ich habe immer den Eindruck, dass Ihr nicht nur nicht an der Aufklärung der Vorfälle interessiert seid, sondern vielmehr, dass Ihr unsere Ermittlungen verhindert. Ich frage mich, ob Ihr etwas verheimlichen wollt.«

Einen Augenblick lang schien Pater Schwarz von diesem unerwarteten Angriff verblüfft; dann verfinsterte sich sein

Gesicht. »Wir haben nichts zu verheimlichen, im Gegensatz zu Euch, Heller. Die Missstände im Kloster haben wir aber bereits untersucht und die Schuldige ermittelt. Jetzt werden wir auch hier aufräumen.«

Die Wachmänner kamen mit leeren Händen zurück. »Wir haben alles durchsucht, Ehrwürden. Sie ist nicht hier«, berichtete der Hauptmann mit der gebrochenen Nase.

Pater Schwarz lächelte. »Dann durchsucht den Schrank hinter dem Herrn Richter. Haltet Ihr uns für so dumm, Dominus Heller?«

Heller war es nun, der erschrak. Als der Hauptmann vortrat, um ihn zur Seite zu schieben, sprang er von seinem Stuhl auf. »Wagt es nicht, mich anzufassen.«

Er versuchte, würdevoll aufzugeben. »Sie ist da, die Ihr sucht. Aber sie ist unschuldig. Ihr habt kein Recht, sie festzunehmen.«

Die Wachmänner öffneten den Schrank und ergriffen die versteckte Frau mit groben Händen. Sie schrie hilflos und strampelte mit den Beinen.

»Wir werden sie befragen auf unsere Art, ob sie eine Nonne aus Seligenthal ist: Wir sind sicher, dass sie uns die Wahrheit sagen wird. Und wir werden sie dann dorthin zurückbringen, wohin sie gehört«, kündigte Pater Schwarz an.

»Wagt es nicht, sie zu foltern!«, brüllte Heller wütend. »Sie ist schwanger.«

Er ging zur Tür und stellte sich ihnen verzweifelt in den Weg. »Lasst sie in Ruhe, Pater. Ich bin schuld. Ich gestehe: Sie ist aus Kloster Seligenthal. Ich habe sie zur Flucht befragt – aber sie weiß von nichts. Nichts, hört Ihr! Die anderen haben den Ausbruch organisiert; sie hat nichts getan und nichts verbrochen. Und eine Abtrünnige ist sie auch nicht, weil sie noch nicht die Profess abgelegt hat. Daher dürft Ihr sie nicht dorthin zurückbringen, denn niemand kann zum monastischen Leben gezwungen werden. Außerdem ist sie schwanger und verheiratet, weshalb sie keine Nonne mehr werden kann. Mehr noch: Es ist gefährlich für sie in Seligenthal. Das wisst Ihr so gut wie ich. Das könnte ihr Todesurteil sein.«

»Ihr gesteht also, dem Befehl des Bischofs widerstanden und das Recht gebrochen zu haben?«, triumphierte Pater Schwarz. »Das wird Konsequenzen für Euch haben. Was diese Abtrünnige angeht: Ob Nonne oder Novizin, sie hat das Kloster ohne Erlaubnis der Äbtissin verlassen und ihren geweihten Habit abgelegt, weshalb sie bestraft werden muss. Ins Kloster muss sie auf alle Fälle zurück. Denn eine Nonne aus dem Kloster ist wie ein Fisch aus dem Wasser: Sie muss zurück ins Kloster, oder sie muss sterben.«

Johannes Heller verlor die Fassung. Er trat an Pater Schwarz nah heran und blickte so grimmig, dass selbst der Dominikaner einen Schritt zurückwich. »Wenn ihr etwas zustößt, schwöre ich, dass ich Euch dafür zur Rechenschaft ziehen werde.«

Nachdem sie weg waren, sank der Richter erschöpft in seinen Stuhl zurück. Er fühlte sich bedrückt von Sorgen und Ungewissheiten und wütend wegen seiner Hilflosigkeit. Zudem hatten sich seine Hoffnungen, die Verbrechen in Kloster Seligenthal aufzuklären, wieder zerschlagen. Er wusste jetzt zwar mehr als zuvor, aber es schien ihm, dass er noch ohne Lampe in der Dunkelheit herumirrte. Hingen die Flucht und die Morde überhaupt zusammen?, fragte er sich nun. Oder suchte er nach einem Geheimnis, das es nicht wirklich gab? Wenn er nur die Beweise berücksichtigte, müsste er eigentlich feststellen, dass die Nonnen jedenfalls nicht von ihren Entführern ermordet wurden. Aber das warf nur noch mehr Fragen auf. Nach wie vor war er überzeugt, dass die Antworten im Kloster selbst lagen. Doch bei der Visitation hatte man nichts gefunden – außer den Briefen. Als er darüber nachdachte, fiel ihm etwas ein, das er dringend überprüfen wollte.

32. Der treue Diener

ES WAR BEREITS spät, als Johannes Heller an der Tür zur bischöflichen Residenz anklopfte. Der Diener, der aufmachte, erklärte, der Fürstbischof habe sich zum abendlichen Gebet in die Johanniskirche begeben. Die kleine aber prachtvolle Kirche Sankt Johannes Baptista stand zwischen der bischöflichen Residenz, mit der sie durch einen hölzernen überdachten Gang verbunden war, und dem mächtigen Nordturm des Doms. Sie war zum Seelenheil der Freisinger Bischöfe gestiftet worden und somit effektiv des Bischofs Privatkirche. Fürstbischof Sixtus hatte eine besondere Vorliebe für die Johanniskirche und ging oft dorthin zum Gebet. Jetzt kniete er allein vor dem Altar im zwinkernden Licht der Kerzen und dem Glanz des goldenen Altargeschirrs. Johannes Heller wagte nicht, ihn zu stören, sondern kniete andachtsvoll hinter dem Bischof und wartete geduldig, bis er fertig wurde. Bischof Sixtus musste sein Kommen bemerkt haben, denn er warf einen raschen ärgerlichen Blick über die Schulter. Dann fing er an, demonstrativ laut zu beten. Er betete lang und ausdauernd. Vielleicht hoffte er, dass der Besucher aufgeben würde, doch Heller harrte ebenso demütig und wachsam hinter ihm, bis der Bischof schließlich aufgab und mit einem gestöhnten »Amen« sein Gebet beendete. Er erhob sich und drehte sich um.

»Was wollt Ihr denn, Dominus Heller?«, fragte er verdrießlich. »Wenn Ihr hier seid, um Gnade für Euren Kollegen Hörnle zu erbitten, verschwendet Ihr Eure Zeit.«

Johannes Heller verneigte sich. »Ich bin nicht deswegen hier, Dominus. Ich weiß nicht, welche Anklage gegen Dominus Hörnle vorliegt, aber ich glaube, dass über ihn noch nicht gerichtet ist. Daher braucht er keine Gnade, sondern nur ein gerechtes Verfahren. Ich vertraue fest darauf, dass er nach dem Recht behandelt wird.«

Der Bischof reagierte gereizt. »Das ist richtig: Er ist noch nicht verurteilt. Ihn erwarten ein gerechtes Verfahren und die Bestrafung, die das Gesetz vorsieht. Glaubt Ihr etwa, dass wir uns nicht an das Recht halten würden? Wir haben auf gemeinsame Beratung geachtet, obwohl manche das für unklug hielten, und unsere Beschlüsse mit allgemeiner Zustimmung verabschiedet. Jetzt fordern wir nur, dass das Recht eingehalten wird. Was gibt Euch Anlass, an unserer Gerechtigkeit zu zweifeln?«

Johannes Heller neigte demütig den Kopf: »Ich bezweifele nicht Eure Gerechtigkeit und Eure Achtung vor dem Recht, Ehrwürden. Aber ich misstraue manchen von Euren Dienern.«

Der Bischof erstarrte. »Wir misstrauen auch manchen von unseren Dienern, Dominus Heller. Wir haben nur wenige treue Diener und sind unsicher, ob Ihr Domherren wirklich dazu zählt. Ein guter Diener soll gehorsam sein, doch wir erleben von Euch und Euren Kollegen immer nur Widerstand gegen unsere Reformbemühungen. Ihr habt immer Eure rechtlichen Bedenken und juristischen Winkelargumente, um unsere Dekrete nicht umzusetzen. Ihr glaubt wohl, dass Eure Rechte und Privilegien Euch vor Unserem Befehl schützen.« Seine Stimme erhob sich gefährlich schrill, und sein Blick war zornig.

Johannes Heller hielt seinem Blick aber stand. »Genau dieselben Invektive habe ich soeben von Eurem Kaplan gehört, Ehrwürden. Ihr scheint sehr auf seinen Rat zu hören, indes Ihr immer weniger auf unsere Bedenken achtet.«

»Und überrascht das Euch?«, schnappte der Bischof. »Er ist ein guter Diener und tut, was wir wollen.«

»Nein, Ehrwürden. Ein treuer Diener sagt nicht immer, was sein Herr hören will. Ein treuer Diener steht seinem Herrn mit Rat und Tat zur Seite, damit dieser sein Amt weise und gerecht ausübt. Anstatt alles zu loben, muss er auch manchmal kritisieren und dafür sorgen, dass die Entscheidungen seines Herrn ausgewogen und gerecht sind. Dann achtet er bei der Ausführung der Beschlüsse, dass sie dem Sinn und Geist des Gesetzes entsprechen und nicht unbeabsichtigt in Unrecht münden. Ein guter Diener dient immer dem Recht als höchstem Prinzip, denn das ist auch die Grundlage für die Herrschaft seines Herrn. Nur die Herrschaft des Unrechts beruht auf Gehorsam allein.«

Bischof Sixtus hörte ihm verdrossen zu. »Und daraus leitet Ihr das Recht ab, uns in frecher Weise zu widersprechen? Das ist eine Anleitung zum Ungehorsam, zur Rebellion!«, rief er empört. »Wagt es nicht, Heller. Wir schulden Euch Dank für vergangene Hilfe, aber wir werden Ungehorsam nicht erdulden, von niemandem. Jetzt sagt doch endlich, was Euch wirklich zu dieser späten Stunde zu uns führt, oder geht Eurer Wege.«

»Dominus, mir sind Ungerechtigkeiten zu Ohren gekommen, die in Eurem Namen geschehen, aber die Ihr gewiss nicht beabsichtigt«, sagte Johannes Heller vorsichtig. »Im Kloster Seligenthal habt Ihr die Einsetzung eines Administrators beschlossen, um die Äbtissin in ihrer Amtsführung zu unterstützen und die Missstände zu beseitigen. In Wirklichkeit aber veranstaltet der Beichtvater einen heiligen Terror in dem Konvent. Ich habe von Auspeitschung und Schlägen, Erniedrigungen und anderen Strafen gehört, die die Bezeichnung Misshandlung verdienen. Ich weiß, dass es Euer gerechter Wunsch ist, die Missstände im Kloster, die wir bei der Visitation feststellten, zu beseitigen und das Klosterleben gottgefällig und regelkonform zu ordnen. Doch es kann nicht Eurem Wunsch entsprechen, dass das Heilmittel viel schlimmer ist als die Krankheit, die es heilen sollte.«

Sixtus war augenblicklich verunsichert. »In Kloster Seligenthal? Wer hat Euch solche Geschichten erzählt? Und ist das überhaupt bewiesen?«

Heller nickte, als ob in Zustimmung. »Ich freue mich, dass Ihr nach Beweisen verlangt, Ehrwürden. Genau diese Gerechtigkeit habe ich von Euch erwartet. Das sind zwar nur Behauptungen, aber sie beunruhigen mich sehr. Ich kenne die Wahrheit nicht, aber halte es für durchaus angebracht, die Vorwürfe zu untersuchen und die Wahrheit herauszufinden, wie Ihr vorschlagt.«

Sixtus lachte bitterlich. »Wie wir vorschlagen? Ist das, wie ein wahrer Diener seinem Herrn dient, indem er ihm seine eigenen Forderungen in den Mund legt? Haltet uns bitte nicht für so leicht manipulierbar, Dominus Heller. Wir wissen genau, dass Ihr die Äbtissin von Seligenthal schützen wollt. Ihr habt, wie es uns scheint, eine höchst unpassende Zuneigung für die Äbtissin, die Euch als Kirchenmann nicht ziemt und Euch für ihre Verfehlungen blind macht.«

Johannes Heller errötete. »Das ist …« Er wollte sagen, dass der Vorwurf absurd sei, doch das Wort kam ihm nicht über die Lippen: Absurd war es nicht. »Das ist …«, stotterte er, »… Verleumdung aus dem Mund von Pater Schwarz.«

»Gewiss ist sie es, die Euch über die angeblichen Misspraktiken des Administrators informiert hat«, sagte Bischof Sixtus scharfsinnig. »Aber ihre Beschuldigung ist ganz durchsichtig. Sie will den Administrator nur loswerden.«

Johannes Heller sah ihm direkt in die Augen. »Ehrwürden, in Wirklichkeit sind es die Anschuldigungen gegen Äbtissin Barbara, die ganz durchsichtig sind. Von Anfang an hat der herzogliche Rat Mair die Absicht des Herzogs durchblicken lassen, die Äbtissin abzusetzen. Euer Diener, Pater Schwarz, hat sich dies zur Aufgabe gemacht, bevor er überhaupt seinen Fuß in das Kloster setzte. Nur die rechtlichen Bestimmungen haben ihn bislang davon abgehalten, obwohl die Missstände, die bei der Visitation aufgedeckt wurden, dies keineswegs rechtfertigen. Ich kann nicht glauben, dass Ihr Euch damit zufriedengeben wollt, als Handlanger des Herzogs zu dienen. Welches Licht wirft das auf Eure Reformbemühungen?«

Heller hielt inne und biss sich auf die Zunge. Er hatte offener mit dem Bischof geredet, als er wollte. Bischof Sixtus schnappte nach Luft, als die Rede auf seine Reformen kam.

»Ihr Domherren seid es, die unsere Reformen in Verruf bringen«, blaffte er. »Anstatt als Vorbilder der Sittlichkeit und als Vorkämpfer der Kirche aufzutreten, beschmutzt Ihr unser Ansehen mit Eurem Fehlverhalten. Die einen schwelgen in Luxus und weltlichem Genuss, die anderen halten sich immer noch ihre Konkubinen und Huren. Morgen werden wir diesen Flegel Marcus Hörnle als *exemplum mali* für alle bestrafen, damit jeder sieht, dass niemand, nicht einmal Ihr Domherren, über dem Gesetz steht. Wie wir hören, habt Ihr selbst versucht, eine entlaufene Nonne aus Seligenthal, eine exkommunizierte Abtrünnige, vor der gerechten Zurückführung ins Kloster zu schützen. Ist das so, wie sich ein Richter verhalten soll? Was ist denn in Euch gefahren?«

Johannes Heller wollte eine Erklärung abgeben, doch der Bischof unterbrach ihn ungeduldig. »Immer wieder dieses Kloster Seligenthal«, stöhnte er. »Wir wünschen herzlich, dass wir uns diese Sorge niemals aufgebürdet hätten. Das Kloster liegt doch im Bistum Regensburg. Unser Vorgänger wurde vor zehn Jahren vom Papst zum Visitator von Seligenthal ernannt, aber wir hätten die Aufgabe nicht übernehmen müssen. Nur drängte Herzog Ludwig darauf, weil er mit dem Regensburger im Streit liegt.«

»Der Regensburger hätte wohl nicht alles getan, was Herzog Ludwig verlangt«, bemerkte Heller spitz.

Der Bischof blickte ihn scharf an. »Habt Ihr Euch jemals gefragt, Dominus Heller, ob die Äbtissin, die Ihr immer in Schutz nehmt, nicht in Wirklichkeit doch verantwortlich für diese Verbrechen im Kloster ist? Ihr sucht immer nach einem versteckten Verbrecher und glaubt nicht an die Ergebnisse der zuständigen Ermittler, doch wenn jemand wirklich verdächtig ist, dann ist es Eure Äbtissin.«

Heller hob die Augenbrauen, als ob er von dem Gedanken überrascht wäre. »Die Äbtissin?«

Bischof Sixtus lächelte wissend und überlegen. »Gerade die Liebesbriefe und die Vergiftung der Celleraria weisen direkt auf sie hin: Sie hatte die Möglichkeiten und die Motive.

Glaubt Ihr wirklich, dass sie so unschuldig ist, wie sie sich gibt? Überlegt es Euch, Dominus Heller, und vielleicht werdet Ihr einsehen, dass wir nicht ungerecht handeln.«

Gerade wollte er sich abwenden, als Johannes Heller die Gelegenheit ergriff, darum zu bitten, weshalb er eigentlich gekommen war. »Ehrwürden, lasst mich das für mich selbst überprüfen. Gebt mir die Visitationsunterlagen zu lesen.«

Sixtus nickte zustimmend. »*Placet*. Und damit genug! Schaut Euch die Unterlagen an, aber fortan wollen wir nichts mehr von Kloster Seligenthal hören. Mehr noch, wir verbieten Euch ausdrücklich, diese Angelegenheit weiter zu verfolgen. Habt Ihr das verstanden?«

33. *Exemplum mali*

AM NÄCHSTEN TAG nach dem Gottesdienst versammelten sich die Domherren zusammen mit dem Fürstbischof in der bischöflichen Residenz zum Konsistorium. Marcus Hörnle sollte der Prozess gemacht werden. Die Stimmung im Kollegium war erkennbar angespannt. Manch einer, etwa Hellers langjähriger Feind, der Dekan Johannes Simonis, rieb sich die Hände vor Freude. Andere aber, die selbst vielleicht nicht ganz regelkonform lebten, blickten beunruhigt und ein wenig ängstlich dem Prozess entgegen. Schließlich betrat Fürstbischof Sixtus den Raum, bekleidet im prächtigen pontifikalen Ornat. Hinter ihm her huschte die Figur des Kaplans, Pater Schwarz, in seinem Ordenshabit, der sich zur rechten Seite des Bischofs stellte.

Der Bischof eröffnete die Sitzung mit einer Rede: »Brüder, als wir zum Bischof gewählt wurden, erklärten wir es zu unserer Pflicht und Aufgabe, die heilige Braut Christi, die unsere Kirche ist, zu reformieren und von den unsäglichen Unsitten und Sünden zu reinigen, die sie seit Jahren beschmutzen. Gemeinsam beschlossen und verkündeten wir Reformen für alle. Jetzt sind wir erschüttert zu erfahren, dass einer von Euch, die Ihr gleich den Edelsteinen auf der Brautkrone unserer Kirche als Beispiele der Tugend glänzen sollt, durch seine Sündhaftigkeit als ein *exemplum mali* – ein Beispiel des Schlechten – aufgefallen ist. Das versetzt uns in Staunen und Entsetzen, Brüder.« Er wirkte tatsächlich erschüttert.

»Wir wissen nicht, welche Vermessenheit oder Verworfenheit diesen Unglücklichen dazu verführt hat, gegen Gottes Gebot und das eherne Gesetz der römischen Kirche zu verstoßen. Glaubte er vielleicht, dass unsere Beschlüsse ihn nicht beträfen? Wähnte er sich wegen seiner herausragenden Stellung vor der Verfolgung des Gesetzes sicher? Wir wissen es nicht, aber wir werden dieses Verhalten in unserem engsten Umfeld nicht dulden.« Seine Trauer schien plötzlich in Ärger umgeschlagen zu sein. »Und daher werden wir an dem Schuldigen ein Exempel statuieren. Er wird Buße leisten und bereuen, für sich selbst und für Euch alle. Jeder soll es wissen, dass wir unsere Kirche entschlossen und ohne Rücksicht auf Stand und Ehre reinigen werden. Führt den Angeklagten herein!«

Marcus Hörnle wurde von zwei Wachmännern in den Saal gebracht. Sein Gesicht war blass, und er wirkte zerknirscht; von seinem gewöhnlich zuversichtlichen, leicht überheblichen Lächeln war nichts mehr zu sehen. Aus geröteten Augen wanderte sein Blick unruhig über das Konsistorium, auf den unerbittlich herunterschauenden Bischof und die höhnisch lächelnden Kollegen.

Pater Schwarz stand von seinem Sitz neben dem Bischof auf, um die Anklage vorzutragen. Marcus Hörnle ließ den Kopf hängen.

»Marcus Hörnle, Licentiatus im Römischen Recht und Mitglied des Domkapitels der ehrwürdigen Freisinger Kirche«, rief er mit donnernder Stimme, »im Namen des ehrwürdigen Fürstbischofs von Freising wird Euch vorgeworfen, eine unerlaubte und verdammungswürdige Beziehung zu einer notorischen Prostituierten gehabt und fortgeführt zu haben. Damit habt Ihr nicht nur vor Gottes Augen gesündigt und Euer Gelübde gebrochen, sondern auch im öffentlichen Konkubinat gelebt, das nach dem Recht der heiligen römischen Kirche verboten und gemäß dem dieses Jahr in unserer Synode verabschiedeten Beschluss strafbar ist. Der Anklage entsprechend wird über Eure Schuld und Bestrafung *per inquisitionem* gerichtet. Im Namen des Bischofs sind wir Euer Ankläger und Richter. Was habt Ihr zu diesem Vorwurf zu sagen? Wollt Ihr gestehen?«

Marcus Hörnle atmete tief durch und antwortete mit zitternder Stimme. »Eure Reverenz, Dominus Fürstbischof, Dominus Richter, ehrwürdige Mitglieder des Domkapitels, ich gestehe reuig ein, dass ich mit dieser Frau gesündigt habe. Aber ich schwöre, dass ich diese sündhafte Beziehung bereits vor dem Synodalbeschluss beendet habe.« Ein Lichtblick Hoffnung leuchtete in seinen Augen auf.

Pater Schwarz krähte: »Ihr gebt also zu, diese Hure als Konkubine gehalten zu haben.«

»Nein, sie war nie meine Konkubine«, antwortete Hörnle rasch. »Und ich wiederhole, dass ich diese Beziehung bereits vor der Synode beendet habe.«

»Aber Ihr gabt ihr Geld für Eure Sünde, und sie lebte davon«, brüllte der Kaplan.

»Ich gab ihr Geld, ja, aber das ist Prostitution, nicht Konkubinat«, protestierte Hörnle schwach.

»Als wäre das etwas Besseres! Sie lebt aber und treibt ihr schmutziges Geschäft nicht im öffentlichen Dirnenhaus, sondern in einer eigenen Wohnung, die Ihr mit Eurem Sündengeld bezahlt. Wir sind keine wendigen Rechtsgelehrte, aber in unserem Verständnis ist das Konkubinat.« Man musste ihm einräumen: Für einen Theologen argumentierte er rechtlich überzeugend.

»Aber das war schon vor der Synode«, beteuerte Hörnle nochmals.

»Ihr wollt uns glauben lassen, dass Ihr freiwillig aus reuiger Erkenntnis Eure Sünde beendet habt, bevor der Beschluss erlassen wurde«, verhöhnte ihn der Pater. »Ihr hofft, damit der gerechten Strafe zu entkommen, die dort formuliert wurde. Denn es heißt im *Basler Dekret*, dass, wer eine Beziehung zu einer Konkubine weiterführt oder zu ihr zurückkehrt, seine Benefizien verliert nicht nur für drei Monate, sondern ganz und gar. Aber wir werden zeigen, dass Ihr auch nach der Synode zu Eurer Konkubine zurückgekehrt seid und daher ein unreuiger und unbelehrbarer Sünder seid.«

»Nein, das bestreite ich«, rief Marcus Hörnle, aber seine Hoffnung schien zu erlöschen.

»Was bringt es zu lügen, Dominus Hörnle? Damit begeht Ihr nur noch eine weitere Sünde. Wir haben glaubwürdige

Zeugen, dass Ihr in der Nacht des 20. August zu Eurer Geliebten im Judentorviertel gegangen seid. Die Zeugen, der Wirt und seine Diener, haben gesehen, wie Ihr zu ihr ins Zimmer gegangen seid und mehrere Stunden dort verbracht habt. Sollen wir die Zeugen rufen lassen, oder wollt Ihr Eure Sünde gleich gestehen?«

Marcus Hörnle saß wie ein Kaninchen in einer Falle. »Ich war dort, ja«, gab er schließlich verzweifelt zu. »Aber ich habe keine Sünde mit ihr begangen. Wir haben nur geredet.«

»Ein freimütiges und offenes Geständnis«, höhnte Pater Schwarz. »Ihr habt eine Prostituierte und ehemalige Konkubine in der Nacht besucht, um mit ihr zu reden. Und die Zeugen haben natürlich nicht sehen können, wie Ihr die Zeit verbrachtet.« Er wandte sich an die Zuschauer.

»Wir fragen Euch, ehrwürdige Domherren: Glaubt Ihr diese unschuldige Geschichte? Sollen wir annehmen, dass er die Zeit mit seiner Geliebten in ihrem Schlafzimmer im frommen Gebet verbrachte?«

Einige Mitglieder des Domkapitels lächelten mitleidig.

Johannes Heller erhob sich. »Ich protestiere«, sagte er laut und deutlich.

»Ihr habt nichts zu sagen, Dominus Heller«, knurrte Pater Schwarz. »Das ist ein Inquisitionsverfahren.«

»Auch das Inquisitionsverfahren ist an das Recht gebunden«, erwiderte Johannes Heller hitzig. Er wandte sich an Bischof Sixtus. »Ihr selbst wisst genau, Ehrwürden, dass dieser Beweis in einem Gericht, das sich an das römisch-kanonische Verfahrensrecht hält, keinen Bestand haben darf. Die Tatsache, dass der Beklagte in einem Raum mit einer verdächtigen Person allein war, ist kein Beweis, dass er sich fehlerhaft verhalten hat. Das ist nur eine Schlussfolgerung, die aus der Prämisse hervorgeht. Nach diesem Prinzip würde der Verdacht schon als der Beweis gelten. Es gibt gute Gründe für die strengen Regeln der Beweisführung, und wir dürfen uns nicht von ihnen entfernen.«

»Aber es ist das Recht«, entgegnete Pater Schwarz schrill. »Das *Basler Dekret* erlaubt diese Beweisführung ausdrücklich in dem Fall des Konkubinats, und die heilige Freisinger Synode hat beschlossen, dieses Dekret vollumfänglich umzusetzen.«

»Eine lokale Synode darf kein Gesetz formulieren, das gegen das universale Kirchenrecht verstößt«, antwortete Heller entschieden. »Wir rufen in Erinnerung, dass das *Basler Dekret* nicht päpstlich approbiert wurde.«

Bischof Sixtus hörte seinen Argumenten unsicher zu – insbesondere die Frage der päpstlichen Approbation beunruhigte ihn. Auch einige Domherren fingen an, die Beweisregeln untereinander zu diskutieren. Stimmt das denn? Und wie ist das mit der Putzfrau?

»Wir bleiben dabei«, rief Pater Schwarz über den Lärm hinweg. »Aber wir haben einen weiteren Beweis, der diese Frage unerheblich macht.« Er warf Heller einen siegreichen Blick. »Wir rufen als Zeugin die Hure Helena!«

Das Konsistorium begann zu tuscheln. »Die Hure Helena!« »Hier!« »Kennt Ihr sie etwa auch?« »Nein, natürlich nicht – nur dem Namen nach.«

Marcus Hörnle schrak auf, als der Hauptmann der Wache Helena in den Raum führte. Ihr wollüstiger Körper war in ein züchtiges Büßerkleid aus rauem grauem Stoff gesteckt, ihre welligen rötlich braunen Haare waren kurz geschnitten, und ihre Augen waren rot von Tränen.

»Erkennt Ihr diese Frau, Beklagter?«, rief Pater Schwarz. »Sie ist Eure Geliebte, die stadtbekannte Hure Helena. Wie sie gestanden hat, ist sie eine entlaufene Nonne aus Kloster Seligenporten: Eine Apostata, die ihr heiliges Gelübde gebrochen und ihre Keuschheit entweiht hat. Wir selbst haben damals den Fall vor einigen Jahren aufgedeckt, als wir das Kloster visitierten.«

»Die Helena ist eine Nonne?« Die Domherren starrten ungläubig. Helena nickte stumm zur Bestätigung. Marcus Hörnle wurde sehr blass.

»Ja, Dominus Hörnle, das ist Eure Buhlerin«, krähte der Ankläger. »Das ist die unheilige Nonne, mit der Ihr Euer Gelübde gebrochen habt. Sie hat uns bereits alles gestanden und wünscht sich, dass wir sie zu ihrem Kloster zurückführen, wo sie für ihre Sünden Buße tun will. Ist es nicht das, was du willst, *Schwester* Helena?«

Helena nickte wieder.

»Sprich laut und deutlich! Bist du bereit, uns die Wahrheit unter Eid zu bezeugen?«

»Ja, Ehrwürden.«

»So, nun sag uns, ob es wahr ist, dass du die Konkubine des Beklagten bist.«

Helena nickte. »Ja, Ehrwürden. Es ist wahr.«

»Und ist der Beklagte zu dir ins Zimmer am Abend des 20. August gekommen und dort mehrere Stunden mit dir allein geblieben?«

»Ja, Ehrwürden.«

»Und hat er dort sein Gelübde und das Gesetz der Kirche gebrochen, indem er mit dir Unzucht trieb?«

»Ja, Ehrwürden.«

Marcus Hörnle verfolgte die Befragung reglos wie eine Salzsäule.

»Was sagt Ihr dazu, Dominus Hörnle?«, fauchte Pater Schwarz. »Gesteht einfach: Die Wahrheit ist offensichtlich. Aber auch wenn Ihr nicht gesteht, seid Ihr überführt. Kein

Zweifel besteht an Eurer Schuld. Wir müssen Euch für schuldig befinden.« Er wandte sich an Fürstbischof Sixtus: »Ehrwürden, Ihr müsst ihn verurteilen.«

Hörnle öffnete den Mund, aber nur ein heiseres Schluchzen kam heraus.

Der Bischof, dem der Ton, ja die ganze Führung des Prozesses sichtlich zuwider war, erhob sich. »Die Beweislast ist überwältigend, wie es scheint«, murmelte er apologetisch.

Johannes Heller sprang wieder auf die Füße. »Ich protestiere, Ehrwürden. Der Beweis ist nicht zulässig.«

»Was nun, Heller?«, schnauzte der Bischof ungeduldig. »Welche windige Klausel wollt Ihr jetzt anführen?«

»Keine windige Klausel, Ehrwürden, sondern das fünfte Kapitel *De adulteriis* im *Liber Extra*. Das Gesetz hält ausdrücklich fest, dass ein Priester nicht allein aufgrund der Aussage einer einzelnen Frau wegen Unkeuschheit bestraft werden darf: *Ad solam mulieris confessionem, asserentis, se commisisse adulterium cum sacerdote, non debet sacerdos puniri.* Wenn der Beschuldigte einen purgatorischen Eid ablegt, muss er freigesprochen werden, anderenfalls soll er vom Amt suspendiert werden. So steht es im Kirchenrecht geschrieben.«

Pater Schwarz wurde purpurrot im Gesicht. »Wie könnt Ihr wagen, diesen offenkundig schuldigen Sünder vor seiner gerechten Strafe zu schützen?« Er wandte sich hilflos an den Bischof. »Ehrwürden, hier seht Ihr, wie die Herren Rechtsgelehrten sich über das Gesetz stellen wollen. Hört nicht auf ihn! Menschen vom Schlag des Beschuldigten lügen wie die Dichter – auch unter Eid, wenn es zu ihrem Vorteil ist. Ihm ist nichts heilig. Wir können nicht zulassen, dass er sich mit einem solchen Eid freispricht.«

Der Bischof aber war nun ganz blass geworden. »Es ist

das Recht, wie Dominus Heller sagt«, gestand er schwach. »Wie konnte ich das übersehen haben?«

Plötzlich lachte jemand lauthals. Alle Augen richteten sich ungläubig auf den Beklagten, denn er war es, der gelacht hatte. Und er lachte nochmals, dieses Mal sehr höhnisch. »Ja, es ist das Recht, Pater«, verspottete er seinen Ankläger. »Ich muss nur einen Eid vor Gott ablegen, dass die Zeugin die Unwahrheit sagt, und ich darf als freier Mann gehen. Ihr habt Eure Beweise und Eure Klage so schön ausgearbeitet, für einen Theologen war das nicht schlecht. Aber ich muss nur einen Eid sprechen, dessen Wahrheit nur Gott, die Hure und ich kennen, und ich kann meiner wohlverdienten Strafe entkommen.« Er reizte ihn mit einem theatralischen Lachen. »Wie göttlich ist die Gerechtigkeit.«

Pater Schwarz kochte vor Wut. »Ich schwöre ...«, brüllte er, »Ich schwöre bei Gott ...«

Johannes Heller schüttelte den Kopf. »Nein, Marcus, nein!«, stöhnte er vorahnungsvoll.

Dann veränderte sich Marcus Hörnles Ausdruck, und er sprach ernst und ruhig. »Schwört dann, Pater, schwört auch im Namen des Fürstbischofs, dass Ihr diese Zeugin frei gehen lasst und sie nicht weiter behelligt, und ich werde darauf verzichten, den Reinigungseid abzulegen. Anderenfalls ...« Er erhob die Hand drohend zum Eid.

Vor Überraschung stürzte Pater Schwarz fast von der Rednerbühne.

Auch der Bischof starrte völlig entgeistert. »Welcher Trick ist das?«

Hörnle genoss die allgemeine Fassungslosigkeit. »Schwört Ihr? Oder soll ich schwören?«

»Ja, bei Gott«, rief Pater Schwarz eilig. Er zitterte vor Wut. »Wenn Ihr auf den Eid verzichtet, lassen wir diese Hure frei und werden sie nicht verfolgen, obwohl sie es verdient. Die Strafe aber verdient Ihr mehr.«

Helena schrie auf und warf sich auf die Knie. »Nein! Hört nicht auf ihn, hohe Herren. Ich bin es, die gelogen hat. Wir haben nur gesprochen, bei Gott.«

Aber niemand mehr hörte ihr zu. Alle Augen waren auf Marcus Hörnle gerichtet, als er sich an das Kollegium wandte: »Ihr alle seid Zeugen. Wenn er oder der Bischof das Versprechen bricht, sind sie meineidig und treulos. Meinerseits kenne ich die Wahrheit, aber ich verzichte auf den Eid.« Dann lachte er mit jungenhafter Unbekümmertheit wieder. »*Deficiens vero suspenditur ab officio* – wenn der Beschuldigte aber keinen Eid ablegt, wird er vom Amt suspendiert. Das Urteil steht bereits fest, Ehrwürden. Das ist es doch, was Ihr wolltet, Pater?«

Die Domherren starrten erstaunt und sprachlos wie eine Statuensammlung. Bischof Sixtus blickte erschüttert und verunsichert zu Pater Schwarz und dann zu Johannes Heller hin, in dessen Gesicht der Hauch eines Lächelns zu sehen war. Er räusperte sich.

»Gut, wenn Ihr es so wollt, so habt Ihr Euer eigenes Urteil gesprochen. Wir sehen es als erwiesen an, dass Marcus Hörnle gegen das Konkubinatsverbot verstoßen hat, und verurteilen ihn daher zu der vorgesehenen Strafe: Er wird vom Amt suspendiert, bis er bereut und seine Lebensweise verbessert. Dazu verhängen wir eine Geldstrafe in der Höhe seines Einkommens von drei Monaten. Das Geld geht zur Restauration des Doms.«

Pater Schwarz war mit seinem Sieg unzufrieden. »Eigentlich soll er sein Amt und seine Benefizien gänzlich verlieren«, knurrte er. »Büßen muss er!«

Der Bischof aber wandte sich an ihn mit einem verwundeten Schrei. »Genug! Wir haben uns bereits genügend kompromittiert. Wir wollen nicht das Recht verletzen, wir wollen auch niemandem Unrecht antun. Wir wollen nur, dass die Missstände in unserer Kirche aufhören. Warum nur könnt Ihr nicht gottgefällig nach dem Gesetz leben, ohne dass wir Euch mit Strafe bedrohen müssen?« Er schien fast davor, in Tränen auszubrechen.

»Manchmal glaube ich, dass wir alle Rechte und Privilegien, Reichtum und Besitz abschaffen sollen, damit die Kirche wiedergeboren werden kann«, murmelte er zu sich selbst.

Pater Schwarz verbeugte sich ehrerbietig vor ihm. »Alles wird geschehen, Ehrwürden, genau wie Ihr wollt.«

34. *Amores Seligenthalenses*

DAS KONSISTORIUM LÖSTE sich mit unruhigem Murren auf. Fürstbischof Sixtus verzog sich rasch mit Pater Schwarz in seine Räume. Marcus Hörnle wurde von der bischöflichen Wache abgeführt, ohne dass Johannes Heller noch die Gelegenheit hatte, mit ihm zu sprechen. Die reuige Hure Helena verschwand aus dem Raum; man sah sie kurz danach mit nackten Füßen im grauen Büßerkleid über den Domplatz laufen.

Johannes Heller ging mit Heinrich Baruther in nachdenklichem Schweigen über den Domhof zum Kapitelhaus. Dort fand er einen gebundenen Stapel von Briefen und Aufzeichnungen vor, der ihm persönlich überstellt werden sollte. Es waren die Visitationsakten von Kloster Seligenthal, die der Bischof ihm hatte zukommen lassen. Er betrachtete sie eine Weile und versuchte, an einen verlorenen Gedankenfaden wieder anzuknüpfen. Weshalb noch mal hatte er die Akten lesen wollen? Die ganze Angelegenheit erschien ihm nach den jetzigen Ereignissen plötzlich belang- und sinnlos. Er konnte ohnehin für die Äbtissin nichts ausrichten, und der Bischof hatte ihm verboten, weiter nachzuforschen. Dennoch nahm er das Bündel mit sich in die Kapitelbibliothek, wo er ungestört lesen konnte.

Oben in dem Stapel waren die Befragungsaufzeichnungen, die von Marcus Hörnle in seiner schönen Humanistenschrift ordentlich notiert worden waren: Die Fragen. Die Antworten. Die Verstöße, die festgestellt wurden. Der Abschlussbericht. Auch von der Entdeckung der Briefe, der Befragung der Äbtissin, dem plötzlichen Tod der Celleraria und der anschließenden Untersuchung durch den herzoglichen Richter, Karl Kärgl, wurde knapp, aber zutreffend berichtet. Alles war mit höchster Gewissenhaftigkeit getan worden – *summa cum diligentia* – und dennoch schien es Heller, dass nichts von alledem stimmte. Die Befragten hatten nicht immer die Wahrheit gesagt, und die Visitatoren hatten die Wahrheit nicht immer hören wollen. Die Verurteilung der Äbtissin hatte bereits vor der Visitation festgestanden. Die Aufklärung von Schwester Adelheids Tod war alles andere als befriedigend. Die Frage, wie die Briefe ins Kloster gebracht wurden, war nicht einmal berührt worden. Sollte es wirklich so sein, dass die Äbtissin hinter allem steckte, wie der Bischof wohl glaubte? Auf der Grundlage dieses Berichts konnte der Verdacht durchaus plausibel erscheinen. Aber was war die Wahrheit?

Als Nächstes kamen die Abschriften der Wirtschaftsbücher und die Inventarlisten. Heller durchblätterte sie rasch. Sie bewiesen, dass Kloster Seligenthal verschuldet war und die Sonderabgaben nicht leisten konnte. Es gab auch die ungeklärten Unterschiede zwischen den Abgaben aus den Klosterbesitzungen und den Einnahmen der Klosterkassen. Jemand hatte die jeweiligen Summen mit roter Tinte unterstrichen und mit einem Handzeichen am Rand hervorgehoben. Die Handschrift war nicht die von Marcus Hörnle. Die Abschriften wurden wohl von dem Schreiber des Hofmeisters, Hans Seibolt, erstellt, überlegte Heller.

Dann wandte er sich den sogenannten Liebesbriefen zu. Sie waren in kleinen Bündeln zusammengebunden mit der Angabe, in wessen Zelle sie gefunden worden waren. Pater Schwarz und Abt Ayrenschmalz hatten sie bereits gesichtet und nach inkriminierenden Inhalten ausgewertet. Dennoch nahm Heller die gefalteten Schreiben neugierig in die Hände. Einige waren durchaus als Liebesbriefe zu bezeichnen. So las Johannes Heller mit einem gewissen Mitgefühl den Brief eines Mannes namens Johannes an die Bibliothekarin, Schwester Hildegard. In holprigen Sätzen wünschte er ihr eine selige Zeit im Kloster, während sich sein Herz vor Sehnsucht nach ihr verzehrte. Weil er nun mit ihr auf Erden nie wieder zusammen sein dürfe, sei ihm die ganze Welt tot und freudlos. Daher habe er nun auch selbst beschlossen, in ein Kloster einzutreten, damit er in Gott bei ihr sein könne.

Darunter war ein unvollendeter Brief von Schwester Hildegard selbst, die ebenfalls selbstlos ihrem Geliebten wünschte, dass er sie vergessen und eine andere Frau finden möge. Klagend schilderte sie ihr Herzensleid aufgrund der Trennung: sie tue Buße jeden Tag und verzichte auf Essen, ja auf das Leben selbst beinahe, doch könne sie die Erinnerung an ihn nicht aus ihren Träumen vertreiben, die sie nachts heimsuchen. Nicht einmal die Peitschenhiebe des Beichtvaters hülfen. Es sei so schlimm, dass sie Angst habe einzuschlafen, denn unweigerlich kämen ihr Träume von seinen Küssen und Berührungen. Und gleichzeitig sehne sie sich danach, immerfort zu schlafen und nie zu erwachen, um nur noch mit ihm zusammen zu sein. Ob das der Teufel sei, wie der Beichtvater meine? Johannes Heller las ihren Brief und dachte dabei an die arme, ausgemergelte Bibliothekarin, und dass Pater Schwarz von ihren nächtlichen Träumen gewusst hatte.

Es waren aber auch unverfängliche Briefe dabei, die eher von einer langjährigen seelischen Freundschaft zeugten. Ein langer Brief, der unter dem Bett der alten Küsterin, Schwester Margaretha, entdeckt worden war, schien von jemanden im Dienst des Landshuter Herzogs geschrieben worden zu sein, der schlicht als »Euer treuer Freund« unterzeichnet hatte. Die Epistel handelte von dem Sinn der klösterlichen Lebensweise. Scheinbar hatte die Küsterin, die immerhin selbst mal Äbtissin gewesen war, in letzter Zeit schwerwiegende Zweifel an der Verdienstlichkeit und Sinnhaftigkeit des monastischen Lebens gehabt. In traktatartiger Ausführlichkeit entfaltete ihr der treue Freund, wie wichtig die Nonnen in Kloster Seligenthal für das Gemeinwohl und speziell für das Seelenheil des Herzogs und seiner Vorfahren seien. Auf Gottes Segen über Herzog Ludwig und seinem Sohne Georg ruhe das Wohl des Staates. Daher seien die Gebete und das stille, blutlose Opfer der heiligen Jungfrauen in Seligenthal ein Verdienst für das gesamte Herzogtum. Insbesondere der Erbe Georg, der die Zukunft des Herzoghauses trage, bedürfe ihrer Fürbitte, damit seine künftige Ehe mit einem männlichen Sohn gesegnet werde. Johannes Heller begutachtete interessiert die Handschrift. Er musste schmunzeln. Es war wohl jemand aus dem herzoglichen Rat oder ein hoher Kirchenmann, der heimlich mit der alten Nonne eine Brieffreundschaft pflegte.

Als er weiterblätterte, stolperte Heller über eine Handschrift, die ihm überraschend vertraut vorkam. Er stockte und schaute den Brief näher an. Es war ein Brief, der unter dem Bett der Klosterschreiberin, Schwester Magdalena Buntschuh, gefunden worden war. Der Schreiber hatte sich als »*Euryalus tuus*« unterzeichnet – eine Anspielung auf eine bekannte humanistische Liebesgeschichte, die sogar von einem Papst geschrieben worden war –, aber Heller erkannte mühelos die humanistische Minuskelschrift seines Gerichtsbeisitzers, Marcus Hörnle. Johannes Heller erschrak: Wie kam Hörnle dazu, einen Brief an eine Nonne aus Seligenthal zu schreiben?, fragte er sich entsetzt. Welcher Anflug von Leichtsinn hatte ihn dazu verführt? Glücklicherweise hatten Pater Schwarz und Abt Ayrenschmalz die auffallende Ähnlichkeit mit der Schrift in den Visitationsaufzeichnungen übersehen.

Heller wollte den Brief ungelesen beiseitelegen; es schien ihm unangemessen, in Hörnles privaten Angelegenheiten zu stöbern. Doch nach seinem rätselhaften Auftritt im Konsistorium hatte Heller so viele offene Fragen über das Leben seines jungen Freunds, dass er unwillkürlich zu lesen anfing.

»An die tugendhafte, ehrenwerte, geliebte Jungfrau Schwester Magdalena, in der Hoffnung, dass du diesen Brief als schamlose Ungehörigkeit nicht gleich ungelesen wegwirfst. Denn ich gestehe, dass es bereits als eine Schamlosigkeit erscheint, dich gleichzeitig als tugendhafte Jungfrau und als Geliebte zu bezeichnen, und doch, wie soll ich das anders schreiben? So wahr es ist, dass du tugendhaft bist, so ist es auch wahr, dass ich dich liebe. Aber vergib mir meine kühnen Worte und lass keinen Zorn deine zarten Wangen erröten, denn ich schwöre, dass der Gedanke an dein reines Bildnis allein mir reicht, um jeden anderen lasterhaften Gedanken zu vertreiben und um den Begriff Liebe in seiner unschuldigen weißen Farbe wieder glänzen zu lassen. Du unerreichbare Geliebte; du mein eingemauerter Garten, ich wage nicht zu hoffen, dass du meine Liebe erwiderst; nein, nicht einmal, dass du mir gnädig bist. Ich bitte dich nur: Lass mich dein Knecht sein, damit ich durch meinen Dienst Tugend lerne …«

Es ging in dem schwülstigen Duktus weiter, aber Johannes Heller hatte bereits genug gelesen, um seine schlimmsten Befürchtungen bestätigt zu sehen. Der Text mutete zwar wie eine humanistische Stilübung an, aber Heller ahnte, dass hinter der überfrachteten Sentimentalität und den gekünstelten Wortspielen echte Gefühle stecken konnten. Er erinnerte sich an Hörnles Gerede von der hohen Minne und klatschte sich die Stirn. Eine Nonne! Das hätte er kommen sehen müssen.

»Marcus, Marcus!«, murmelte Heller tadelnd. Doch dann fiel ihm ein, dass er selbst soeben einen kompromittierenden Brief von Äbtissin Barbara erhalten hatte, von der Situation in der Kapelle ganz zu schweigen.

Er dachte besorgt an die Warnung des Liebesratgebers, Andreas Capellanus: Nichts sei schlimmer als die Liebe zu einer Nonne, denn die Beziehung bringe über beide den Tod. Vorsichtshalber nahm Heller den Brief aus dem Stapel und steckte ihn in seine Tasche.

Schließlich kam Johannes Heller zu den Briefen, die er gesucht hatte: den teils verbrannten Blättern, mit denen Schwester Adelheid erwischt worden war. Es waren insgesamt drei Briefe, von denen einer stark verbrannt, die anderen teilweise noch lesbar waren. Heller begann mit den besser erhaltenen Briefen. Der Schreiber hatte mit dem Namen »David« unterzeichnet. Wenn er kein Jude war, dann war das wohl eine biblische Anspielung, aber worauf? Der alttestamentarische David hatte viele Aspekte. War der Schreiber ein Ritter? Ein Musikant? Ein König? Er war jedenfalls offenbar der Liebhaber von Schwester Adelheid gewesen. Johannes Heller dachte an den schroffen, abweisenden Charakter der Celleraria und versuchte, sie sich in Situationen zärtlicher Verliebtheit vorzustellen. »Unmöglich«, hatte die Äbtissin gesagt. Genau deswegen wollte er die Briefe überprüfen.

Im obersten Brief, der scheinbar zeitlich zuerst geschrieben wurde, beteuerte David seine Reue für das Geschehene. Er habe gehört, dass sie im Krankenbett liege, und sorge sich um ihr Wohl. Sie müsse ihm glauben, dass er in der Aufrichtigkeit seiner Gefühle gehandelt habe. Er habe sie geliebt und sehne sich immerfort nach ihr, aber der Zorn seines Vaters habe die Beziehung unmöglich gemacht. Sie müssten jetzt beide Buße tun: sie im Kloster und er in einer lieblosen Ehe. Der Rest des Briefs war verkohlt bis auf das Datum: Palmsonntag 1474, und den Gruß: Ewig dein David.

Der nächste Brief war zur Hälfte verbrannt und im Übrigen nur schwer lesbar. Was Heller entziffern konnte, deutete auf eine zusätzliche Tragödie hin. David bekundete sein aufrichtiges Beileid wegen des Verlusts ihres Kindes. Es sei letztendlich auch sein Kind gewesen. Am Ende aber sei es das Beste für alle, dass es tot geboren worden sei. Sein Vater habe nun eine Frau für ihn gefunden; die Empfängerin solle für sein Eheglück beten. Mehr war nicht zu lesen.

Johannes Heller schüttelte ungläubig den Kopf. Demzufolge war die Empfängerin schwanger gewesen und hatte ihr Kind verloren. Heller dachte gleich an Schwester Magdalena, die aus dem Kloster geflohen war, um ihre Schwangerschaft zu verheimlichen. Wurde auch sie von diesem »David« geschwängert? Und konnte die Empfängerin wirklich Schwester Adelheid sein?

Als er den zweiten Brief zur Seite legte, merkte er auf der Rückseite einen kurzen lateinischen Text, der von einer anderen Hand geschrieben worden war:

Dives habebat oves et boves plurimos valde, pauper autem nihil habebat preter ovem unam parvulam eratque illi sicut filia, tulit dives ovem viri pauperis et praeparavit cibos homini, qui venerat ad se – Es gab einen reichen Mann, der viele Schafe und Rinder besaß, und einen Armen, der nichts als ein Lämmchen hatte, das er aber wie seine Tochter liebte. Als einmal der reiche Mann einen Gast empfing, nahm er dem Armen das Lämmchen ab und bereitete daraus ein Gastmahl. Es war eine Bibelstelle, leicht gekürzt und verändert, aber dennoch erkennbar. Heller musste ein wenig überlegen, woher sie stammte. Dann fiel es ihm ein: II Samuel 12: Eine Parabel von Ungerechtigkeit, die Nathan, der Weise, König David erzählte, um ihn für seine Heirat mit Bathseba zu schelten. Was sollte das heißen?

Der letzte, stark verbrannte Brief enthielt nur wenige leserliche Sätze, schien aber ohnehin sehr kurz gewesen zu sein. Der Ton des Schreibers wirkte nun kalt und rau. Er werde ihr keine weiteren Briefe mehr schreiben und verbiete ihr auch, ihm Briefe zu schicken. Insbesondere Briefe mit solchen Vorhaltungen. Sie solle ihre Schmerzen begraben und für ihn beten, wie es einer gehorsamen Nonne gezieme.

In den ersten Zeilen war ein Name geschrieben, der durch die Verbrennung leider kaum lesbar war. Ein Anfangs-»A« meinte Johannes Heller erkennen zu können: A wie Adelheid. Der nächste Buchstabe aber ging in die Unterlänge und war vielleicht ein »g« oder ein »p«, jedenfalls kein »d«. Dann folgte ein runder Buchstabe, der ein »o« oder ein »a« sein könnte; danach eine Lücke und der Buchstabe »a« am Ende. Johannes Heller hielt seinen Atem an. Der Name hätte »Agatha« lauten können, aber die Lücke war zu lang für nur zwei Buchstaben. Er hielt das Blatt direkt vor seine Augen. Der zweite Buchstabe war doch kein »g«, sondern ein »p«, stellte er fest, gefolgt von einem »o«. Heller sprang von seinem Stuhl. »Apollonia!«, rief er aufgeregt.

Die anderen Leser in der Bibliothek schauten ärgerlich von ihren Lespulten auf und zischten, er solle bitte Ruhe geben. Heller setzte sich wieder hin und dachte schnell nach. Apollonia war der Name von Jodok Simonis Schwester, die sich mit einem Mann eingelassen hatte, einen Skandal über sich gebracht hatte und ins Kloster abgeschoben worden war. Das deckte sich mit der Information in den Briefen. Im Kloster Seligenthal aber gab es keine Schwester Apollonia. Und wie war Schwester Adelheid dazu gekommen, Briefe an diese Apollonia zu besitzen? Die Lösung war einfach: Schwester Adelheid hatte doch aus der Zelle von Schwester Agatha einen Ring und ein Buch sowie eventuell die vergifteten Lebkuchen genommen. Die Briefe konnte sie ebenfalls von dort gehabt haben. Folglich war Schwester Agatha, die aus dem Kloster geflohen war, wahrscheinlich Jodoks Schwester Apollonia.

Johannes Heller lehnte sich zurück mit dem zufriedenen Gefühl, recht gehabt zu haben. Die Erkenntnis ermöglichte ihm auch, in dem Fall weiter zu ermitteln. Auch wenn Bischof Sixtus es ihm ausdrücklich verboten hatte, konnte er nicht verhindern, dass sein Richter Jodok Simoni unter dem Vorwand der Prozessführung vor Gericht lud.

Als er schließlich mit den Visitationsakten fertig war, band Johannes Heller sie ordentlich wieder zusammen und ließ sie von einem Diener zur bischöflichen Residenz zurücktragen. An der Pforte verlangte er, mit Marcus Hörnle sprechen zu dürfen. Der Pförtner lächelte nur höhnisch.

»Er ist weg, Dominus: Er stieg auf sein Pferd und ritt weg wie der Hase vor den Hunden. Er ist wahrscheinlich seiner Geliebten nachgegangen.«

Capitulum 5
(13. – 14. November 1475)

35. Die Wurzel allen Übels

DER LANG ERWARTETE Hochzeitstag stand morgen an. Bereits seit Tagen strömten die hohen Gäste aus aller Welt nach Landshut und trugen die frohe Botschaft durchs Land: Herzog Georg der Reiche heiratet Prinzessin Hedwig von Polen! Es leben die Reichen Herzöge! Die Landstraßen waren voll mit Wagenkolonnen von Fürsten und Fürstinnen, Adligen, hohen Kirchenmännern und Ratsmitgliedern, alle begleitet von Rittern, Edeldamen und Knechten. Aus Wien kam sogar der Kaiser mit seinem Sohn Maximilian, gefolgt von etwa 30 Grafen, 100 weiteren Edelleuten und ihrem Hofgesinde auf insgesamt 517 Pferden – Packesel und Maultiere nicht mitgezählt. Kurfürst Albrecht von Brandenburg hatte ein noch größeres Gefolge mit mehr als 1.000 Pferden. Herzog Albrecht und seine Brüder Christoph und Wolfgang kamen aus München mit jeweils 382, 161 und 71 Pferden. Überhaupt waren es so viele Gäste, dass man nur noch die Pferde zählen konnte. Neben ihnen zogen Gaukler und Moriskentänzer, Dirnen und Musikanten lärmend durch die Straßen wie bei einer Prozession oder dem Straßenkarneval: Es war ein wahres Spektakel.

Auch durch Freising floss der Besucherstrom auf dem Weg nach Norden und riss die Neugierigen und Begeisterten mit. Bereits gestern war Fürstbischof Sixtus mit den meisten Domherren sowie einer stattlichen Anzahl von Stiftsherren, Priestern und Knechten auf insgesamt 66 Pferden nach Landshut abgereist. Am verlassenen Domberg herrschte nun ungewöhnliche Ruhe. Doch in seinem Gericht saß, wie an irgendeinem anderen Montag des Jahres, der bischöfliche Richter, Johannes Heller, und hörte dem ewigen Leid der Ehestreitigkeiten zu. Obwohl er die Institution der Ehe als Kern der politischen Ordnung betrachtete und daher die Hochzeit des Herrschers in ihrer vielseitigen Bedeutung zu schätzen wusste, hatte er beschlossen, dem Fest fernzubleiben. Gerade die verheißene weltliche Prachtentfaltung schreckte ihn ab: In acht Tagen sollte so viel Geld ausgegeben werden, wie die ganzen Abgaben aus dem Herzogtum in einem Jahr einbrachten, hieß es. Das ganze Land sei nach Essbarem geplündert worden, als ob eine feindliche Armee überwintern würde. Heller schüttelte den Kopf, als er sich die Verschwendung vorstellte. Die Feier dünkte ihm nur noch als *vanitas mundi*: eine eitle Inszenierung der Macht und des Reichtums der Reichen Herzöge von Bayern-Landshut.

Der Gerichtsnotar, Pangratz Haselberger, blickte allerdings verbittert aus dem Fenster im dunklen Gerichtssaal und dachte an das Spektakel, das er verpassen musste. Es war zwar ein regelmäßiger Gerichtstag, doch er war davon ausgegangen, dass auch der Dominus Richter zur Hochzeit fahren würde, und hatte ebenfalls geplant, einen entfernten Verwandten in Landshut zu besuchen. Jetzt saß er hier und musste zum wievielten Mal zuhören, wie auf sehr unspektakuläre Weise zwei junge Leute sich die Ehe versprochen hatten – oder auch nicht, je nach Standpunkt. Es gab nämlich drei sehr diverse Standpunkte mit zwei Klägern, Jodok Simoni und Johannes Achtsemmel junior, die jeweils behaupteten, mit Magdalena Liendl verheiratet zu sein, die ihrerseits beide Ansprüche zurückwies. Aus Haselbergers Sicht war das Schlimmste daran, dass keine der Parteien persönlich erschienen war: Sie waren alle bestimmt in Landshut und genossen gerade den Einzug der Gäste. An ihrer Stelle trugen die Prokuratoren Maulberger und Pack ihre Positionen in langen, verklausulierten, unendlich langweiligen Prozesszusammenfassungen vor, die der Notar zum Glück nicht notieren musste. Auch der Herr Richter schien ihrer Argumente überdrüssig geworden zu sein. Er war zudem anscheinend sehr enttäuscht, dass die Parteien trotz ausdrücklicher Aufforderung nicht erschienen waren, weshalb er sie *proprio motu* wegen Ungehorsams zu einer Geldstrafe verdonnert hatte. Offenbar hatte er wirklich erwartet, dass sie der Ladung folgen würden, doch Haselberger hätte ihm voraussagen können, dass diese Woche niemand aus Landshut ins Gericht kommen würde.

Johannes Heller war tatsächlich verärgert, insbesondere weil Jodok Simoni nicht erschienen war, denn er hatte gehofft, ihn über etwas ganz anderes ausfragen zu können. Er hörte nun die Argumente der beiden Prokuratoren verdrossen an, deren Mandanten es hauptsächlich um das Erbe und die Mitgift zu gehen schien. Würden sie sich derart anstrengen, fragte er sich, wenn Magdalena Liendl kein Geld hätte? Auch wenn bei Jodok Simoni möglicherweise Liebe und bei dem Bäcker Achtsemmel gewiss auch Status eine Rolle spielten, schienen beide Kläger mindestens teilweise durch Habgier motiviert. Als bischöflicher Richter konnte Heller das nicht gutheißen, denn die Habgier galt als eine der Hauptlaster, aus denen sich alle Sünden ableiteten. *Radix omnium malorum avaritia*, hieß ein Sprichwort: Die Wurzel allen Übels ist die Habsucht. Manche buchstabierten daraus das Akronym *ROMA* in Anspielung auf die Raffgier der römischen Kirche, aber auch weltliche Fürsten wie die Reichen Herzöge von Landshut standen den Päpsten in nichts nach. Heller war jedenfalls überzeugt, dass Habgier in irgendeiner Form hinter den meisten Verbrechen steckte, ob Überfälle, Raub, Entführung oder Krieg. Ein bekannter Humanist namens Poggio Bracciolini hatte zwar eine Verteidigung der Habsucht verfasst, in der er den Antrieb zu Erfolg, großen Leistungen und sogar Heiligkeit erkennen wollte. Aber Johannes Heller betrachtete dieses Argument mit erheblicher Skepsis. Jedenfalls wollte er die Habgier nicht als legitimen Heiratsgrund anerkennen. Darüber hinaus hatte die Beklagte ausdrücklich bestritten, mit irgendeinem der Kläger ein Eheversprechen ausgetauscht zu haben.

»*Satis*!«, rief er ungeduldig. »Wir haben genug gehört. Wir haben unser Urteil für heute angekündigt und wir verkünden es nun auch in Abwesenheit der Parteien mit nur Gott vor den Augen.«

Die Prokuratoren Pack und Maulberger blickten gebannt auf.

»Wir beschließen, dass Magdalena Liendl von der Klage durch Jodok Simoni freizusprechen ist wegen Mangels an Beweisen«, erklärte der Richter förmlich. »Sie ist frei, ein anderes Eheversprechen einzugehen.« Prokurator Maulberger freute sich, doch zu früh, denn Heller war noch nicht fertig.

»Gleichzeitig beschließen wir, dass Magdalena Liendl von der Klage durch Johannes Achtsemmel freizusprechen ist, ebenfalls wegen Mangels an Beweisen. Die Kosten für den Prozess tragen beide Kläger zu gleichen Teilen.«

Pack und Maulberger sprangen vor und riefen wie aus einem Mund: »Einspruch, Ehrwürden!« »Im Namen unseres Mandanten werden wir gegen das Urteil an das erzbischöfliche Gericht in Salzburg appellieren«, rief Johannes Pack. »Nach Rom!«, übertönte ihn Maulberger.

»Macht das, meine Herren«, brummte Johannes Heller

ein wenig genüsslich. »Wir werden Euch die Unterlagen zur Verfügung stellen. Haselberger, erstell davon die Kopien!«

Der Notar stöhnte. »Ehrwürden, bitte!«

Heller schaute ihn erstaunt an. »Was denn?«

Pangratz Haselberger schluckte und antwortete schuldbewusst: »Ehrwürden, morgen ist die große Hochzeit in Landshut. Ich habe bereits geplant, heute dorthin zu reiten, um dem Fest beizuwohnen. Ich kann das unmöglich schaffen, wenn ich jetzt noch die ganzen Aufzeichnungen zusammensuchen und in zweifacher Kopie ausstellen muss. Ich bitte Euch, mich dieses eine Mal von meinen Aufgaben zu befreien.«

Johannes Heller schüttelte ungläubig den Kopf. »Auch du? Gut, dann geh und genieß die eitle Schau. Wir werden selbst die Aufzeichnungen finden und den Kopisten geben. Die Gerichtssitzung ist hiermit für heute beendet.«

Der Notar tanzte beinahe vor Freude, als er aus dem Gericht lief. Heller nahm indes die Gerichtsaufzeichnungen des laufenden Jahres und suchte mühsam nach den zahlreichen Prozesseinträgen, die er mit einer Randnotiz für die Kopisten kennzeichnete. Er stellte allerdings fest, dass der Rechtsstreit bereits im vorigen Jahr begonnen hatte – im Dezember, wenn er sich richtig erinnerte. Dafür musste er ins Armarium gehen, um den *Liber actorum* des Jahres 1474 zu sichten. Das Kapitelhaus, wo sich die Domherren gewöhnlich trafen und aufhielten, war beinahe völlig verlassen. Nur der allerälteste Domherr, Johannes Arsinger, der aus Gesundheitsgründen nicht nach Landshut reisen konnte, schlief in seiner Ecke bei dem Feuer. Als Heller eintrat, blickte er verschlafen auf und murmelte aus seinem zahnlosen Mund: »Ihr seid nicht zur Hochzeit mitgegangen, Bruder Johannes?«

Heller trat näher an ihn heran. »Nein, Bruder. Ich habe Arbeit zu tun. Und ehrlich gesagt, halte ich diesen Hochzeitstrubel für einen eitlen Zeitvertrieb.«

»Ja, ja, absolut«, nickte Arsinger zustimmend. »*Vanitas vanitatum et omnia vanitas* – Eitelkeit der Eitelkeiten, nichts als Windhauch.« Er stöhnte kläglich. »Aber dennoch hätte ich es gerne gesehen.«

Johannes Heller schloss die schwere eisenbeschlagene Tür zum Archiv auf und stieg die Treppe zum ersten Stock empor. Dort lagerten die wertvollen Urkunden und Schätze des Domkapitels, und in langen Reihen an einer Wand die *Libri actorum* des Offizialatsgerichts, seines Gerichts. Jedes Buch enthielt die Aufzeichnungen eines Jahres. Heller zündete eine kleine Trankerze an und ging zum letzten, neu gebundenen Band, den er vom Regal nahm und vor sich auf den Tisch in der Mitte des Raums legte. Heller überlegte kurz. Der Prozess zwischen Jodok Simoni und Magdelena Liendl hatte gerade begonnen, bevor er selbst nach Kloster Seligenthal geschickt wurde, um das Verschwinden der Novizinnen zu untersuchen: Das war Ende Dezember gewesen. Er blätterte durch die letzten Seiten und fand den Eintrag rasch: »*Causa matrimonialis Jodoci Simoni de Landshueta contra Magdalenam Liendl de ibidem.*« Mit geübtem Blick schaute er rasch die Aufzeichnungen durch und fing an, selbst eine Abschrift zu erstellen.

Dann fiel sein Blick auf einen anderen Fall aus Landshut, der unter den finanziellen Angelegenheiten ganz am Ende des Tages verzeichnet wurde: Die Klage eines Landshuter Wirts namens Ludwig Schmältzl auf die Einfrierung des Nachlasses eines gewissen Wilhelm Zachreis. Der Wirt behauptete, dass der Verstorbene ausstehende Schulden bei ihm habe, die er vom Nachlassverwalter eintreiben wolle.

Johannes Heller stutzte und las den unauffälligen Text nochmals durch. Damals hatte ihm der Name Zachreis nichts bedeutet. Jetzt aber wunderte er sich, dass ihm der Fall nicht früher eingefallen war: Der verschuldete Erblasser, Wilhelm Zachreis, war doch gewiss der Vater der Nonne Christina Zachreis aus Seligenthal. Die ganze Familie war an der Pest gestorben bis auf Christina, die beschlossen hatte, das Kloster zu verlassen, um zu heiraten und das Erbe anzutreten. Wenn sie im Kloster geblieben wäre und die Profess abgelegt hätte, wäre das Geld dem Kloster zugefallen. Durch ihre Flucht war sie allerdings exkommuniziert und konnte theoretisch weder heiraten noch erben, aber die Wirksamkeit der Exkommunikation hing stark von lokalen Faktoren ab. Heller wusste, dass manche Leute völlig unbehelligt unter dem Kirchenbann weiterlebten und sogar kirchlich heirateten. Oder Schwester Christina war einfach nicht mehr aufgetaucht, und ein anderer hatte geerbt. Aber sie war doch aus dem Kloster geflohen, um ihr Erbe anzutreten. Plötzlich erschien wieder die hässliche Fratze der Avaritia vor Hellers geistigem Auge. War die Wurzel allen Übels nicht auch ein Grund, eine Nonne zu entführen, eventuell zu töten, um an das Erbe heranzukommen? Er schlug sich auf die Stirn. Wie hatte er eine derart naheliegende Erklärung nicht in Betracht ziehen können? Er hatte stets versucht, das Geschehen aus der Perspektive der Nonnen zu betrachten, und nach Gründen gesucht, weshalb sie das Kloster verlassen wollten. Doch vielleicht waren sie unter falschen Versprechungen aus dem Kloster gelockt worden. War die Flucht vielleicht am Ende doch eher eine Entführung gewesen? Wer hatte dann geerbt, wenn nicht Christina Zachreis?

Heller blätterte rasch durch die restlichen Gerichtsaufzeichnungen vom letzten Jahr, fand aber keine weitere

Erwähnung des Prozesses. Vermutlich hatten sich der Kläger und der Nachlassverwalter außergerichtlich geeinigt, wie das oft geschah, und den Prozess einfach fallen gelassen. Aber Johannes Heller konnte dennoch sicherlich herausfinden, wer der Haupterbe gewesen war, indem er den Nachlassverwalter fragte. Sein Name war Ludwig Arb, der Pleban von Sankt Martin in Landshut. Heller kannte ihn. Er zögerte einen Augenblick. Er könnte eine Informationsanfrage an den Pleban verfassen, wie es der normale Geschäftsgang vorsah. Aber alle Boten waren bestimmt wegen der Hochzeit unterwegs. Und der Pleban würde gewiss zu beschäftigt sein, um gleich zurückzuschreiben. Es würde jedenfalls Tage oder eher Wochen dauern, bis er eine Antwort bekäme. Johannes Heller aber brannte vor Ungeduld. Er wollte die Frage sofort klären. Vielleicht war die Lösung des Falls zum Greifen nah. Zudem war er über sich selbst verärgert, weil er diese Spur direkt vor seiner Nase völlig übersehen hatte. Kurz entschlossen stand er auf und eilte die Treppe hinunter.

Am Kamin regte sich Johannes Arsinger wieder. »Wohin in solcher Eile, Dominus Heller?«, rief er ihm nach.

»Nach Landshut«, antwortete Heller.

»Also geht Ihr doch den eitlen Windhauch bewundern?«, kicherte der Alte. »Alles nur *vanitas mundi*, aber ich sähe es ach so gerne!«

Heller murrte etwas von geschäftlichen Angelegenheiten, während er eilig hinauslief.

36. Windhauch

JOHANNES HELLER GING zu den Ställen, um ein Pferd oder einen Wagen zu suchen. Dort war nur noch ein einziges Pferd, eine alte scheckige Mähre, die wohl niemand hatte reiten wollen. Ein junger Knecht bürstete sie gerade. Es war Heinrich, ein rothaariger Knabe, den Heller als Ministranten und Domschüler vor zwei Jahren kennengelernt hatte. Er arbeitete jetzt für den Hofgamel und war anscheinend mit diesem Los viel glücklicher denn als Schüler.

»Sie ist alt, aber gutmütig, Dominus«, sagte er kenntnisreich und klatschte die Mähre liebevoll auf die Flanke. »Aber wenn Ihr nach Landshut reiten wollt, braucht Ihr gewiss einen Knecht, der auf das Pferd aufpasst. Der Hofgamel ist mit dem Bischof weg, und ich habe sonst nichts zu tun. Außerdem würde ich so gerne die Ritterkämpfe sehen. Nehmt mich doch mit, bitte. Ich reite auf dem Esel.«

Heller lächelte. »Gut, dann kannst du mein Knecht sein. Hilf mir mit dem Sattel!«

Es waren viele Jahre vergangen, seitdem Johannes Heller das letzte Mal geritten war. Er war früher ein guter Reiter gewesen, jetzt aber stellte er fest, dass er sich entsetzlich vor dem Fallen fürchtete. Auch schwankte die alte Mähre bedenklich unter ihm, als ob sie gleich hinfallen würde. Langsam ritten sie aus dem Tor und die steile Straße zur Stadt hinunter.

Es war ein kalter, feuchter Tag; aus dem grauen Himmel fielen immer wieder Regenschauer, und ein unangenehmer Wind pfiff aus Nordwesten. Auf der Straße nach Norden rollten Kolonnen von schwer beladenen Wagen mit Waren für das Hochzeitsfest. Vor Johannes Heller kämpfte sich ein Wagen mit großen Holzbottichen voll mit frischen Fischen aus dem Starnberger See auf der schlammigen Straße mühsam voran und blockierte den Fahrweg. Indes ritten elegant gekleidete Münchner an ihnen vorbei mit Federn an ihren Hüten. Die Fuhrleute fluchten und schimpften ununterbrochen über die Straßenverhältnisse und das Wetter und die Reiter und überhaupt. Warum habe man die Hochzeit so spät im Jahr feiern wollen, wenn jeder doch wisse, dass im November das Wetter schlecht sei? Was wollten die Herrschaften tun, wenn es morgen regnete? Und wie würden die dort dann aussehen mit ihrem tollen Federschmuck?

Bei Moosburg traf die Straße aus Freising auf die Hauptwege aus dem Norden und Westen, und der Verkehr wurde dichter. Als die Türme von Sankt Kastulus und Sankt Johannes in Sicht kamen, blieben die Wagen stehen. Johannes Heller und Heinrich ritten langsam an ihnen vorbei durch das Stadttor. Die kleine Stadt war so voll mit Menschen, dass sie abstiegen und sich zu Fuß durch die sich dort tummelnden Massen drängten. Große Aufregung herrschte in Moosburg, denn die Braut sollte vor der Ankunft in Landshut hier heute Nacht die letzte Station ihrer Reise verbringen. Alle hofften, einen Blick auf die Braut oder mindestens auf ihren fabelhaften goldenen Wagen erhaschen zu können.

Mitten im Gewirre begegneten sie dem ehemaligen Klosterschreiber von Seligenthal, Hans Seibolt. Der lange, dürre Mann fiel vor dem Richter direkt auf die Knie. »Dominus Chorrichter, vergebt mir!«, rief er.

»Unsinn, wofür?«, schnappte Heller. »Steh auf!«

»Ich habe falsches Zeugnis abgelegt«, seufzte Seibolt und verharrte in seiner unterwürfigen Haltung. »Gegen

298

die Äbtissin habe ich Vorwürfe bestätigt, die vielleicht falsch waren, Dominus.«

»Steh dennoch auf und geh mit uns. Ich habe es eilig«, rief Heller ungeduldig. »Was hast du denn getan?«

Hans Seibolt erhob sich und ging neben ihm her in Richtung des Landshuter Tors. Gequält berichtete er, dass er nach der Visitation die Rechnungsbücher überprüft und alles nochmals addiert und subtrahiert habe. »Dominus, etwas stimmt nicht. Ich bin ein gewissenhafter Buchhalter und habe keinen Fehler gemacht«, schwor er. »Aber die Belege, die ich ausgestellt habe, weisen eine höhere Summe auf, als die Gegenbelege quittieren.« Er schien von dieser Tatsache ernsthaft belastet zu sein.

»Und?«, fragte Heller ungeduldig. »*Quod est curvum, rectum fieri non potest* – Was einmal gebogen ist, lässt sich nicht geradebiegen. Das ist genau dieselbe Sachlage wie bei der Visitation.«

»Herr, das Problem ist, dass ich zwar den Beleg ausgestellt habe, aber das Geld habe ich nicht zuvor eigenhändig ausgezählt, um die Summe zu überprüfen«, klagte Seibolt. »Das wäre eigentlich meine Pflicht gewesen, aber der Hofmeister hat mich aufgefordert, nicht so ein Getue zu machen, sondern einfach die Summe zu bestätigen, die in den Quittungen stand. Ich wollte ihn nicht ärgern, also stellte ich einfach den Beleg aus. So viel Geld hätte es wirklich sein müssen, aber geprüft habe ich es damals nicht.« Er krümmte sich, als ob er Schläge erwartete. Dann fuhr er mit seiner Beichte fort: Nach der Visitation habe er seine Zweifel bekommen und den Hofmeister vorsichtig gefragt, ob die Summe wirklich gestimmt habe.

»Dominus, er hat einfach gelacht und gesagt, dass es meine Verantwortung sei, das zu überprüfen«, rief Seibolt entsetzt.

»Ich habe ihn angefleht, nicht so mit mir zu spielen. Ich hätte ihm doch vertraut. Aber er sagte nur, dass ich meiner Pflicht nicht nachgekommen und daher unzuverlässig sei. Er hat mich danach gekündigt und hinausgeworfen. Dominus, jetzt sehe ich, was für ein heimtückischer Mensch er ist. Da fiel es mir wie die Schuppen von den Augen. Der Hoholtinger hat die ganze Zeit gegen die Äbtissin gearbeitet und den Herzog gegen sie aufgebracht. Es würde mich nicht überraschen, wenn er selbst das Geld aus der Kasse gestohlen hat. Er hat nämlich Schulden beim Herzog.«

Johannes Heller hörte ihm verärgert zu. »Diese Einsicht kommt dir reichlich spät, Herr Hofschreiber«, schnaubte er. »Aber der Schaden ist bereits angerichtet. Außerdem ist der Hofmeister ein mächtiger Mann, der das Vertrauen des Herzogs genießt. Was können wir dagegen tun? *Sunt iusti, quibus mala proveniunt, et sunt impii, quibus bona proveniunt* – Den Gerechten geschieht Böses, und die Ungerechten gedeihen. Wo ist schon Gerechtigkeit in der Welt zu finden?«

Sie gingen langsam weiter und erreichten endlich die Isarbrücke, ab der sich der Verkehr entzerrte. Bevor sie weiterritten, hielt der arbeitslose Hofschreiber seine Hand aus. »Dominus, seid gnädig! Ich habe gewissenhaft gehandelt, aber der Herr Hoholtinger hat mich schlecht behandelt. Habt Ihr nicht einen Pfennig für meinen Weg?«

Heller holte seinen Geldbeutel hervor und suchte eine Münze heraus.

Seibolt nahm sie dankend entgegen. Aber er hatte auch ein anderes Anliegen. »Herr, Ihr seid ein gebildeter Mann mit Interesse an der Geschichte und der Politik«, sprach er eilig. »Die Hochzeit unseres Herzogs in Landshut wird ein großartiges und bedeutsames Fest, ein Jahrhundertereignis, von dem man in 100 Jahren und vielleicht noch länger reden wird. Aber als Besucher wird man von der Großartigkeit gewiss überwältigt: Es werden so viele Fürsten und Fürstinnen, Grafen und Adlige da sein, dass man sie nicht alle kennt und den Überblick leicht verliert. Und dann will man natürlich gerne wissen, was die hohen Herrschaften zu essen und trinken bekommen, was der normale Bürger nicht erfährt. Und welche Maßnahmen ergriffen werden. Und wie getanzt und gespeist wird. Das sind doch die wichtigen Informationen. Deswegen habe ich überlegt, eine historische Darstellung mit allen Fakten und Zahlen zu verfassen, damit jeder alles Wichtige auf einen Blick hat: von der Einladung bis hin zum Abschied. Ich werde mich auf die Hofrechnungen stützen, gemischt mit eigenen Beobachtungen und Informationen von anderen Beteiligten, um die Schilderung etwas lebendiger zu machen. Wenn Ihr mir dazu einen Auftrag und etwas Geld gebt, werde ich Euch und Eure bedeutsame Rolle bei der Hochzeit für alle Ewigkeit festhalten. Ich bin Euer Homer – für ein wenig Geld.«

Johannes Heller hörte entsetzt zu. »Du irrst dich, Seibolt, ich gehe nicht zum Fest«, sagte er streng. »Ich will mit diesem eitlen Windhauch nichts zu tun haben und gewiss nicht als Teilnehmer daran verewigt werden. *Absit*! Ich gehe nach Landshut aus geschäftlichen Gründen.«

Hans Seibolt blickte nun auch seinerseits erstaunt. »Dann verschwendet Ihr Eure Zeit, Dominus. In Landshut gibt es dieser Tage kein anderes Geschäft als die Hochzeit.«

Sie erreichten endlich die Mauern der Stadt Landshut. Auf der Wiese vor dem Spital Sankt Lazarus vor der Stadtmauer übten Reiter auf ihren Pferden. Wie bei einem streng geregelten Tanz bewegten sie sich hin und her. Am Flussufer wurden Flöße und Kähne mit Waren und Passagieren entladen.

Vor dem Münchner Tor stieg Johannes Heller ab und ließ Heinrich mit dem Pferd zurück. In den engen Straßen war das Gedränge überwältigend; ein Durchkommen war fast unmöglich. Überall liefen Diener und Knechte mit Gepäck; Ritter und Edelmänner stolzierten in ihrer Rüstung herum, Damen und Mädchen liefen in bunten Kleidern vorbei. Hier waren Kinder, dort Pferde, Hunde, dem Schlachter entlaufene Hühner, Verkäufer, Bettler, Betrunkene – in wenigen Worten: Es war ein wirres Durcheinander. Auch in der Martinskirche ging es mehr wie auf einem Jahrmarkt denn in einer Kirche zu. Arbeiter richteten das riesige Hauptschiff für die Trauungszeremonie her, Teppiche wurden gelegt, Kerzen aufgestellt, Heiligenbilder geputzt und Messgeschirr poliert. Der Organist probte an der Orgel, und die hohen Stimmen des Chors erklommen die Tonleiter.

»Wo, in aller Welt, ist der Pleban?«, rief Heller aufgebracht, aber niemand hörte zu oder kümmerte sich um ihn.

Verzweifelt lief Heller hinaus auf die Straße. Sein Kopf brummte. Ziellos wanderte er durch die volle Altstadt. Links und rechts waren Bühnen, Ausschenke und Stände aufgestellt; mitten im Weg war sogar ein Turnierplatz errichtet worden. Im tummelnden Gewirr tanzten Moriskentänzer, preisten Verkäufer ihre Waren, spielten Musikanten. Ein Sänger trug ein Lied aus der Minnedichtung vor; seine hohe, feine Stimme übertönte beinahe das Stimmengewirr der Straße. Von den Wirtshäusern in den Seitengassen liefen Diener aus und ein. Bewaffnete Wachmänner drangen in Truppen durch die Menge. Hoch zu Ross trabten Ritter im vollen Harnisch mit den Wappen und Insignien ihrer Herren durch die Menge und rempelten mit lautem Geschrei die Fußgänger aus dem Weg. Trompetenstöße kündigten in kurzen Abständen die Ankunft immer neuer Gäste an. Knechte schoben schweres Gepäck in Schubkarren durch die engen Gassen. Wie ein Kahn in stürmischem Gewässer wurde ein geistlicher Würdenträger in einer Sänfte durch die Straße getragen: Mit Erstaunen erkannte Johannes Heller seinen Kollegen, Heinrich Baruther. Mit aufgeregtem, neugierigem Blick bewunderte der sonst so nüchterne Richter die tosende Weltlichkeit um ihn herum und lachte sogar über die Kunst eines Gauklers. Als er Heller erblickte, winkte ihm Baruther zu. »Dominus Heller! Seid Ihr doch gekommen, alter Griesgram? Kommt doch heute Abend zu uns in der Rosengasse vorbei: Es gibt ein kleines Fest.«

Heller versuchte zu antworten, dass er nicht vorhatte, in der Stadt zu bleiben, geschweige denn an irgendeinem Fest teilzunehmen, doch seine Worte gingen im allgemeinen Lärm unter. Baruther nickte fröhlich und zog weiter.

Woanders in der Menge sah Johannes Heller einen elegant gekleideten jungen Mann, der ihm ebenfalls vertraut vorkam. Er war weltmännisch angezogen mit einem Wams aus braunem Samt und einem Barett auf dem Kopf. Heller musste zweimal hinschauen, um Marcus Hörnle wiederzuerkennen.

»Marcus! Marcus Hörnle!«, rief Heller freudig. Hörnle blickte um sich: Er wirkte überraschend ernst und geheimnisvoll. Ihre Augen trafen sich einen Augenblick, dann wandte sich Marcus Hörnle ab und ging raschen Schrittes in die andere Richtung.

»Warte doch!«, rief Heller ihm hinterher, doch sein Ruf ging in dem allgemeinen Lärm unter, und sein junger Freund verschwand augenblicklich hinter einer Ecke. Heller schaute ihm besorgt und verwundert nach. Hörnle hatte sich seit seinem Prozess nicht mehr gemeldet. Nun schien er sich ganz von der geistlichen Laufbahn verabschiedet zu haben. Er trug die Farbe der Wittelsbacher und war vermutlich als Familiare des Herzogs Wolfgang nach Landshut gekommen.

Heller fühlte sich auf einmal entmutigt. Was machte er hier? Es war sinnlos, in diesem Wirbel irgendjemanden zu suchen, und der Pleban würde ohnehin wohl keine Zeit haben, falls er ihn fände. Der Hofschreiber hatte recht gehabt: An andere Geschäfte als die Hochzeit war nicht zu denken. Sein eigenes Bestreben war nur noch eine weitere Episode in diesem Jahrmarkt der Eitelkeiten. *Quanto plus laboraverit homo ad quaerendum, tanto minus inveniet* – Je mehr sich ein Mensch im Suchen abmüht, desto weniger findet er, sagte der Ecclesiastes. Das einzige Gute unter der Sonne für die Menschen sei das, was man essen und trinken und genießen könne. Heller war es danach zumute, direkt nach Hause zu reiten. Doch es blieb ihm noch eine Möglichkeit, gegen die Sinnlosigkeit menschlichen Tuns anzukämpfen und das herauszufinden, weshalb er hier war.

37. Cui bono

INDEM ER SICH einigen schwer beladenen Knechten in den Weg stellte, damit sie nicht ohne Antwort vorbeiziehen konnten, fand Johannes Heller rasch heraus, wo das Anwesen des Wirts Ludwig Schmältzl lag: »In der Steckengasse, Herr. Jetzt geht Herrgott noch mal zur Seite.«

Das *Wirtshaus Schmältzl* lag in der Steckengasse. Diese war ein schmaler Durchgang zwischen den großen parallelen Prunkstraßen der Altstadt und der Neustadt. Hier war der Trubel beinahe am größten. Vor dem Eingang in der Steckengasse war der Turnierplatz eingerichtet, und die Zuschauer standen dicht gedrängt davor. Gerade trat der Bräutigam, Herzog Georg höchstselbst, gegen den adligen Herrn Ludwig von Westerstetten an. Der junge Herzog mit dem unschuldigen Gesicht eines Knaben war gekleidet in braunen Samt und trug einen Hut mit einem Kranz und einem Federbusch. Auch sein Pferd steckte in einer braunen Samtschabracke und trug einen Federbusch auf der Stirn. Nicht anders angezogen war der Gegner, denn er war ein Lehensmann des Herzogs. Vor ihnen gingen zehn Pferde, von Knappen und Edelmännern geführt, die ebenfalls braune Kleidung und Federn an den Hüten trugen. Die Ritter nahmen ihre Stellung ein, hoben die Lanzen und ritten aufeinander los. Ein Raunen ging durch das Publikum, als sie aneinander vorbeiritten. »Hurra, der Bräutigam!«

Indessen liefen Knechte beladen mit Lebensmitteln in der Steckengasse fleißig herum wie Bienen im Stock. Aber als Johannes Heller in die Gasse hineingehen wollte, wurde er durch herzogliche Wappner angehalten.

»Ihr dürft nicht hinein, Ehrwürden«, brüllte einer.

Heller raffte seinen Mantel würdevoll zusammen und zeigte seine Almutia und seinen Ring. »Lasst uns durch. Wir sind ein Domherr aus Freising, Mitglied des Domkapitels und bischöflicher Richter. Es geht um ein höchstwichtiges Geschäft«, kommandierte er.

»Auch dann nicht, Herr. Nur wer einen Passierschein hat, darf heute rein.«

Heller blickte verzweifelt um sich und sichtete eine Figur in der Menge, die er kannte: den Landschreiber Karl Kärgl. In seinem auffälligen Pelzmantel und mit einem samtenen Hut auf dem Kopf lief er mit seiner gewohnt besorgten Miene durch die strömende Menge, gefolgt von einem Schreiber. Er kam direkt auf Johannes Heller zu, erkannte ihn aber erst im letzten Augenblick.

»Dominus Heller, was macht Ihr denn hier?«, fragte Kärgl verwundert. Er wandte sich zu seinem Schreiber und schnappte: »Die drei Fässer Kremser Wein dort, hast du sie schon?«

»Ja, Ehrwürden«, antwortete der Schreiber gequält.

»Ich versuche, zu dem *Wirtshaus Schmältzl* in der Steckengasse zu kommen. Die Wappner lassen mich nicht durch.«

Kärgl schüttelte den Kopf. »Seht Ihr nicht, was hier los ist, Dominus? Das ganze Reich ist hier zu Gast. Dort gegenüber, im Zollhaus, wohnt der Kaiser selbst.« Er wies auf die großen Bürgerhäuser links und rechts in der Altstadt: »Das sind die Wohnungen für die Braut, die Mutter des Markgrafen von Sachsen, und Herzogin Amalie. Dort im Rathaus wohnt der erlauchte Bräutigam, Herzog Georg, wo auch der Tanzsaal eingerichtet ist. Tausende Edelmänner und Ritter sind

eingeladen. Alle wollen speisen und trinken. In der Steckengasse haben wir die Fürstenküche eingerichtet: Alle Speisen
und Getränke für die ehrwürdigen Hochzeitsgäste werden
jetzt dort vorbereitet, damit morgen alles geordnet vonstat-
tengeht.« Er stieß ein lautes Stöhnen aus. »Wir haben die
Aufgabe, das zu überprüfen! Alles muss aufgezeichnet werden: jedes Huhn und jedes Ei. Gott stehe uns bei!«, klagte
er jämmerlich. »Habt Ihr eine Ahnung, wie viel das ist?«

»Ich muss dennoch mit dem Wirt Ludwig Schmältzl sprechen«, rief Heller frustriert. »Nur deswegen bin ich von
Freising hierher gekommen. Es ist absolut dringlich.«

Der Landschreiber überlegte kurz. Dann rief er ungeduldig: »Gut, wenn es sein muss: lasst ihn hinein. Wir gehen
eben auch gerade dorthin. Aber der Wirt wird keine Zeit
für Euch haben.« Er winkte Heller durch und befahl seinem Schreiber zu folgen.

In der Steckengasse befanden sich viele Wirtshäuser und
Weinschenken, doch bis auf wenige waren die Zugänge mit
Brettern versperrt. Stattdessen waren provisorische Tre-
sen und Schenken aufgebaut. Überall liefen Köche und
Küchenpersonal mit Listen und Zutaten, Küchenmägde mit
Geschirr und Küchenknechte mit Bottichen und Säcken
herum. In der Küche seines Wirtshauses lief der Wirt Lud-
wig Schmältzl, Anweisungen schreiend, hin und her.

Als Heller sich ihm vorsichtig näherte, wies er ihn sofort
ab. »Keine Zeit, Ehrwürden, keine Zeit! Und wenn Ihr ein
Bett sucht: Wir sind ausgebucht.«

Johannes Heller musste brüllen, um sich Gehör zu verschaffen. »Es geht um etwas sehr Wichtiges.«

»Meine Geschäfte sind auch sehr wichtig«, brüllte der
Wirt zurück, als er mit den Pfannen klapperte. »Und wir
sind nicht in Eurem Gericht, Ehrwürden, sondern in meiner

Küche. Bei Euch heißt es immer: zuerst die geistlichen Angelegenheiten, die Ehesachen und dergleichen, dann erst die finanziellen Angelegenheiten. Bei mir aber heißt es: zuerst der Braten, dann die *res spirituales*. Ehrlich gesagt, habe ich überhaupt keine Zeit für Eure Geschäfte, Herr Richter. Ich habe viel zu viel zu tun.«

Johannes Heller kochte vor Ungeduld, doch er erkannte, dass der Wirt bis zum Hals in Arbeit steckte. »Dann werde ich warten«, rief er und setzte sich unter eine Treppe, um aus dem Weg zu sein. An ihm liefen eilig Küchenknechte und Küchenmägde ununterbrochen vorbei. Zwei Männer trugen einen riesigen dampfenden Topf in die Küche. Wirt Schmältzl lief ihnen wild gestikulierend hinterher: »Nicht dorthin mit der Rosinenbrühe, Menschenskinder! In den Vorratsraum, habe ich gesagt!«

Die Männer trugen den dampfenden Topf stöhnend zurück. »Hierhin, dorthin«, murrten sie grantig. Kurz danach kam der Landschreiber Karl Kärgl mit seinem Schreiber um die Ecke. Kärgl drehte sich im Gehen zu dem Wirt, der neben ihm lief. »300 Eier, sagt Ihr?«, fragte er. »Hast du das? 300 Eier«, brüllte er seinem Schreiber zu.

Mit einem wuchtigen Krach stieß er mit einem Küchendiener zusammen, der mit einem Korb voller Eier aus einem Seitengang lief. Der Diener, ein junger Knabe, stolperte zurück und fiel auf Johannes Hellers Schoß mit einem entsetzten Schrei. »Hilfe, die Eier!«

»Hilfe, mein Mantel, du Trottel!«, knurrte Kärgl als er versuchte, die Eier abzuwischen.

»Du Tölpel!«, beschimpfte der Wirt den Küchendiener. »Wo hast du die Küchenarbeit gelernt? Niemals laufen in einer Küche! Das ist die erste Regel. Wie oft muss ich dir das noch sagen?«

»Entschuldigt, entschuldigt«, piepste der Diener mit einer hohen Stimme und brach in Tränen aus. Er hatte ein blasses, mädchenhaftes Gesicht, das nun ganz rot geworden war. Plötzlich schreckte er auf und errötete heftig, als er bemerkte, dass er auf Hellers Schoß saß. »Oh entschuldigt, Ehrwürden!« Er schnellte hoch und bückte sich, um die zerbrochenen Eier aufzulesen.

»Weg hier, du hast schon genug angerichtet!«, rief der Wirt und jagte den Knaben mit einem Fußtritt davon. »Entschuldigt, Herr Richter, aber was macht Ihr hier? Das ist doch kein Platz.«

Der Landschreiber beäugte indes akribisch die Eier auf dem Boden. »Minus zehn Eier!«, rief er seinem Schreiber zu. Sie zogen weiter.

Die hektischen Vorbereitungen gingen Stunde um Stunde weiter. Halbe Rinder, ganze Schweine, gerupfte Hühner und Gänse an Stangen, Fische und Krebse, allerlei Gemüse und Obst wurden an Johannes Heller vorbeigetragen. Auch köstliche Süßigkeiten und Gebäck strömten aus Bäckereien in die Fürstenküche. Johannes Heller inspizierte interessiert einen auffälligen Prachtteller mit Lebkuchen drauf, dem ein besorgter Koch in den Vorratsraum folgte. »Vorsichtig, vorsichtig damit! Der Kaiser wird meinen Kopf wollen, wenn das misslingt«, rief er den Knechten besorgt zu.

Schließlich kam der Wirt wieder. Er war schweißgebadet und erschöpft nach der ganzen Arbeit. »Ehrwürden, was macht Ihr denn immer noch da?«, rief er überrascht, als er Heller erblickte. »Ach, Ihr wolltet mit mir sprechen. Ihr seht aber, was hier los ist.«

»Habt Ihr jetzt einen Augenblick Zeit für mich, Herr Wirt?«, fragte Heller verzweifelt. »Nur einen Augenblick: Ich brauche nur eine Information.«

Schmältzl wischte sich den Schweiß von seiner Stirn. »Na gut, ich kann nicht behaupten, dass ich vor Euch kein Gehör gefunden habe, Dominus, auch wenn Ihr mich lange warten ließt. Ihr habt jedenfalls damals die Nachlassgüter mit einer *Arrestatio bonorum* eingefroren und den Herrn Pleban gezwungen, sich mit mir zu einigen: Das war wirklich eine große Hilfe. Also, was kann ich für Euch tun?«

»Es geht mir um eben denselben Fall, guter Wirt, den du gerade erwähntest: den Nachlass eines Herrn Wilhelm Zachreis aus Marklkofen. Er starb ohne Testament, weshalb unser Pleban in Landshut seinen Nachlass verwalten musste. Kannst du mir sagen, wer schließlich geerbt hat?«

Der Wirt kratzte sich den Kopf. »Ja, Ehrwürden, das kann ich ganz genau sagen, denn ich führe jetzt auch einen Prozess gegen die Erbin und ihren Mann. Es war die Schwester von Herrn Wilhelm Zachreis, die alles geerbt hat. Die ganze Familie starb letztes Jahr im August an der Pest – bis auf die eine Tochter, die im Kloster Seligenthal war. Sie wäre die Erbin gewesen, aber sie ist anscheinend aus dem Kloster geflohen, und niemand weiß, was mit ihr passiert ist. Jedenfalls war auch sie nicht zu finden, weshalb das ganze Erbe an Herrn Zachreis' Schwester fiel. Eine ganz schöne Summe, wie man sagt, obwohl Herr Wilhelm viele Schulden hinterließ – nicht nur bei mir. Der Herr Nachlassverwalter wollte den Fall wohl schnell erledigen und uns Gläubiger außen vor lassen. Ich glaube, dass er mit der Erbin unter einer Decke steckt. Aber Eure *Arrestatio* hat dem ein Ende gesetzt, Dominus. Dennoch haben die Erbin und ihr Mann ihre eigenen Schulden bei mir immer noch nicht gezahlt. Vielleicht könnt Ihr nochmals eine *Arrestatio* oder Ähnliches gegen sie verhängen, Dominus.«

»Ah, an die Schwester ging es«, sagte Heller enttäuscht.

»Wir werden sehen, was sich machen lässt. Wie heißt sie denn?«

»Anna, jetzt Anna Hoholtinger, Dominus. Sie hat den Kästner von Dingolfing geheiratet, vor sieben Jahren, meine ich.«

»Hoholtinger, den Kästner von Dingolfing?«, wiederholte Johannes Heller. »Ist das ein Verwandter des Hofmeisters von Seligenthal, Pangratz Hoholtinger?

»Nein, Dominus, das ist er selbst«, antwortete der Wirt. »Er hat das Kästneramt vor zwei Jahren abgegeben. Manche sagen, dass er Geld aus den Kassen entwendet hat. Aber er ist ein alter Freund des Herzogs. Man hat ihn zum Hofmeister in Seligenthal gemacht.«

»Der Hofmeister von Seligenthal hat also geerbt?«, rief Heller aufgeregt. Mit einem eiligen Wort des Danks lief er aus der Küche zu den Tischen, wo der Landschreiber Kärgl mit seinem Schreiber über seinen Listen saß.

»500 Kalbsbraten. 1.000 Suppenhühner. Was ist mit den Spanferkeln?«, rief der herzogliche Rat und klopfte auf den Tisch. Er blickte irritiert auf, als er Heller vor sich bemerkte.

»Ja, was ist denn? Seht Ihr nicht, dass wir gerade keine Zeit haben?«, fragte er ziemlich unhöflich.

Heller erwog seine Worte sorgfältig. »Der erlauchte Herzog hat mich damit beauftragt, die Entführung der Novizinnen aus Kloster Seligenthal zu untersuchen, Ehrwürden. Das ist immer noch nicht aufgeklärt. Ich glaube jetzt zu wissen, wer es getan hat«, sagte er vorsichtig.

Der Landschreiber wandte sich wieder seinen Listen zu. »Hmm, gut – aber nicht gerade jetzt. 300 Spanferkel müssten es sein. Wo sind sie?«, brüllte er seinen Schreiber wieder an.

»Es ist jemand aus dem herzoglichen Hofrat«, sagte Johannes Heller eindringlich.

Kärgl blickte überrascht auf. »Was? Aus dem Rat? Das wäre Hochverrat!« Er legte seine Feder zur Seite. »Wen verdächtigt Ihr, Dominus Heller?«

»Den Hofmeister von Seligenthal, Pangratz Hoholtinger«, erklärte Heller.

Der Landschreiber schaute nervös um sich, ob jemand zuhören könnte. Er wies seinen Schreiber an, sie einen Augenblick allein zu lassen. »Hoholtinger?«, flüsterte er. »Seid vorsichtig, was Ihr sagt, Heller! Und habt Ihr Beweise dafür? Warum sollte er Nonnen entführen?«

Heller erhob die Hände. »Ich habe noch keine Beweise, sondern nur einen Verdacht, allerdings einen dringenden, den wir überprüfen sollten. Ich glaube, dass er den Nonnen bei der Flucht geholfen hat, um die Nichte seiner Frau, Christina Zachreis, ihrer Erbschaft zu berauben. Sie war die Alleinerbin ihres Vaters, Wilhelm Zachreis aus Marklkofen. Wäre sie im Kloster geblieben, hätte der Konvent das Erbe erhalten. Jetzt aber ist sie verschwunden oder tot. Pangratz Hoholtinger und seine Frau haben geerbt. Er hat ja Schulden …«

Karl Kärgl winkte ab. »Na, da seid Ihr falsch informiert, Dominus Heller. Er hat keine Schulden mehr.«

»Er hat sie dann wohl mit dem Erbe beglichen«, schnaubte Heller ungeduldig. »Er hatte jedenfalls ein starkes Motiv. Dazu hatte er die Möglichkeiten: Er kennt das Kloster und wusste, wie die Nonnen am besten entkommen konnten. Er hat Männer, einen Wagen und Pferde, um sie zu entführen. Vermutlich hat er auch Briefe in das Kloster geschmuggelt, um Christina in seine Falle zu locken. Auch dazu hatte er jede Gelegenheit. Ob er auch mit der Ermordung von einer der Nonnen zu tun hat, kann ich im Moment nicht sagen. Aber alles passt zusammen: der Grund, die Möglichkeiten und die Mittel.«

Der Landschreiber schwankte zwischen Zweifel und Überzeugung hin und her. »Das sind schwerwiegende Vorwürfe. Oh weh, wenn das wahr sein sollte! Was für ein Skandal! Und wie hat uns dieser Hoholtinger die ganze Zeit genasführt? Pfui! Aber wir sehen in alledem, was Ihr erzählt, noch keinen einzigen Beweis. Das hört sich wie eine von Euren *causae probabiles* an: Alles sehr glaubwürdig, aber wir brauchen mehr als Wahrscheinlichkeiten. Wie es so schön heißt: *Necessitas probandi incumbit* – der Kläger steht in der Beweispflicht. Darüber hinaus ist Pangratz Hoholtinger eine führende Person am Hof und gar ein persönlicher Freund des Herzogs. Ohne die Unterstützung des Herzogs können wir nicht einmal daran denken, gegen ihn vorzugehen. Und ehrlich gesagt, können wir es einfach nicht glauben, dass er so etwas tun würde.«

»Vielleicht finden wir Christina Zachreis noch am Leben«, sagte Johannes Heller. »Nach dem, was ich herausfinden konnte, sind die Entführer mit ihr allein weggefahren. Das bedeutet hoffentlich, dass sie sie nicht gleich getötet haben. Christina ist immerhin die Nichte von Hoholtingers Frau und ein Mitglied seiner Familie. Sie hat geglaubt, sie würde den Sohn des Entführers heiraten. Habt Ihr schon nach ihr bei Hoholtinger gesucht?«

Kärgl winkte ab. »Glaubt Ihr, wir kennen unsere Aufgaben nicht? Natürlich haben wir alle Verwandten der geflohenen Nonnen und Personen mit Kontakt zu dem Kloster sorgfältig befragt und untersucht, auch den Hofmeister und seine Frau. Sie waren sogar die Ersten. Aber es gab keine Spuren von den Nonnen, und niemand wusste irgendetwas.«

Johannes Heller ließ nicht locker. »Dann hat er sie vielleicht woanders versteckt. Wir müssen ihn befragen – inoffiziell zuerst, ohne Haftbefehl und ohne den Herzog damit zu behelligen, bis wir etwas gegen ihn in der Hand haben. Das könnte ich unternehmen.«

Der Landschreiber runzelte besorgt seine Stirn. »Hoholtinger ist natürlich zur Hochzeit hier in Landshut. Wir selbst haben ihn gesehen. Er übernachtet wahrscheinlich in Seligenthal. Aber Ihr habt keinerlei Befugnis, ihn zu befragen: Ihr seid nur ein bischöflicher Richter, und dazu nur für geistliche Angelegenheiten zuständig. Hoholtinger untersteht nur der Gerichtsbarkeit des Herzogs.«

»Ich aber darf ihn zu der Buchführung im Kloster befragen«, sagte Johannes Heller. »Das fällt unter die geistliche Gerichtsbarkeit. Es besteht nämlich der Verdacht der Veruntreuung von Geldern. Er hat möglicherweise Geld aus der Kasse des Klosters entwendet und der Äbtissin dafür die Schuld zugeschoben.«

Karl Kärgl dachte gequält nach. Seine Augen zuckten nervös hin und her. Dann fasste er eine Entscheidung: »Ihr dürft das tun, Dominus, aber wir warnen Euch: seid um Gottes willen vorsichtig. Hoholtinger ist ein einflussreicher und gefährlicher Mann. Gerüchte lauten, dass er nicht vor Mord zurückschreckt. Einige seiner Feinde sind einfach verschwunden, und der Herzog hat nicht einmal einen Finger gekrümmt, um die Fälle aufzuklären. Auch wir selbst müssen sehr vorsichtig mit ihm sein. Ihr dürft ihn auf keinen Fall offen konfrontieren, bis wir den Herzog nicht hinter uns wissen. Aber wenn Ihr dieser Angelegenheit mit den Rechnungsbüchern nachgehen wollt, scheint das uns ein legitimer Grund, mit ihm zu sprechen. Wir geben Euch dazu ein Genehmigungsschreiben.«

Er schrieb etwas auf ein Blatt Papier und wies seinen Schreiber an, sein Siegel daraufzusetzen. »Nehmt das mit.

Und jetzt müssen wir weiterarbeiten, Dominus Heller, wenn
Ihr entschuldigt.«

Er wandte sich wieder dem Schreiber zu: »Wo waren wir
denn? Bei den Spanferkeln!«

38. Die Beweislast liegt beim Kläger

DER KURZE NOVEMBERTAG ging bereits zu Ende, als Johannes Heller zu Heinrich und den Pferden vor dem Münchner Tor zurückkehrte. Es würde zu spät sein, heute noch nach Freising zurückzureiten. Eigentlich sollte Heller jetzt nach einer Unterkunft für die Nacht suchen, aber er wollte die Gelegenheit ergreifen, mit dem Hofmeister zu sprechen, bevor der Hochzeitstrubel endgültig losging.

Für ein paar Pfennig nahm ein Knecht die klapprige alte Mähre und den Esel zu der Gästebestallung und versprach mit einem sarkastischen Lächeln, gut auf sie aufzupassen. Sie gingen zu Fuß durch die Stadt, die nun etwas ruhiger geworden war. Ein kalter Nebel hatte sich über das Tal gelegt, der sich wie ein Heiligenschein um die Lichter bauschte und gespenstisch durch die Gassen waberte.

Hinter den Fenstern und Türen ertönten lautes Gelächter und Gesang. Einige feiergelaunte Knechte stolperten Arm in Arm durch die Altstadt. Heller war hungrig und müde, er sehnte sich nach einem warmen Essen und einem Bett. Er sah sich auch den jungen Heinrich besorgt an, der sich jedoch keineswegs ein Zeichen von Schwäche erlauben wollte. Also gingen sie über die Isarbrücken zum Kloster Seligenthal.

Während in der Stadt die Eitelkeit weltlicher Gloria gefeiert wurde, herrschte hinter den Mauern des Klosters schweigsame, fromme, beinahe furchtsame Zurückgezogenheit. Hier spielten keine Musikanten, und niemand grölte lustige Lieder; nur die freudlose Klosterglocke läutete zum Gebet. Auf die Tische kamen nur Wasser und Brot. An der Pforte betrachtete sie der zahnlose Greis misstrauisch mit seinen wässrigen Augen, als er das Schreiben inspizierte. Da er nicht lesen konnte, nickte er nur verständnisvoll und teilte Heller mit, dass die Nonnen derzeit beim Gebet seien. Er würde der Mutter Äbtissin aber ausrichten, dass der Herr Chorrichter da sei.

»Ich will aber zu dem Hofmeister«, erklärte ihm der Richter und tippte auf den Brief. »Das genau steht dort drin.«

»Der ehrwürdige Hofmeister? Er ist in seinem Haus, Ehrwürden«, sagte der Pförtner überrascht. »Aber er hat ausgerichtet, dass er nicht gestört werden will.«

»Ich will ihn nur kurz sprechen«, meinte Heller unnachgiebig.

»Ich sage der Mutter Äbtissin trotzdem, dass Ihr da seid. Sie hat mich besonders dazu angewiesen«, nuschelte der Pförtner pflichtbewusst.

»Sie erwartet mich?«, wunderte sich Heller, als der Pförtner weglief. Er fühlte, wie sein Herz schneller schlug.

Er ließ Heinrich in der Pfortenstube und ging über den Hof zu dem Hofmeisterhaus, wo die Lichter hell aus den Fenstern schienen. Nach langem Klopfen an der Tür erschien ein bärtiger Knecht mit einem vernarbten Gesicht und nur einem Auge. Heller hielt ihm das gesiegelte Schreiben vors Gesicht. Der Mann grunzte unfreundlich, ließ ihn aber hinein. Der Hofmeister saß am Tisch vor einem halb geleerten Teller und einem Krug Wein. Auf seinem Schoß war ein leicht bekleidetes Mädchen, das aufsprang und weglief, als es den geistlichen Herrn eintreten sah. Hoholtinger wischte sich über den Mund und grunzte, als er ihn erkannte: »Herein, Herr Chorrichter, wenn es so wichtig ist. Ihr kommt ungelegen, wie Ihr seht. Beichten wollte ich jedenfalls noch nicht.« Er lachte grob.

»Ich bin nicht hier, um Euch die Beichte abzunehmen, Herr Hoholtinger«, sagte Heller beruhigend. »Ich habe einige Fragen, eigentlich nur eine Kleinigkeit.«

Der Hofmeister schlürfte seinen Wein. »Hätte das nicht irgendwann anders Zeit? Die ganze Welt feiert Hochzeit, aber Ihr habt nichts anderes als Gerichtsgeschäfte im Kopf.« Er hob sein Messer, um sich ein Stück Fleisch abzuschneiden.

»Ich muss etwas Dringliches aufklären«, sagte Johannes Heller, der das Essen auf dem Tisch und seinen eigenen Hunger zu ignorieren versuchte. »Möglicherweise ist alles nur ein harmloses Missverständnis, ein grundloser Verdacht.«

Hoholtinger erstarrte mit dem Messer in der Hand. »Was für ein Verdacht?«

»Es geht um die Unregelmäßigkeiten in den Rechnungsbüchern«, erklärte Heller rasch. »Es scheint nämlich, dass Euer Schreiber die fragliche Summe quittierte, ohne sie selbst zu überprüfen. Möglicherweise wurde daher weniger Geld in die Kasse eingezahlt, als die Rechnungsbücher anzeigen. Ich wollte fragen, ob Ihr vielleicht etwas übersehen habt: eine Sonderausgabe oder Ähnliches, das nicht verbucht wurde. Das könnte die Differenz erklären.«

Der Hofmeister setzte sein Essen beruhigt fort. Mit vollem Mund antwortete er: »Ausgeschlossen! Wir sind uns sicher, dass wir die volle Summe eingezahlt haben. Die Verantwortung liegt jedenfalls bei dem Schreiber, alles zu überprüfen, bevor er die Quittung ausstellt. Damit haben wir nichts zu tun.«

»Der damalige Schreiber Hans Seibolt hat uns berichtet, dass Ihr ihn dazu aufgefordert hättet, die Summe ohne Überprüfung zu quittieren«, sagte Heller kühl. »Und ausgerechnet dann stimmte die Rechnung nicht.«

Pangratz Hoholtinger lachte. »Verstehe. Das hört sich verdächtig an, nicht wahr. Aber die Beweise belasten nicht uns, sondern die Äbtissin. Wir können schließlich nichts dafür, dass der Schreiber seine Pflicht nicht erfüllt hat. Übrigens haben wir ihn entlassen. Er war uns zu unzuverlässig.«

»Ihr hattet Schulden beim Herzog«, bohrte Heller unbeirrt weiter. »Das wäre ein Motiv, das Geld zu unterschlagen.«

»Ich hatte Schulden, zugegeben. Aber das ist nichts Ungewöhnliches«, sagte Hoholtinger mit einer leichtfertigen Geste. »Nicht einmal der Herzog ist schuldenfrei. Wer keine Schulden hat, der werfe den ersten Stein. Im Übrigen habe ich meine inzwischen beglichen.«

»Ja, das stimmt«, räumte Heller ein, »Euch ist das Erbe von Wilhelm Zachreis glücklicherweise zugefallen. Seine ganze Familie starb an der Pest, bis auf seine Tochter Christina, die hier im Kloster war. Aber sie ist aus dem Kloster geflohen und verschwunden.«

Der Hofmeister versteifte sich wieder. »Verdächtigt Ihr mich nun deswegen, Herr Chorrichter?«

Heller erhob unschuldig die Hände. »Ich stellte nur fest, dass sie verschwunden ist und Ihr geerbt habt. Ein Glücksfall für Euch! Es gibt überhaupt keinen Beweis gegen Euch. Wie ich weiß, hat man bereits vorsichtshalber bei Euch gesucht und nichts gefunden.«

Hoholtinger lächelte beruhigt. »Jawohl. So ist es.«

»So ist es«, stimmte Heller ihm zu, aber mit einer ganz anderen Betonung. »Wir haben keine Beweise und wissen fast nichts. Wir wissen immer noch nicht, wer den Novizinnen half, aus dem Kloster zu entkommen; wir wissen nur, dass er Männer und Pferde zur Verfügung hatte. Wir wissen nicht, wer die Briefe in das Kloster schmuggelte, um die Flucht zu organisieren, aber es musste jemand sein, der Zugang zum Kloster hatte. Wir wissen nicht, wer die Celleraria vergiftete, damit sie nichts über die Briefe verriet. Wir wissen schließlich auch nicht, was mit Christina Zachreis passiert ist, ob sie lebt oder auch bereits getötet wurde. Wir wissen nur, wer aus allen diesen Verbrechen profitiert hat – aber das ist immerhin etwas.«

Der Hofmeister legte sein Besteck zur Seite. »Wir warnen Euch davor, Heller, uns mit solchen Verdächtigungen zu behelligen. Das wäre sehr unklug. Wir sind ein vertrauter Freund und Weggefährte des erlauchten Herzogs. Wir brauchen ihm nur ein Wort zu sagen, und Ihr wandert in ein dunkles Loch oder verliert Euren Kopf. Und glaubt nicht, dass der Bischof Euch helfen wird: Er macht, was Herzog Ludwig verlangt. Jetzt stehen die Burg und die Kirche zusammen und sind untrennbar. Das ist der neue Bund: Wir helfen dem Bischof, seine Autorität zu festigen und seine Kirche prächtig zu machen, und er hilft uns, unsere Interessen durchzusetzen – auch gegenüber ungehorsamen Geistlichen. Ihr wollt doch nicht versuchen, uns einen Keil zwischen die Räder zu treiben? Es könnte sein, dass Ihr dabei zermalmt werdet.« Er hämmerte mit seiner Faust auf den Tisch.

Johannes Heller trat ihm einen Schritt näher. »Der Frevel sei mir fern. Aber wenn dem Herzog dieses heilige Bündnis mit der Kirche so wichtig ist, so bin ich mir sicher, dass es in seinem Interesse liegt, sie vor Räubern und Entführern zu schützen. Und wenn es sich um das Hauskloster seiner Herrschaft handelt, wo seine Vorfahren begraben sind, wird er bestimmt keine alten Freundschaften und Privilegien gelten lassen.«

Pangratz Hoholtinger stierte ihn an. »Ihr habt keine Beweise, Heller, nur Verdächtigungen.«

Johannes Heller blickte kämpferisch zurück. Die Reaktion des Hofmeisters hatte ihn in seiner Überzeugung bestärkt. »Glaubt mir, Herr Hofmeister: Es gibt immer Beweise, und ich werde sie finden«, gab er fest zurück.

»Geht lieber nach Freising zurück, Pfaffe, und kümmert Euch um Eure Eheprozesse«, schnaubte Hoholtinger drohend. »Anderenfalls kümmert Euch um Euer Seelenheil, denn Ihr wisst weder den Tag noch die Stunde, wie es so schön heißt.«

Johannes Heller ging aufgeregt vom Hofmeisterhaus zurück zur Pforte. Dort richtete ihm der Pförtner aus, dass die Äbtissin ihn empfangen wolle. Sie warte auf ihn im Besucherraum, sagte der Pförtner. Der Besucherraum war ein kahles, kaltes Zimmer neben der Pfortenstube mit einem harten Stuhl vor dem kleinen vergitterten Sprechfenster. Auf der anderen Seite saß bereits Äbtissin Barbara mit einer Lampe in der Hand.

In dem schwachen Schein wirkte ihr langes Gesicht noch hagerer und ihre Augen noch eingesunkener als gewöhnlich. Heller fühlte einen Stich in seinem Herzen. Sie blickte bange um sich und rückte näher zum Sprechfenster.

»Es ist spät, Dominus Heller: Es ist bereits dunkel und wir dürfen nachts keine Gäste empfangen. Wir dürften eigentlich gar nicht mit Euch sprechen. Wenn Pater Haberfeld uns erwischt, wird er uns Gott-weiß-was antun. Es ist fürchterlich!«, flüsterte sie durch das Gitter. »Seid Ihr gekommen, um uns von diesem Albtraum zu befreien? Hat der Bischof ein Einsehen gehabt?«

Johannes Heller antwortete auch im Flüsterton. »Domina Äbtissin, ich bin nicht deswegen hier, sondern um mit dem Hofmeister über die Rechnungsbücher zu sprechen. Ich habe dem Bischof Eure Beschwerde über den Administrator mitgeteilt, aber er wollte nichts davon hören. Vielmehr glaubt er, dass Ihr Pater Haberfeld verleumdet und gegen ihn arbeitet, weil er die Regel streng einhält.«

Die Äbtissin schrie kurz auf. »Dominus Heller! Glaubt Ihr das etwa auch? Misstraut Ihr uns?«

»Ich weiß nicht, wem ich vertrauen darf, Domina«, antwortete Heller leise. »Ist es nicht wahr, dass Ihr ihn loswerden wollt?«

»Doch, natürlich es ist wahr, aber nur, weil er uns schlägt und misshandelt. Habt Ihr unseren Brief nicht gelesen? Es ist eine Sünde, wie er uns terrorisiert, und Ihr wollt nur mit diesem vermaledeiten Hofmeister sprechen. Wir sind von Feinden umgeben, und nicht einmal Ihr vertraut uns.« Die Äbtissin schluchzte in der Dunkelheit, als ob sie weinte. Heller fühlte sich unglücklich.

»Es tut mir leid, Domina«, bedauerte er. »Ich kann in dieser Angelegenheit im Moment wirklich nichts gegen den

Administrator ausrichten. Aber ich hoffe, einen anderen von Euren Feinden zu überführen.«

»Ihr meint wohl den Hofmeister, der die Rechnungsbücher gefälscht und uns vor dem Herzog verleumdet hat«, sagte die Äbtissin zornig. »Das haben wir Euch schon von Anfang an gesagt, aber niemand wollte auf uns hören.«

»Ja, ich meine den Hofmeister, aber nicht wegen des Geldes«, flüsterte Heller. »Die Untersuchung der Rechnungsbücher war nur ein Vorwand, um ihn über anderes zu befragen. Es besteht der Verdacht, dass er an der Entführung der Novizinnen letzten Dezember beteiligt war.«

»Was? Kann das sein?«, kreischte die Äbtissin entsetzt auf. Dann besann sie sich und sprach wieder leiser. »Dieser schreckliche Mann! Aber seid Ihr sicher?«

»Nach meinem Gespräch mit ihm bin ich überzeugt, dass er es war. Aber noch ist nichts bewiesen«, flüsterte Heller. »Deshalb muss ich Euch bitten, die Angelegenheit geheim zu halten. Niemand darf davon erfahren. Der Hofmeister wähnt sich sicher und glaubt, keine Spuren hinterlassen zu haben. Aber da irrt er sich. Jetzt, da wir einen Verdacht haben, können wir gezielt suchen. Ich brauche Eure Hilfe und einige Informationen.«

Die Äbtissin rückte näher an das vergitterte Fenster. Johannes Heller konnte ihren Atem spüren.

»Wenn ich irgendwie helfen kann«, sagte sie begierig.

»Dann sagt mir zuerst: Ist der Hofmeister oft hier im Kloster? Er sagte, wenn ich mich richtig erinnere, dass er nur selten komme.«

»Das ist richtig. Er kommt zwei- oder dreimal im Jahr, um nach seinen Geschäften zu schauen. Die Arbeit wird sonst von seinem Hofschreiber erledigt.«

»Könnte er bei seinen Besuchen die Briefe ins Kloster

gebracht haben, die unter den Betten der Nonnen gefunden wurden? Ich bin überzeugt, dass die Briefe der Schlüssel sind, denn nur so konnte die Flucht organisiert werden. Das wäre ein wichtiger Beweis. Wisst Ihr wirklich nichts darüber?«

»Dominus Heller, wir haben es Euch mehrmals gesagt: Wir wissen nicht, wer Schwester Adelheid die Briefe gebracht hat. Aber der Hofmeister hätte es bestimmt machen können. Er trifft sich immer mit der Celleraria, um über die Buchhaltung zu sprechen.«

»Ihr könntet also die Nonnen fragen, die Briefe erhielten, ob dies zeitlich im Zusammenhang mit den Besuchen des Hofmeisters geschah?«

»Ja, das könnte ich«, flüsterte Äbtissin Barbara.

»Dann habe ich eine weitere Frage: Die Novizin Agnes Müller, die mit den anderen weglief, wurde gefunden und hierher zurückgebracht. Ist sie noch hier? Ist sie sicher?«

»Ja, das ist sie«, antwortete die Äbtissin fest. »Sie war hochschwanger, als sie zu uns kam. Wir haben sie deshalb in das Infirmarium einsperren lassen, bis das Kind kam. Im November hat sie entbunden, aber wir haben beschlossen, sie dort im Wochenbett zu behalten, auch wenn das Kind schreit. Allerdings ist sie keine Novizin mehr, und eine Nonne wird sie leider auch nicht mehr. Ich kann sie hier im Kloster nicht ewig behalten. Pater Haberfeld verlangt ständig, dass sie hinausgeworfen wird, aber wir sagen ihm, dass sie noch zu schwach sei.«

Sie überlegte kurz und fügte leise hinzu: »Wir fürchten um ihr Leben – auch hier im Kloster. Wir haben die Infirmaria auf ihr Seelenheil schwören lassen, dass Agnes nichts passiert. Aber wenn wir sie herauslassen …«

»Das dürft Ihr auf keinen Fall tun«, sagte Heller. »Noch nicht. Aber vielleicht würde sie ihre Entführer erkennen, wenn sie sie sieht. Ich meine nicht den Hofmeister selbst, aber seine Knechte.«

»Ich verstehe«, die Augen der Äbtissin leuchteten auf. »Er bringt immer seine Knechte mit, wenn er kommt. Das sind fürchterliche Männer, mehr wie Tiere denn Menschen. Wir fürchten uns vor ihnen. Sie schauen unsere Schwestern an wie Wölfe die Lämmer. Einige sind auch heute hier.« Sie erstarrte, als ob sie etwas gehört hätte. »Wir werden tun, was wir können. Aber jetzt müsst Ihr gehen. Pater Haberfeld wird bald kommen, um nach uns zu schauen.«

»Eine Frage noch«, sagte Heller eindringlich. »Gibt es abgelegene Höfe oder Güter des Klosters, wo der Hofmeister jemanden verstecken könnte? Ich habe die Vermutung, dass er eine der Novizinnen, Schwester Christina Zachreis, in seiner Gewalt hält, wenn sie überhaupt noch am Leben ist. Aber man hat bereits seinen Hof und die Besitzungen seiner Frau durchsucht und nichts gefunden.«

Die Äbtissin seufzte. »Wir haben eine Anzahl von Grangien und anderen Besitzungen in der Nähe, wie die Hofmarken Gundelkofen und Amselfing. Aber sie sind nicht abgelegen, und wir glauben kaum, dass er dort jemanden verstecken könnte, ohne dass wir davon wüssten. Wir besitzen auch fünf Dörfer im Norden bei Cham, die zu der Grundausstattung des Klosters gehören. Der Hofmeister geht aber nie dorthin, sondern er schickt seinen Schreiber, um ihre Abgaben zu kontrollieren. Und im Moment wütet dort die Pest. Nein, wir glauben nicht, dass er irgendjemanden auf unserem Grund gefangen hält. Aber der Hofmeister hat bestimmt seine eigenen Verstecke. Er ist ein großer Jäger: Vielleicht hat er eine Jagdhütte irgendwo im Wald. Oder er hält sie auf Burg Wolfstein, hier in der Nähe, fest. Er ist der Burgvogt dort.«

Heller konnte sich vage daran erinnern, dass der Hofmeister von der Burg Wolfstein gesprochen hatte, wo die Herzöge gelegentlich Jagdpartien feierten. »Eine herzogliche Burg? Das scheint mir eher unwahrscheinlich«, murrte er.

Hinter der Äbtissin quietschte eine Tür. Die Äbtissin schrak auf.

Es war Pater Haberfeld. »Schwester Äbtissin, was geht hier vor?«, fragte er misstrauisch. »Ihr habt einem Mann Zutritt zum Kloster nach Beginn der Dunkelheit gewährt und unterhaltet Euch mit ihm hier allein. Wir haben es Euch verboten, in unserer Abwesenheit mit jemandem von außen zu sprechen.«

»Es ist der ehrwürdige Herr Chorrichter von Freising«, sagte Äbtissin Barbara ängstlich. »Er ist hier, um die Rechnungsbücher zu prüfen.«

»Wir haben ein beglaubigtes Schreiben vom Landschreiber«, rief Johannes Heller durch das Gitter.

»Solche Geschäfte müssen in den Tagesstunden erledigt werden«, schnaubte der Pater. »Geht jetzt, Dominus Heller. Nächstes Mal habt Ihr mit uns zu sprechen, nicht mit der Äbtissin. Und Domina, wir werden mit Euch wegen Eures Ungehorsams reden müssen.«

Die Äbtissin stand wortlos auf und lief aus dem Raum.

Johannes Heller ging langsam mit Heinrich über die Isarbrücke zurück. Er war tief besorgt und beunruhigt nach seinem erneuten Besuch im Kloster. Dazu war er nach dem langen Tag hungrig und erschöpft. Auch der arme Heinrich war vom langen Herumwarten durchgefroren. Doch es war jetzt spät, und alle Gasthäuser, Klöster, Spitäler und Pfarrhäuser waren bereits voll mit Hochzeitsgästen. Als sie vor dem hohen Isartor standen, blickte Heller einen Augenblick verzweifelt um sich und fragte sich, wo in der Welt sie übernachten könnten. Dann lachte er plötzlich auf. »Komm, Heinrich! Wir haben eine Einladung!«

Sein Kollege, Heinrich Baruther, war überrascht, als die unerwarteten Gäste zur späten Stunde in seiner bequemen Wohnung in der Rosengasse erschienen. Er schüttelte verwundert den Kopf, aber nahm sie dennoch auf und führte sie in die warme Stube. Dort war eine kleine Gruppe von Baruthers Verwandten und alten Jugendfreunden versammelt; es gab etwas Warmes zu essen und Wein zum Trinken. Dankbar setzten sich Johannes Heller und der junge Heinrich zu ihnen an den Tisch. Bald aber legte sich Heller in einer Ecke zum Schlafen hin.

39. Die Hochzeit des Herrn

AM NÄCHSTEN TAG, schon vor Sonnenaufgang, erwachte die ganze Stadt zu dem lauten Ruf von Trompeten und Trommeln. Es war neblig und kalt; die Welt schien noch zu träumen. Im Morgengrauen versammelte sich eine glänzende Schar von Rittern in poliert glänzender Rüstung mit bunten Fahnen und gezäumten Pferden vor dem Stadttor, um die Braut zu empfangen. In langer Sitzung hatte man zuvor die Frage erörtert, ob der Bräutigam selbst der Braut entgegenreiten sollte, wie es sich zu Ehren einer höhergestellten Person ziemte, oder ob dies sogar für das Ansehen des Bräutigams schädlich sei. Die einen hatten auf den Königstitel, den auch die Braut trug, hingewiesen, die anderen auf die Stellung des Landshuter Herzogs. Letztendlich hatte der Kaiser das Problem mit dem Argument ausgeräumt, er sei Ehrengast des Herzogs und müsse die Braut zu dem Bräutigam führen. Weil er aber als Kaiser höhergestellt sei als die Königstochter, könne er ihr unmöglich entgegenreiten. Daher wurde beschlossen, dass der Kaiser mit dem Bräutigam und Herzog Ludwig vor den Toren Landshuts auf Prinzessin Hedwig warten sollte. Dafür würde eine Ehrengarde von 400 Rittern unter der Leitung des tapferen Ritters Wilhelm Aichberger der Braut bis Schloss Kronwinkel entgegenreiten, um ihr im Feld ehrenvoll zu salutieren. Dahinter sollte eine noch ehrenvollere Abordnung, angeführt von des Kaisers Sohn Maximilian, bis nach Eching vorreiten, um die Braut dort zu empfangen und nach Landshut zu begleiten. Nachdem die erste Abordnung bei Tagesanbruch bereits vorausgeritten war, versammelte sich nun eine vortreffliche Gesandtschaft von mächtigen Reichsfürsten hinter Maximilians Fahnen. Unter ihnen zu sehen waren Pfalzgraf Philipp von Rhein, Markgraf Albrecht Achilles von Brandenburg, die Herzöge Christoph und Wolfgang von München sowie die Bischöfe Wilhelm von Eichstätt und Sixtus von Freising. Man zählte um die Tausend Pferde mit mindestens so vielen Reitern.

Vor der Stadtmauer hatten sich die übrigen Gäste und Zuschauer zusammengefunden, um das Spektakel zu bewundern und den hohen Herrn zu ehren: Die Bürger Landshuts und die Bürgerschaften anderer Städte, die Vertreter der Landstände, Vertreter der Klöster und Kirchen, Bauern und Handwerkern, Mägde und Knechte – alle waren dort. Unter Trompetentönen und Gesang verabschiedeten sie die ehrenvolle Gesandtschaft auf ihren Weg.

Auch Johannes Heller befand sich zusammen mit den anderen Freisinger Domherren vor den Mauern Landshuts. Da er jetzt in der Stadt war, konnte er sich kaum noch der Pflicht entziehen, an den Zeremonien teilzunehmen. Unter der Menge herrschte ausgelassene Freude und Aufregung. Neugierig beobachteten sie die Vorbereitungen für den Empfang der Braut. Es war eine wahre Zelebration der Ritterkultur. Der junge Bräutigam ritt bereits aufgeregt auf seinem Pferd herum. Mit seinem engen kurzen Oberrock in brauner Farbe, bestickt mit vielen Perlen und Edelsteinen, gab er eine feine Figur ab. Auf seinem Kopf trug er einen prächtigen Hut, ebenfalls aus braunem Stoff, gekrönt mit einem großen Kranz von Perlen und Edelsteinen – man schätzte allein den Wert des Kranzes auf 50.000 Gulden – und darauf einen wehenden weißen Federbusch. In einem prächtigen Wagen wurde auch sein Vater, Herzog Ludwig, aufs Feld gezogen, der wegen seiner Gicht nicht mehr reiten konnte. Sogar der Kaiser ließ sich blicken. Währenddessen traten zwei Ritter im Wettkampf mit scharfen Lanzen gegeneinander an. Die Zuschauer jubelten laut vor Begeisterung.

»Dominus, Dominus Heller!« Johannes Heller hörte jemanden seinen Namen rufen, leise, nah an seinem Ohr. Er wandte sich um. Es war Marcus Hörnle. Er trug ein braunes Wams und eine Pfauenfeder an seinem Hut, so wie die Männer der bayerischen Herzöge.

»Hörnle!«, rief Heller freudig überrascht. »Was machst du hier?«

»Psst, nicht so laut!«, antwortete Hörnle konspirativ. Er zog Heller einige Schritte durch die dicht gedrängte Menge zurück, wo jemand auf ihn wartete: eine junge Frau in einem langen dunkelblauen Mantel, unter dem sie ein weißes Kleid trug. Als sie ihren Schleier hob, erkannte Heller die ernsthaften dunklen Augen der Scriba, Schwester Magdalena Buntschuh aus Seligenthal.

»Marcus, was soll das?«, rief Heller erschrocken. Er erinnerte sich an Hörnles Brief an die Klosterscriba und befürchtete bereits das Schlimmste. »Du hast sie doch nicht etwa entführt?«

»Ich habe der ehrenwerten Jungfrau meine Hilfe angeboten«, entgegnete Marcus Hörnle würdevoll. »Sie hat eine Nachricht für Euch von der Äbtissin von Seligenthal.«

Johannes Heller errötete heftig. »Von der Äbtissin?«

Schwester Magdalena trat näher, bis sie fast direkt vor ihm stand, um sich über den Lärm der Zuschauer, des Gesangs und der Trompeten verständlich zu machen.

»Dominus Chorrichter, die Mutter Äbtissin hat mich geschickt. Sie fand keine andere Möglichkeit, Euch diese Information zukommen zu lassen. Sie wird von dem Administrator wie eine Gefangene gehalten und ist ein großes Risiko eingegangen, um Euch zu helfen. Wenn Pater Haberfeld erfährt, dass sie mich zu Euch geschickt hat, wird er sie schwer bestrafen.« Ihre Augen blinzelten streng und vorwurfsvoll. »Ihr habt die Mutter Äbtissin beauftragt, zwei Dinge herauszufinden. Sie lässt erstens ausrichten, dass sie mit einigen unserer Schwestern gesprochen hat, die in der Vergangenheit Briefe von außen erhielten. Diese sagten aus, dass sie die Briefe an Festtagen bekamen. Die Mutter Äbtissin lässt ausrichten, dass der Hofmeister uns nicht an den Festtagen besucht hat.« Die Scriba berichtete davon, als ob sie nicht daran beteiligt gewesen wäre, aber Heller musste daran denken, dass auch sie einen solchen Brief erhalten hatte.

»Dann hat der Hofmeister die Briefe wohl nicht ins Kloster gebracht«, stellte er enttäuscht fest.

»Zweitens soll ich berichten, dass wir gestern Abend nach Eurem Besuch eine Vigil für die Hochzeit des Herzogs abhielten, zu der die Mutter Äbtissin auch den Hofmeister und seine Knechte eingeladen hat«, verkündete die Scriba ebenso teilnahmslos. »Sie hat Schwester Agnes in der Kirche versteckt, wo sie die Männer sehen konnte. Schwester Agnes sagt, dass einer von ihnen zu den Männern gehört, die sie aus dem Kloster entführten. Er sei ein großer Mann mit nur einem Auge. Die Mutter Äbtissin lässt Euch wissen, dass es sich um einen der Burgwächter von Wolfstein handelt.«

»Von Burg Wolfstein!«, wiederholte Heller aufgeregt. »Ist er hier in Landshut? Wir müssen ihn sofort festnehmen.«

»Er ist noch in der Nacht weggeritten, Dominus«, teilte ihm die Scriba mit. »Vielleicht ist er nach Wolfstein zurück.«

»Dann werden wir ihn dort finden«, rief Heller erfreut. »Wunderbar, mein Kind! Richte der ehrwürdigen Mutter Äbtissin bitte meinen untertänigsten Dank aus.«

»Ich gehe nicht zurück ins Kloster«, sagte die Scriba und wurde plötzlich rot. »Noch nicht, jedenfalls. Es gibt noch etwas für mich zu tun. Dominus Hörnle hat mir versprochen zu helfen.«

»Was?«, rief Heller. »Wie will er dir helfen? Hörnle, was soll das?« Seine Befürchtungen regten sich wieder.

»Nur in Ehren«, versicherte ihm Marcus Hörnle eilig. »Ich schwöre es Euch, bei meiner Seele. Sagt bitte nichts, Dominus, zu niemandem! Sie wird gesucht. Es wäre ihr Tod, wenn sie gefunden wird.« Ohne auf eine Antwort zu warten, zog er Schwester Magdalena weg und drückte sich mit ihr durch die Menge in Richtung Stadttor.

»Ihr Tod?«, rief Heller ihm hinterher. »Seid ihr verrückt? Es wird euer beider Tod, wenn sie nicht gleich ins Kloster zurückkehrt. Wo geht ihr hin?« Er versuchte, ihnen zu folgen, aber verlor sie bald im Gewirr. Dann überlegte er, ob er den Landschreiber Kärgl gleich aufsuchen sollte. Doch im Augenblick war nicht daran zu denken. Er würde bis nach dem Kirchgang warten müssen. Schließlich kehrte er zu seinen Kollegen zurück.

»War das nicht gerade eben Marcus Hörnle?«, fragte Heinrich Baruther.

»Wer? Wo?« Heller hüllte sich in Ahnungslosigkeit und wandte sich wieder dem Spektakel zu. Aus der Ferne kündigten Trompetenstöße die baldige Ankunft der Braut an. Auf das Zeichen hin bewegten sich die Reiter auf der Grieserwiese langsam wie im Tanz und bildeten einen großen Ring, in dessen Mitte der Kaiser hoch zu Ross saß. Nun näherte sich der Brautzug, der durch die zusätzlichen Begleiter zu einem ansehnlichen Tross angewachsen war. In der Ferne war bereits der goldene Wagen zu sehen, in dem Prinzessin Hedwig saß. Zuletzt hielten die Begleiter an, und der Brautwagen ruckelte voraus. Als der Wagen von dem Empfangskommittee nur noch einen Steinwurf entfernt war, stiegen der Kaiser und die Fürsten von ihren Pferden ab und formten eine doppelte Reihe mit dem Kaiser und Herzog Georg an der Spitze, in welcher Formation sie zum Empfang der Braut schritten. Auf beiden Seiten stellten sie sich höflichst vor, und es wurden auf Deutsch und auf Polnisch lange Reden geschwungen.

Das alles dauerte Stunden, Ewigkeiten, wie in einem unendlich erhabenen Schauspiel. Endlich stiegen sie aber alle auf die Pferde und ritten, an der jubelnden Menge vorbei, durch das Münchner Tor in die Stadt. Mit dem goldenen Brautwagen in der Mitte, bildeten die Fürsten und Ritter eine Prozession, die unter ohrenbetäubendem Flöten- und Trompetengeblase, Paukenschlägen und Gesang zur Martinskirche zog. Die Straßen waren mit Tüchern bedeckt und die Häuser mit bunten Fahnen geschmückt; von allen Fenstern und Balkonen winkten Zuschauer. Einen solchen Einzug hatte Landshut nie zuvor gesehen. Vor dem prächtigen Westportal am Fuß der mächtigen Backsteinkirche versammelte sich die ganze Hochzeitsgesellschaft, die Fürsten, Herzöge, Grafen, Ritter und Edelleute, um die Braut in die Kirche zu geleiten.

Schließlich waren alle geladenen Gäste in der Kirche; die Türen wurden geschlossen, und die Trauung begann mit feierlichem Gesang. Unter Anleitung des Erzbischofs von Salzburg stimmten sie alle, die weltlichen und geistlichen Amtsträger, die Reichsfürsten und polnischen Edelmänner, im Gebet überein: Gesegnet sei diese Ehe! Doch als der Kaiser Prinzessin Hedwig zum Altar führte, fing die polnische Königstochter an, so laut zu weinen und zu flennen, dass der Orgelmeister sie kaum noch übertönen konnte. Johannes Heller, der in einer hinteren Ecke der Kirche stand, fragte einen polnischen Prälaten neben ihm, ob solche Emotionen bei der Hochzeit in Polen Brauch sei. Er fragte auf Lateinisch, aber der Prälat antwortete in überraschend gutem Deutsch, dass die Braut unter der Demütigung leide, die ihr zugefügt werde. Zornig erklärte er, dass der Bräutigam der Königstochter bereits in Wittenberg hätte begegnen sollen, aber nicht gekommen sei. Dann hätte er ihr zehn Meilen vor der Stadt entgegenkommen sollen, aber stattdessen habe er sie erst am Stadttor begrüßt, obwohl er nur ein

Herzog und sie eine Königin sei. »Er hat sie nicht geehrt«, brummte der Pole ärgerlich. »Das ist kein guter Anfang für eine Ehe; da hängt der Haussegen jetzt schon schief. Manche Leute erzählen, dass er nur ihre Mitgift begehrt und nach der Hochzeit in eine kalte einsame Burg wegsperren will. Es ist doch kein Wunder, wenn sie so weint.«

Nach der Zeremonie führten der Kaiser und Herzog Otto von Neumarkt-Pfalz die Braut noch schluchzend aus der Kirche. Die Glocken läuteten ununterbrochen. Die hohe Gesellschaft zog in das umgebaute Rathaus, wo gegessen und getanzt werden sollte. Die anderen Hochzeitsgäste stürmten indes die Wirtshäuser, um die festlichen Mahlzeiten zu genießen, die in der Fürstenküche vorbereitet worden waren. Für die Bauern und Bürger, Diener und Mägde, Handwerker und Landarbeiter waren öffentliche Schenken eingerichtet worden, die jedem, der kam, Brot und Wein zuteilten. Mit großer Mühe gelang es Johannes Heller, in der allgemeinen Ausgelassenheit Karl Kärgl zu finden. Dem viel beschäftigten Landschreiber war nun der Befehl über die Wappner im Rathaus anvertraut worden, welche die Hochzeitsgesellschaft schützen sollten. Er hatte, wie immer, eine Liste in der Hand, und kontrollierte nervös, ob die Soll-Vorgaben mit der Wirklichkeit übereinstimmten. Als er Johannes Heller erblickte, verdüsterte sich sein Gesicht ärgerlich.

»Dominus Heller, was wollt Ihr denn jetzt?«, quiekte Kärgl wütend. »Wie könnt Ihr es überhaupt wagen, vor uns zu treten, nachdem Ihr unser Vertrauen ausgenutzt und unser Schreiben missbraucht habt, um unerlaubt mit der Äbtissin zu sprechen? Das haben wir keineswegs gestattet. Jetzt ist auch noch eine Nonne aus Kloster Seligenthal entführt worden, und man verdächtigt Euch, daran beteiligt zu sein.«

»Ach was! Welcher Unsinn!«, rief Johannes Heller ungeduldig.

»Doch, doch«, rief der Landschreiber. »Es handelt sich um die engste Vertraute der Äbtissin. Gestern Abend habt Ihr mit der Äbtissin heimlich gesprochen, und jetzt ist die Scriba einfach aus dem Kloster spaziert. Soll das denn Zufall sein?« Er stöhnte und warf die Hände in die Luft. »Und das ausgerechnet am Tag der großen Hochzeit, wenn nichts passieren darf!«

Johannes Heller schnitt sein Gejammer ab. »Damit habe ich nichts zu tun, Herr Landschreiber. Ich gebe zu, dass ich gestern mit der Äbtissin gesprochen habe, aber das Thema war ein anderes: Sie hat mir den Beweis geliefert, dass Pangratz Hoholtinger letztes Jahr die Nonnen aus Seligenthal entführt hat.«

Karl Kärgl blickte überrascht. »Ihr habt einen Beweis?«

»Einer seiner Knechte ist als Entführer der Nonnen erkannt worden. Ich habe Grund zu vermuten, dass sich der Mann jetzt auf Burg Wolfstein aufhält. Vielleicht ist auch eine der Nonnen dort zu finden.«

»Auf Burg Wolfstein?«, fragte Kärgl überrascht. »Das verfallene Räubernest? Lebt überhaupt jemand dort?«

»Pangratz Hoholtinger ist der Burgvogt von Wolfstein. Und, wie ich verstehe, gehen die erlauchten Herzöge gelegentlich dorthin auf Vergnügungsausflug«, sagte Heller.

»Der junge Herzog …«, sagte der Landschreiber und nickte nachdenklich. »Man erzählt sich ja Geschichten.«

»Mir geht es nicht um den Herzog, sondern um den Hofmeister«, erinnerte ihn Johannes Heller eindringlich. »Wenn wir schnell handeln, können wir den Knecht verhaften und befragen, bevor Hoholtinger herausfindet, dass wir hinter ihm her sind. Er ist jetzt mit Feiern beschäftigt und wähnt sich sicher. Wenn wir aber Beweise gegen ihn in der Hand haben, wird der Herzog ihn nicht mehr schützen.«

»Nein, das werden wir nicht tun, Dominus Heller«, sagte Karl Kärgl mit einem gewissen Bedauern. »Jetzt feiert der Herzog Hochzeit. Und danach erwartet Euch großes Ungemach. Wir hatten Euch gewarnt, Euch nicht mit Pangratz Hoholtinger anzulegen. Er hat sich beim Herzog über Euch beschwert. Herzog Ludwig hat jetzt auch mit Eurem Bischof gesprochen. Auch wenn Ihr nichts mit der Entführung der Nonne zu tun habt, wird man Euch etwas anhängen. Ihr sollt Euch sofort auf den Weg nach Freising begeben, für Euer eigenes Wohl, sonst wird es zu spät.«

Johannes Heller schüttelte den Kopf. »Was? Das glaube ich nicht!«, rief er entsetzt. »Hier bietet sich eine Möglichkeit, den Schuldigen zur Rechenschaft zu ziehen, aber niemand interessiert sich dafür. Wenn Ihr nicht an Gerechtigkeit interessiert seid, Ehrwürden, so werde ich alleine zu dieser Burg gehen, um die Wahrheit herauszufinden.«

»Davon können wir Euch nur dringendst abraten«, sagte Karl Kärgl. »Und Ihr werdet sowieso nicht hineingelassen werden.« Er blickte Heller ehrlich besorgt nach, als der Richter eilig weglief.

40. Unter Wölfen

In den Strassen herrschte freudige Ausgelassenheit. Betrunkene Bauern gingen Arm in Arm singend durch die Stadt; Ritter tanzten in den Hallen mit den Bürgersfrauen und -töchtern. »*Vivat Georgius*«, »*Vivat Hedwiga*«, »*Vivat Ludovicus dux*«, »*Vivat Bavaria*«, »*Vivat Polonia!*« tönte es in unzähligen Trinksprüchen aus den Tavernen.

Johannes Heller fand seinen Knecht Heinrich wie verabredet bei den Pferden. Er wollte gerade von einem Turnierkampf berichten, den er gesehen hatte, aber Heller schnitt ihm das Wort ab. »Später! Wir reisen gleich ab. Zur Burg Wolfstein.« Sie sattelten das Pferd und den Esel und zogen durch die Altstadt. Unterwegs hielten sie kurz an einer Schenke an, um sich mit einem Leib Brot und einem Schluck sauren Weins zu stärken.

Am Zerrertor erkundigte sich der Richter nach dem Weg zur Burg Wolfstein. Der Wächter erklärte ihm den Weg, riet aber davon ab, gleich loszureiten. »Warum wollt Ihr dorthin, Herr? Das ist doch kein Ort, den man abends aufsucht. Und hier wird so schön gefeiert.«

Die Straße führte durch die lieblichen Isarauen am Fuß eines steilen bewaldeten Bergrückens entlang, auf dessen Höhen mehrere Burgen zu sehen waren. Nach ungefähr einer Stunde erhob sich der dunkle Turm der Burg Wolfstein hoch über dem Talgrund. Die Sonne begann bereits, über der gegenüberliegenden Flussseite niederzugehen, und beleuchtete die Mauern mit ihrem rötlichen Abendlicht. Dort stiegen sie langsam auf einem steilen Rücken hoch. Eine Schar

Raben kreiste krächzend und suchte einen Rastplatz für die Nacht. Irgendwo jaulte ein Wolf – oder war es nur ein Hund? Die ganze Zeit schaute Heller hoch zu dem Wachturm. Nirgendwo war ein Licht zu sehen, doch er hatte das Gefühl, beobachtet zu werden. Einmal glaubte er, jemanden in einem Fenster zu sehen, aber als er das nächste Mal hinschaute, war niemand da.

Die Burg Wolfstein lag auf einem steilen Bergsporn über dem Isartal. Zur flach auslaufenden Anhöhe hin war sie durch eine hohe zinnengekrönte Mauer und einen tiefen Graben befestigt. Die Zugbrücke war heruntergelassen, aber das Tor war zu. Entschlossen ritt Heller bis zum Tor und klopfte laut mit einem Stab gegen die schwere, eisenbeschlagene Tür. »Macht auf!«, rief er aus voller Lunge.

Heinrich, der hinter ihm stand, meinte, dass wohl niemand da sei. »Lasst uns zurückgehen, Dominus«, sagte er ängstlich.

»Doch, es ist jemand da. Ich habe ihn vorhin gesehen«, rief Heller. »Macht auf!«

Drinnen heulten Hunde wie Wölfe. Schließlich hörten sie, wie ein Riegel zurückgeschoben wurde. Ein Guckloch öffnete sich und ein grimmig blickender Mann mit einem zottligen, grau melierten Bart schaute heraus.

»Wer ist da und was wollt Ihr hier?«, brüllte er über das Hundegebell. Heinrich erschrak, aber Johannes Heller stieg von seinem Pferd ab und begrüßte den Wächter friedlich.

»*Dominus vobiscum* – Der Herr sei mit Euch. Wir suchen den ehrwürdigen Burgvogt, Pangratz Hoholtinger. Ist er hier?«

Der Mann schüttelte seinen Kopf. »Nein, hier ist er nicht«, knurrte er.

»Das ist sehr schade«, sagte Heller weiterhin freundlich. »Wir sind den ganzen Weg gekommen, um mit ihm zu reden. Wird er nicht bald zurückkommen?«

»Nein, Herr«, antwortete der Burgwart. »Er ist selten hier.« Seine Augen flackerten unstet.

»Dennoch bitten wir um Einlass.«

»Wir nehmen keine Gäste auf«, grunzte der Mann.

»Macht doch eine Ausnahme für uns«, insistierte Johannes Heller nachdrücklich. »Wir haben ein besiegeltes Schreiben vom herzoglichen Rat.« Aus seiner Tasche zog er das von Karl Kärgl ausgestellte Dokument, wonach er die Rechnungen im Kloster Seligenthal überprüfen durfte. Er hielt den Atem an: Würde der Wächter es sich genauer anschauen? Konnte der Mann lesen? »Im Namen des Herzogs haben wir die Erlaubnis, Eure Burg zu betreten«, fügte er hinzu.

Der Burgwächter betrachtete das Blatt Papier verständnislos. »Ich kann nicht lesen, Herr. Wer seid Ihr, dass der Herzog Euch zu uns schickt? Und wonach sucht Ihr? Der Herr ist nicht hier. Hier ist kein Schatz und keine Freude. Hier ist nichts«, murrte er trostlos.

»Mein Name ist Johannes Heller, Domherr und Richter des Domkapitels von Freising«, antwortete Heller mit klarer Stimme.

Der Mann blickte auf und forschte in Hellers Gesicht. »Ihr seid weit weg von zu Hause, Herr Domherr von Freising«, murmelte er schließlich und öffnete das Tor.

Heinrich zögerte hineinzugehen. Er trat näher und flüsterte in Hellers Ohr: »Dominus, habt Ihr nicht genug gesehen? Müssen wir noch hineingehen? Mir gefällt diese Burg nicht und ich misstraue dem Wächter.«

Heller war es auch mulmig zumute, aber er wollte nicht so kurz vor seinem Ziel aufgeben. »Nein, du musst nicht mit, Heinrich«, sagte er. »Ich komme allein zurecht. Sei für deinen guten Dienst gedankt. Geh in die Stadt zurück und richte meinem Kollegen aus, wo ich bin. Geh jetzt, bevor es ganz dunkel wird.«

Er nahm die Zügel und führte sein altes Pferd durch das Tor in die dunkle Burg. Hinter ihm schlug der Burgwächter die Türen mit einem Knall zu. Heinrich stand noch eine Weile verloren vor dem Tor, dann drehte er um und ritt weg.

Innerhalb der Mauer war die Anlage sehr beeindruckend für eine Festung, die kaum bewohnt und militärisch unbedeutend war. Auf einem Hügel in der Mitte des zentralen Hofs ragte ein hoher zweistöckiger Wohnturm auf einem massiven gemauerten Sockel in den Himmel. Zum Hang hin standen massige Wohn- und Wirtschaftsgebäude und eine zierliche Kapelle mit einem kleinen Glockenturm. Alles schien dunkel und leer bis auf die Hunde, die laut bellend durch den Hof liefen. Aus einem der Häuser erschienen fünf bärtige, ungepflegte Männer. Sie beobachteten den Gast misstrauisch, und das Weiß ihrer Augen blinzelte wie bei wilden Tieren. Heller bemerkte, dass einer von ihnen nur ein Auge hatte.

»Tretet zur Seite, ihr Hunde, und lasst seine Ehrwürden durch«, brüllte der Burgwart sie an.

»Warum seid ihr nicht mit eurem Herrn in Landshut?«, fragte ihn Johannes Heller. »Ihr sollt doch feiern: Herzog Georg hat heute geheiratet.«

»Meine Frau ist vor zwei Tagen gestorben, Herr«, antwortet der Burgwächter widerwillig. »Mir ist nicht nach Feiern.«

»Das bedaure ich«, sagte Heller mitfühlsam. Die ganze Burg schien in Trauer versunken.

Der Burgwart bellte die Knechte an, dass sie zurück zu ihrer Arbeit gehen sollten; er werde sich um den Gast kümmern. Sie zogen unwillig ab und verschwanden wieder in den dunklen Gebäuden.

Der Burgwart führte Heller in das Wohngebäude der Burg. Der Speisesaal war sehr groß angelegt und bot Platz für viele Besucher. Spuren alter Pracht waren noch zu erkennen: Wandbemalungen und Jagdtrophäen, das herzogliche Wappen über dem großen Kamin. Doch jetzt lag Staub auf den Tischen, und Spinnweben hingen von der Decke.

»Ihr habt wohl nicht oft Besucher«, sagte Johannes Heller. »Dabei sollen einst Herzöge hier gelebt haben. Sogar ein deutscher Kaiser wurde hier geboren, wie ich gehört habe.«

»Lange ist es her, Herr«, knurrte der Burgwart. »Aber manchmal kommt der junge Herzog.«

»Wenn seine Erlaucht eine Jagdpartie veranstalten oder wilde Feste feiern will«, sagte Heller mit einem Lächeln. »Das ist hier gewiss der richtige Platz, wenn man ungestört sein will.«

Dem Mann lief ein Schatten über das Gesicht. »Ja, es wäre der richtige Platz.«

»Und um jemanden zu verstecken, wäre es auch ein guter Platz.«

»Was genau sucht Ihr, Herr?«, fragte der Mann misstrauisch.

»Hat der Burgvogt jemals ein Mädchen hierher gebracht?«, fragte Heller, ohne die Frage zu beantworten.

Der Mann blickte finster. »Wenn es eine Feier gibt, dann bringt der Herr Huren und Musikantinnen aus der Stadt«, grunzte er. »Manchmal bringen die Gäste auch ihre Geliebten oder …« Er zögerte. »Das ist kein Kloster, Dominus.«

Johannes Heller lächelte beruhigend. »Das habe ich verstanden, mein Guter. Aber ich meinte nicht Huren. Hat er jemals eine junge Nonne hierher gebracht? Sie hieß Christina Zachreis?«

Der Burgwächter mied seinen Blick. »Nein, Herr. Ich kenne keine Christina Zachreis. Und keine Nonne würde hierher kommen, wenn sie weiß, was für sie gut ist. Wenn es das ist, wonach Ihr sucht, dann werdet Ihr hier nichts finden.«

Johannes Heller beobachtete ihn eingehend. »Ich bitte dich dennoch, mir die Burg zu zeigen: die Schlafräume, den Turm, das Verlies, die Stallungen, die Behausung der Knechte. Alles. Das ist der Grund, weshalb ich gekommen bin.«

Der Burgwächter wurde noch unruhiger. »Ich habe es Euch bereits gesagt: Hier ist nichts zu finden, Dominus.«

»Im Namen des Herzogs«, fügte Heller fest hinzu.

Der Wächter schien zu überlegen, inwiefern der Name des Herzogs ihn zum Gehorsam verpflichtete. Schließlich nickte er und führte Heller zur Tür. »Dann fangen wir hier mit den Schlafräumen an«, grunzte er.

»Ich würde gerne erst den Turm sehen«, sagte Johannes Heller auf eine Eingebung hin.

Der Mann schüttelte den Kopf. »Das sind die Räume des Herzogs. Wir dürfen sie nicht betreten, außer, um dort sauber zu machen.«

»Ich aber darf – im Namen des Herzogs«, sagte Heller ruhig und sah dem Mann in die Augen.

Der Burgwart schien noch etwas sagen zu wollen, aber er gab schließlich nach. »Na gut, wie Ihr wollt.«

Als sie durch den Hof zum Turm gingen, bemerkte Heller, dass die Knechte sie wortlos anstarrten, als ob sie etwas erwarteten.

Sie bestiegen den Hügel über eine Treppe zum steinernen Sockel des Turms und kletterten dann auf einer steilen Holzleiter zur Eingangstür. Von dem unteren Raum im Turm, in dem die Wache und die Diener untergebracht werden sollten, führte eine weitere Leiter durch eine Falltür in der Decke, das sogenannte Angstloch, zu den oberen Räumlichkeiten. Der Burgwart kletterte voraus mit einer Lampe in der Hand. Oben angekommen, traten sie in einen größeren, prachtvoll eingerichteten Raum ein.

»Hier wohnt seine Erlaucht, der Herzog, wenn er auf Besuch kommt«, sagte der Burgwächter. Heller musterte die Einrichtung interessiert. Bunte Tapeten hingen an den Wänden, silbernes Tafelgeschirr glänzte in den Schränken, ein dickes Bärenfell lag auf dem Boden. Aus den Fenstern musste man eine herrliche Aussicht über das Isartal haben, doch jetzt war die Landschaft in Finsternis versunken.

»Wohnt auch die Herzogin hier?«, fragte Johannes Heller neugierig. »Es ist wie für eine Frau eingerichtet.«

Der Burgwart grunzte. »Die Herzogin nicht, Herr. Ich habe mal gelesen, dass Markgraf Herzog vor langer Zeit mit einer bürgerlichen Frau in wilder Ehe zusammengelebt hat. Aber vielleicht ist das nur eine erfundene Geschichte.«

»Und ich dachte, du kannst nicht lesen«, murmelte Heller leise. »Das war gewiss kein schönes Leben für eine Frau, hier allein auf dieser einsamen Burg«, sagte er lauter. »Sie war bestimmt nicht sehr glücklich.«

»Nein«, sagte der Mann mit tiefer Überzeugung. Sie stiegen wieder durch das Angstloch hinab.

»Gibt es einen Kerker?«, fragte Johannes Heller. »Der ist bestimmt hier unter dem Turm, oder?«

Der Burgwart blickte ihn seltsam an. »Es gibt einen Keller unter dem Turm, einen Lagerraum, Herr«, sagte er zögerlich.

Heller nickte. »Zeig ihn mir.«

»Wie Ihr wollt, Herr.«

Sie stiegen durch eine Falltür in den Sockel des Turms hinab. Es war ein fensterloser, dunkler kalter Raum. In einem Schrank waren Waffen gelagert. Kisten mit Geschirr und Materialien für Reparaturen waren in einer Ecke übereinandergestapelt. Der Raum wirkte fast unbenutzt, aber es roch nach frischem Kalk, als ob er erst kürzlich gereinigt und verputzt worden wäre. Johannes Heller nahm die Lampe und inspizierte den Raum sehr genau. In der Wand waren eiserne Haken eingelassen, die Abriebspuren aufwiesen.

»Ist jemand hier festgehalten worden?«, fragte Heller.

»Manchmal, Herr«, sagte der Mann dunkel. Er stand hinter ihm; Johannes Heller hörte ein Geräusch, als ob ein Schwert aus der Scheide gezogen wurde. Sein Herz stockte.

»Deine Frau, woran ist sie gestorben?«, fragte er rasch.

»Sie ist einfach gestorben«, grunzte der Burgwart. Er atmete schwer und schien, mit sich selbst zu ringen. Dann stieß er einen Seufzer aus. »Auch sie war nicht glücklich hier. Habt Ihr nun genug vom Keller gesehen, Herr?« Es klang wie eine Drohung.

»Ja, lasst uns hinausgehen«, sagte Heller laut. »Ich will jetzt die Kapelle sehen. Ich möchte beten.«

»Wie Ihr wollt«, murrte der Burgwart wieder. Draußen im Hof standen der Einäugige und drei andere Männer herum. Sie verfolgten Heller und den Burgwart mit dunklen Blicken.

Die Kapelle war klein und zierlich gebaut mit Spitzfenstern und einer gewölbten Decke. In der Apsis stand ein Flügelaltar, auf dem Szenen des Letzten Gerichts abgebildet waren. Vor dem Altar brannten fünf Kerzen. Auf dem Boden daneben stand ein einfacher Sarg, der für die Totenwache noch offen stand. Die Leiche war mit einem weißen Tuch verhüllt. Ein Hauch von Verwesung füllte den Raum. Johannes Heller hatte das seltsame Gefühl, wieder in der Afrakapelle in Kloster Seligenthal zu stehen.

»Ist das Eure Frau?«, fragte Heller den Burgwart.

Der Mann antwortete nicht.

Johannes Heller ging zum Sarg. Vorsichtig hob er das Tuch. Es war die Leiche einer jungen Frau. Sie trug ein weißes Kleid, wie eine Nonne, die Arme über die Brust gekreuzt.

»Sie hieß Christina, nicht wahr? Sie war Christina Zachreis«, stellte Johannes Heller fest. Er hörte ein seltsames Keuchen und drehte sich schnell um.

Der Burgwächter stand jetzt mit gezogenem Schwert. In seinen dunklen Augen flackerte das Licht der Kerzen wie ein inneres Feuer, aber sein Blick war unstet, unentschlossen. Er atmete schwer und mühsam, als ob er eine schwere Last trug.

»Ja, Herr«, würgte er heraus. »Sie hieß Christina und war eine Nonne aus Kloster Seligenthal. Ich habe sie aus dem Kloster entführt und im Keller des Turms versteckt gehalten. Der Herr hat sie mir zur Frau gegeben, aber sie wollte nicht mit mir leben.«

»Hat sie sich umgebracht?«, fragte Heller.

»Nein!«, brüllte der Burgwart. »Nein, sie hat nicht Hand an sich gelegt. Sie hat einfach aufgehört zu essen. Nicht sie ist schuld an ihrem Tod, sondern ich und der Herr Hoholtinger sind es. Es war nicht Selbstmord, sondern ein Martyrium: Sie ist eine Heilige, Herr, aber kein verdammter Pfaffe kommt, um ihr ein christliches Begräbnis zu geben. Jeden Tag sehe ich sie vor mir, jede Stunde, Tag und Nacht kommt sie und bittet mich um Erlösung. Als ich Euch erblickte, habe ich mir gleich gedacht, dass Ihr sie finden und das für sie machen würdet. Segnet sie jetzt und feiert eine Totenmesse für sie, damit sie in den Himmel geht, Dominus. Erlöst sie, oder ich schlage Euch tot.«

Johannes Heller atmete tief durch und versuchte, sich zu beruhigen. »Ja, ich werde das für sie tun. Deshalb bin ich hier. Aber du musst mir erst alles sagen.«

Der Burgwart seufzte, ließ sein Schwert fallen und warf sich auf die Knie.

Johannes Heller kniete sich neben ihm hin. »Der Burgvogt, Pangratz Hoholtinger, hat dich und deine Männer geschickt, um die Novizinnen aus Kloster Seligenthal zu entführen. Ist es nicht so?«

»Ja, verflucht sei sein Name!«, sagte der Burgwart. »Eigentlich wollte er nur Christina holen. Wir sollten sie hierher bringen und verstecken, bis er ihr Erbe sicher in seinen Händen hatte. Mir hat er gesagt, dass sie heiraten wollte: Also sollte ich sie zur Frau nehmen. Mit den anderen Nonnen, die mitkamen, durften wir tun, was wir wollten. Sie sollten nur nicht gefunden werden. Die Männer sollten ihren Spaß mit ihnen haben, hat der Herr gesagt. Sie wären freiwillig aus dem Kloster geflohen und hätten keine Rechte mehr. Das hätten wir auch getan, aber dann war die fünfte Nonne dabei.«

»Die fünfte Nonne?«

»Ja, es hätten nur vier Nonnen sein sollen, Herr. Die andere hätte nicht dabei sein sollen. Aber da war sie dann als fünfte, und ich kannte sie.«

»Meinst du Schwester Agatha?«, rief Heller aufgeregt. »Apollonia Simoni war ihr richtiger Name. Woher kanntest du sie?«

»Herr, ich weiß nicht, wie sie mit vollem Namen heißt, aber ich habe sie oft gesehen, hier auf Burg Wolfstein. Der junge Herzog brachte sie einmal hierher und hielt sie im Turm fest. Das waren noch ihre Sachen, die man dort oben sieht. Ich hatte nicht das Herz, sie wegzuwerfen.«

»Herzog Georg!«, rief Heller. »Er war ihr Geliebter?«

»Ja, er selbst, Herr. Seine Erlaucht war verrückt nach ihr, aber sie war keine Herzogstochter oder Prinzessin, nicht einmal eine Edelfrau. Sie war nur eine Bürgertochter, eine Dienerin, aber schön und erhaben wie eine Prinzessin. Und singen und Musik spielen konnte sie wie ein Engel. Der Herzog konnte sie nicht heiraten; also hat er sie geraubt und auf der Burg gehalten wie einen Vogel in einem Käfig. Es hieß, dass sie von ihm schwanger war. Doch einmal kam der alte Herzog, sein Vater, und hat sie gesehen. Der alte Herzog war in seinen jüngeren Tagen auch ein großer Frauenheld und hat viele Geliebte gehabt, aber er wurde schrecklich wütend, als er das Mädchen im Turm sah. Herr, er hat vielleicht an die Geschichte vom Markgrafen Otto der Faule gedacht, der mit seiner Geliebten hier gelebt haben soll und wegen ihr seine Regierungsgeschäfte und seine Ehefrau vernachlässigte, sodass er ohne Erbe verstarb. Er schickte das Mädchen weg und beschloss, seinen Sohn sofort zu verheiraten. Sie musste ins Kloster gehen, obwohl sie bereits schwanger war. Ich sah sie später manchmal in Seligenthal, wenn ich den Herrn dorthin begleitete. Sie war so blass und traurig, Herr, dass es einem das Herz brechen konnte. Dabei hatte sie nichts getan und konnte nichts dafür. Und plötzlich tauchte sie in der Nacht mit den anderen Nonnen auf und wollte aus dem Kloster fliehen. Ich hielt sie in meinen Armen. Hilf mir, hat sie gesagt, wenn du etwas Gutes in dir hast. Herr, ich musste ihr helfen, oder sie gleich töten, weil sie mich erkannt hatte. Also nahm ich sie mit.«

Der Burgwächter seufzte tief. Dann setzte er seinen Bericht fort.

»Eine Nonne haben wir bald bei einer Kreuzung ausgesetzt, wo jemand auf sie wartete. Die Männer hatten sich bereits darauf gefreut, die anderen Nonnen zu vergewaltigen und dann zu ermorden. Aber das konnte ich nicht mehr zulassen. Es gab Streit. Ich habe einen der Schufte totgeschlagen, dann war Ruhe. Wir haben die anderen Nonnen in einer Scheune gelassen und sind mit Christina weitergefahren. Die Männer wollten in der Nacht zurückkommen, um sich die Nonnen zu holen, aber ich hatte dem Mädchen ihre Pläne verraten. Als sie kamen, waren die Nonnen schon weg. Der Herr Burgvogt hat Christina im Keller unter dem Turm festgehalten, bis ihm ihr Erbe sicher war. Dann hat er sie mir gegeben. Aber sie wollte lieber sterben als mit mir leben.«

»Einen Augenblick«, hakte Johannes Heller nach. »Du sagst also, dass du und deine Männer die anderen Novizinnen nicht ermordet haben. Aber wer hat die schwangere Novizin, Schwester Magdalena, getötet? Und Schwester Clara, die in Freising ermordet wurde? Und was ist mit der Celleraria, Schwester Adelheid, die im Kloster vergiftet wurde? Wer hat sie alle ermordet, wenn nicht ihr?«

»Wir haben nichts damit zu tun, Herr«, sagte der Burgwart fest. »Aber jetzt habe ich Eure Fragen beantwortet. Ihr habt versprochen ...«

»Und ich werde die Totenmesse feiern und sie segnen«, sagte Heller. »Ich sehe es als erwiesen an, dass sie nicht Selbstmord begangen hat, sondern durch den Burgvogt getötet wurde, der sie geraubt und durch unmenschliche Behandlung in den Tod getrieben hat. Auch für dich werde ich beten, denn du hast seine verbrecherischen Befehle nicht ausgeführt.«

Er ging zum Altar und fing ruhig an zu singen: »*Requiem aeternam dona eis, Domine* ...«

Der Burgwart senkte den Kopf und murmelte mit. In dem kleinen Raum hallten ihre Stimmen dumpf. Plötzlich öffnete jemand die Kapellentür. Der hagere einäugige Knecht trat hinein und blickte misstrauisch um sich.

»Was tust du so lange?«, rief er dem Burgwart zu. »Mach fertig!«

Der Burgwart erhob sich in fürchterlicher Wut mit seiner Hand am Knauf seines Schwerts. »Stör uns nicht!«, brüllte er. »Wir beten für die Tote. Sie bekommt eine Seelenmesse. Raus jetzt!«

»Für die Tote? Das habe ich mir gedacht. Du bist weich geworden, Mann«, sagte der Einäugige verächtlich. »Erst verschonst du die anderen Nonnen, nun lässt du diesen Pfaffen herein und betest für ihre Seele. Der Herr wird dich vierteilen lassen, wenn er das erfährt.«

»Raus!«, brüllte der Burgwart und zog sein Schwert, »Sonst schlage ich dich auf der Stelle tot!«

Der Mann zögerte einen Augenblick, als ob er auch sein Schwert ziehen wollte. Dann drehte er sich um. »Wir warten!«, rief er und schloss die Tür hinter sich mit einem Knall.

Johannes Heller wandte sich verunsichert zurück zum Altar, um wieder mit der Messe anzufangen, aber der Burgwart hielt ihn an. »Herr, Ihr sollt wissen, dass der Herr mich angewiesen hat, Euch zu töten, wenn Ihr hierher kämt. Die Männer draußen erwarten, dass ich es tue – oder sie werden uns beide töten.«

»Pangratz Hoholtinger hat dir befohlen, mich zu ermorden?«, fragte Heller überrascht. Er fühlte, wie plötzlich der Boden unter seinen Füßen schwankte. »Deswegen also hast du mich hereingelassen, als ich meinen Namen nannte. Es war also eine Falle? Aber woher wusste Hoholtinger, dass ich kommen würde?«

»Ich weiß es nicht, Dominus. Der Herr hatte einige Männer nach Landshut mitgenommen, um die Hochzeit zu feiern. Gestern Nacht schickte er einen von ihnen zurück mit der Botschaft, dass ein Domherr von Freising namens Heller wahrscheinlich bald kommen würde, um herumzuschnüffeln. Ich sollte Euch hereinlassen, umbringen und an die Hunde verfüttern, wie ich das manchmal so gemacht habe.«

Johannes Heller erforschte das entstellte Gesicht des Burgwarts. »Aber stattdessen hast du mich hierher geführt, um eine Seelenmesse für deine Gefangene zu halten.«

»Ich wollte Euch im Keller unter dem Turm erschlagen, Herr, aber Schwester Christina erschien mir vor den Augen, lebendig wie das Tageslicht, und sagte mir, dass ich das Töten unterlassen sollte. Ihr würdet sie segnen, hat sie gesagt, und eine Totenmesse für sie halten, damit sie nicht in die Hölle gehe. Dann würde sie auch mir vergeben, hat sie versprochen.«

Johannes Heller stand reglos vor ihm. »Ich spürte, dass du im Keller mit dir selbst gerungen hast. Dein Gewissen hat über deinen Gehorsam gesiegt.« Er dachte nach und sprach mehr zu sich als zu dem Burgwart: »Gehorsam bindet, aber Thomas Aquinas sagt, dass für jeden Menschen das eigene Gewissen die letzte Instanz seines Handelns sein muss. Durch das Gewissen als *Synderesis* begreifen wir den moralischen Aspekt unseres Handelns. Und durch das Gewissen als *Conscientia* urteilen wir über unser Handeln, indem wir entweder uns danach richten oder uns selbst anklagen und schelten. Unser eigenes Urteil steht über Gesetzen, Geboten und Schwüren, ja auch sogar über dem Wort der Kirche. Dein Herr hat ein Verbrechen von dir verlangt, aber du hast dich dafür entschieden, ein Verbrechen zu sühnen.«

Des Wächters Blick verschleierte sich. »Herr, ich verstehe kein Wort davon. Ich weiß nur, dass ich Christina eine Totenmesse schulde, und dass ich danach Euch töten oder selbst sterben muss. Nun sagt doch die Messe zu Ende und betet auch für unsere beiden Seelen, denn einer von uns wird heute Nacht ein Toter sein.«

Mit zittriger Stimme kniete Johannes Heller wieder vor dem Altar nieder und fing an, die Messe vorzutragen. Er fühlte, dass sein Leben nur mehr am seidenen Fädchen hing. Die Nacht erstreckte sich sternenlos, kalt, ewig. Heller sagte die Messe zweimal durch und dann jedes andere Gebet, das ihm einfiel. Irgendwann schlief er auf dem Boden neben dem Sarg ein. Die Kerzen brannten nieder und gingen aus, eine nach der anderen.

»Wacht auf, Herr!« Der Burgwart stand auf und zog sein Schwert. Durch die Fenster über dem Altar kündigte sich der Tag mit einem fernen Glühen im dunklen Nachthimmel an. »Es ist Zeit.«

Johannes Heller kniete vor dem Altar. »Herr, dein Wille geschehe«, murmelte er. Doch der Burgwart befahl ihm aufzustehen.

»Ihr habt die Messe gesagt und Christina gesegnet, Herr. Sie wird jetzt in den Himmel aufgenommen werden. Ich will Euch deshalb gehen lassen. Die Männer draußen werde ich töten oder von ihnen erschlagen werden. Wenn ich sie hereinlasse, müsst Ihr hinter mir aus der Tür laufen und nach links zum ersten Turm an der Mauer. Eine Treppe führt von dort hinunter zu einem geheimen Ausgang unter den Felsen. Hier ist der Schlüssel.«

Er wies Heller einen Platz neben der Tür zu und machte die Tür auf.

»Es ist vorbei«, rief er.

Der Einäugige und seine Männer, die vor der Tür gewartet hatten, kamen steif und misstrauisch mit Fackeln und gezogenen Schwertern in die Kapelle. Sie blickten um sich, als witterten sie Gefahr. »Ist er wirklich tot? Lass sehen.«

Der Burgwart trat grimmig aus dem Schatten. »Ihr wollt einen Toten sehen? Hier ist er, ihr Hunde. Kommt und findet ihn!«

Mit schrecklicher Wucht schlug er auf sie ein. Die überraschten Knechte schrien auf und stürzten zu Boden. Als sie fielen, rissen sie das Lesepult, die Altarbedeckung und die Wandbilder nieder; die Fackeln fielen ihnen aus den Händen und zündeten die Blätter eines offenen Gebetbuchs an. In wenigen Augenblicken stand die Kapelle in Brand.

»Lauft, Herr!«, rief der Burgwart. Er schob Heller hinaus und zog die Tür hinter ihm mit einem Knall zu. Aus der Kapelle ertönten dumpfe Schläge und fürchterliche Schreie wie von wilden Tieren. In den Fenstern tanzten bereits die Flammen. Aus dem Hof kamen andere Männer mit Fackeln gerannt. Heller schlug das Herz bis zum Hals, als er um die Kapelle lief. Er erreichte die Mauer, fand den Turm und stieg die Treppe zur Tür hinunter. Hinter ihm loderte bereits der Brand in der Burgkapelle. Die Männer waren nun damit beschäftigt, die Flammen zu bekämpfen; keiner hatte ihn verfolgt. Unter ihm fiel der Hang steil und bewaldet zum Tal ab – zu schwierig, um ihn zu begehen. Er schlich sich in der Dämmerung vorsichtig an der Mauer entlang zum Eingangstor. Erschöpft und blind stolperte er im dunklen steilen Wald herum und fühlte sich hoffnungslos verloren. Überall lauerten Schatten und Stolperfallen. Wie sollte er jemals den Weg zurück nach Landshut finden? Doch vor allem fragte er sich, wie der Hofmeister bereits vorige Nacht gewusst hatte, dass er nach Wolfstein kommen würde? Er selbst hatte zu der Zeit noch nicht einmal den Beschluss gefasst. Ein dunkler Verdacht nistete sich in seine Gedanken ein.

Plötzlich erschrak Heller, als er jemanden erblickte, der scheinbar vor der Burg auf ihn wartete. Hatten die Burgwächter seine Flucht bemerkt? Doch dann erkannte er im Dämmerlicht, dass es nur Heinrich mit seinem Esel war.

»Heinrich, was machst du hier?«, rief er zwischen Angst und Erleichterung. »Ich hatte dir doch befohlen, nach Hause zu gehen. Lauerst auch du mir auf?«

»Dominus, Ihr habt mich weggeschickt, aber ich habe mich gefragt: Wie soll der Herr nur ohne Pferd und in der Dunkelheit wieder zurückkommen?«, sagte der Junge unschuldig.

»Dein Ungehorsam sei gesegnet«, sagte der alte Richter beruhigt.

Er bestieg den Esel, und Heinrich führte ihn vorsichtig auf dem steilen Weg hinunter ins Tal. Als die ersten Sonnenstrahlen über den Bergrücken sichtbar wurden, erreichten sie die sanften Auen des Isartals. Hinter ihnen erhob sich eine dunkle Rauchsäule über Burg Wolfstein.

Capitulum 6
(15. November 1475)

41. Die klugen Jungfrauen

BIS JOHANNES HELLER und Heinrich Landshut erreichten, hatte sich der Morgennebel im Flusstal verzogen und verdampfte wie ein Spuk im warmen Sonnenlicht. Es würde nun doch ein schöner Tag für das Hochzeitsfest werden, wie es schien. Von der Stadt waren bereits Lärm und Geschrei zu hören. Die Glocken riefen zum Gottesdienst.

Der Wachmann am Zerrertor winkte den Domherrn und seinen Knecht hinein. »Ihr seid spät dran, Herr«, brummte er. »Der Gottesdienst fängt bald an. Die meisten Gäste sind sicher schon in der Kirche.«

Vor Sankt Martin stand tatsächlich eine große bunte Menge von Hochzeitsgästen in feinen Kleidern und versuchte, in die Kirche zu kommen. An den Eingangstüren waren hölzerne Barrikaden errichtet worden, und Wappner kontrollierten, ob die Eintretenden wirklich eingeladen waren. Das dauerte lange und führte zu einem großen Gedränge, das bis in die Altstadt zurückreichte. Zu den vielen eingeladenen Gästen kamen auch Hunderte von Zuschauern hinzu, die sich um die Kirche versammelt hatten, um die hohe Gesellschaft zu bewundern. Immer noch näherten sich Spätankömmlinge, die in der Nacht wohl zu beherzt gefeiert hatten; manche gingen sogar noch mit einer ziemlichen Schlagseite. Stolze Ritter rempelten sich grob den Weg frei durch die Reihen von Bürgerlichen und Geistlichen und brüllten, man sollte sie gefälligst durchlassen. Die anderen riefen zurück, sie müssten warten wie alle anderen. Es war ein ziemliches Chaos. Mitten im Gewirr passierte ein Missgeschick, als ein junger Ritter, der die edle Gräfin von Württemberg in die Kirche begleiten sollte, mit einem Bettler zusammenstieß. Der junge Freiherr von Zimmern, der etwas spät aufgestanden und noch nicht ganz nüchtern war, versuchte, den Bettler aus dem Weg zu schieben, und blieb dabei mit seiner Schaube, einem schönen mantelartigen Kleidungsstück mit Ärmeln, an diesem hängen. Letzterer, der einen Teller fettiger Suppe in den Händen hielt, fiel um und schüttete den Inhalt seines Tellers über sich selbst und den Edelmann gleichermaßen. Beide fielen zu Boden und wälzten sich im Dreck. Der tapfere Ritter rang mit dem unbewaffneten harmlosen Bettler wie Herkules mit Atlas zum großen Gaudium der Zuschauer. Schließlich gelang es ihm, sich zu befreien – aber ach – wie sah er danach aus! Er musste eilig zurücklaufen und seine besudelten Kleider wechseln, während die Gräfin ungeduldig auf ihn wartete.

Johannes Heller beobachtete den Trubel mit Abscheu. »Vermaledeites Hochzeitsgeschäft«, murrte er. »Die Ehe ist bereits geschlossen und vollzogen, die kirchliche Segnung ist ausgesprochen. Was mehr brauchen sie, um Mann und Frau zu werden?«

»Aber die Feier geht erst jetzt richtig los, Dominus«, sagte Heinrich fröhlich. »Heute findet das Hochzeitsbankett statt. Dann wird turniert und gespielt. Am Abend gibt es einen Tanz im Rathaus. Und das geht dann sieben Tage weiter so.«

»*Deus misericors!*«, stöhnte Heller. Er schickte Heinrich mit dem Esel fort und mischte sich unter die wartende Menge.

Endlich ging er durch die Tür und bahnte sich einen Weg zu seinem Stehplatz hinten in der Kirche. Der polnische Prälat neben ihm war wieder zornig über die Behandlung seiner Herrin. Nun habe auch der Kaiser selbst die Braut und sein Volk beleidigt, echauffierte er sich. Nach der Hochzeitsnacht sei es Brauch, der Braut ein Geschenk zu machen. Der Kaiser aber habe ihr anfangs nichts schenken wollen. Dann habe er ihr ein Heftlein gegeben, das angeblich 1.000 Gulden wert sei, doch andere meinen, dass es nur halb so viel kostet. »Eure deutsche Arroganz«, rief der Pole ärgerlich. Heller nickte nur müde. Der Bräutigam selbst und sein Vater seien an allem schuld, schimpfte der Prälat weiter, weil sie die Braut nicht als Königin bezeichnen wollten. »Sie sagen, dass der Königstitel nur über die männliche Linie vererbt wird, weshalb sie keine Königin, sondern nur die Tochter des Königs sei«, brummte er. »Möge Gott ihnen nur Töchter schenken! Unsere Ritter wollen diese Schmach für unser ganzes Land natürlich nicht auf sich sitzen lassen. Sie haben den Bräutigam zum Turnier aufgefordert, aber ein anderer aus seiner Familie, Herzog Christoph, wird für ihn kämpfen.«

Johannes Heller nickte nochmals abwesend. Dann stimmte der Chor das Halleluja an und das Brautpaar betrat die Kirche mit dem Kaiser und Herzog Ludwig. Alle Gäste erhoben sich im Gebet für Gottes Segen für diese Ehe, von der so viel abhing. Auch draußen vor der Kirche beteten die Bürger und Bauern, Dirnen und Diener für Georg und Hedwig. Die ganze Stadt, das ganze Land war eins in diesem feierlichen Augenblick, eine einzige große Hochzeitsgesellschaft ihres Herrn.

Nach der Messe strömte die ganze Menge wieder aus der Martinskirche in freudiger Erwartung: Sie hatten den Herzog geehrt, nun war das Festessen angesagt. Der Gastgeber, Herzog Ludwig der Reiche, lud ein. Der Bräutigam und die allerehrwürdigsten Gäste wurden zu Tisch beim Kaiser im prächtigen Zollhaus gegenüber dem Rathaus gebeten. Die anderen hochrangigen Adligen und Fürsten wurden in die Wohnungen der Braut und der Herzogin von Sachsen neben dem Rathaus eingeladen. Die anderen weniger vornehmen Gäste zogen zum Schmaus in ihre jeweiligen Wirtshäuser. Die polnischen Herren und Prälaten sollten allerdings in den bürgerlichen Trinkstuben bewirtet werden, was ihre Stimmung nicht verbesserte. In den Straßen wurden die Schenken für jeden aufgemacht, der Hunger und Durst hatte.

Johannes Heller verließ mit seinen Freisinger Kollegen zusammen die Kirche. Nach der schrecklichen Nacht war er fürchterlich müde; ein taubes Gefühl legte sich über seine Glieder und seinen Geist. Vor allem aber spürte er Hoffnungslosigkeit. Er wusste zwar, dass der Hofmeister die Nonnen entführt hatte, aber er hatte nichts gegen ihn in der Hand: Christina Zachreis war verstorben und ihre Leiche in der Kapelle verbrannt; auch der Burgwart und der einäugige Knecht waren wahrscheinlich tot. Er selbst war aus der Falle gerade mit seinem Leben davon gekommen. Der Hofmeister trachtete ihm nach dem Leben, und jemand hatte ihn verraten. Jetzt wartete wohl weiterer Ärger in Person des Herzogs und des Bischofs auf ihn. Er sollte Landshut sofort verlassen, wie Karl Kärgl ihm geraten hatte, bevor es zu spät sein würde. Sein Pferd war verloren, aber er konnte sicherlich ein anderes leihen.

Die Domherren gingen zu ihrem Gasthaus, um am Hochzeitsmahl teilzunehmen. Johannes Heller war auch hungrig, aber er spürte im Inneren, dass er die Zeit nutzen sollte, um nach Freising zu gelangen. Er wollte sich gerade ohne Abschied von seinen Kollegen entfernen, als er seinen Namen hörte.

»Dominus Heller!« Es war eine junge Dienerin, die auf ihn zulief. »Herr Chorrichter, kommt bitte mit.«

»Später, Kind«, sagte er abwesend. »Ich muss weg. Morgen ist ein Gerichtstag.« Plötzlich schrak er auf. Das hatte er schon einmal gesagt. »Was ist es denn?«, fragte er.

»Die Herrin hat mich zu Euch geschickt, Herr. Kommt bitte eilig!«

Heller schaute sie prüfend an. »Wer hat dich geschickt?«

»Das ehrbare Mädchen Magdalena Liendl aus Landshut«, antwortete sie.

Heller folgte der Dienerin durch die Straßen in Richtung Münchner Tor. Unterwegs tanzten Bürger und Bauern, Adlige und sogar Mitglieder des Klerus in ausgelassener Freude in den Gassen. Auf der Wiese vor dem Tor lagen Betrunkene, die noch ihren Rausch ausschliefen; angepflockte Pferde und Wagen der Tagesgäste standen Reihe um Reihe vor der Mauer. Die Dienerin lief auf eine Gruppe von Menschen zu, die aufgeregt und begeistert zwei Männer, die miteinander kämpften, anfeuerten. Als Heller herangehumpelt kam, lief Magdalena Liendl ihm entgegen.

»Es sind Jobs und der Bäckersohn«, rief sie. »Sagt ihnen, dass sie aufhören sollen, Dominus. Sie werden sich umbringen. Es ist alles meine Schuld.«

Jodok Simoni und Hannes Achtsemmel junior schlugen tatsächlich grimmig aufeinander mit Stöcken ein wie Ritter im Schwertkampf. Beide bluteten bereits aus Wunden am Kopf und an anderen Körperstellen. Der bullige Bäcker war körperlich der Stärkere, doch langsam und ungeschickt, während sich der leichtere Simoni als erstaunlich tapfer erwies. Beide waren allerdings mit ihren Kräften bereits am Ende; ihre Schläge waren verzweifelt und ungenau. Mit Wucht drosch Jodok Simoni ein Loch in die Luft, während sein Gegner mit seinem Stock ein Loch in die Erde schlug. Beide verloren ihren Halt und stürzten übereinander zu

Boden. Hier war naturgemäß der Bäckersohn im Vorteil. Er packte Jodok rasch, drückte ihn zur Erde und fing an, ihn zu würgen, als Johannes Heller ankam.

»Stoppt!«, brüllte Heller. »Im Namen des Herrn!«

Die Kämpfenden hörten auf. Sie standen auf, mit Dreck und Blut besudelt, und blickten den Richter an wie raufende Knaben im Schulhof.

»Was macht ihr hier?«, schnauzte Heller sie an.

»Es geht um die Magdalena«, rief Hannes Achtsemmel. »Sie ist meine Frau.«

»Nein, sie ist meine Frau«, entgegnete Jodok Simoni unter Schmerzen, denn sein Hals tat weh. Magdalena stellte sich vorsichtshalber zwischen sie, damit sie nicht wieder aufeinander losgingen.

»Vor zwei Tagen war die Urteilsverkündung im Gericht«, sagte Heller trocken. »In euer beider Abwesenheit haben wir geurteilt, dass Magdalena mit keinem von euch verheiratet ist. Wenn ihr erschienen wärt, anstatt euch hier zu vergnügen, würdet ihr das wissen. Sie ist freigesprochen worden; euch wurde auferlegt, eure Ansprüche fallen zu lassen und sie nie wieder zu äußern – unter Exkommunikationsandrohung!«

Die Konkurrenten blickten erschrocken. »Exkommunikation?« »So habe ich das nicht gemeint, Herr.« »Doch, er hat es gesagt!« »Nein, du bist es, der immer behauptet, mit Magdalena verheiratet zu sein.«

Magdalenas Vater, Caspar Liendl, trat aus der Zuschauergruppe vor. »Sie ist meine Tochter und soll verdammt noch mal tun, was ich ihr sage.«

Magdalena wandte sich an Johannes Heller. »Aber Herr Chorrichter, lautet Euer Urteil nicht, dass ich frei bin zu heiraten, wen ich will?«

»Ja«, Heller nickte, »*libera potestas convolendi* – das ist die gewöhnliche Formulierung. Die Ansprüche der Kläger sind abgelehnt worden, und du bist frei, dich anderweitig zu vergeben.«

»Es steht aber nicht im Urteil, dass ich dem Willen meines Vaters folgen muss, oder?«, rief Magdalena siegessicher.

»Nein«, sagte der Richter und lächelte. »Du würdest wohl eine gute Anwältin ausmachen.« Der Vater wurde purpurrot vor Wut.

»Aber wenn ich frei bin, einen Mann zu heiraten, dann dürfte ich doch auch einen von den beiden hier wählen?«

»*Nihil obstat*«, sagte Heller mit einem Kopfnicken. »Dem steht nichts im Wege.«

»Dann will ich den Jobs heiraten, ich meine Jodok Simoni«, rief sie überraschend.

Alle starrten sie ungläubig an, nicht am wenigsten Jodok selbst. Magdalena fasste seine Hand und zog ihn zu sich. »Es tut mir wirklich leid, liebster Jobs«, sagte sie mit einem schuldbewussten Lächeln. »Ich habe dich immer geliebt, aber mein Vater und meine Freunde haben mir eingeredet, dass du nur auf mein Geld aus bist. Ich wollte dich prüfen, ob du mich auch wirklich liebst. Ich habe dich viel leiden lassen, du Armer. Jetzt hast du dich wegen mir auch noch verprügeln lassen. Kannst du mir vergeben? Willst du mich denn immer noch zur Frau nehmen?«

»Wage es nicht! Magdalena, wenn du diesen Bettler heiratest, werde ich dich enterben und aus meinem Haus werfen«, brüllte ihr Vater.

»Und du kannst auch dein Brot woanders kaufen«, fügte Hans Achtsemmel hinzu.

»Dann gehe ich mit dir betteln, Jobs«, sagte Magdalena. »Wenn du mich auch ohne Erbe nehmen willst.«

»Ja, ich nehme dich, Magdalena«, rief Jodok, der noch benommen wirkte. »Ich nehme dich! Ich nehme dich immer wieder.«

»Herr Chorrichter, Ihr seid unser Zeuge und unser Priester. Wollt Ihr uns nicht segnen?«, fragte Magdalena Liendl aufgeregt.

»Einen Augenblick«, rief ihr Vater, dem einiges allmählich klarer wurde. »Das hast du alles absichtlich eingefädelt, um mir eins auszuwischen, du Schlange, die ich an meiner Brust genährt habe. Du hast arrangiert, dass wir alle zusammenkommen, und hast den Herrn Chorrichter gerufen, damit er deine Ehe gleich segnen kann. Das war geplant.«

Der Bäckersohn spuckte auf den Boden. »Was für ein übler Trick.«

Magdalena Liendl stellte sich vor sie hin. »Ja, ich gebe es zu, und es tut mir leid. Ich habe übel mit Euch gespielt, lieber Vater, und auch mit Euch, ehrwürdiger Hannes. Aber Ihr habt versucht, mich gegen meinen Willen zu verheiraten, ohne Rücksicht auf mein Glück. Deswegen müsst Ihr mir verzeihen, wie ich auch Euch verzeihe. Aber es war nicht meine Idee, sondern der Plan deiner Schwester, Jobs«, sagte sie, an ihren Geliebten gewandt. »Sie hat gewusst, dass ich dich liebe, und hat mich davon überzeugt, dass es nur gerecht wäre, wenn ich dich heirate. Denn mein Vater hat doch euer Erbe weggenommen und euch geschädigt. Wenn wir aber heiraten, bekommt ihr zurück, was er euch genommen hat. Es ist Gerechtigkeit und kostet Euch nichts, Vater. Seht das doch endlich ein, und gebt uns Euren Segen.«

Ihr Vater wollte ihr wohl gerade die Leviten lesen, doch Johannes Heller unterbrach ihn aufgeregt: »Seine Schwester, sagtest du? Apollonia Simoni?«

»Wer denn sonst?«, rief Caspar Liendl wütend. »Das habe

ich mir gleich gedacht, diese Hexe. Sie steht hinter dem Ganzen. Mit ihren Lügen hat sie dich dazu gebracht, ungehorsam und undankbar zu werden. Sie will unsere Familie nur zerstören.« Er wandte sich an Johannes Heller. »Apollonia glaubt, ich hätte bewirkt, dass der Herzog ihren Vater ruinierte. Dann soll ich ihr noch das Erbe gestohlen haben. Aber das stimmt gar nicht. Ich kann nichts dafür, dass der Herzog die Juden vertrieb und verfolgte – wir haben profitiert davon, ja, aber ich bin nicht dafür verantwortlich. Und dann hat ihr Vater fast nichts außer Schulden hinterlassen. Aus Pflichtgefühl habe ich seinen Kindern eine Bildung zukommen lassen und sie in die besseren Kreise eingeführt. Aber dann hat sich Apollonia einen großen Fehltritt geleistet. Sie hat einen Skandal verursacht und wurde für ihre Sünden ins Kloster gesteckt – wobei ich dem Kloster auch schon wieder eine schöne Summe Geld geben musste. Apollonia hat sich eingebildet, dass ich an allem schuld bin, und jetzt will sie Rache, indem sie meine Tochter gegen mich aufbringt.«

»Nein!«, rief Magdalena. »Sie will nur Gerechtigkeit für das Unrecht, das ihr und ihrer Familie widerfahren ist. Herr Chorrichter, bitte, was sagt Ihr dazu?«

Johannes Heller blickte nachdenklich von einem zum anderen. »Es liegt keine rechtliche Grundlage für einen Urteilsspruch in dieser Sache vor, und ich bin nicht der zuständige Richter«, sagte er zögerlich. »Ich habe keine Beweise gesehen und weiß nicht genug, um mir ein begründetes Urteil zu bilden. Aber wenn ihr meine Meinung hören wollt, dann sage ich: Caspar Liendl, auch wenn du damals nicht für ihre Verfolgung verantwortlich bist, schuldest du der Familie Simoni mindestens so viel Geld, wie die Schuldscheine wert waren, die von ihnen erpresst wurden. Denn das war Unrecht, und du hast Anteil an der Verarmung ihrer Familie gehabt, indem du davon profitiert hast. Dann wurde dir auch das Erbe anvertraut, damit du für die Kinder sorgst. Du stehst also moralisch in der Pflicht, ihnen zu helfen. Jetzt kannst du deine finanziellen Schulden gutmachen und deine Aufgabe als Vormund mindestens Jodok gegenüber erfüllen, indem du seiner Ehe mit Magdalena zustimmst. Damit verlierst du nicht deine Tochter, sondern gewinnst einen tüchtigen Sohn. Auch das Geld bleibt in der Familie. Im Übrigen sehe ich in meiner Kompetenz als Chorrichter die Ehe zwischen Jodok und Magdalena nun als rechtmäßig und verbindlich an, falls du einen Gerichtsprozess anstreben möchtest.«

Caspar Liendl öffnete seinen Mund, um zu protestieren, aber Heller winkte seine Einwände ab. Er wandte sich Magdalena zu. »Und jetzt sag mir: Wann hast du Apollonia Simoni zuletzt gesehen, wenn dies ihre Idee war?«

»Ich habe sie vor drei Tagen gesehen, hier in der Stadt«, sagte Magdalena. »Sie hat mich gebeten, sie zu treffen. Wir haben lange geredet.«

»Was? Sie ist hier?«, fragte Heller. »Man sucht sie überall, und sie ist die ganze Zeit in Landshut versteckt?

»Ja, Dominus. Sie ist verkleidet wie ein Knabe. Ich selbst habe sie zuerst nicht erkannt.«

»Wie ein Küchendiener?« Johannes Hellers Atem stockte. Er erinnerte sich an den mädchenhaften Knaben in der Fürstenküche, der die Eier zerbrochen hatte.

»Ja, Dominus, sie war wie ein Küchendiener angezogen, glaube ich«, sagte Magdalena.

Der Richter wandte sich augenblicklich um und lief zurück in die Stadt.

42. Das Festmahl

IN DEN STRASSEN und überall in der Stadt wurde gespeist und getrunken zu Ehren des Brautpaars. Am Hofkasten hatte man den armen Leuten Brot und den sauren einheimischen Wein ausgeschenkt. Sogar Bettler gingen beglückt durch die Gassen mit einem Humpen Wein und einer Kruste Brot in den Händen. In den Herbergen, wo die Bürger und die Polen bewirtet wurden, gab es Brot und eine dicke Suppe mit süßem Wein. In den besseren Wirtshäusern, wo die Adligen, die Patrizier und hohe Kleriker speisten, gab es freilich Braten und leckeren welschen Wein aus der Fürstenküche. Noch ganz anderes bekamen die hohen Hochzeitsgäste in den feinen Herbergen links und rechts der Altstadt serviert. Die Gerichte wurden von der Fürstenküche in der Steckengasse in dampfenden Töpfen hinausgetragen. Ein Herold verkündete den zahlreichen Zuschauern jeden einzelnen Gang, der die Küche verließ.

»Vögel in einer braunen Brühe, zu des Kaisers Herberg und zu der Wohnung der Braut! Gepresster Schweinskopf in Gallerte zu der Wohnung der Herzogin von Sachsen!«, rief er. Die Trompeter stießen eine Fanfare aus, und die Trommler schlugen auf die Pauke. Die Zuschauer jubelten.

»Schweinskopfsülze, hurra!«

»Ich hätte aber lieber die Vögel in Soße.«

»Schon der 22. Gang!«, rief einer beeindruckt. »Wie schaffen sie das?«

»Und wir bekommen nur trockenes Brot.«

Sie hoben trotzdem ihre Humpen voll saurem Wein. »*Vivat*!«

Die Steckengasse und die Herberge der hohen Gäste wurden durch Scharen von Wappnern bewacht, die niemanden durchließen, nicht einmal einen hohen Domherrn von Freising mit einem dringenden Anliegen. Der Hauptmann schüttelte den Kopf. Essen werde gerade serviert, brummte er. Niemand dürfe im Augenblick in die Küche, und die Wirtsleute seien sowieso zu beschäftigt.

Verzweifelt verlangte Heller, mindestens mit dem Landschreiber Kärgl sprechen zu dürfen, der die Wache befehligte. Er drohte dem Wappner sogar damit, dass er es bereuen würden, falls er vor ihm im bischöflichen Gericht stünde, wenn er den Landschreiber nicht umgehend benachrichtige. Am Ende ging der Hauptmann, dem wohl wirklich ein Auftritt in Hellers Gericht bevorstand, um Karl Kärgl zu holen. Schließlich kam der gequält blickende Landschreiber mit eiligen Schritten. »Dominus Heller, was macht Ihr hier?«, schnaubte er ärgerlich. »Euch blühen große Schwierigkeiten wegen dieser entführten Nonne aus Seligenthal, das können wir Euch sagen. Wir wissen, dass die Äbtissin ihre Scriba zu Euch mit einer Botschaft geschickt hat: Damit seid Ihr schwer belastet. Wir sollten Euch wahrscheinlich jetzt verhaften, aber wir haben keine Zeit ...«

»Das ist alles nur Unsinn!«, rief Heller ungeduldig. »Hört mal zu ...«

»Und wenn es um Pangratz Hoholtinger geht, müsst Ihr wirklich bis später warten«, unterbrach ihn Kärgl. »Was auch immer es ist, wir haben alle Hände voll zu tun. Ihr seht doch, dass das Hochzeitsessen im vollen Gang ist.« Er schaute nervös in sein Heftlein. »Das heißt, sie sind wohl gerade bei der Schweinskopf-Gallerte. Dann kommen das Erbsenpüree, die Vögel in schmackhafter brauner Soße, ...«

»Es geht um Apollonia Simoni«, unterbrach ihn Johannes Heller.

»Um wen?«, fragte Kärgl und blickte plötzlich aufmerksam auf.

»Apollonia Simoni. Der Name ist Euch gewiss bekannt, Herr Landschreiber. Sie ist eine Bürgertochter aus Landshut, die von Herzog Georg verführt und entehrt wurde. Unter dem Namen Schwester Agatha wurde sie in Kloster Seligenthal weggesperrt. Sie war unter den Nonnen, die letztes Jahr entführt wurden. Ihr habt bestimmt die ganze Zeit gewusst, dass Schwester Agatha in Wirklichkeit Herzog Georgs Geliebte ist. Sicherlich ist das auch der Grund, weshalb sich der Herzog für diesen Fall so sehr interessierte. Ich habe mich schon gewundert, weshalb der Herzog seinen Hohen Rat Martin Mair wegen einer einfachen Klosterflucht nach Freising schickte. Ihr hättet mir viel Zeit und Mühe erspart, wenn Ihr mir gleich die Wahrheit über Schwester Agatha gesagt hättet. Vielleicht hätten wir sie früher gefunden.«

Kärgl schaute verunsichert um sich. »Nun gut, eigentlich ist es ein Geheimnis; niemand darf davon erfahren. Aber wenn Ihr schon alles wisst, dann kann ich es wohl sagen. Ja, der Herzog wollte insbesondere, dass wir Apollonia Simoni finden und ins Kloster zurückbringen. Die anderen Nonnen waren unwichtig. Ähm, das heißt natürlich nicht, dass er es duldet, dass sie entführt und ermordet werden, aber wir müssen uns normalerweise nicht persönlich um jede Klosterflucht kümmern. Aber sagtet Ihr nicht gerade, dass Ihr sie gefunden habt?«

»Darf ich fragen, warum es dem Herzog so wichtig ist, sie zu finden?«, fragte Heller eindringlich.

»Na warum wohl?«, antwortete der Landschreiber

genervt. »Damit sie die Hochzeit nicht stört. Man fürchtete, dass sie einen Skandal verursachen könnte. Und ausgerechnet diese Nonne haben wir trotz aller Anstrengungen nicht finden können. Aber zum Glück ist nichts geschehen. Was ist denn mit ihr? Wisst Ihr, wo sie ist?«

»Sie ist hier in Landshut. Ich glaube, dass sie für den Wirt Schmältzl in der Fürstenküche arbeitet«, sagte Heller. »Sie ist wie ein Küchendiener verkleidet. Wir müssen sie sofort suchen.«

»Was? Hier, in der Fürstenküche?«, schrillte Kärgl nervös auf. »Was macht sie denn da?« Seine Augen weiteten sich. Er kramte sein Notizheft aus der Tasche und blätterte nach. »Hieß es nicht, dass sie Gift aus der Klosterapotheke gestohlen hatte? Arsenicum war es, glaube ich.«

»Sie wurde verdächtigt, aber man hat das Gift nicht bei ihr gefunden«, korrigierte ihn Johannes Heller.

»Und dann hat sie die Celleraria mit einem Lebkuchen vergiftet«, rief Kärgl aufgeregt.

»Vielleicht. Das wissen wir nicht«, sagte Heller vorsichtig.

»Gott allmächtiger! Sie arbeitet in der Fürstenküche und sie besitzt das Gift.« Der Landschreiber erstickte geradezu vor Aufregung. »Eins plus eins ist immer … Sie wird nicht etwa versuchen … vielleicht hat sie bereits … Ihr habt recht: Wir müssen sie finden. Aber wir wissen nicht einmal, wie sie aussieht. Dominus Heller, würdet Ihr sie wiedererkennen?« Er packte den Richter am Arm und zerrte ihn mit sich an der Wache vorbei.

In der Fürstenküche in der Steckengasse ging es zu wie im innersten Kreis von Dantes Inferno. Die Luft war erfüllt mit Dampf und Rauch, die Küchenknechte arbeiteten schweißgebadet vor großen Öfen, rührten in unzähligen Töpfen, holten Holz nach, trugen Gerichte hinaus. Köche und Aufseher liefen ständig herum, Befehle schreiend: Die Soße koche über; der Braten brenne an; der Fisch sei aber noch ganz roh! Hier müsse mehr Salz rein, dort sei das Essen schon versalzen. In großen Töpfen wurde bereits das nächste Gericht hinausgetragen. Die Pauken schlugen, und der Herold verkündete: »Braunes Gemüse in den Farben des Herzogs; zu des Kaisers Herberge.«

Vergeblich suchte Heller nach dem Knaben, doch mitten im Gewirr erblickte er den Wirt Ludwig Schmältzl, umgeben links und rechts von Suppen und Soßen. »Welchen Jungen?«, rief der Wirt verwirrt, als Karl Kärgl ihn fragte. »Ach den Knaben meint Ihr, den mit der hohen Stimme. Den habe ich mit den heißen Krebsen weggeschickt.«

»Mit den Krebsen? Wohin denn mit den Krebsen?«, schrie Karl Kärgl außer sich vor Sorge.

»Zum Zollhaus, zu des Kaisers Wohnung«, antwortete der Wirt. »Hoffentlich verschüttet er sie mir nicht! Er hat zwei linke Hände, sag ich Euch: Er hat schon die Hühnchen auf den Boden fallen lassen, mitten in den Dreck – aber sagt das niemandem!« Dann wandte er sich der Soße zu, die ihm ein Küchenhelfer zu probieren gab. »Gott im Himmel, hier ist zu viel Salz drin. Mensch, willst du uns vergiften?«

43. Davids Lied

KARL KÄRGL UND Johannes Heller stürzten Hals über Kopf aus der Fürstenküche und erkämpften sich ihren Weg durch den Strom von Trägern und Dienern zum Zollhaus, wo der Kaiser und seine Begleiter beherbergt wurden. Die Wappner sprangen zur Seite, als der Landschreiber sie anherrschte. Heller und Kärgl liefen gleich die Treppe hoch zum ersten Stock, wo die hohen Fürsten des Reichs mit dem Bräutigam und dem Kaiser speisten.

In der prunkvoll ausgestatteten guten Stube waren sechs lange Tische aufgestellt. Am ersten Tisch saß der Kaiser am Ehrenplatz gegenüber dem Bräutigam; bei ihnen waren der Erzbischof von Salzburg, Herzog Sigismund von Tirol und Markgraf Albrecht von Brandenburg. Sie wurden von hochadligen Ehrendienern bedient, die ihnen das Essen brachten und den Wein einschenkten. Ein kleiner Knabenchor stand neben dem Tisch und pries jedes Gericht mit Engelsstimmen. Auch an den anderen fünf Tischen verteilt saßen hohe weltliche und geistliche Fürsten des Reichs und Bayerns, die ebenfalls von Ehrendienern umschwirrt wurden. An einem Tisch mit den Bischöfen von Augsburg und Eichstätt speiste Fürstbischof Sixtus, der irritiert blickte, als er seinen Chorrichter zusammen mit dem Landschreiber in den Saal treten sah.

Mit seinen Augen durchsuchte Johannes Heller den Raum nach dem jungen Küchendiener. Es erschallte überall Gelächter und das Geklapper von Geschirr. Zu jedem neuen Teller wurde eine Rede gehalten, der Bräutigam beglückwünscht und der Gastgeber gelobt. Nach jeder Speise liefen Diener aus der Küche heraus, um die Teller einzusammeln. In den kurzen Pausen gingen Sänger und Schauspieler zwischen den Tischen umher und unterhielten die Gäste mit ihren Darbietungen. Gerade trug ein Sänger mit hoher Stimme den *Tannhauser* vor, ein populäres Lied über einen Ritter, der in Sünde mit der heidnischen Venus auf dem Venusberg hauste. Währenddessen lief ein als Bauer verkleidete Edelmann – oder war es vielleicht doch ein echter Bauer? – von Tisch zu Tisch und bettelte: »Bitte, Ehrwürden, seid gnädig: Ihr habt mir an einem Abend alle meine Lämmer und Hühner weggefressen. Wovon soll ich den ganzen Winter lang leben?« Die Gäste lachten aus vollem Hals: Was für ein Witzbold! Sie bewarfen ihn mit Essen: »Hier: Iss von deinem Lamm. Und von deinem Huhn.«

Nirgendwo war der mädchenhafte Knabe zu sehen. Eilig liefen Heller und Kärgl in die Küche, wo die nächsten Teller zum Servieren zubereitet wurden. Ehrendiener liefen hinein und heraus zu den Tischen. Auch hier war der Knabe nicht zu finden.

»Aber er kann sich nicht einfach in Luft aufgelöst haben!«, rief Karl Kärgl ärgerlich. Er knüpfte sich den Küchenaufseher vor: »Was ist mit den heißen Krebsen? Er hat die Krebse hierher gebracht.«

Der Aufseher hob die Schulter gleichgültig. »Die Krebse sind schon längst gegessen, Herr.«

»Schon gegessen! Um Gottes willen!«, rief der Landschreiber aufgebracht. »Sie waren möglicherweise vergiftet.«

»Vergiftet?«, antwortete der Aufseher unberührt. »Keine Sorge, Herr. Alle Speisen und Getränke werden durchgehend vorgekostet. Von den Krebsen habe ich selbst gegessen: Sie waren sehr lecker, wenn ich es sagen darf.«

»Es handelt sich verdachtsweise um Arsenicum«, blaffte Kärgl. »Das kann man nicht schmecken oder riechen und fängt erst nach einer oder zwei Stunden an zu wirken. Die Gäste könnten alle bereits vergiftet sein.«

Der Aufseher wurde blass und griff nach seinem Bauch. »O Gott, und ich dachte, die Blähungen kämen vom Knoblauch! Vielleicht bin ich vergiftet!«

»Das Gift wirkt nicht so«, sagte Heller kühl. »Außerdem glaube ich kaum, dass die Krebse vergiftet waren.«

Kärgl warf wieder einen ängstlichen Blick in den Speisesaal. Alle aßen ruhig weiter, anscheinend ohne starke Vergiftungserscheinungen. Inzwischen waren sie bei den Süßspeisen angekommen; das Festessen war fast vorbei. Dennoch witterte der Landschreiber noch Gefahr. »Lasst uns hoffen«, murrte er. »Aber wo ist dieser Knabe, Heller?«

Die Teller vom vorletzten Gang wurden abgetragen. Vor einem Tisch warf ein Jongleur mit den gebrauchten Tellern und Gläsern um sich – ohne sie fallen zu lassen. An einem anderen Tisch erzählte jemand eine wilde Jagdgeschichte: »Was für ein Keiler, meine Herren, mit solchen Eckzähnen!« Er holte den Stoßzahn eines Elefanten unter dem Tisch hervor. Die Zuhörer erschraken zuerst vor Ehrfurcht, dann schallte hohes Gelächter.

Der junge Sänger trat indes vor den Tisch des Kaisers. »Lass hören, Kind!«, rief der Kaiser gut gelaunt. »Sing uns ein Lied.«

Der Sänger verbeugte sich höflich. »Erhabene Herrschaften, ich will Euch ein Lied aus dem Alten Testament singen«, kündigte er an. Er hatte eine hohe, feine Stimme und ein schönes Gesicht, das beinahe mädchenhaft wirkte.

»Ein geistliches Lied?« Der Herzog von Tirol verzog das Gesicht. »Wie langweilig! Mir wäre ein Liebeslied lieber.«

Aber der Erzbischof von Salzburg, ein Lebemann, der sich gleich mehrere Konkubinen hielt, war begeistert: »Ihr kennt Euch mit der Bibel wohl nicht gut aus, mein Lieber. Wie wäre es mit etwas aus dem *canticum canticorum*, dem *Hohen Lied? Sicut turris David collum tuum, quae aedificata est cum propugnaculis* – Dein Hals ist wie Davids Turm mit Brustwehr gebaut – nur im metaphorischen Sinn natürlich! O göttliche Freude der Bibellektüre«, seufzte er und maß mit geübtem Auge die Gestalt des Sängers: Da glaubte er doch, die sanfte Wölbung kleiner Brüste unter dem Mantel zu erkennen.

»Ein Lied von David will ich Euch singen«, sagte der Sänger.

Der Bräutigam, der dem Gespräch bislang keine Aufmerksamkeit geschenkt hatte, wandte sich dem Sänger überrascht zu. »Von David, sagst du?«

»Auch gut!«, rief der Kaiser. »Sing uns vor, wie er Goliath erschlug! Unser Georg ist ein mächtiger Ritter! Das ist ganz nach seinem Geschmack.«

»Hohe Herren, das ist ein Lied über Macht und Gerechtigkeit, das jedem rechtschaffenen Herrscher gefallen und jeden Ungerechten zur Reue bewegen wird«, erklärte der Sänger. Er verbeugte sich wieder und fing mit feiner Mädchenstimme zu rezitieren an. Es war die Geschichte von Gottes Zorn gegen König David, der seinen treuen Ritter Uria getötet hatte, um dessen Frau Batseba zu heiraten. Gott schickte dem König seinen Propheten Nathan, der dem König eine Parabel erzählte. Diese handelte von einem reichen Mann, der viele Schafe und Rinder hatte, und einem armen Mann, der nur ein einziges Lämmchen besaß, das er wie sein eigenes Kind liebte. Als der Reiche die Hochzeit seines Sohns habe feiern wollen, habe er seine eigenen Schafe geschont und stattdessen das Lamm des Armen genommen, um daraus ein Festmahl für seine Gäste zu bereiten. Als Nathan diese Geschichte erzählte, wurde David zornig und rief: »Beim lebendigen Herrn, der Mann, der dies getan hat, ist des Todes! Er hat ungerecht gehandelt und die Macht missbraucht, die ihm gegeben wurde.« Darauf aber antwortete Nathan: »*Tu es ille vir*: Du bist jener Mann, David! Du hast die Macht missbraucht, und Gott wird über dich richten.«

Der Sänger schrie die Wörter geradezu und Tränen von Wut und Schmerz strömten über sein Gesicht. Er schien insbesondere Herzog Georg anzusprechen, der nun blass wie ein Leichentuch geworden war. »David, du bist jener Mann, der seine Macht missbraucht hat, der das Lamm weggenommen und geschlachtet hat. Du bist reich und mächtig, und deine Untertanen können sich nicht wehren, wenn du ihnen alles wegnimmst und ihr Leben zerstörst. Du stehst über dem Gesetz und der Verantwortung, aber wisse, dass Gott dein Herr ist, und Er sieht deine Ungerechtigkeit. Wenn du nicht reust, David, wird der Herr deine Sünden an deinen Kindern und Kindeskindern heimsuchen, wie Er angekündigt hat. Du wirst keinen Nachfahren haben, und deine Linie wird aussterben.«

»Was soll das?« Die Tischgäste starrten den Sänger entsetzt an.

»Nun also, das ist uns doch zu moralisch«, brummte der Kaiser. »Sehr unpassend für eine Hochzeit.«

Der Erzbischof von Salzburg kratzte sich den Kopf: »Und die Geschichte geht ganz anders, wie wir meinen.«

»Haben die Polen dich dazu angestiftet?«, fragte Herzog Sigismund boshaft.

»Verhaften! Verhaftet ihn«, rief der Bräutigam schwächlich, doch niemand hörte ihm zu, denn gerade bliesen die

Trompeter eine Fanfare, um den letzten Gang anzukündigen: »Eine Wiege, aus feinstem Lebkuchen gemacht. Für Herzog Georg: ein Geschenk des Kaisers selbst.«

Auf einem großen Servierteller trugen die Ehrendiener eine wunderschön geformte Kinderwiege aus Lebkuchenplatten in den Raum. Die Gäste sprangen auf ihre Füße, um den Teller zu bewundern: »Eine Wiege! Oh wie passend«, riefen sie. Einige fingen an, zotige Witze zu machen, ob nach der gestrigen Nacht bereits ein Kind in der Wiege liege. Und falls nicht, wussten manche, Ratschläge zu erteilen, wie dies am besten zu bewerkstelligen sei.

»Ein Prosit auf die Wiege!« »Und auf den Kaiser!« »Und auf die Kinder!«

Mit elegantem Schwung wurde die Wiege durch den Raum bis vor den Tisch des Bräutigams gebracht.

In dem Augenblick stürmte der Landschreiber Karl Kärgl aus der Küche. »Aus Lebkuchen, sagtet ihr?« Alle Augen richteten sich mit Verwunderung und voller Überraschung auf ihn.

»Ja Herr«, antwortet der Küchenaufseher, der hinter ihm aus der Küche herauslief. »Aus besten Nürnberger Lebzelten.«

»Esst sie nicht, Herr! Niemand darf davon essen«, rief der aufgebrachte Landschreiber in den Saal.

»Was?«, erzürnte sich der Kaiser. »Ihr weist mein Geschenk zurück?«

Herzog Ludwig brummte gefährlich: »Kärgl, was soll das? Willst du einen Skandal verursachen?«

»Es ist Gift!«, schrie der Landschreiber schrill. »Die Lebkuchen sind vergiftet!«

Die Gäste gerieten in helle Aufregung. »Gift?« »Wer tut so was?« Gleich wurden Verdächtigungen laut: »Der Kaiser war es«, hieß es von einer Seite; »Herzog Albrecht«, lautete es von einer anderen Seite. »Die Polen waren es«, murrten wiederum andere.

Karl Kärgl, der verängstigt feststellte, was er angerichtet hatte, versuchte, die Gemüter zu beruhigen: »Ehrwürden, wir verdächtigen eine junge Frau.« Er zeigt auf Johannes Heller, der Kärgls Auftritt fassungslos von der Seite verfolgte. »Fragt ihn doch: Er hat gesagt, dass sie hier ist. Das ist seine Idee.«

Alle Augen richteten sich auf den Richter. Heller trat widerwillig vor. »Ehrwürdige Herrschaften, wir suchen dringend eine junge Frau, die als Knabe verkleidet ist. Sie ist eine entlaufene Nonne aus Kloster Seligenthal namens Apollonia Simoni. Wir glauben aber nicht, dass eine Gefahr von ihr ausgeht.«

»Eine Frau?« »Ein Knabe?«, fragten sich die Gäste.

»Der Sänger!«, rief der Salzburger Erzbischof mit Genugtuung. »Der Sänger ist es. Wir haben uns gleich gedacht, dass sie ein Weib ist: Was für ein Hals – und *cum propugnaculis*!«

»Ja, sie ist es: Apollonia«, bestätigte ihn der Bräutigam plötzlich, als ob er gerade wach würde. »Sie hat uns verflucht, wie wir glauben. Verhaftet sie!«

»Der Sänger!« »Eine Nonne?« »Aber wo ist sie jetzt?«, riefen alle.

Aber der schlanke, mädchenhafte Sänger war nicht mehr zu finden. Anscheinend war er im Wirrwarr über den Nachtisch einfach weggelaufen.

»Sie kann nicht weit gekommen sein«, rief Johannes Heller. »Es ist wichtig, dass wir sie finden. Schnell!«

Doch Herzog Ludwig erhob sich langsam und bedrohlich von seinem Stuhl. Seine goldene Kette, sein mit Gold und Perlen besticktes Wams, ja sein ganzer Reichtum schien schwer auf ihm zulasten.

»Wer ist dieser Pfaffe, der unser Fest zu stören wagt?«, brummte er.

»Erlauchter Herr, es ist unser Chorrichter, Johannes Heller aus Freising«, antwortete Sixtus eilig. »Er scheint in seiner Vermessenheit unser Verbot missachtet zu haben und sich weiterhin mit dieser vermaledeiten Seligenthaler Geschichte zu beschäftigen.«

»Ist das nicht der Pfaffe, der gestern eine Nonne aus unserem Kloster entführt hat?«, rief der Herzog.

»Ja, er ist es, erlauchter Herr«, schrillte Karl Kärgl. »Die Nonne wurde zu ihm geschickt; jetzt ist sie verschwunden. Und er hat ganz ungeheure Verdächtigungen gegen den ehrwürdigen Hofmeister von Seligenthal erhoben.«

»Ergreift ihn! Führt ihn weg! Und findet die Nonne!«, brüllte der Herzog und plumpste erschöpft wieder in seinen Stuhl.

Johannes Heller wandte sich an Bischof Sixtus. »Ehrwürden, nein! Wir müssen sie schnell finden.«

Dann packten ihn zwei Wappner an den Schultern.

44. Die fünfte Nonne

IM ZOLLHAUS VERSUCHTE man, die Wellen rasch zu glätten. Nach der Sängerin solle gesucht werden, aber unauffällig. Vor allem sollte ein Skandal vermieden werden, denn welch schlechtes Vorzeichen für die Ehe wäre das, wenn die Hochzeitsfeier nicht ehrenhaft und würdig, sondern mit diesem skandalösen Ereignis abgeschlossen würde? Niemand durfte daher über den Vorfall sprechen; ganz im Gegenteil, alle sollten das Hochzeitsmahl, die vielen Gänge mit ausgewählten Speisen und insbesondere die Wiege aus Lebkuchen preisen, die des Kaisers Koch angefertigt hatte. Das sei ein wunderbares Geschenk und für die Zukunft doch so viel verheißend, denn es sei so gut wie sicher, dass sich das erste Kind bereits auf dem Weg befinde, nachdem der Bräutigam die Hochzeitsnacht heldenhaft bestritten habe. Vorsichtshalber wollte man die Wiege allerdings nicht gleich verspeisen – die Gäste hätten ja bereits schon um die 30 Gänge hinter sich – sondern erst einmal nur optisch bewundern.

Nachdem alle durch das Festessen gestärkt worden waren, war es an der Zeit, dass die Herren ihre ritterliche Tapferkeit in der Turnierbahn bewiesen. Insbesondere hatte Herzog Georg eine höchst provozierende Aufforderung von einem polnischen Edelmann erhalten, in welcher er höhnisch gefragt wurde, ob er als Entschädigung dafür, dass er seiner Braut nicht entgegengeritten sei, jetzt einem polnischen Ritter in der Bahn entgegenreiten wolle. Das war für den jungen Herzog eine Beleidigung seiner Ehre, die er nicht auf sich sitzen lassen konnte. Doch angesichts des schlachterfahrenen Gegners, der gewiss nicht nur zur Schau streiten wollte, bevorzugte er es, seinen wackeren Münchner Cousin vorzuschicken, Herzog Christoph den Starken. Das würde ein Kampf werden! Die Altstadt füllte sich mit Zuschauern, und die edlen Damen sowie auch die Braut zeigten sich huldvoll in den Fenstern in ihren traumhaften Kleidern wie ein wahrgewordenes Minnelied.

Johannes Heller war indes unauffällig aus dem Zollhaus durch eine Hintertür abgeführt und zu dem prachtvollen Haus des herzoglichen Rats, Martin Maier, gebracht worden, das gegenüber der mächtigen Martinskirche stand. Er wurde dort auf unwürdige Weise eingesperrt. Die Zeit verging; Heller wartete und wartete mit zunehmender Ungeduld. Gelegentlich trat er sogar ärgerlich gegen die Tür und verlangte, gehört zu werden.

Schließlich öffnete sich die Tür, und Martin Mair persönlich trat ein, gefolgt von Pater Schwarz und Fürstbischof Sixtus.

»Weshalb und mit welchem Recht haltet Ihr uns hier fest?«, rief Heller. »Ich verlange eine Erklärung.«

Bischof Sixtus erhob seine Hände und versuchte, sich zurückzuziehen: »Wir wollen nichts damit zu tun haben. Es handelt sich um eine rein weltliche Angelegenheit, wie wir meinen.«

»Er ist Mitglied der Freisinger Kirche und Eures Domkapitels, Ehrwürden«, erinnerte ihn Martin Mair. »Ihr seid sein Herr und Richter.«

Pater Schwarz nickte bestätigend. »Dominus, Ihr müsst ihn zuerst von seinen Ämtern absetzen und exkommunizieren, damit der Herzog über ihn richten kann.«

Der Bischof vermied Hellers Blick. »Gut, wenn es sein muss«, murmelte er.

»Nicht so schnell!«, sagte Mair. »Zuerst müssen wir die Vorwürfe prüfen. Dominus Heller, wir hören, dass Ihr das Vertrauen unseres armen Landschreibers missbraucht habt, um unerlaubt mit der Äbtissin von Seligenthal zu sprechen. Diese soll Euch am nächsten Tag eine Nonne mit einer geheimen Botschaft geschickt haben – eine Liebesbotschaft gar, wie man sagt. Die Nonne ist dann verschwunden, und wir fragen uns, ob Ihr etwas damit zu tun habt. Jetzt habt Ihr noch dazu unseren vertrauensseligen Landschreiber angestiftet, das Hochzeitsbankett zu stören und skandalöse Verdächtigungen zu erheben.« Er lächelte geringschätzig. »Der Lebkuchen scheint übrigens völlig unbedenklich zu sein. Aber der erlauchte Herzog Ludwig ist völlig aufgebracht, und der Kaiser erst recht über die Zurückweisung seines Geschenks. Er spricht von *laese maiestatis*! Was ist denn in Euch gefahren?

Johannes Heller, der lange auf eine Möglichkeit gewartet hatte, sich zu verteidigen, antwortete zornig: »Die Vorwürfe sind lächerlich und konstruiert. Wir haben weder die Nonne entführt noch den Landschreiber zu diesem Auftritt angestiftet. Wir gestehen aber ein, dass Äbtissin Barbara ihre Scriba zu uns geschickt hat. Sie brachte uns wichtige Information über die Entführung der Nonnen aus Kloster Seligenthal letztes Jahr. Herzog Ludwig selbst hat uns mit der Untersuchung dieses Verbrechens beauftragt, und wir verstehen das noch als unsere Aufgabe. Allerdings haben wir von Anfang an den Eindruck gehabt, dass Euer Hof weniger an der Aufklärung des Falls als an der Absetzung der Äbtissin interessiert ist. Umso mehr ist das der Fall, da jetzt unser Verdacht ein Mitglied des Hofs selbst betrifft. Auch unser ehrwürdiger Bischof und sein Vertrauter, Pater Schwarz, haben in dieser Sache eher dem Herzog als der

Gerechtigkeit gedient. Jetzt, da wir die Wahrheit herausgefunden haben, will man uns mit dieser absurden Anklage zum Schweigen bringen. Seht Ihr das nicht?«

Bischof Sixtus wurde rot im Gesicht. »Was maßt Ihr Euch an, Dominus Heller, uns so zu kritisieren? Ihr seid es, der sich rechtfertigen muss.«

Martin Mair aber lächelte überheblich und setzte sich bequem hin. »Gestattet! Wir haben Euch gebeten, den Fall aufzuklären. Und Ihr habt teilweise recht: Nicht jeder ist an der Aufklärung interessiert. Also sagt uns, was Ihr herausgefunden habt. Dann werden wir sehen, was von den Anklagen gegen Euch zu halten ist.«

Johannes Heller beäugte ihn misstrauisch. Dann fing er an zu erklären, dass die Nonnen freiwillig aus dem Kloster geflohen waren. Die Flucht sei von einer Novizin namens Christina Zachreis organisiert worden, die lieber ihre Erbschaft antreten als Nonne werden wollte. Der Hofmeister von Seligenthal, Pangratz Hoholtinger, habe ihr dabei geholfen, um selbst an das Erbe zu kommen. Er habe sie nämlich nach Burg Wolfstein verschleppt und dort sterben lassen.

»Pangratz Hoholtinger?«, fragte Martin Mair aufmerksam. »Wir hoffen, dass Ihr genau wisst, was Ihr da sagt. Und was ist mit den anderen Nonnen?«

»Sie hätten sterben oder verschwinden sollen, aber sie wurden durch den Burgwart von Wolfstein gerettet. Drei sind inzwischen tatsächlich ermordet worden: eine kurz nach der Flucht, eine in Freising und die dritte auf Burg Wolfstein. Wir glauben allerdings nicht, dass der Hofmeister für alle verantwortlich ist. Eine weitere Novizin wurde lebend gefunden und zum Kloster zurückgebracht.«

»Und die fünfte Nonne?«, fragte Mair.

»Sie war es, die wir auf dem Hochzeitsfest gesucht haben«,

sagte Heller. »Ich meine allerdings nicht, dass sie jemanden vergiften wollte. Wenn das ihre Absicht gewesen wäre, hätte sie es leicht tun können, weil sie in der Küche gearbeitet hat. Doch stattdessen hat sie sich als Sänger verkleidet und seltsame Lieder vorgetragen. Ich denke, dass sie eine Art Gerechtigkeit einfordern wollte«, sagte Heller vorsichtig. »Sie wollte dem Herzog ins Gewissen reden für das Unrecht, das er ihr angetan hatte.«

Pater Schwarz kochte allmählich über. Das Verhör verlief gar nicht nach seinem Geschmack. »Es obliegt Euch jetzt nicht, andere Personen zu verdächtigen, Dominus Heller: Nicht der Hofmeister oder diese Nonne, sondern Ihr selbst seid der Angeklagte, und die Liste Eurer Vergehen ist lang. Ihr habt den wiederholten Befehl des Fürstbischofs missachtet und Euch mit Geschäften beschäftigt, die außerhalb Eurer Zuständigkeit liegen. Wir wissen, dass die Äbtissin Euch einen Brief geschrieben hat, und dass Ihr auch mit ihr auf unerlaubte Weise allein gesprochen habt. An der Entführung der Klosterscriba seid Ihr auch irgendwie beteiligt – entweder Ihr selbst, oder jemand, den Ihr kennt. Wir haben Dominus Hörnle hier in Landshut gesehen und verdächtigen ihn, die Nonne verführt zu haben. Wenn Ihr nochmals versucht, ihn zu beschützen, wird es Euch teuer zu stehen kommen, denn jede Beihilfe zu einem Verbrechen ist selbst ein Verbrechen. Allein schon wegen des Kontakts mit einer entlaufenen Nonne verdient Ihr die Exkommunikation. Das sind nur die kirchenrechtlichen Belange: Dazu kommen die rufschädigende Verleumdung des ehrwürdigen Hofmeisters, Pangratz Hoholtinger, und die Anstiftung zur Störung des Hochzeitsfests: Über diese Taten wird die weltliche Gerichtsbarkeit zu entscheiden haben, nachdem wir Euch exkommuniziert haben.«

Bischof Sixtus blickte nervös zu Martin Mair hinüber. »Wie sieht es der erlauchte Herzog?«, fragte er.

»Seine Erlaucht ist auf seine eigene Ehre und die seines Sohns eifersüchtig bedacht«, antwortete er mit gemessenen Worten. »Aber nicht weniger liegen ihm die Ehre und der Ruf des Klosters Seligenthal am Herzen, wo seine Vorfahren begraben sind und wo eines Tages seine eigenen Gebeine liegen werden. Wie keine andere Stätte im Herzogtum steht Seligenthal für die Legitimität seiner Herrschaft durch Familientradition und Gottes Segen. Seine Erlaucht betrachtet daher mit Argwohn das Verschwinden dieser Klosterscriba. Aber mehr noch sorgt er sich über die Entführung der fünf Nonnen letzten Winter. Solche Skandale schädigen das Ansehen und die Existenz des Klosters. Seine Erlaucht legt den allerhöchsten Wert darauf, die Verantwortlichen zu finden und zu bestrafen. Jetzt behauptet Dominus Heller sogar, dass der Hofmeister von Seligenthal an diesem Verbrechen beteiligt sei. Das ist eine ungeheuerliche Verdächtigung gegen einen engen Vertrauten des Herzogs.«

Er hielt kurz inne. Dann lächelte er lautlos in den Kragen seines auffälligen Mantels. »Wir wussten, dass Ihr der richtige Mann für diese Untersuchung seid, Dominus Heller. Deswegen haben wir darauf bestanden, dass Ihr die Untersuchung im Kloster durchführen solltet. Von Anfang an hegten wir einen Verdacht gegen Hoholtinger, den wir aber nicht ohne Beweise aussprechen konnten. Dieser korrupte Wüstling glaubt wohl allen Ernstes, dass wir blind und dumm sind. Er mag den Landschreiber nasführen, uns aber kann er nicht täuschen. Jeder kann doch sehen, dass er Geld aus der Klosterkasse gestohlen hat und die Äbtissin zum Sündenbock dafür macht, auch wenn es keine Beweise gibt. Und dann kommt diese unverhoffte Erbschaft, nachdem seine

Nichte aus dem Kloster verschwunden war. Natürlich haben wir ihn durchschaut, aber wir konnten nicht offen gegen ihn ermitteln, ohne etwas in der Hand zu haben.«

Er schlug die Beine übereinander und redete in Plauderton weiter. »Um ehrlich zu sein: Diese alten Ritterfreundschaften haben viel zu viel Einfluss am Hof. Dabei sind sie so inkompetent, korrupt und eitel, dass es ein wahrer Skandal ist. Es ist Zeit, dass seine Erlaucht auf kompetente, gelehrte Berater hört, die seine Interessen kennen und umsetzen. Deswegen haben wir dem Herzog zugeredet, eine Universität in seinem Lande zu gründen, damit es in Bayern endlich ausgebildete Staatsdiener gibt. Wir versuchen schon lange, Hoholtinger und seine Freunde aus dem Rat zu entfernen. Einen von ihnen, Hans Erlbach, konnten wir bereits beseitigen, aber Pangratz Hoholtinger ist ein spezieller Freund des Herzogs höchstpersönlich. Der Herzog hat ihm schon vieles verziehen, doch mit der Entführung dieser Nonnen aus Seligenthal hat er die Grenze überschritten. Wenn wir es beweisen können, ist er erledigt. Also sagt uns, Dominus Heller: Was habt Ihr gegen ihn in der Hand?«

Johannes Heller fasste ermutigt in wenigen Worten zusammen, wie er Verdacht gegen den Hofmeister geschöpft hatte, und wie dieser durch die Äbtissin bestätigt wurde. »Ich ging gestern Abend selbst nach Burg Wolfstein, um Beweise zu suchen. Der Burgwart hat mir alles erzählt. Mit meinen eignen Augen habe ich die Leiche von Christina Zachreis gesehen. Leider ist der Burgwart jetzt wohl tot genau wie der einäugige Knecht, und die Leiche von Schwester Christina ist verbrannt. Aber Ihr habt mein Wort als Domherr von Freising und Richter, dass ich dies alles gesehen und gehört habe.«

»Angesichts der Situation, in der Ihr Euch befindet, hat Ihr Wort allein nicht sehr viel Gewicht, Dominus Heller«, erinnerte ihn Martin Mair. »Und die Beweise sind auch weg.«

»Es gibt noch die Zeugin, die die Männer des Hofmeisters identifiziert hat. Aber ich werde ihren Namen nicht nennen, solang ihre Sicherheit nicht garantiert ist.«

Pater Schwarz lächelte unfreundlich. »Wir können uns ohnehin gut vorstellen, wen Ihr meint, aber Eure Zeugin befindet sich jetzt nicht mehr im Kloster.«

Heller schreckte auf. »Was? Was ist mit ihr geschehen?«

»Wir haben damit nichts zu tun«, sagte der Pater. »Sie war keine Novizin mehr und erst recht keine Nonne. Es gab keinen Grund, sie noch im Kloster zu behalten. Das habt Ihr selbst gesagt. Anscheinend hat ein Mann des Herzogs sie abgeholt.«

»Ein Mann des Herzogs?«, fragte Martin Mair. »Wir wissen nichts davon.«

Johannes Heller blickte verzweifelt von einem zum anderen. »Das kann nicht wahr sein!«, rief er. »Ihr habt sie einfach dem Hofmeister übergeben?« Er hielt kurz inne. »Aber Apollonia Simoni kann alles bezeugen, wenn wir sie fassen. Deswegen habe ich sie gesucht.«

»Sie ist aber bedauerlicherweise verschwunden«, sagte Martin Mair. »Es scheint, dass sie in dem Wirrwarr völlig unbehelligt aus dem Zollhaus gehen konnte. Wir haben überall gesucht, aber sie ist nicht zu finden. Die Stadt ist im Übrigen so voll mit Besuchern, dass es unmöglich ist, sie in der Menge zu finden, ohne großes Aufsehen zu erregen, was niemand will.«

»Ich aber habe eine Idee, wo sie ist«, sagte Johannes Heller überraschend. »Wenn es nur nicht bereits zu spät ist.«

»Was meint Ihr? Wofür soll es zu spät sein. Und wo ist sie denn, zum Teufel«, rief Martin Mair ungeduldig.

»Sie ist wahrscheinlich nach Kloster Seligenthal zurückgekehrt«, antwortete Heller.

»Zurück in das Kloster, aus dem sie weggelaufen ist?«, fragte Mair überrascht.

»Sie hat getan, was sie tun wollte, glaube ich«, sagte Heller. »Außerdem ist ein Mönch aus dem Kloster wie ein Fisch aus dem Wasser, wie Pater Schwarz gerne sagt: Sie muss zurück, sonst muss sie sterben. Ich aber befürchte, dass sie sterben wird, wenn sie zum Kloster zurückgeht. Hoffentlich ist es nicht zu spät. Wir haben viel Zeit verschwendet. Wir müssen uns beeilen.« Er stand auf. Auch Martin Mair sprang auf die Füße.

Heller wandte sich an Fürstbischof Sixtus. »Ehrwürden, wir bitten Euch, uns zu begleiten, falls es nötig wird, ein Mitglied des Klerus festzunehmen.«

Der Bischof zögerte. »Seligenthal liegt nicht im Bistum Freising. Und überhaupt, wir wissen nicht, ob wir für diese Angelegenheit zuständig sind.«

»Der Regensburger Bischof ist nicht hier«, schnaubte Mair. »Herzog Ludwig hat Euch mit den Angelegenheiten des Klosters betraut. Ihr seid zuständig.«

Pater Schwarz griff Sixtus unter den Arm. »Dominus, Ihr müsst mitgehen, um dafür zu sorgen, dass die Rechte der Kirche eingehalten werden. Und wenn wir Dominus Heller festnehmen wollen, müsst Ihr ihn zuerst exkommunizieren.« Er schubste den widerstrebenden Bischof in Richtung Tür.

Begleitet von zwei herzoglichen Wappnern ritten sie durch die hinteren Gassen, um das Gedränge in der Altstadt zu umgehen. Es wurde bereits dunkel; auf der Turnierbahn standen noch Herzog Christoph und der polnische Edelmann. Allerdings ritten sie nicht gegeneinander, sondern stritten sich erbittert, denn jeder verdächtige den anderen des Mogelns: Es könne doch nicht sein, dass der andere noch nicht vom Pferd gefallen sei. Gegenseitig ließen sie das Pferd, den Sattel und die Ausrüstung überprüfen und überschütteten einander mit gemeinen Verdächtigungen. Die Zuschauer wurden allmählich ungeduldig und fingen ebenfalls an, die Ritter zu beschimpfen. »Eine feine Schau!« »Sie betrügen alle beide!« Die Wappner beschlossen, den Kampf für heute zu beenden.

Die Gassen waren voll mit feiernden Hochzeitsgästen, die reichlich von dem kostenlosen Wein getrunken hatten: Manch einer torkelte bereits bedenklich. In der Menge erkannte Johannes Heller Marcus Hörnle. Hörnle sah auf, und ihre Blicke trafen sich. Heller wollte ihm etwas zurufen, doch dann überlegte er es sich anders und wandte seinen Kopf ab. Sie ritten weiter.

Als sie vor der Klosterpforte ankamen, lief der altersschwache Pförtner aus seiner Stube heraus. »Ehrwürden, Gott sei Dank, da seid Ihr endlich!«

»Ihr erwartet uns?«, wunderte sich Martin Mair. »Was ist geschehen?«

»Wisst Ihr das nicht, Herr? Der Dominus Administrator hat nach Euch geschickt. Sie ist zurück«, antwortete der Pförtner. »Schwester Agatha ist wieder da!« Er eilte ihnen zur Klosterkirche voraus.

Die Besucher stiegen von ihren Pferden ab und liefen ihm nach. In der Kirche kamen ihnen Pater Haberfeld und Äbtissin Barbara bereits entgegen. An ihren entsetzten Blicken war zu erkennen, dass etwas Schreckliches vorgefallen war.

»Schwester Agatha?«, rief Heller vorahnungsvoll.

»Sie ist tot«, schrie die Äbtissin und warf sich vor ihnen auf den Boden. »Barmherziger Gott, wird das nie aufhören?«

Heller und Martin Mair schritten rasch durch die Kirche, mit dem Administrator und Pater Schwarz hinter ihnen. Auf dem Boden vor dem Altar lag eine zusammengesunkene junge Frau. Johannes Heller kniete vor ihr nieder und betrachtete ihr Gesicht. Sie war es: das Mädchen, das sich als Junge verkleidet hatte. Die Farbe des Lebens leuchtete noch auf ihren Wangen und auf ihren Lippen, aber ihre Augen starrten leer und leblos ins Nichts.

»Sie starb vor einer halben Stunde«, sagte Pater Haberfeld melancholisch. »Wir befürchten, dass es sich um Gift handelt. Sie kam unerwartet zu uns zurück, vor drei Stunden ungefähr: Es war kurz nach der Non, wenn sich die Nonnen wieder zur Arbeit begeben. Sie war wie ein Mann gekleidet, und die Äbtissin wollte sie schon wegschicken, aber wir haben sie erkannt und wussten, dass sie eine der abtrünnigen Nonnen ist, die letztes Jahr entflohen sind. Deshalb haben wir den Herzog verständigt. Sie hat sich uns unterworfen, ihre Sünden bereut und demütig um Wiederaufnahme in das Kloster gebeten, was wir ihr nicht verweigern durften. Wir haben sie daher von dem Bann entbunden und zur Kommunion aufgenommen.«

»Ihr habt zum Herzog geschickt? Uns hat niemand etwas davon gesagt«, unterbrach ihn Martin Mair verwundert.

»Entschuldigt, Ehrwürden. Wir haben Herzog Georg benachrichtigt«, sagte der Administrator mit einer Verbeugung. »Wir verstehen, dass diese Nonne ihm besonders am Herzen lag. Wir hielten sie hier in der Kirche, doch plötzlich hat sie angefangen, sich zu erbrechen und schrecklich zu zittern.«

»Es war genau wie bei Schwester Adelheid«, schrie die Äbtissin, die ihnen nachgekommen war. »Und vor ihr wie bei der Novizin mit der Fallsucht. Jetzt sehe ich es, jetzt erkenne ich das Zeichen des Bösen: Es war das Arsenicum. Immer wieder Arsenicum. Wer hat nur das Gift unter uns gebracht?«

»Ihr habt nicht die Erlaubnis, mit den Herren zu sprechen, Schwester Äbtissin«, knurrte Pater Haberfeld. Er zeigte mit seiner Fußspitze auf die Leiche mit einem Ausdruck von Abscheu. »Allerdings glauben wir auch, dass es dasselbe Gift war. Das Erbrechen und das Zittern … Es war sehr ähnlich. Sie starb hier vor dem Altar auf geweihter Erde in ihrem Erbrochenen und Exkrementen. Wir haben die Verunreinigung beseitigt, aber sie nicht berührt.«

»Es scheint, dass Ihr mit Eurer Befürchtung recht hattet, Dominus Heller«, sagte Martin Mair nachdenklich.

Johannes Heller starrte auf die Tote mit traurigem Entsetzen.

»Trauert nicht um sie«, sagte Pater Haberfeld kalt. »Sie war eine Abtrünnige, eine Giftmörderin und eine Selbstmörderin. Sie hat das Gift letztes Jahr aus dem Giftschrank gestohlen und damit die Lebkuchen vergiftet, die Schwester Adelheid gegessen hat. Jetzt hat sie sich wohl selbst vergiftet, um der Gerechtigkeit des Herzogs zu entkommen.«

»So ist es wohl«, stimmte ihm Martin Mair zu. Pater Schwarz murmelte: »Amen.«

Auch Johannes Heller nickte. »Es sieht wirklich danach aus«, sagte er langsam. »Aber ich glaube nicht, dass sie sich selbst umgebracht hat. Warum würde sie beichten und um Aufnahme ins Kloster bitten, wenn sie sich gleich danach töten wollte? Ich bezweifle auch, dass sie damals das Gift gestohlen hat. Und sie kann Schwester Adelheid jedenfalls nicht mit einem Lebkuchen vergiftet haben. Im Kloster werden Lebkuchen nämlich nur in der Fastenzeit gegessen, wie die Äbtissin uns bestätigt hat. Wir wissen aber, dass Schwester Adelheid bis Ostern noch im Krankenbett lag. Die Kranken müssen nicht fasten und bekommen deshalb keine Lebkuchen. Ist das nicht so, Domina Äbtissin?«

Äbtissin Barbara blickte erschrocken: »Ja-a, das ist richtig«, sagte sie zögerlich. »Sie kann keinen Lebkuchen bekommen haben. Wie konnten wir das übersehen?«

»Ach was? Übersehen?«, schnauzte Pater Schwarz wütend. »Ihr habt das gewusst und uns absichtlich auf eine falsche Fährte geschickt, um unsere Untersuchung zu beenden. Sonst hätten wir womöglich die Wahrheit herausgefunden.« Er wandte sich an Martin Mair und Bischof Sixtus. »Sie ist es, Ehrwürden. Die Äbtissin hat das Kloster wie eine Spinne in einem Netz von Intrigen und Verbrechen umgarnt. Sie hat das Gift gestohlen. Sie hat die Liebesbriefe in das Kloster einbringen und von Schwester Adelheid unter den Nonnen verteilen lassen, genau wie Schwester Adelheid ausgesagt hat. Dann hat sie die Celleraria mit dem Gift getötet, als ihr Geheimnis aufzufliegen drohte. Sie hat uns in unserer Untersuchung irregeführt. Schließlich hat die Äbtissin auch noch diese entlaufene Nonne getötet, die ahnungslos zu ihr zurückgekommen war.«

Äbtissin Barbara starrte ihn entsetzt an. »Was nun? Wir sollen diese ganzen Verbrechen verübt haben?« Ihre Stimme erhob sich schrill.

»Das sind haltlose Verleumdungen«, entgegnete Johannes Heller eifrig.

»Oh doch, es ist die Wahrheit, und wenn sie noch so unschuldig tut. Wir hätten die Äbtissin längst abgesetzt und verhaftet, wenn Ihr das nicht stets mit Lügen und rechtlichen Winkelargumenten verhindert hättet, Dominus Heller. Ihr seid nämlich von einer sündhaften Leidenschaft zu der Äbtissin verblendet und tut alles, um ihre Schuld zu verbergen. Er hat sich somit zu ihrem Komplizen gemacht.«

Johannes Heller wurde rot im Gesicht. »Das ist …« Lächerlich, wollte er sagen, aber seine Stimme versagte, als er die Äbtissin erblickte. »Das ist … eine Verleumdung«, stammelte er schließlich.

»Habt Ihr Beweise für Eure Beschuldigungen, Dominus Schwarz?«, fragte Martin Mair skeptisch.

»Sagt uns, Dominus Administrator«, sagte Pater Schwarz. »Hat die Schwester Äbtissin dieser Nonne zu essen und zu trinken gegeben? War sie mit ihr eine Weile allein?«

Pater Haberfeld blickte erschrocken auf. »Ja, beim Herrn, das hatte ich beinahe vergessen. Die Äbtissin hat Schwester Agatha Wasser gegeben. Hier steht der Becher noch. Ich war mir so sicher, dass Schwester Agatha sich selbst getötet hatte, dass ich gar nicht daran gedacht habe. Und dann ist sie als Äbtissin über allen Verdacht erhaben. Ich hätte niemals geglaubt …«

»Nein!«, rief die Äbtissin verzweifelt. »Was für Heuchler Ihr alle seid. Ja, wir haben ihr zu Trinken gegeben. Sie hat um Wasser gebeten. Aber niemals hätten wir sie vergiftet.« Sie blickte verzweifelt um sich.

Martin Mair überlegte hin und her. Schließlich nickte er. »Die Äbtissin ist schwer belastet. Wir werden sie in die Burg mitnehmen müssen, um die Wahrheit herauszufinden«, verkündete er. »Dominus Fürstbischof, Ihr müsst uns die Gerichtsbarkeit über sie geben, damit das alles seinen rechten Verlauf hat.«

Bischof Sixtus, der sich im Hintergrund gehalten hatte und zutiefst verstört auf die Leiche der entflohenen Nonne starrte, schaute traurig auf. »Wie konnte es nur so weit gekommen?«, fragte er sich selbst.

45. Die Wahrheit vor den Augen

IN DEM AUGENBLICK ging die Kirchentür auf, und Karl Kärgl trat hinein, gefolgt von Marcus Hörnle und Schwester Magdalena Buntschuh, die unauffällig wie uneingeladene Gäste bei der Tür stehen blieben. Johannes Heller bemerkte überrascht, dass Hörnle seine weltmännische Kleidung abgelegt hatte und aufs Neue die Domherrentracht trug. Auch die Scriba war wieder in ihren weißen Nonnenhabit mit Schleier bekleidet.

»Ehrwürden, Eure Ehrwürdigkeiten und Gnaden«, rief der Landschreiber offiziös und überlaut in den hallenden Kirchenraum. Er erschrak ein wenig über den Schall und mäßigte seine Lautstärke. »Wir sind hier auf Befehl des gnädigen Herzogs Georg, um die gesuchte Person, Apollonia Simoni alias Schwester Agatha, festzunehmen und auf die Burg zu bringen. Wo ist sie?«

Martin Mair zeigte auf die Leiche. »Ihr seid, wie gewöhnlich, zu spät, Kärgl. Sie ist bereits tot«, sagte er abschätzig. »Die Umstände versuchen wir gerade zu klären.« Er wies auf Hörnle und die Scriba, die noch im Hintergrund blieben. »Was machen diese zwei denn hier?«

»Ehrwürden, das ist die vermisste Nonne, Schwester Magdalena Buntschuh«, erklärte Kärgl stolz. »Der Freisinger Domherr Hörnle hat sie zu uns geführt. Wir bringen sie jetzt sicher ins Kloster zurück.«

Die Äbtissin kreischte auf, als sie ihre getreue Scriba erblickte. »Gebenedeit sei Gott, da bist du, Magdalena! Aber wo bist du gewesen? Und was hast du getan?«

»Du fragst, was eine entlaufene Nonne mit einem überführten Hurenmeister macht?«, brüllte Pater Schwarz. »Hörnle hat sie entführt und entehrt. Er hat Gottes Tempel entweiht. Es ist genau, wie ich dachte. Aber Dominus Heller hat davon bestimmt auch gewusst. Er trägt eine Mitverantwortung für diesen Skandal.«

Pater Haberfeld stürzte sich indessen mit einem wütenden Schrei auf Schwester Magdalena. »Du abtrünnige Hure! Unzüchtige Apostata! Unterwirf dich und tue Buße. Büße!«

Er hielt überrascht an, als sich ihm Marcus Hörnle in den Weg stellte.

»Rühr sie nicht an, Pater!«, sagte Hörnle kühl, aber unmissverständlich. »Sie hat den Habit nicht abgelegt, sondern nur einen wärmeren Mantel wegen der Kälte darüber gezogen. Deswegen gilt sie nicht als exkommuniziert. Und sie hat das Kloster tagsüber aus dem offenen Tor und mit Erlaubnis der Äbtissin verlassen, weshalb ihre Abwesenheit als minder schwerwiegend gelten muss. Darüber, was sie in der Zeit getan hat, wollen wir gerade eine Erklärung abgeben.«

»Eine Erklärung?«, fragte Martin Mair sarkastisch. »Wir hoffen sehr für Euch, dass sie gut ist.«

Schwester Magdalena machte einen Schritt vor. »Ich bin es, die etwas zu sagen hat«, verkündete sie. »Ehrwürden, wie

Ihr inzwischen wohl wisst, bin ich von der Mutter Äbtissin mit einer Botschaft für Dominus Heller aus dem Kloster geschickt worden. Im Übrigen übernehme ich die volle Verantwortung für meine unerlaubte Abwesenheit. Dominus Hörnle hat mir dabei nur ehrenhaft geholfen wie ein edler Ritter. Eure schmutzigen Vermutungen entehren weder mich noch ihn, sondern nur Euch selbst. Ich habe übernachtet bei Mutter Agnes von Wolfstein, der Zisterzienseräbtissin von Kloster Seligenporten, die sich hier wegen der Hochzeit aufhält. Ich bitte Euch, das zu überprüfen. Ich gestehe, dass ich keine Erlaubnis dazu hatte, aber ich bin deswegen weder abtrünnig noch eidbrüchig. Vielmehr habe ich meinen Aufenthalt außerhalb des Klosters dazu genutzt, um der Mutter Äbtissin zu helfen, die sich selbst und uns allen auch nicht mehr helfen kann.«

»Nein!«, rief die Äbtissin ahnungsvoll. »Ich verbiete es dir. Es ist eine Sünde … es ist Ungehorsam.«

»Doch, ehrwürdige Mutter«, hielt die Scriba dagegen. »Wir müssen dieses Schweigen brechen. Nicht der Ungehorsam, sondern der Gehorsam ist eine Sünde, wenn er ein Verbrechen verheimlicht.«

Sie wandte sich wieder Bischof Sixtus und Martin Mair zu. »Ich klage an! Ich klage den Administrator und Beichtvater Pater Haberfeld wegen des Missbrauchs seines Amts und sexueller Übergriffe an.«

Die Herren erstarrten vor Schreck; die Äbtissin fiel auf ihre Knie. »Herr, sei ihr gnädig«, flüsterte sie in der plötzlichen Stille.

»Ehrwürdige Väter, hört meine Klage«, rief die Scriba mit ihrer wohlklingenden Stimme. »Dieser Priester, der uns wie ein guter Vater in unseren Verfehlungen korrigieren, uns über den Weg der Besserung belehren und uns von unseren Sünden reinigen sollte, hat das Böse zu uns ins Kloster gebracht. Uns wurde verboten, darüber zu sprechen, weshalb niemand – nicht einmal die Mutter Äbtissin – es wagt, sich zu beschweren oder das Böse anzuzeigen. Dennoch entbindet mich unsere Not von der Pflicht zu schweigen. Pater Haberfeld, der unsere Fehltritte korrigieren soll, ist selbst von Sünden besessen. Er forscht unsere Seelen aus, er fragt nach Dingen, über die wir niemals denken oder sprechen. Er verdreht unsere Gedanken und findet immer das Böse, das Schlechte in uns, wovon wir selbst gar nichts wussten. Und dann zwingt er uns dafür, schreckliche Buße zu tun. Er peitscht uns aus, schlägt uns, zwingt uns, einen Bußgürtel zu tragen und erniedrigende Dinge zu tun. Wir sollen weinen und flehen um Gnade für Sünden, die wir nie begangen haben. Der Beichtvater hasst uns und ergötzt sich an unserer Bestrafung. Ja, er genießt es, uns leiden zu sehen; es erregt ihn. Und dann vergeht er sich an uns. Er bringt den Tod über unsere Körper und unsere Seelen, denn Unzucht tötet die Seele und den Leib. Das hat er schon als Beichtvater getan. Einige von uns haben sich bei der Mutter Äbtissin beschwert, aber sie glaubte es ihnen nicht. Jetzt, da er freie Hand hat, hat sie selbst darunter gelitten.«

Die Äbtissin schrie auf. »Nein! Schweig!«

Bischof Sixtus wirkte zutiefst betroffen. Er schüttelte den Kopf. »Das sind sehr schwerwiegende Vorwürfe, Schwester«, stotterte er.

»Glaubt ihre Lästerung nicht, Ehrwürden«, flüsterte Pater Schwarz. »Das kann nicht wahr sein.«

Pater Haberfeld bekreuzte sich. »Oh sündhafte Lüge!«, rief er laut. »Der Teufel spricht aus ihrem Mund: Satan wehrt sich mit Lügen gegen die heilige Buße, denn Buße erweckt Reue, um die Seele von der Sünde zu befreien und zu retten.

Mit der Buße retten wir die dunklen Seelen dieser Nonnen vor dem Tod. Und manche von euch Nonnen haben solche schwarzen Seelen, dass wir sie nicht einmal mit Peitschenhieben und Bußgürteln zur Reue bringen können – das Höllenfeuer würde gerade noch reichen. Das sollen wir genießen? Ihr könnt euch wohl nicht vorstellen, welche Last es für uns ist, eure Laster aufzunehmen, eure sündhaften Sehnsüchte und Begierden anzuhören, alle eure schmutzigen Geheimnisse zu kennen. Und diese ganze Geschichte ist nichts als eine Ausgeburt solcher Sündhaftigkeit. Oh ja, Schwester Magdalena, wir wissen alles über dich, du scheintugendhafte Heuchlerin, auch das, was du nicht einmal in der Beichte sagst: Wir wissen, welche Gefühle du für diesen Domherrn Hörnle hegst, welche Liebesbeteuerungen ihr ausgetauscht habt. Allzu berechtigt ist unser Verdacht gegen dich. Und welche Wahrheit können deine Worte haben, die du von der Wahrheit Gottes abgefallen bist und dich dem Herrn der Lügen hingegeben hast?«

Die Scriba wurde blass und fiel einen Schritt zurück, als ob sie körperlich getroffen wäre. Marcus Hörnle sprang ihr bei. »Ehrwürden, Pater Haberfeld ist bereits wegen Missbrauchs seines Amtes und Vergewaltigung einer Nonne angeklagt worden«, rief er hitzig. »Das war in Kloster Seligenporten, wo er früher als Beichtvater tätig war. Eine Nonne war schwanger, andere waren weggelaufen; mehrere waren bereit, gegen den Beichtvater auszusagen. Die dortige Äbtissin, Mutter Agnes von Wolfstein, hat uns dies gestern bestätigt und will darüber vor dem Herzog aussagen. Wir haben auch eine Zeugin, eine ehemalige Nonne des Klosters, die selbst unter seinen Übergriffen gelitten hat. Auch Pater Schwarz ist ein Zeuge, wenn er es zugibt, denn er hat damals dessen Versetzung angeordnet. Der Mann ist ein überführter

Verbrecher. Pater Schwarz weiß dies alles ganz genau, und dennoch hat er zugelassen, dass dieser Mann auch in Kloster Seligenthal als Beichtvater tätig wurde.«

Der Beichtvater bekreuzigte sich wieder und erhob seine Stimme zum Fluch. »Brut der Schlange! Diener des Teufels! Schänder des Tempels, verlasst diesen heiligen Grund!«

Bischof Sixtus wandte sich verwundert an seinen Vertrauten. »Ist das wahr? Pater Schwarz?«

Der Dominikaner trat dem Vorwurf entschieden entgegen. »Nein, Ehrwürden, das stimmt nicht. Es gab Vorwürfe gegen den Beichtvater, aber sie konnten nicht bewiesen werden. Er wurde nicht verurteilt. Wir haben Pater Haberfeld nur deswegen abgezogen, weil der Konvent solche Stimmung gegen ihn gemacht hatte. Im Kloster Seligenporten herrschten aber damals große Missstände, die uns dazu zwangen, eine Reform anzuordnen. Die Nonnen beschuldigten den Beichtvater, weil er unerbittlich gegen ihre Sittenlosigkeit kämpfte. Sie selbst aber waren Verbrecher und Sünderinnen, die nachts aus dem Kloster schlichen. Hörnles Zeugin ist übrigens die abtrünnige Hure Helena, seine Buhlerin, die er in Freising vor ihrer gerechten Strafe gerettet hat. Mehr brauchen wir wohl nicht dazu sagen! Und nicht anders ist es hier der Fall: Die Anklägerin, Schwester Magdalena, ist eine entlaufene Nonne, die sich von ihrem Geliebten entweihen ließ; jetzt wirft sie dem Beichtvater Fehlverhalten vor, um ihr eigenes zu rechtfertigen. Die Geschichte ist ein Konstrukt der sündhaften weiblichen Einbildung. Anstatt ihre eigene Schuld einzugestehen, verleumdet sie einen Unschuldigen. Wenn wir jedes Mal den Beichtvater wegen unbewiesener Anschuldigungen verurteilen müssten, hätten wir bald keine Seelenbetreuung für die Nonnen mehr. Nein, Ehrwürden, hört nicht auf diese Verleumdung.«

Der Fürstbischof blickte verzweifelt hin und her. »Ach, diese vermaledeiten Klostergeschichten!«, murrte er. »Wir wünschten, dass wir niemals die Verantwortung übernommen hätten.«

Schließlich wandte er sich an seinen Chorrichter wie an einen rettenden Anker. »Heller, was sagt Ihr dazu?«

Johannes Heller, der sprachlos die Enthüllungen verfolgt hatte, räusperte sich. »Ihr wollt Beweise, Dominus Fürstbischof?«, sagte er. »Sind die Aussagen mehrerer betroffener Nonnen aus zwei Klöstern nicht genug? Oder die wiederholten Klosterfluchten, die Schwangerschaften und die klaren Zeichen von Missbrauch, die wiederholt auftreten, wo Pater Haberfeld die Beichte abnimmt? Seine Schuld steht ihm auf die Stirn geschrieben. Das hätten wir alle sehen müssen, aber wir haben es nicht sehen wollen. Ich schließe mich selbst mit ein: Äbtissin Barbara hat mich in mehr oder weniger deutlichen Worten davon unterrichtet; ich habe Euch auch darüber in Kenntnis gesetzt, Ehrwürden. Doch wir haben beide die Vorwürfe nicht ernst genommen. Vielmehr haben wir der Äbtissin unterstellt, gegen Pater Haberfeld zu agitieren. Dabei hatten wir die Wahrheit die ganze Zeit vor Augen: Er ist der Verbrecher, den wir im Kloster suchen. Er hat die Novizin Magdalena geschwängert und dann bei der Flucht ermordet. Er hat Schwester Clara in Freising getötet und Schwester Adelheid in Seligenthal vergiftet. Jetzt hat er auch Apollonia Simoni ermordet, um seine Sünden zu verbergen. Und wenn Ihr Beweise für seine Verbrechen wollt, so hat er sich selbst soeben hier verraten.«

Bischof Sixtus stutzte. »Was? Erklärt Euch!«

»Ehrwürden, Ihr selbst habt gehört, wie er sagte, dass sich Herzog Georg für die Nonne Agatha besonders interessiere. Er war vorsichtig genug, nicht zu zeigen, dass er ihren wahren Namen kennt, doch hat er gewiss dem Herzog mitgeteilt, dass sich Apollonia Simoni hier befinde. Ist das nicht so, Herr Landschreiber?«

Karl Kärgl blickte überrascht auf. »Ja, tatsächlich. Apollonia Simoni sei zurückgekehrt, hieß die Nachricht. Wir haben es dem erlauchten Herzog persönlich mitgeteilt. Was aber soll das beweisen? Ihre Identität sollte zwar ein Geheimnis sein, aber Ihr wusstet auch, wer sie war.«

»*Ita est*«, antwortete Heller: »So ist es. Ich wusste, dass sie Apollonia Simoni heißt und dass sie die Geliebte des ehrwürdigen Herzogs war – aber nur, weil ich die Briefe las, die sie in ihrer Zelle gelassen hatte. Es waren nämlich ihre Briefe, mit denen Schwester Adelheid erwischt wurde: Sie hatte sie zusammen mit Apollonias Ring und Psalter unter ihrem Bett gefunden. Nur, wer die Briefe gelesen hatte, konnte wissen, wer Schwester Agatha war. Ansonsten war das ein Geheimnis. Und nur, wer die Briefe ins Kloster gebracht hatte, konnte wissen, dass sie von Herzog Georg geschrieben wurden, denn er selbst unterschrieb nur mit ›David‹.«

Er wandte sich Pater Haberfeld zu, der blass wie ein Leichentuch geworden war. »Oder wie wollt Ihr das erklären, Pater? Außerdem sind die Briefe immer um die Feiertage ins Kloster gebracht worden: genau dann, wenn der Beichtvater Seligenthal besuchte. Das kann die Äbtissin bestätigen. Pater Haberfeld hat die Briefe dabei gelesen und die Informationen gegen die Nonnen verwendet – auch indem er Pater Schwarz davon unterrichtete. Ich hatte mich bei der Visitation gewundert, woher unser Pater so viel über die geheimen Wünsche der Nonnen in Seligenthal wissen konnte. Und gerade vorhin habt Ihr verraten, dass Ihr die Korrespondenz zwischen Schwester Magdalena und Marcus Hörnle gelesen hattet. Schließlich könnten wir einfach

Herzog Georg fragen, wem er seine Briefe an seine Geliebte Apollonia anvertraut hat. Nun, sollen wir das tun?«

Pater Haberfeld schüttelte wortlos den Kopf, aber das Licht in seinen Augen schien zu erlöschen. Mit einer raschen Bewegung hob er seine rechte Hand zu seinem Mund, als ob er etwas zu sich nehmen würde.

Heller wandte sich wieder Bischof Sixtus zu. »Ehrwürden, es ist, wie ich bereits gesagt hatte: Die Briefe sind der Schlüssel zu den Verbrechen im Kloster. Der Beichtvater brachte die Briefe bei seinen Besuchen mit. Er war vorsichtig genug, seine Spuren zu verwischen, indem er einen Boten außerhalb des Klosters verwendete, der die Antworten zu ihm zurückbrachte. Um die Briefe an die Nonnen im Kloster zu verteilen, musste er die Celleraria, Schwester Adelheid, einweihen; deswegen hat er sie vergiftet, als sie bei der Visitation mit den Briefen erwischt wurde. Er hat ihr das Gift gegeben, als er sie zu ihrer Zelle zurückbrachte und befragte.«

»Monster!«, flüsterte die Äbtissin. »Ihr wart es. Ich wusste es, dass einer von euch der Mörder sein musste. Die Säule hat es uns gezeigt.«

»Er musste seine Spuren auf alle Fälle verwischen«, setzte Heller fort. »Er war ja bereits einmal wegen der Vergewaltigung einer Nonne in Kloster Seligenporten aufgeflogen. Auch für Pater Schwarz, der ihn schützte und ausnutzte, würde ein weiterer Skandal eine Belastung sein, gerade jetzt, da er als Hauptfigur der Kirchenreform auftritt. Dennoch hatte Pater Haberfeld sich hinreißen lassen, die Novizin Magdalena bei der Buße zu vergewaltigen, und hatte sie dabei geschwängert. Vermutlich hatte er sich für solche Fälle das Arsenicum besorgt. In kleinen Dosen konnte er seine Opfer langsam vergiften, ohne dass man überhaupt etwas bemerkte: Sie wurden kränklich und starben. Doch dann ergab sich eine bessere Lösung, als er von den Plänen der Novizinnen erfuhr, aus dem Kloster zu fliehen.«

Heller wandte sich Martin Mair zu. »Schwester Christina hatte die Flucht mit der Hilfe ihres Onkels, des Hofmeisters von Seligenthal, organisiert. Pater Haberfeld muss ihre Briefe gelesen haben und kannte alle ihre Pläne. Er musste nur den Hofmeister bitten, die schwangere Novizin bei einer Straßenkreuzung abzusetzen. Dort wartete er auf sie und erstach sie kaltblütig. Erst am nächsten Tag kam er in Seligenthal an, um keinen Verdacht zu erregen. Um das zu beweisen, müssen wir nur Pangratz Hoholtinger befragen. Ich bin mir sicher, dass er sich vom Vorwurf dieses Mordes befreien möchte, wenn auch seine anderen Verbrechen schwer genug sind.«

Martin Mair nickte und rieb sich die Hände. »Dazu werden wir ihn befragen, glaubt uns.«

»Eigentlich hätten die anderen Nonnen auch sterben sollen, wenn nicht Apollonia Simoni zufällig von den Fluchtplänen etwas mitbekommen und sich ihnen angeschlossen hätte. Der Burgwart von Wolfstein, der dabei war, hat sie und die anderen gerettet. Danach musste Pater Haberfeld auch Schwester Clara ermorden, die bei der Synode in Freising über Missstände im Kloster Seligenthal klagen wollte. Zweifellos wollte sie die Misshandlung durch den Beichtvater ansprechen, aber stattdessen wurde sie halb tot geschlagen und hinausgeworfen. Niemand wollte ihre Klage hören. Der Beichtvater wusste, wo sie übernachtete, weil die Äbtissin sich bereits erkundigt hatte, und ermordete sie in der Kirche. Sie wurde vergewaltigt und erwürgt: Damit lenkte er den Verdacht auf einen gemeinen Verbrecher. Als Mann Gottes wurde der Beichtvater nie verdächtigt, obwohl alle Indizien auf ihn hinwiesen. Wir alle haben weggeschaut und die Wahrheit nicht zur Kenntnis nehmen wollen. Aber mehr noch: Er genoss den Schutz von Pater Schwarz. Unser Reformer muss bereits Schlimmes geahnt haben, als er die schwangere Nonne erblickte. Aber er selbst trug einen Teil der Schuld, denn er hätte doch niemals zulassen dürfen, dass dieser Mann wieder als Beichtvater in einem Nonnenkloster eingesetzt wurde. Und Pater Haberfeld erwies ihm nützliche Hilfe in seinen Bemühungen, die Äbtissin abzusetzen. Spätestens jedoch, als die Celleraria vergiftet wurde, hat er wissen müssen, dass Pater Haberfeld in dieses Verbrechen tief verstrickt war. Doch anstatt ihn zu verdächtigen, machte er den Beichtvater zum Administrator des Klosters und gab ihm damit freie Hand, hier sein Unwesen zu treiben.«

Pater Schwarz sprang dem Bischof beinahe um den Hals. »Dominus, glaubt ihm nicht. Das sind nichts als infame Lügen!«, blaffte er. »Nicht wir haben den Verbrecher geschützt, sondern Heller, der sich in die Verbrechen der Äbtissin verstrickt hat. Sie ist die Schuldige, nicht Pater Haberfeld. Sie hat die Briefe in das Kloster gebracht: Das hat die Celleraria ausgesagt. Und deswegen hat sie die Celleraria ermordet. Jetzt hat sie auch noch Apollonia Simoni vergiftet, um ihre Schuld zu verbergen. Sie hat sogar zugegeben, ihr das vergiftete Wasser gegeben zu haben. Alle Indizien weisen auf sie, nicht auf den Beichtvater. Dominus Heller stellt alles auf den Kopf mit seinen Argumenten, aber trotzdem hat er immer noch keinen einzigen Beweis erbracht.«

Er packte den Fürstbischof an der Hand. »Verurteilt die Schuldige, Ehrwürden, und Heller und Hörnle gleich mit.«

Bischof Sixtus entzog ihm seine Hand und wich einen Schritt zurück. »Einen Augenblick!«, sagte er schwach. »Auf beiden Seiten scheinen uns die Argumente recht überzeugend, aber wo sind die klaren Beweise? Die Fakten lassen sich so oder anders deuten. Es scheint mehrere Wahrheiten zu geben. Wem sollen wir glauben?« Er klang verzweifelt.

Johannes Heller wurde wütend. »Nein, Ehrwürden, es gibt keine alternativen Wahrheiten, sondern nur die eine: Die andere ist eine Lüge. Aber wenn Ihr einen endgültigen Beweis braucht, hier ist er: das Gift.« Er nahm den Becher, von dem Apollonia Simoni getrunken hatte, in die Hand. Er war noch halb voll. »Wir haben bereits gesehen, dass Apollonia Schwester Adelheid und daher auch sich selbst nicht vergiftet haben kann. Jetzt ist sie mit demselben Gift getötet worden. Beim Tod der Celleraria gab es viele mögliche Täter und Täterinnen; jetzt aber bleiben als Verdächtige nur noch die Äbtissin und der Beichtvater. Wir wissen, dass Äbtissin Barbara ihr einen Becher Wasser gegeben hat, wodurch sie möglicherweise vergiftet wurde. Wenn sie Apollonia mit diesem Gift umgebracht hat, dann hat sie wohl auch die Celleraria getötet.« Er schwenkte den Becher und inspizierte den Inhalt sehr genau.

Er blickte zu der Äbtissin herüber. Sie schien zu erstarren. »Eine Frage noch, Domina: Habt Ihr dem Beichtvater erzählt, dass Schwester Agnes einen der Männer des Hofmeisters erkannt hatte?«

Äbtissin Barbara antwortete mit zittriger Stimme. »Ja, es tut uns leid. Er hat uns ausgepeitscht, bis wir gesagt haben, was wir herausgefunden hatten. Dann hat er den Hofmeister gewarnt. Vergebt uns.«

»Das dachte ich doch«, sagte Heller. Er hob den Becher an seine Lippen und trank dessen Inhalt mit einem Schluck aus.

»Dominus!«, rief Marcus Hörnle.

»Großer Gott, was macht Ihr?«, schrie Bischof Sixtus. »Das Wasser ist vergiftet.« Aber es war zu spät.

Johannes Heller lächelte nur. »Wir werden bald sehen, ob ich mich getäuscht habe. Ich vertraue der Domina Äbtissin – aber auch meinen eigenen Augen. Das Arsenicum ist nämlich eine Art von Stein oder Metall und löst sich nicht im Wasser auf. Auch wenn es sehr fein gemahlen wird, setzen sich Reste am Boden ab. Ich habe keinen Absatz gesehen. Wenn aber das Gift nicht im Wasser war, kann die Äbtissin Apollonia nicht ermordet haben: Dann bleibt nur noch Pater Haberfeld als Verdächtiger.

Ich behaupte, dass Pater Haberfeld das Gift letztes Jahr aus dem Infirmarium gestohlen hat. Wir haben immer geglaubt, dass eine der Nonnen dies getan haben musste, weil das Krankenzimmer im Klausurbereich liegt. Aber wir alle hatten übersehen, dass auch der Beichtvater ins Krankenzimmer ging, um den kranken Schwestern die Beichte abzunehmen. Wenn der Schrank zufällig offengelassen wurde, konnte er das Gift problemlos entwenden, während die Infirmaria draußen wartete. Ich vermute, dass er das Arsenicum mit Mehl vermischt hat und in Hostien verbacken hat. Damit hat er sicherlich die Celleraria bei der Befragung ermordet. Und jetzt hat er auch Apollonia mit dem Leib Christi vergiftet, als er ihr das Sakrament erteilte. Möglicherweise werdet Ihr noch vergiftete Hostien in seinem Habit finden, wenn Ihr ihn durchsuchen lasst.«

Die Wappner schritten vorwärts, um den Beichtvater zu ergreifen. Er aber lachte nur laut. Sein melancholisches Gesicht leuchtete weißlich. »Nur zu, ihr Hunde: durchsucht unsere Taschen, entweiht unsere Person, wenn ihr es wagt. Ihr werdet keine Beweise finden: weder gegen uns noch gegen den Hofmeister.«

Die Wappner blieben unschlüssig vor Pater Haberfeld

stehen. Er war immerhin ein Priester, und sie befanden sich in einer Kirche.

»Sprecht, Unseliger!«, rief Bischof Sixtus aufgebracht. »Gesteht, wenn Ihr dies getan habt; beichtet und sagt uns die Wahrheit.«

Pater Haberfeld schüttelte den Kopf. »Die Wahrheit ist bei uns, sie ist in uns; sie ist unser Beichtgeheimnis. Weder durch Wort noch durch Zeichen dürfen wir den Sünder verraten. Wir nehmen die Wahrheit mit uns in das Grab, zusammen mit allen den anderen schwarzen schweren Sünden, die uns gebeichtet wurden. Die Nonnen sind schuld: Sie haben uns vergiftet.« Er fiel auf die Knie und fing an zu beten.

»Was soll das heißen?«, rief Fürstbischof Sixtus wütend. »Eine Frechheit. Ergreift ihn.«

Die Wappner schritten vor, fassten den knienden Pater unter den Armen und trugen ihn noch laut betend aus der Kirche.

»Wir werden die Wahrheit aus ihm herauskriegen«, sagte Martin Mair zuversichtlich.

»Das glaube ich nicht: Es ist zu spät«, sagte Johannes Heller ruhig. »Die Wahrheit ist in ihm: Er hat die vergifteten Hostien geschluckt; er ist bereits so gut wie tot.«

»Und wo sind dann die Beweise gegen Pangratz Hoholtinger?«, fragte Martin Mair enttäuscht. »Wir hatten immerhin noch die Hoffnung, dass der Beichtvater gegen den Hofmeister aussagen würde. Aber wenn er seine Geheimnisse mit in das Grab nimmt? Apollonia Simoni, die wir als Hauptzeugin befragen wollten, ist ja auch schon tot. Und diese andere Zeugin, die Pangratz Hoholtinger belasten könnte, scheint verschwunden zu sein. Wir haben nichts gegen ihn in der Hand.«

»Doch, Ehrwürden«, meldete sich Marcus Hörnle zu

Wort. »Wenn Ihr die ehemalige Novizin Agnes Müller meint, die die Männer des Hofmeisters als ihre Entführer identifiziert hat: Sie ist hier in Landshut bei ihrem Ehemann. Ich hatte ihn angeschrieben, dass er nach Landshut kommen und seine Frau aus dem Kloster holen sollte. Er hat sich als Diener des Hofmeisters ausgegeben, damit der Administrator keine Fragen stellte. Sie ist in Sicherheit und würde gegen Pangratz Hoholtinger aussagen.«

»Ah, gut«, freute sich Martin Mair. »Mit allem, was wir hier gehört haben, wird das reichen, um den Herzog zu überzeugen. Auch ein dünner Strick genügt, um einen Verbrecher zu hängen. Es ist Zeit, dass der Herzog bessere Ratgeber sucht.« Er wandte sich an Bischof Sixtus. »An Eurer Stelle würden wir das auch tun, Ehrwürden.«

Pater Schwarz fiel vor dem Bischof auf die Knie. »Wir wussten nichts von den Taten des Beichtvaters, Ehrwürden. Er hat auch uns getäuscht. Wir haben immer nur Euch gedient und versucht, Eure Reformen umzusetzen.«

Der Fürstbischof blickte aufgebracht und verletzt auf ihn herunter. »Geht uns aus den Augen«, rief er. »Wir wollen Euch nie wieder sehen. Ihr habt uns und unsere Reformen verraten! Oh, welcher Zweck könnte diese Mittel heiligen? Geht!«

Epilog: »Und zerging der Pomp und Hoffart« (17. November 1475)

DIE SONNE STAND bereits hoch am strahlend blauen Himmel über Landshut; ein frischer Wind ließ die bunten Fahnen und Banner an den Türmen und Fahnenstangen flattern. Zu Trompetentönen und Pfeifengetriller schob sich ein großer Zug von Reitern und Wagen – man zählte um die 1.300 Pferde – aus dem Stadttor: Markgraf Albrecht von Brandenburg verließ als erster Reichsfürst die Hochzeit. Eine riesige Menge hatte sich in den Straßen und vor dem Tor versammelt, um ihn zu verabschieden. Die Bürger sangen und tanzten mit einem Humpen Wein in der einen Hand und einer Brotkruste in der anderen. Das Feiern ging ununterbrochen weiter.

Etwas abseits vom Geschehen standen drei Männer und beobachteten die Feier mit sehr unterschiedlichen Gefühlen. Der erste, ein großer Mann mit schütteren Haaren, hob seinen Becher mit saurem Wein hoch. »Prosit!«, rief er begeistert. Es war der ehemaliger Hofschreiber von Seligenthal, Hans Seibolt. »Ein Jahrhundertereignis, sage ich; ein Fest der Superlative. Die Leute werden von diese Hochzeit noch in Hunderten von Jahren mit Bewunderung erzählen. Im Rückblick wird man sagen, dass die deutsche Ritterkultur nie schöner blühte als hier in Landshut. Von überall im Reich sind die mächtigsten und ruhmreichsten Fürsten gekommen, ja auch der Kaiser selbst, um die Reichen Herzöge von Landshut zu ehren und Gottes Segen für sie zu erwirken. Deswegen habe ich beschlossen, eine Geschichte des Festes zu schreiben. Sicherlich wird sich ein interessierter Leser finden, der das zu würdigen versteht – mit Geld, meine ich. Wir Schreiber können ja nicht von Nichts leben.«

Der zweite, ein skeptisch wirkender Mann mit dunklen Gesichtszügen namens Matthias von Kemnath, schnalzte verächtlich. »Dieser hohen Meinung vom Fest bin ich allerdings nicht. Der Kaiser, ja, und manch ein anderer sind gekommen, die ruhig zu Hause hätten bleiben können. Aber der große Friedrich von der Pfalz kam nicht«, schnaubte er im rheinländischen Dialekt. Er diente nämlich dem besagten Pfalzgrafen, Friedrich dem Siegreichen. »Deshalb muss ich ja auch einen Bericht verfassen, damit er weiß, dass er nichts verpasst hat. Jedenfalls ist dieser Wein einfach nicht zu trinken.«

Der dritte war ein kleiner, schmaler Mann mit einer hohen Stirn, ein Nordlicht aus dem fernen Brandenburg namens Hans Oringen, der im Dienst des soeben abreisenden Markgrafen Albrecht Achilles stand. Er stöhnte. »Ob großartig oder nicht, mein Herr verlangt einen ausführlichen Bericht über die Hochzeit, damit er genau weiß, woran solche Ereignisse heutzutage gemessen werden. Sein Sohn Friedrich soll eventuell auch eine polnische Königstochter heiraten, und wir Brandenburger dürfen die Erwartungen auf keinen Fall enttäuschen. Also sagt mal: Es waren viele Gäste hier, ja, aber wie viele, meint Ihr? Manche sprechen von 18.000 Besuchern, andere von 10.000. Habt Ihr eine Idee, was stimmt?«

Seibolt kratzte sich den Kopf. »Es waren einfach zu viele, als dass ich sie hätte zählen können«, gab er zu. »Ich zähle lieber die Pferde: Es gibt ja die Futterrechnungen. Da bin ich

auf die Summe von 5.945 Pferden gekommen, die Wagenrösser nicht mitgezählt.«

»Na ja, ich bin auf etwa 7.500 Pferde gekommen, die
Wagenrösser eingeschlossen«, sagte Oringen. »Das wird
wohl stimmen.« Er notierte etwas in seinem Heft. »Und
was ist mit dem Essen?«

Seibolt hob seinen Becher wieder. »323 Rinder,
11.500 Gänse, Hühner, 194.345 Eier …«, rezitierte er aus
dem Gedächtnis. »Das Hochzeitsessen allein hatte um die
40 Teller!«

»Ich habe gehört, dass die Polen nicht gut bewirtet wurden«, wandte Matthias von Kemnath ein. »Wer das Gefolge
seiner Braut nicht ehrt, wird nicht glücklich in der Ehe.«

»Auch wir vom Markgrafen bekamen nichts Besonderes zu essen«, stimmte ihm Oringen zu. »Wir hatten nur
zweierlei Fleisch und etwas überkochtes Gemüse auf dem
Teller. Aber angeblich soll das des Küchenmeisters Schuld
sein, weil er nicht wollte, dass wir hier besser essen als zu
Hause. Was gäbe es denn sonst zu berichten? Über die Kleidung, die die Fürsten getragen haben, wie sie in der Kirche
saßen, welche Zweikämpfe in der Bahn ausgetragen wurden … Das wollen die großen Herrschaften wissen, gewiss.«

»Alles *Vanitas vanitatum* und gegen jeden Nutz und gute
Sitten«, spuckte Matthias von Kemnath aus. »Und einiges
war einfach nur skandalös, zum Beispiel der Kampf zwischen Herzog Christoph von München und dem Polen. Hat
jemand jemals einen solchen Kampf gesehen, wo beide Seiten mehr Zeit beim gegenseitigen Durchsuchen als beim
Reiten verbrachten? Und dann gab es diesen Vorfall heute
Vormittag: Ein Edelmann hat sich vor dem Stadttor aufgehängt, um das Fest zu verhöhnen. Ob das ein gutes Vorzeichen für die Ehe ist?«

»Stimmt, der Kastner von Dingolfing soll es gewesen sein«, sagte Hans Oringen. »Ich habe ihn selbst gesehen. Er hing von einem Weichselbaum an einem ganz dünnen Strick, nur so dick wie der Kleinfinger. Man sagt, dass er Schulden beim Herzog hatte. Stimmt das, Seibolt? Ihr seid doch von hier.«

»Er war früher der Kastner von Dingolfing«, korrigierte ihn Hans Seibolt. »Zuletzt war er Hofmeister von Seligenthal. Pangratz Hoholtinger hieß er. Ich arbeitete für ihn und weiß, dass er verschuldet war. Er hat auch Geld aus der Kasse entwendet, wie ich meine.«

»Wie Ihr meint? Ist das belegt oder nur Hörensagen? Wir wollen keine falschen Gerüchte verbreiten. Aber wenn wir dabei sind: Ich hörte auch gar seltsame Geschichten über dieses Kloster Seligenthal«, sagte Hans Oringen. »Was ist an denen dran? Ihr arbeitet noch dort, oder?

»Nein, ich arbeite dort nicht mehr«, sagte Seibolt und schüttelte den Kopf. »Aber es gab da in meiner Zeit einige Skandale, wenn es das ist, was Ihr meint. Die Nonnen wurden mit Liebesbriefen unter ihren Betten erwischt. Jemand hat Gift gestohlen und die Kellerin ermordet. Eine Nonne wurde sogar schwanger! Und einmal sind fünf Nonnen geflohen: Sie sollen, bis auf eine, alle ermordet worden sein.«

»Gott im Himmel! Solche Geschichten will mein Herr gewiss nicht hören«, rief Oringen entsetzt. »Ich glaube, dass ich lieber bei der Kleidung und den Zeremonien bleibe.«

»Das finde ich auch«, bekräftigte Seibolt. »Das Wesentliche liegt in den Details: wie viele Pferde da waren, welche großen Fürsten kamen, was sie gegessen haben und so weiter. Ich überlasse es dem Leser, darüber zu denken, was er will.«

»Und doch ist das alles eitler Pomp und Hoffart, die schnell vergehen«, bemerkte Matthias von Kemnath abschließend. »Wozu das alles festhalten?«

Sie wandten sich wieder der heiteren, eitlen Freudenfeier zu. Vor ihnen tanzte ein junges Brautpaar mit Freunden im Kreis. Ein älterer geistlicher Herr mit der Almutia eines hohen Domherrn, der anscheinend die Stadt verlassen wollte, ritt gerade durch die Straße. Seine gewöhnlich ernsthaften Gesichtszüge wirkten entspannt und friedlich, als ob er eine schwere Sorge losgeworden wäre. Hinter ihm trabte aber ein junger Domherr, der schweren Herzens die Freude der Menschen zu betrachten schien. Ab und zu stöhnte er und blickte auf den Abschiedsbrief in seiner Hand, um nochmals die zierliche Schrift und die trostlosen Worte zu sehen. Als Letzter kam ein Knabe auf einem schwer beladenen Esel, der mit aufgerissenen Augen die fröhliche Menschenmasse bestaunte. Als sie gerade an den Tanzenden vorbeizogen, erkannte die Braut den älteren Domherrn und winkte ihm zu.

»Herr Chorrichter, gebt uns Euren Segen!«, rief sie freudig und zog ihren Mann zu ihm herüber. »Mein Vater hat in unsere Ehe eingewilligt. Was konnte er denn sonst tun? Und wir sparen ihm gerade die Kosten für eine eigene Hochzeitsfeier!«

Der Chorrichter stieg von seinem Pferd ab und umarmte die beiden. »Möget ihr glücklich sein«, rief er und segnete sie. Dann lachte er: »Freut euch des Lebens, Kinder. Denn wie der Ekklesiastes sagt:

>Alle Welt ist Eitelkeit
außer der Freude ganz allein,
denn dem Menschen ist nichts Besseres
als Essen, Trinken und Fröhlichsein.‹«

Silvia Stolzenburg
**Die Begine und
das dunkle Geheimnis**
Historischer Roman
288 Seiten, 12,5 x 20,5 cm,
Klappenbroschur
ISBN 978-3-8392-8037-9

Ulm 1416: Als eine reiche Kaufmannswitwe tot in
ihrem Bett aufgefunden wird, bezichtigen böse Zun-
gen die ehemalige Begine Anna Ehinger des Mordes.
Die Arznei, die sie der Witwe am Abend ihres Todes
verabreicht hat, soll Gift gewesen sein. Zwar glaubt
der Rat nicht an Annas Schuld, doch als brutale Morde die Stadt in Angst und Schrecken versetzen und
die junge Beginen-Novizin Luzia spurlos verschwin-
det, beschließt Anna, sich auf die Suche nach dem
Schuldigen zu machen. Schnell wird klar: In Ulm
geht ein Dämon um, der es auf weit mehr als nur auf
die Träume der Kinder abgesehen hat …

GMEINER SPANNUNG

WWW.GMEINER-VERLAG.DE
Wir machen's spannend